真景拝み屋怪談　蠱毒の手弱女〈冥〉

郷内心瞳

角川ホラー文庫
24630

目次

❖もくじ❖

【本件の主な関係者一覧】

郷内心瞳《ごうないしんどう》　宮城県在住の拝み屋。
小橋美琴《こばしみこと》　台湾在住の元霊能師。
柳原　鏡香《やなぎはらきょうか》　都内西部在住の霊能師。
玖条白星《くじょうしらほし》　霜石家に仕える蛭巫女《ひるみこ》。
裕木真希乃《ゆうきまきの》　かつて郷内の勧めで怪談蒐集《しゅうしゅう》を続けた、都内在住のフリーター。
霜石湖姫《しもいしこひめ》　境守《さかいもり》。都内西部に居を構える、霜石家第十四代目当主。旧姓月峯《つきみね》。
霜石緋花里《ひかり》　湖姫の腹違いにして、双子の姉。
霜石久央《ひさお》　湖姫と緋花里の父。
霜石伊吹《いぶき》　緋花里の母。境守。霜石家第十三代目当主。
霜石伊世子《いよこ》　伊吹の姉。
月峯澄玲《すみれ》　湖姫の母。

幕間　小さな婦人たち

「逢魔《おうま》が時。夕暮れ時には、そういう呼び方もあるんだって」

淡い朱色と金色に染まる西の空に視線を遠く泳がせながら、霜石伊世子《しもいしいよこ》は言った。

屋敷の周囲にそそり立つ深い樹林の方々からは、無数の蜩《ひぐらし》が盛んに奏でる風鈴めいた、涼やかな音色が聞こえてくる。

樹々の彼方《かなた》に広がる西の暮れ空には、巨大な鬼灯《ほおずき》の実を思わせる夕日が浮かんでいた。色もよく似ている。仄《ほの》かな赤みが差した琥珀色《こはくいろ》。煌々《こうこう》と熾《おき》のように光り輝くその輪郭は、日頃よりも心なし大きく見え、周囲を染める陽射しのほうも常より眩《まぶ》しく感じられた。

「おうまがとき……。変な響き。どういう意味なの？」

伊世子が発した言葉を鸚鵡《おうむ》返《がえ》しに交え、霜石伊吹《いぶき》が尋ねる。

「魔に逢《あ》う時。お化けにいちばん出遭いやすい時間。だから逢魔が時って言うみたい」

「本で読んだの」と伊世子は結んで、うなずいた。

おそらく先週、小学校の図書室で借りた本だろうと伊吹は思う。

一学期の終業式を間近に控えた午前中、他の児童たちが授業に勤《いそ》しむ時のことだった。

福井《ふくい》先生が、教え子の伊吹たちを忍び足で楽しく図書室へ連れていってくれたのだ。

福井先生はなかよし教室の担任教師で、伊世子と伊吹は小学校に入学してからずっと、福井先生に勉強を教わっていた。短く刈りあげた白髪頭と黒縁眼鏡がトレードマークの知的で温厚な先生だった。口癖は「のんびり行こうよ」

時は一九五六年。この年、伊吹は三年生で、姉の伊世子は五年生になっていた。

校舎の一階西側にあるなかよし教室には、一年生から六年生まで学年の上下を問わず、伊吹たち姉妹を含めて、十五名ほどの児童が籍を置いていた。

難聴の子と軽度の知的障害を持つ子が多かったが、交流するのに苦労したことはなく、大きな諍《いさか》いが起こることもなかった。クラスの仲間は、各々厄介な障害を抱えていても心根はすこぶる純真で、人格に問題がある子など、ひとりも存在しなかったからである。

福井先生が伊吹たち生徒を図書室へ連れだしたのは、読書感想文のテーマにする本を選んでもらうためだった。夏休みの宿題である。

伊吹は『ノンちゃん雲に乗る』を借りた。昨年夏に映画化された同作を観ていたので、原作を読む時に頭の中で物語を想像しやすそうだというのが、選んだ主な理由である。

一方、伊世子が読書感想文用に借りたのは『若草物語』だったが、他にも児童向けの探偵小説や世界の童話集、花や草木の図鑑など、全部で五冊ほどを借り受けていた。

「逢魔が時」は、これらの本のどれかの中に見いだした言葉なのだろう。言葉が有する物々しさから考えて、探偵小説だろうと伊吹は思う。読書をあまり好まない伊吹と違い、伊世子のほうは読み書きができるようになった年頃から、本が大好きな人だった。

逢魔が時――。言葉の響きも変だが、言葉が伝えんとする意味も変だと伊吹は思う。

「夕方にたくさん出てきたことって、あったっけ？」

伊吹が再び尋ねると、伊世子は夕陽を見つめながら「特にはないよね」とつぶやいた。

お化けというのは昼夜の違いにかかわらず、己の都合で勝手に姿を見せるものである。伊吹も伊世子も物心がついた頃からこの邸内で、日付も時間も天候の違いも一切問わず、種々雑多なお化けの姿を目にしてきた。夕暮れ時に殊更、遭遇率が増したことはない。

現に今日も昼過ぎからお化けが現れ、邸内は緊迫した雰囲気に包まれていた。

場所は本邸の地階。深天《みてん》の闇から出てきた魔物である。じかに姿は目にしていないが、家に仕える荒巫女《あらみこ》たちは、百足《むかで》みたいな姿をしていると言っていた。

女の顔をした百足だと。

荒巫女たちの取り乱しようから想像してみるに、きっと大きな姿をしているのだろう。おそらく人よりも大きい。程度の差はあれ、深天の闇から現れる者たちはいつもそうだ。外の世界では決してお目に掛かることのできない、異形の化け物ばかりが這《は》い出てくる。ここしばらくは現れる頻度が増えていたし、脅威のほうも増してきているように思う。

この日の昼下がり、伊吹と伊世子は本邸の二階にある伊世子の自室で宿題をしていた。階下が騒がしくなってまもなく、ふたりは部屋に駆けこんできたフサに避難を勧告され、家から締めだされた。フサは夫の村野勝《むらのまさる》とともに霜石家に古くから仕える使用人である。血相を変えたフサは伊吹たちに向かって開口一番、「お逃げください！」と叫んだ。

それで伊吹と伊世子はフサに導かれ、最初は邸内の南側に位置する別邸に身を置いた。本邸からいちばん離れた場所、長屋門の真正面に立つこの建物は、常には応接用として使われていた。本邸に招くまでもない客人を体よくあしらうための建物である。

こちらに着いて一時間ほどの間に車が五台、長屋門をくぐって邸内に入ってくる音が聞こえてきた。いずれも組合員たちが乗る車である。これから本邸で母の響妃《ひびき》を陣頭に作戦会議のようなものを開いて、事の収束に取り掛かるのである。早ければ二時間ほど、長引けば半日以上を要することになる。

今回はどれほど掛かるか。容易に判断することは難しかったが、本邸を出る時に見た荒巫女たちの血相から推し量って、一筋縄ではいきそうにない印象を強く感じた。

こうした伊吹の不穏な予感は的中する。組合員たちが到着して四時間余りが過ぎても、件《くだん》の「女の顔をした百足」とやらを滅するには至らないらしい。事態が無事に治まればフサが知らせに来るはずなので、彼女が姿を見せないのがその裏付けだった。

伊吹が「逢魔が時」という言葉を知ったのは、それから少し経ってからのことである。

「ねえ、伊吹ちゃん。ちょっとお散歩しにいかない？」

伊世子に誘いを持ちかけられて、伊吹は別邸を抜けだした。

伊世子は伊吹のことを「ちゃん」付けで呼ぶ。伊吹も伊世子を「お姉さん」ではなく、「伊世子ちゃん」と呼ぶ。どちらも母には禁じられ、耳に入れば咎《とが》められるのだけれど、ふたりでいる時は気兼ねをせずに気安く「ちゃん」付けで呼び合っていた。

散歩に誘われたのは、折しも辟易《へきえき》していた頃だったので、渡りに船というものだった。本邸から避難する際、ふたりは夏休みの宿題も持ってきて、それらの消化に励んでいた。時間相応に捗《はかど》りはしたものの、宿題に四時間も費やすのは苦痛以外の何物でもない。

応接室に備えられたテレビを見ながらのんびり励んでいたのだけれど、テレビからも大して面白い映像が流れてくることはなく、伊吹は密《ひそ》かにじりじりしていたのである。

外を歩く道筋は、伊世子の気の赴くままに任せた。

伊吹が通う小学校の倍以上に広大な坪面積を有する霜石家の敷地内には、その広さに見合った庭木が植えられ、要所に四季折々の花を咲かせる花壇も設けられている。

別邸から敷地の外周に面して延びる細い土道を歩きだし、道に沿って植えられている庭木と花を漫然と眺めながら、そのまま外周沿いに歩を進めた。

そうして、なんとなく行き着いて歩みを止めたのが、本邸の裏手に面した庭園だった。繊細な葉を茂らせる灰木《はいのき》や具柄冬青《そよご》を主に、こんもりと丸い形に剪定《せんてい》された皐月《さつき》などが、踏み石の敷かれた小道に沿って並んでいる。

「ねえ、伊世子ちゃん。フサさんがね、今日のお夕飯はカレーライスって言ってた」

琥珀色の西日を仰ぎながら伊吹が言うと、伊世子は「そう」と返した。

「伊世子ちゃん、お腹すかない？」

「うん、少しね。お夕飯、楽しみ？　伊吹ちゃん、カレーライス好きだもんね」

伊世子がこちらを振り向き、しとやかだけれど快活な声で応じる。

前髪を綺麗《きれい》に切り揃えた、少し長めのおかっぱ頭。顔の肌質は磁器のように艶《つや》やかで、色は粉をはたいたように薄白い。大きくつぶらな瞳《ひとみ》は、潤んだ黒みを湛《たた》えて輝いている。

服装は、襟袖《そで》に花柄のレースがあしらわれた純白のワンピース。その左側の肩口には、菊の花を象《かたど》ったブローチが留められていた。

無数のか細い花びらが、しだれ花火のように垂れ散らばる黄色い糸菊。それらが三つ、巴紋《ともえ》のような円形に並んで、ひとまとめになった拵《こしら》えをしている。

大きさは子供の手のひらに収まるくらい。材質は珊瑚《さんご》。菊の花は緻密《ちみつ》な透かし彫りで、か細い花びらの一枚一枚が、生き生きとした質感と輪郭を描いて表わされていた。

伊世子が宝物にしているブローチである。昨年、次代の境守《さかいもり》になるために必須《ひっす》となる特異な儀式を無事に果たしたご褒美として響妃から贈られた品だった。名のある職人が時間と丹精をこめて作った物だと聞いている。

菊は伊世子がいちばん好きな花だった。邸内にも伊世子が世話をしている菊の花壇が何ヶ所かある。本邸の裏手に面したこの場にも、そうした花壇のひとつがあった。

建物から見ておよそまんなか、周囲に灰木や具柄冬青が生える広場の中央に位置する、円形状の大きな花壇がそれである。直径五メートルほどもある、この花壇に植えられた菊の花は、中心部から白、黄色、薄紫と三重層の円を描いて、綺麗に色分けされている。

自前の花壇の中でも伊世子がとりわけ大事にしていて、どこより愛《め》でている花壇だった。伊吹もこの花壇が好きである。

別邸を出た時、時刻は六時を差す頃だった。あれから三十分ほどは過ぎたように思う。夕飯は毎晩、七時頃に供される。百足女の滅却がいつになるかは見当もつかなかったが、フサに夕飯を供する余裕があるなら、まもなく別邸に運んできてくれるはずである。

伊世子が言うとおり、カレーライスは伊吹の大好物だった。けれども伊世子のほうも、はっきり口にはださないだけでカレーライスが大好物のはずだった。いつもの食べ方を見ていればどれほどカレーが好きなのか、その食べっぷりから手に取るように分かる。

「そろそろ戻る？　フサさんが来てたら心配されてしまうし」

伊吹の顔を覗《のぞ》きこむようにして、伊世子が言う。

反対する理由はなかった。お腹はとっくにぺこぺこだった。

「うん！」と答え、伊世子と一緒に身を翻したところで、伊吹の視線が異物を捉《とら》えた。

朧《おぼろ》な茜《あかね》が彩る暮色の中、本邸の側壁に面した小道から、でぶでぶと肥え太った人影がこちらに向かって歩いてくる。

「あらあら、お嬢さま方！　仲良くおふたりで夕涼みですか？」

腹の前で組んだ両手を頻《しき》りに揉《も》みしだきながら、恭しい調子で太った女は言った。

「はい。そろそろ戻るところです」

笑みは浮かべてみせたが、心持ち無機質な声音で伊世子が返す。

加瀬川小久江《かせがわおくえ》。歳は二十歳を過ぎたばかり。大福餅《だいふくもち》のように色白く、でっぷりとした体格の女である。彼女は今年の春から使用人として、霜石の家に仕えていた。

「そうですねえ、お戻りになられたほうがよろしゅうございますねえ。お屋敷の下では、まだまだ大事が収まりきらないようですし。万が一ということもございますからねえ」

さかしらな笑みを浮かべて小久江は言った。

それを聞いた伊吹は、胸の内にひりつくような苛立《いらだ》ちを覚える。

子供心にも思った。我が家に勤めて半年も経たない使用人に、一体何が分かるのかと。だから軽々しくも「万が一」などという言葉が出るのだ。まったくもって縁起でもない。無神経にもほどがある。「万が一」の事態など、断じて起きてはならないことだった。

そう――。「万が一」にもそれが現実となった時は、この家も伊吹たち家族の命運も、全てが尽きる時である。安易に不吉な言葉を口にすべきではない。

初めて言葉を交わした頃から、伊吹は小久江のことが嫌いだった。

いかにも使用人然とした腰が低い態度や言葉遣いでは接してくるが、そうした所作の端々には常にこちらを見下すかのような、嘲《あざけ》るかのような黒い含みもちらついて見える。

向こうが年長者という事実を差し引いても、決して快い心証は抱けなかった。

おそらく大した知識も教養もないくせにやたらと賢そうなそぶりを見せつけてきたり、折に触れては「自分も霊感が強い」などと自慢したりしてくるさまも鼻につく。

伊世子も「嫌い」という言葉は使わなかったが、遠回しに「苦手」を意味する言葉で小久江を評していたので、実質的には「嫌い」なのだと思う。伊世子も小久江のことを控え気味に忌避しているのは明白だった。

苛立ちが抑えきれず、伊吹が嫌味のひと言でも返してやろうかと思い始めた時だった。代わりに伊世子が口を開いた。

「下の様子はどうなっているんですか？」

「下のご様子でしょうか？　そうですねえ、皆さんずっと籠《こも》りっぱなしでおられますよ。上にはどなたの姿もお見えになりませんから、皆さん、下で大わらわなのでしょう」

丸々と膨れた面に苦笑いを拵え、心持ち楽しそうな調子で小久江が答える。

「そうですか。ありがとうございます。お仕事は楽しいですか？」

「ええ、そりゃあもう。毎日、様々なことが学べますし、ここはひとつの集落みたいな雰囲気もありますから、住まわせていただいて大変居心地もよろしゅうございます」

伊世子は「そうですか」と応じると、軽く会釈をして小久江の傍らに沿って歩きだす。伊吹もそれに続いた。

同時に小久江のほうも歩きだす。すれ違ってまもなく、振り向いて様子をうかがうと、小久江は裏庭の小道をたどり、灰木に視界を遮られた脇道へ曲がっていくところだった。

脇道の先には、使用人たちの宿舎がある。仕事で使う用具でも取りにいくふりをして、さぼりにいったのではないかと伊吹は思う。こうした小狡《こずる》い癖もある女だった。

「逢魔《おうま》が時。本当にお化けに会ってしまった……」

伊吹は鼻を鳴らしてつぶやき、肩を竦《すく》めて伊世子に微笑みかける。

てっきり同意を示す言葉と笑みが返ってくると思っていたのだが、姉の返答は違った。

「ねえ、ついてきて」

伊世子は小声で伊吹を促し、足取りを速めて歩きだした。

「どこに？」と返すまもなく着いたのは本邸の裏側、北西の角に面したドアの前だった。鉛色の丸い把手《とって》が付いた、茶色い木製のドア。用途としては、勝手口でも裏口でもない。

伊世子が把手を回してドアを開けると、視界の先に十帖《じょう》ほどの空間が広がって見えた。床は黒みの強い鉄製で、その奥側には木製の手摺《てす》りが付いた螺旋《らせん》階段が延びている。

階段は三階にのみ通じていた。

頭上へ向かって渦巻模様を描きながら階段が延びるこの空間に、邸内の一階へ繋《つな》がるドアはなかったし、階段の途中に二階へ通じる戸口も存在しない。

伊吹たちにとっては用途が分からない螺旋階段だった。両親や使用人たちに尋ねても確かな答えが返ってきたことはない。

ただ、三階に何があるのかについては、伊吹も伊世子も幼い頃から知っていた。

伊世子は伊吹を中へ導くと、静かにドアを閉め直した。窓ひとつない螺旋階段の間は墨液を溶かしたように薄暗く、真夏の陽気に蒸されて淀《よど》んだ空気が、肌身にむっとした熱気を沁《し》みこませる。

「何しに行くの？」

尋ねた伊吹に、伊世子は「細《さざ》ら女《め》様にお願いしに行くの」と答えた。

今もなお、地階で百足女と奮闘している響妃たちの必勝を祈願するのだという。

三階には、ササラメの御神体を祀《まつ》る大座敷がある。天守の間と呼ばれていた。

伝承では遠い昔、天の彼方《かなた》にある未知の国、常夜からこの地に来たとされるササラメ。その姿は今の伊吹よりもさらに小さい、幼児のような背丈をしていたと言われている。

天守の間に祀られているササラメの姿を模した御神体の石像も小さな姿をしていたが、等身大というわけではない。御神体は、幼児の背丈よりもさらに小さな拵えをしていた。

毎日、朝夕の儀式として伊吹たちは、両親や住み込みの荒巫女《あらみこ》、蛭《ひる》巫女たちとともにササラメへ祈りを捧《ささ》げる。三百六十五日、毎日欠かすことなく祈りを捧げ続けている。

けれども振り返ってみれば、ふたりきりで天守の間に向かうのは初めてのことだった。

ふいに持ちかけられた伊世子の誘いに薄い不安を感じ、伊吹はさらに問いを重ねる。

「胸騒ぎ、するの？」

するど伊世子は、笑みを交えてすぐに答えた。

「そうじゃないの。お母さんたちは大丈夫だと思う。でも、わたしたちはわたしたちで、今できることをしなくちゃいけないと思ったから、細ら女様にお願いをしにいくの」

なるほど、と伊吹はうなずく。先刻よりも力強い声で語った伊世子の言葉に得心した。

だがなぜだろう。胸の奥でかすかにざわめき始めた不安の波は消えなかった。

そこへ伊世子が言葉を継ぐ。笑みが一層、輝かしくなった。

「今読んでいる『若草物語』、英語の本当の題名は『小さな婦人たち』というんだって。福井先生に教えてもらった」

読書感想文の課題用に借りた小説。本が大好きな伊世子は、読書自体を楽しんでいた。夏休みが始まってまだ一週間なのに、すでに半分近くまで読み進めたと伊世子は言った。

そこから続く『若草物語』の原題「小さな婦人たち」に関する講釈は、小学三年生の伊吹にとってはやや分かりづらいものではあった。だが、そうしたなかでもかろうじて、伊世子が言わんとしていることは理解できた。

小さな女の子だって、立派な女性の一員である。

要は心がけと行動次第で、女の子も大人の女性に負けない役割を果たすことができる。

『若草物語』の原題と物語の中には、そうした気高い精神がこめられているという話で、伊世子が伊吹に説こうとしていたのも、まさしくこうした意味合いのことだった。

「行こう。お夕飯の時間まで、ふたりで一生懸命お願いをするの」

「うん、分かった。いいよ」

伊世子の誘いに乗った伊吹は、逢魔が時の薄闇に燻《くすぶ》る螺旋階段を上り始める。

小さな婦人。言葉の響きも、言葉が有する意味も、確かに素晴らしいものだと思った。

けれども伊世子の講釈を受けて誘いに乗じても、先ほどじわりと湧きだした薄い不安は、未《いま》だ伊吹の胸に残っていた。

その感覚を言語にするのは難しい。頭の中に絵なら浮かんだ。

上から白い布がすっぽりと覆い被《かぶ》された、中身の分からない何か。以前に絵本で見た、西洋のお化けを思わせる白いシルエットが、伊吹の頭の中に思うともなく浮かんできた。

仮にそれがお化けだとすれば、布の中身は空っぽなのかもしれない。だが分からないし、布の中身は背筋を伸ばして座る狼かもしれないし、黒い衣を纏《まと》った魔女かもしれない。角を生やした人喰《ひとく》い鬼かもしれないし、あるいはそれ以上に恐ろしい何かかもしれない。布の中身について思いを巡らせるなか、たとえば漫画ののらくろやフクちゃんのような、笑えるものが浮かんでくることは何ひとつとしてなかった。

そうした想像力の不振が、伊吹の心を一層不安に駆り立てる。

「細ら女様に一生懸命お祈りしようね、伊吹ちゃん」

「うん、一生懸命お祈りする」

ふたりで肩を並べ、螺旋階段の狭い踏面をゆっくりとした足取りで上っていきながら、伊世子にかけられた言葉に漫然と答えを返す。だが、それはもはや本意ではなかった。

ここからおよそ十数分後――さらにはそこから実に半世紀余りの長い年月にわたって、伊吹は心底悔やむことになる。

心に芽生えた小さな不安を、ひた隠しにしてしまったことを。

もしもこの時、ざわめく思いをありのままに伝えるか、あるいは何かそれらしい口実――「観たいテレビがある」でもいいし、「眠たくなってきた」でもいい――を使って、伊世子を引き止められていたなら。

姉として面倒見のいい伊世子のことだから、「しょうがない子」と眉《まゆ》を顰《ひそ》めながらも、そこから先は「いいよ」と応じて、伊吹と一緒に階段を引き返してくれたかもしれない。

賢い姉だった。優しい姉だった。物心がついた頃から、ずっと伊吹の憧《あこが》れの姉だった。

そんな愛《いと》しい姉だったのに、全部自分のせいだと思う。

伊世子はこの日、心密《ひそ》かに楽しみにしていたであろう、夕飯のカレーを食べることはできなかったし、その後は『若草物語』の続きを読むこともできなくなった。

薄暗い螺旋階段を上り詰め、伊世子が三階へ通じるドアを開く。

目の前には、逢魔が時の不穏な朱色に染まる長い廊下が延びていた。

伊世子と並び、天守の間に向かって廊下を歩き始めた伊吹は、胸の内に留《とど》まり続ける小さなざわめきに戸惑いを禁じ得ない。

たとえそれが小さな戸惑いであっても、ここは本能にしたがい、逃げだすべきだった。

伊世子の手を引き、疾風《はやて》のように踵《きびす》を返して。

やろうと思えば容易《たやす》いことだったはずなのに、それができなかった伊吹はこれから先、実に五十年近くにもわたって悔いても悔やみきれない、自責の念に苛《さいな》まれることになる。

第二部　ふたり

あなたにずっと、いてほしい——

運命の小鳥たち　昔日

感じたのは自責。

この世でいちばん愛する人を傷つける。それも自身の意に染まない形で傷つける。

決して体験すべきでないことを月峯湖姫《つきみねこひめ》は強要のうえ、不同意に実践させられていた。

上下に揺れる湖姫の視界の真下で、霜石緋花里《ひかり》の顔も上下に等しく揺れ動いている。

揺れは湖姫の動きによって生じていたが、湖姫が望んで起こしているものではない。

けれどもつぶらな目からとめどなく滴る涙の粒は、湖姫の激情が湧かせるものだった。

涙の雫《しずく》は苦悶《くもん》に歪《ゆが》んだ相を拵《こしら》えながら湖姫を見あげる、緋花里の顔へと注がれている。

「ごめんね、緋花里……ごめんね緋花里……」

嗚咽《おえつ》交じりに湖姫は緋花里に声を掛け続けるが、緋花里は切れ長の瞳《ひとみ》を薄らかに狭め、血の気が引いて真一文字に結んだ唇をわなわなと震わせるばかりである。

この世でいちばん愛する人を傷つける。それも自身の意に染まない形で傷つけている。

凄《すさ》まじい自己嫌悪と自責の念に胸を焼かれながらも、湖姫は涙を滂沱《ぼうだ》とこぼしながら、それを決してやめさせてもらうことができなかった。

あの日の赤翡翠《あかしょうびん》と大瑠璃《おおるり》が、重なり合って壊れていく――。

幕開けへの所感　現今

感じたのは憐憫《れんびん》。

遠い日の記憶に襟足をそっと摑《つか》まれ、鉤爪《かぎづめ》を突き立てられたような心地に脳幹が疼《うず》き、霜石湖姫は目蓋《まぶた》をゆるゆると開いた。うなじが少し汗ばんでいる。

いつのまにか微睡《まどろ》んでいたらしい。背中を預けていた黒い革張りのアームチェアから身を引き離し、古びたデスクの隅に置かれたデジタル時計を見やる。

時刻は午前十時十七分。おそらく五分かそこら、意識が完全に途切れていた。

浅い眠りの中でつかのま見た情景は、夢であって夢ではない。体質によるものなのか、それとも感性によるものなのか。生まれてこの方、夢はほとんど見たことがなかった。

稀《まれ》に見るのも、自身の過去にまつわる記憶の再現が大半である。そうした発露の中に夢特有のもやついた印象や事象の簡略、改竄《かいざん》のたぐいが認められたことは一度もない。

今しがた、目覚める間際に見た情景もそうだった。

忘れもしない。忘れることなどありえない。二十年前の夜分に湖姫と緋花里を襲った、未曾有《みぞう》の耐え難い凶事。ふたりが尊く育《はぐく》んできた絆《きずな》と尊厳を完膚なきまでに踏み躙《にじ》って幕をおろしたあの凶事。そのディテールは当時と寸分違《たが》わぬものだった。

同時にそれは湖姫がこれまで歩んできた人生の中で、寝ても覚めても絶えることなく反芻《はんすう》され続けてきた、呪詛《じゅそ》のごとく忌まわしい記憶の断片でもあった。

果たしてわたしたちの人生を蝕《むしば》んできた不運は、いつから始まったものなのか。生まれる前から？　出逢《であ》った時から？　ふたりにまつわる真相を知った時から？

それは基準によってまちまちになるのだけれど、少なくともあの夜の忌まわしい宴《うたげ》が、ひとつの大きな転機になったことについて、異論を挟む余地はない。

本邸一階東側に位置する自室。壁際のチェストに陣取るオーディオプレーヤーからは、『アヴェ・マリア』が静やかに流れていた。二時間ほど前から流しっ放しにしている。

恵みに満ちたる聖マリア
主は貴方《あなた》と共におられます
貴方は女の内にて祝せられ、貴方の子イエスも祝されています
神の母、聖マリア
罪深き我らのために今も、そして死を迎えし時にもお祈りください

意図して選んだ曲目ではなかったが、今という瞬間における我が心情を代弁するなら、これほどまでに相応《ふさわ》しい一曲もなかろう。アームチェアに再び背を預け、しばらくの間、年代物のスピーカーから流れる清冽《せいれつ》な歌声と調べに、陶然とした心地で聴き入る。

「時は十日の菊を吹き散らばしていく——か」

そのさなか、四日前に電話で、宮城に住まう先方に投げかけたひと言を思いだした。

単なる思いつきで投げつけた渋口だったが、振り返れば言い得て妙だと感じ入る。

時はこうしているまにも、あの日からどんどん遠くへ離れていく。

けれども当時の記憶は二十年という年月が経った今もなお、少しも薄まることはない。

それが肝心なことであるなら、なおさらのことだった。

明々たる純度と輪郭を保ったまま、あの日の情景もあの日へ至る道筋も、あの日から今日へと至る道のりも、湖姫は全て変わらず、余すところなく克明に覚えている。

それとは対極的に劇的な変化を果たし、あの頃とはほとんど原形を留《とど》めていないほど変わってしまったのは、湖姫の心の形質だった。

思えば大した成果である。悔いてはいないし、今さら昔の心に戻りたいとも思わない。

時は十日の菊を吹き散らばしていく。己がなすべきことに不要な思いや感情のたぐいは、概して二十年単位に及ぶ「歳月」という岸辺のない流れが綺麗《きれい》に洗い去ってくれたのだ。

時の流れも今の心の完成に、大きな力を貸してくれた。実にありがたいことではないか。

漫然と思いを巡らすなか、湖姫の視線が留め置かれていたのは、デスクの右端辺りに悠然と横たわる、一冊の本だった。

タイトルは『All the lives of this world』。すなわち「この世の全ての生命たち」。

サイズは文庫本よりひと回りほど大きく、表紙はハードカバー。頁は五百近くもある。

年季が入った表紙の表部分には、銀色の毛並みを輝かせる大きなペルシャ猫を中心に、色鮮やかな羽で着飾った小鳥たち、宝石細工のように煌《きら》めく昆虫たちや熱帯魚といった動物たちのイラストが大小様々なサイズに描かれ、ずらりと並んでいる。

イラストといっても子供向けのそれではなく、博物画のように繊細で生き生きとしたタッチの画風である。それに加えて表紙の縁には、金色のリーフ模様がぐるりと四角い枠を描いて箔押《はくお》しされている。まるで魔法の国から出てきたような雰囲気の本である。

湖姫の宝物だった。手にした日から三十年近く、長らく人生を共にしている。

子供の頃はほとんど毎日のように開いて、紙面にびっしりと描かれている生物たちの姿を眺めていたものだし、長じた今でも折に触れては、本を開いて紙面に目を躍らせる。そうしていると気分が不思議と落ち着いて、心に力が湧いてくる気もするのである。

今日は長い一日になる。縁起もこめて湖姫は本を手元に引き寄せ、中を開いた。

見ていて、お父さん。この日をもって、当家を蝕むあらゆる災いに終止符を打ちます。最後の霜石家当主として、終《つい》の境守《さかいもり》として、わたしは立派に務めを果たしてみせます。

勝利の先に与《あずか》れる、渇望していた奇跡のためにも——。

あわいに想いて　現今

いよいよこの日が訪れた。運命の日。今後の全てが大きく変わるであろう、境目の日。今日という日をどれほどわたしが待ち望んできたことか——。

多幸にして、高揚。

大願を果たすために欠かせぬ品も毒も駒も、何もかもが滞りなくこの屋敷に相集まり、終点へ向かう一本道のレールも湖姫の頭の中に敷かれて久しい。

わたしも密《ひそ》かに準備を進めていた。特製の分岐器と新たに敷いた、もう一本のレール。何しろ事前の了解はおろか、説明すらもしていないため、決行時には相応の混乱をもたらすことになるだろうが、湖姫がこれまでくぐり抜けてきた修羅場の数と質を元に結果を予測する限り、レールの分岐後も新たに向かう先へと列車を走らせていってくれることだろう。そうした意味においては、彼女のことをわたしは少なからず信頼している。

錠禍《じょうか》がもたらす身体能力の著しい向上、それによって発現される常人離れした荒業の数々は、今日という日においてもおりおりの局面において、申し分のない成果を発揮してくれるはず。期待している。何しろ途中でへばられては、せっかく長い歳月を要して打ち立てた計画が台無しになってしまう。事はぜひとも順調に進めていってもらいたい。

ふと思いを巡らせてみるに、わたしにとって「願いが叶《かな》う」というのは、今日の仕上げに至ったあかつきが初めての体験になる。今この瞬間に及んでさえも、心は多幸に満ち始めているというのに、いざそれが成就されたら、わたしはここからさらにどんな気分になるのだろうか？　その後に待ち受ける流れについても然《しか》り。関心は尽きない。

成し遂げたいという一念に揺らぎはない。むしろ望むべき成果を期待すればするほど、想いは刻一刻と強まっていくばかりである。

意固地な気質を有する湖姫と同じく、この期に及んでわたしの信念も決してぶれない。たとえ策略を気づかれたとしても絶対にぶれない。万が一にもそんな事態が巡ってきた時には力尽《ず》くでねじ伏せるのみ。やり方については多少ならず持ち得ている。

細工は流々仕上げを御覧《ごろう》じろ。あと数時間で幕が開く。

蛭巫女《ひるみこ》の午餐《ごさん》　現今

ランチも軽めの少なめで結構。なるべく簡単に食べられる物でお願い。

今朝方、主《あるじ》から受けた命に従い、昼食はサンドイッチと野菜スープを作ることにした。

ちなみに真希乃《まきの》を交えて三人で摂《と》った朝食は、チーズベーグルとフルーツサラダだった。ベーグルは前日に街場のパン屋で買い求めた物だったが、バナナとキウイとオレンジをヨーグルトで和《あ》えたフルーツサラダは、白星《しらほし》の手製だった（上にはミントを添えた）。

サンドイッチはコンビニで買ってきた物で良いのだろうし、スープだってキッチンに備蓄しているインスタントスープで構わないのだと思う。仮にそれらを供したとしても、湖姫は「手抜き」などと言って、白星を責め立てることはないはずである。

元来、湖姫は（大好物のポッキーなどは例外として）、食に対する興味が希薄だった。特にこれといった好き嫌いがない代わりに、何を口にするにも淡々とした表情で喫する。湖姫の食に対する考えを端的に表するなら、一食ごとに適度なバランスがとれた栄養を摂取できれば、それで良しということになるのだろう。多忙な時や面倒と感じる時には、ブロック状の栄養調整食品やアルミパックに詰まったゼリー飲料、サプリメントなどで手早く済ませることも少なくなかった。

「昼食を軽めにしてほしい」というのは、だらだらと食事をするのが億劫《おっくう》だからだろう。何しろ今日は、足掛け十五年余りの歳月を費やした悲願がようやく達成される日である。平素にも増して食に対する関心が等閑《なおざり》なのは、口にだされるまでもなく了解できた。

だからこそ白星は、限られた時間と条件の中で、最善を尽くさなければならなかった。食事に要する工夫も例外ではない。言われたとおりに軽めの食事を少量供するにしても、湖姫はその少量すらも残す可能性が考えられる。仮にそうなら望ましくない事態である。ゆえに少量の摂食であっても十分な栄養が賄える物を作らなければならなかった。

そこでサンドイッチのほうは、パンの仕込みから工夫を凝らすことにした。

八枚切りの食パンを一枚一枚、麺棒《めんぼう》で伸《の》し、半分ほどの薄さにする。こうすることで栄養価は元のまま、見た目だけを軽く見せることができる。形は四等分の三角に切った。

種類は三品。生ハムとアボカドとレタスのサンド。軽く胡椒《こしょう》を利かせた蒸し鶏《どり》と胡瓜《きゅうり》、トマトのサンド。そしてピーナッツバターにチョコチップを練りこんだ、甘いサンド。

いずれも午後からの面会に備え、臭いがあまり強くない物を優先的に具材を選んだが、カロリーの高さと栄養の配分も意識した。特にアボカドの栄養価を軽んじてはいけない。ライムグリーンに輝く分厚く脂っこい果肉は、豊富なビタミン類とミネラルを凝縮した栄養群の一大宝庫である。具材の一種にピーナッツバターとチョコチップを選んだのは、余りあるカロリーの高さに加えて、甘い食べ物を比較的好む傾向にある湖姫が少しでも多く口に運んでくれることに期待をこめての思いつきである。

いずれのパンにも、バターをくどくなり過ぎない程度に満遍なく塗った。少なくともどれかのサンドを二切れ、できれば三切れも食べてくれれば、一回分の食事量としては、ぎりぎり及第点の栄養を満たすことができる。

野菜スープのほうは、カロリーよりも飲みやすさを重視して作った。具材は賽《さい》の目に細かく切った大根、人参《にんじん》、ジャガイモ、キャベツの四種。全て赤ん坊の小指の爪ほどの大きさに整えた。味付けはコンソメだけれど、急いで飲み干しても苦にならないほどに塩気を薄く抑えてある。具材の大きさも味付けも、スープに口をつけた湖姫になるべく全部飲みきらせるための工夫だった。

このスープ、原型はその昔、白星の母親が作っていた物である。生活苦から生まれた貧相なスープだった。一度に使う調味料と野菜の量を節約するため、母が作るスープはいつも小さく切った野菜が器の中にちらちらと転がる、薄くて味気のない物だったのだ。オリジナルのスープは、美味《おい》しさとほとんど無縁な代物である。

くも膜下出血で昏睡《こんすい》状態に陥っていた母は、白星が蛭巫女として霜石家に仕え始めておよそ九年後に意識が戻らないまま逝ってしまった。白星が二十六歳の時だった。

相応の悲しみと喪失感は覚えたが、あとを追うようにして仄《ほの》かな解放感も滲《にじ》んできた。その後は特に強い感慨を抱くことはなく、今では思いだす機会さえもめっきりと減った。

午餐のメニューは諸々《もろもろ》に工夫は凝らしこそすれ、調理に大して時間はかからなかった。午前十時過ぎから晩餐《ばんさん》の下拵《したごしら》えと同時に調理を進め、半時ほどで全ての支度が整う。

今日は午後一時に郷内《ごうない》ら三人の客人が訪ねてくる。それから儀式の前半部を執り行い、終了後に休憩と晩餐を挟んで後半部の儀式に取り掛かる予定である。

湖姫の見立てでは、全ての儀式が終わるのはおそらく夜半前後になるとのことだった。ただしそれは、儀式全体の流れが概《おおむ》ね遅滞なく進行していった場合の話だという。

何時頃に終わるのかはさておき、全てが湖姫の予定どおりに進行していくことはない。来たるべきタイミングが訪れた瞬間、白星がプランBへと流れを変えていくからである。その後の経過については、白星にも全ては掌握できない未知の流れとなってしまう。

こうした事情もあるからこそ、今日は食事をなるべくしっかり摂ってほしいのである。身体を支える備えは多ければ多いに越したことはない。

密かに湖姫の意に反する計略を企てながら、同時に湖姫の身の安全も最大限に慮《おもんぱか》る。相反する謀反と配慮の念を内々に抱えながらにして、白星の心が乱れることはなかった。多少の緊張を感じてはいたが、事前に予期したよりもはるかに冷静でいることができた。

それはひとえに郷内たちの協力が得られたという、精神的安心感によるものが大きい。これから幕を切る本番を前に、いちかばちかで打ち明けた胸中が受け入れられたという、成功体験も強固な後押しになっていた。それに加えて鏡香《きょうか》が淹れてくれた、疲れた心を鎮めてくれるという、ジャーマンカモミールティーの成分も効いているのかもしれない。

昼食は早めに十一時頃と湖姫に仰せつかっていた。予定時間の五分前を目途に電話で真希乃を呼び、それから湖姫の私室へ赴き、声をかけた。

食事はいつもどおり、邸内一階の西側に面したリビングで始めた。白星が独りの時は手早くキッチンで済ませるのだが、それ以外の時の食卓は大抵リビングだった。

白星と湖姫がリビングに入るのとほとんど同時に玄関ドアが開く音がして、真希乃が邸内に入ってくる。三人揃ったところで、工夫を凝らした軽めの昼食が始まった。

飲み物は一応、ピッチャーに詰めた水を用意したけれど、これは単なるお飾りである。水とは別に、大きなペットボトル入りのコーラと、缶入りのスプライトも用意していた。どちらも糖分たっぷり。コップで一杯飲むだけで、多量のカロリーを得ることができる。食前に「飲みますか？」とふたりに声をかけたら、どちらも「飲む」とのことだった。乞《こ》われるままに湖姫のコップにはスプライトを注ぎ、真希乃にはコーラを供した。

昼食の結果は上々。「いただきます」の挨拶《あいさつ》とともに湖姫はまず、生ハムとアボカド、レタスのサンドを手に取り、その後は他の二種類のサンドも手にとってくれた。

食べ方は見とれてしまうほどに麗しく、優雅である。湖姫は昔から、食べ方を含めた食事作法の全般が完璧《かんぺき》で、その所作は時に人間業とは思えないほど精緻《せいち》なものがあった。

この時もそうだった。齧《かじ》りついたサンドイッチの断面には、歯型が一切付かなかった。湖姫が齧ったその断面は、刃物で切り落としたような一文字を描いて切り取られていた。果たしてどんな形で歯と唇を動かしたら、そんなことができるというのだろう。

原理や秘訣《ひけつ》に関する諸々は未《いま》だに理解が及ばない一方、原因と事情のほうについては湖姫の口からずいぶん昔に聞かされている。端的に言い表わすなら虐待の賜物である。

今は亡き湖姫の母親というのは、食事の作法にやたらと厳しい女性だったそうである。それも自分の娘に対してだけ。さらには自分の虫の居所が悪い時にだけ。

母親自身は殊更、食事の作法が美しかったわけではなく、こだわりもなかったらしい。湖姫の食事作法に難癖をつけるのは、あくまで母親自身の機嫌が悪い時のみに限られる。その「不機嫌」がいかなる時に発露するのか予測できなかったので、湖姫は幼い頃からおしなべて、異様なまでに食事を綺麗《きれい》に喫するようになったのだ。

湖姫はサンドイッチを食《は》みながら微笑を浮かべ、真希乃が語る今日の儀式についての所感（主には「すごく緊張してます」や「全力でがんばります」など、この期に及んでいちいち口にしなくてもいいようなことだった）や儀式に関する他愛《たわい》もない質問などに逐一丁寧な答えを返しながらも、あくまで自分のペースは崩さず食事を進めていった。

その傍らで白星は、朝食の席で交わされたやりとりをもう一度見せられているような既視感に苛《さいな》まれ、顔にはださずとも、そこはかとなくうんざりさせられることになった。嫌っているわけではないが、かといって好意も抱けずにいる。浅慮な人と、白星は思う。

この屋敷に暮らし始めてふた月余りが経とうというのに、未だに湖姫が自分に向けて浮かべる笑みの正体が分かっていない。

半分以上が作り笑いである。湖姫が本当に楽しい時は、こんなにきらきらした笑みを浮かべることはない。くたりと頬筋を緩め、大きな両目をどことなく眠たそうに細めて静かに微笑むのが、はるか昔に見せていた湖姫の本当の笑顔だった。

白星が心から唯一好きなのは、そうした湖姫の笑顔である。演技の達者な俳優ばりに自分の本音や本性を押し殺して「今必要とされている自分」を表する湖姫の振る舞いは、舞台裏を熟知している白星にとって、見ていて虚《むな》しく痛々しいものでしかなかった。

「ご馳走《ちそう》さま。あとは時間が来るまで部屋にいる。白星と真希乃も休んでいて」

食事を終えた湖姫が真顔でつぶやき、応接セットのソファーから静かに立ちあがる。

この日の装いは、ミッドナイトブルーのボウタイブラウスに、シックな黒に染まったショート丈のブレザージャケットとマキシ丈のマーメイドスカート。

短いジャケットの着丈は、帯刀ベルトを腰に回して刀を抜き差しするのに最適である。今日の儀式でも刀を振るう場面はあるが、決行時にはふさわしい服装に着替えるという。だが、仮に湖姫がこのままの装いで臨むと言ったとしても、大して驚きはしないだろう。基本的に湖姫は、有事の際にも身に着ける衣服に動きやすさや耐久性などは求めない。せいぜい帯刀ベルトが装着しやすい支度を基準とするぐらいのものである。

理由は至極単純。仮にどんな装いで有事に挑もうとも、湖姫は種々の状況に合わせて、己が意志の赴くままに身体を自在に動かすことができるからだ。衣服も靴も、髪の毛も、湖姫の動きを妨げることはない。全てが彼女の目的に合わせて流れるように付いてくる。

昨年十一月、房総半島の偽装廃工場で「ちょっと飛び降りてみた」結果、皮下出血を起こしていた両脚も、あれから特に悪化していくことはなかった。白星が見ていた限り、歩行に支障が出てくることもなく、赤紫に変色していた皮膚も十日ほどで元に戻った。

この件については、運が良かったのだと白星は思っている。

日頃欠かさず鍛えている全身の筋肉と、錠禍の作用によって常人離れした身体能力を発揮できるとはいえ、過信はゆめゆめ禁物である。湖姫は決して不死の存在ではないし、錠禍の作用にも限度がある。皮下出血の難を経た今、今日という積年の大事に至っては、そうした揺るぎない事実が白星の胸中に浅からぬ不安を抱かせていた。

豪胆さではなく、慎重さを。戯れは最小限に控え、時と状況に応じた最適な緊迫感を。圧倒的強者が起こす慢心は、時として最大の弱点となり、最悪の敗因をも招きかねない。

湖姫が綿密に打ち立てた今日のプランは、白星が折を見ながら決行する計略によって、途中から大きく道を逸《そ》れていく。昔から不本意な事態に対して激しやすい性格からして、一旦《いったん》事が始まれば、湖姫は赫々《かくかく》たる憤怒《ふんぬ》に胸を滾《たぎ》らせ、大いに荒ぶることになるだろう。

怒りは甘んじて受けるつもりだが、かといって湖姫を怒らせることが目的ではないし、不測と化した流れの中で怪我など絶対に負ってほしくはなかった。

こちらも最善を尽くす気概で挑む、一世一代の謀反である。願わくは湖姫のほうにも意想外の事態の渦中、最善の構えで我が身の大事を考えてほしいと白星は願っている。

今のところ、湖姫のレーダースクリーンには、感知されていないという自信があった。計画は知られていない。今朝の打ち合わせでも気取《けど》られていない。守備は上々と言える。このまま不変の覚悟をもって、白星は事に当たるつもりだった。

異の営み　昔日

「始まり」にまつわること。主君に仰せつかった「軽めの午餐《ごさん》」に淡々としたそぶりで付き合いながら白星は、湖姫の出自に関する情報を徒然《つれづれ》なるままにたどり始めた。

湖姫が生まれ育ったのは山梨県の北部に位置する、山間《やまあい》の寂れた小さな田舎町だった。

父の名は久央《ひさお》。湖姫がこの世に生を受けたのは、久央が三十歳の時のことである。

母の名は澄玲《すみれ》。二十七歳で湖姫を産んだ。

家名は月峯。澄玲の代で六代目になる、相応に古びた歴史を持つ家だった。

敷地の裏手に広大な杉林が広がる月峯の家は、木造平屋の古めかしい構えをしていた。

元々は数代にわたって畜産農家を営んでいたらしいのだが、湖姫に物心がついた頃には、すでにそうした営みをしていた痕跡《こんせき》は見られなかったと聞いている。

澄玲は月峯の家に生まれた、二人姉妹の姉である。妹の亜澄《あすみ》は澄玲よりも五歳年下で、湖姫が生まれた時には、とっくに家を出たあとだった。彼女は地元の公立高校を卒業後、都内に就職先を見つけ、以後はしばらく独り暮らしを続けていた。

湖姫と亜澄の間に面識はない。亜澄が月峯の家を訪ねてくることは一度もなかったし、澄玲が湖姫を連れて亜澄の許《もと》を訪ねることもなかったという。

湖姫から見て祖父母に当たる澄玲の両親も、湖姫が生まれた時には鬼籍に入っていた。祖父は澄玲が高校生の頃に山の事故で亡くなっている。祖母は湖姫が生まれる二年前に心筋梗塞《こうそく》で世を去っていた。

ゆえに家族は久央と澄玲、湖姫の三人となるのだが、久央はほとんど家にいなかった。大抵は月に数回、曜日も時間も関係なしに笑顔で帰ってきては、大いにくつろぎながら一夜を明かし、朝を迎えて家を出ていくと、再びしばらく帰ってこなかったという。

だから湖姫は実質的に、澄玲とほとんどふたりきりで暮らしながら育ったのだけれど、幼い湖姫にとって生家で暮らした年月は、決して居心地の良いものではなかった。

原因の大半は澄玲という、母なる女の存在である。

澄玲は在宅で祈禱《きとう》師の仕事を営んでいた。雛壇《ひなだん》式の祭壇を恭しく設《しつら》えた家の奥座敷で日がな、雑多な悩みを抱えて参じる相談客らの相手をしていた。

澄玲が語るところによれば、病気を治す仕事もあれば、対人関係の修復や断絶を促す仕事もあったし、時には客にとり憑《つ》いたお化けを祓《はら》う仕事もあったという。

澄玲はお化けのことを、主には「霊」という言葉を用いて呼び習わした。

単に「霊」と呼ぶこともあったが、澄玲の判断基準で特に質《たち》が悪くて恐ろしいものを「怨霊《おんりょう》」や「悪霊」「邪霊」などと呼んだ。

一方、生きている者を庇護《ひご》し、様々な恩恵を授ける霊たちを「守護霊」や「背後霊」、あるいは「指導霊」などと、その性質に応じて称し分けた。

澄玲の目にはそうした者らの姿が、朧《おぼろ》げな像を描いて視えていたらしいという。煙のように全体の輪郭がもやついていたり、コールタールを思わせる粘り気を帯びた黒い影状だったり、身体の向こうが少し透けて見える、曇りガラスのような姿だったり。いずれも「朧げ」という共通点を除いて、澄玲の視え方は様々だった。

一方、幼い湖姫の目には、そうした者らの姿が視えることは一度もなかった。

見ぬもの清し。だから白星は、余計に視なくて済んで幸いなのよ――。

かつて向けられたひと言も思いつつ、白星は湖姫の幼少時代における述懐を振り返る。

その解像度は、今現在とまったく変わるところがないものだった。

湖姫の目に視えるのは、たとえば自宅の縁側にぼんやりと佇《たたず》む、茶色い作業着姿の男。澄玲の仕事場に面した掃きだし窓の前に、ほとんど張りつくような距離で立ち尽くし、蛙のごとく虚《うつ》ろな目つきで、家の中を見るともなしにどんよりと見つめている。

庭で砂遊びをしていた湖姫が男に気づいて「あっ」と声をあげると、男は寸秒置いてゆるゆるとこちらに首だけを振り向け、やはりどんよりとした目で湖姫を見つめながら消えてしまう。音はしなかったが、上下に「ぱん」と潰《つぶ》れるような消え方だったという。

それから自宅の近所に延びる、畑のそばの細い砂利道。

幼稚園が終わった昼下がり、澄玲に手を引かれながら歩いていると、目の前の路上に小さな人影が見えた。数はふたつ。ぴょんぴょんと蚤《のみ》のように忙《せわ》しなく飛び跳ねながら、路面に歪《いびつ》な円を描いて回っている。けらけらと甲高い笑い声も聞こえてきた。

目を凝らしてよく見てみると、それは真っ赤な着物を纏《まと》った、髪の長い女たちだった。身の丈は五十センチにも満たないというのに、身体つきは大人の女と変わらない。

小さな女たちは湖姫の視線に気づくと、けらけらと笑いながら煙のように姿を消した。

他にも古びた民家の瓦《かわら》屋根の上を四つん這《ば》いで歩き回る裸の女。

血まみれの脊椎《せきつい》を尾のように長々とぶらさげて宙を舞う、老婆の生首。

頻降《しきふ》る雨の中、わずかも身体を濡《ぬ》らすことなく、雑踏の中に悠然と佇む背広姿の男。

雨上がりの午後、路上にできた大きな水溜《みずた》まりから顔の上半分だけをぬっと突きだし、道行く人々の様子をぎょろぎょろした目つきでうかがう女。

大きな目玉を熟したトマトのように赤々と光らせながら、幼稚園の窓辺に佇む男。

スーパーの天井に蜘蛛《くも》のような姿勢で張りつき、眼下を行き交う客の姿を見つめる女。

いずれも挙動や姿が異常な者が大半を占めていたが、湖姫の目には全てがはっきりと、場合によっては生身の人のそれより、はるかに仔細《しさい》な像を帯びて視認することができた。煙や影の性質を引き合いにだすような視え方ではない。

時には挙動や姿に不審な点がない者を視ることもあった。そうした者は、生身の人と見分けをつけづらい。目の前から突然消えるなどして、初めて生身の者でないと分かる。

生まれて初めてお化けを目にした時の記憶については、おぼつかないとのことだった。確かなのは、物心がついた頃にはすでに視えていて日常の一部と化していたということ。自身が目にするものに困惑を抱きながら、事情を理解していったということである。

幼稚園に入ってほどなくした頃、お化けが視えるのは自分だけだということを悟った。園庭の一角や園舎の片隅に不審な存在を捉《とら》え、湖姫が周りの子たちにそれを指摘しても、「そんなのいない」「見えないよ」などと、しらけた顔で答えが返ってくるだけだった。中には顔を引き攣《つ》らせて答える子もいたし、時には声をあげて泣きだす子もいたという。

当の湖姫もだいぶ泣いた記憶があると聞いている。他意はないにしても奇矯な言動や振る舞いが災いして、しまいには周囲から遠ざけられるようになっていったからである。虐《いじ》め紛《まが》いの行為に発展したこともあり、周囲の子供たちとの関係性は幼稚園を卒園して小学校に入学してからもさして変わりないものとなった。

祈禱師を生業《なりわい》にしているにもかかわらず、澄玲も湖姫のよき理解者にはならなかった。理由は至極単純。娘のほうがより鮮明に、不可視の者を視る目に長《た》けていたからである。悪い意味でプライドが高い澄玲は、湖姫が何かを目にして怯《おび》えることがあったとしても、それが己の意に染まない話であれば、平気で嘘つき呼ばわりしていたという。

さらに加えて月峯澄玲という人物は、斑《むら》っ気の激しい性分でもあった。

平素は淡々とした調子で湖姫と接しているのだけれど、気分が勝手に上向いた時には賑々《にぎにぎ》しいそぶりでこれでもかと湖姫に絡んでくる。

たとえば、相談客に仕事の腕前や容姿について褒められた時や、行きつけの美容室で思いのほか綺麗《きれい》に髪の毛を仕上げてもらった時。その他、少額の宝くじに当選した時や、スーパーの見切り品を絶好のタイミングで買えた時。

理由はなんでもござれといった具合だったが、何かの弾みで歓喜のスイッチが入ると、はちきれんばかりの興奮を無数の言葉と笑い声に変えて、やたらと湖姫にぶつけてくる。いずれも喜ばしいことなので、湖姫も拙《つたな》い言葉で一生懸命相槌《あいづち》を打って寿《ことほ》ぐのだけれど、厄介なのはこうした時にかける言葉や向ける態度を間違えると、澄玲の態度はしだいに尖《とが》り始めて、最後は叱責《しっせき》されてしまうことだったという。

「わたしが何を話しているのか、ちゃんと理解ができて言ってるの？」

どんよりと曇った目つきで睨《にら》みながら、意地の悪い声音で訊《き》いてくるのが合図である。湖姫に他意はなくてもねちねちとした言葉で、泣くまでしつこく詰められてしまう。

児童公園や玩具《がんぐ》店など、澄玲の意志でどこかへ連れていかれた時などもそうだった。現地で何か気に障ることがあると態度が豹変《ひょうへん》し、低い声で唸《うな》るように湖姫を叱ってくる。あとは有無を言わせず手を引っ張られて、その場を切りあげられるのが常だった。

歓喜のスイッチと同じく、怒りのスイッチのほうもいつ入るのか予測がつかないため、湖姫は澄玲が怒り始めてからの対応を余儀なくされた。対応と言っても、できることは限られる。澄玲の怒りが鎮まるのをひたすら堪え抜き、求められれば謝るだけ。下手に言い訳をしても怒りを激化させるだけなので、たとえ自分に非がないと確信があっても目に涙を浮かべて堪え忍ぶしかなかった。食事に関する難癖もそうした一例である。

湖姫曰《いわ》く、おりおりに気分で可愛がられたことはあっても、殊更大事にしてもらった印象はないとのことだった。生前の澄玲を知っている白星としても、それは同感である。

人としてどうしようもない母親に対して、父の久央はその対極にあるような人だった。湖姫は父のことなら好きだった。

家に不在がちというか、ほとんどいないも同然の父だったが、時折帰ってきた時にはいつでも判で押したような明るい笑みを浮かべて、湖姫に優しく接してくれたという。

久央は物静かだけれど気性の明るい人で、食事の時間や入浴の時など、湖姫に楽しい話題を持ちかけてくれたり、湖姫の口から何かと話題を引きだそうとしてくれたりした。

久央も澄玲と同じく、霊能関係の仕事をしていると湖姫は聞かされていた。

澄玲の仕事と大きく違うのは、久央はお化けで悩んでいる人の許《もと》を直接訪ねていって、お祓《はら》いや供養などをしていた。東京を始めとした、隣県に出掛けていくこともあったが、さらに離れた他県に出掛けていくことのほうが多かった。

久央もまた、他人の目にはなかなか視えないお化けの姿を視ることができる人だった。やはり湖姫のそれとは視え方が少し違っていたけれど、澄玲と違って久央は湖姫が語るお化けの話をしっかり聞いてくれる人だった。

それに加えて、久央はとても博識な人でもあった。例を挙げれば動植物に関する知識、科学に関する知識、天文に関する知識、それから無論、祭祀《さいし》や信仰に関する知識など。

幼いみぎりの湖姫にとって、知らないことは何もないのではないかと感じられるほど、持ち得る知識は実に豊富で、時に何を語っているのか理解が及ばないことも多かったが、久央が持ちだす話にはいつでも聞き入らずにはいられなかったという。

湖姫が生き物全般を好きになった理由も、久央の存在によるところが大きい。

こうした気質と知識を併せ持ち、さらには限られた時間にしか接することができない父でもあったので、湖姫としてはもっとたくさん話をしたいという願いはあったのだが、不幸にも叶《かな》う機会はそれほど多いことではなかった。

理由は久央が家に不在がちだったということも確かに大きい。けれどもさらに大きな理由となっていたのは、ここでもやはり澄玲である。

澄玲は、湖姫が久央と過度に親しくすることをあからさまに忌避するきらいがあった。理由については、独占欲と嫉妬《しっと》心のようなものだったのではないかと湖姫は語っている。

おしなべて感情の起伏が激しく、娘にまともな愛情を注ぐことのない性分と並行して、澄玲は久央に対して一児の母親であることよりも、ひとりの女であることを望む思いが強かった。たまに親子が三人揃った時は一家団欒《だんらん》のひと時よりも、夫の気を惹《ひ》くことに重きをおき、話題の中心は幼い湖姫のことより自分のことが大半だったという。

澄玲はおよそ母親に向くような女ではなかったというのが、湖姫が下した結論である。これについても白星は同感だった。基本的な愛情の欠乏は元より、我が娘の人生行路を節目ごとに最悪の方向へけしかけていったのも、月峯澄玲という人だった。

子は親を選べない。母親に人生の前半部を蝕《むしば》まれた白星には、強い実感を伴いながら脳裏に浮かびあがってくる言葉である。それは湖姫の境遇にも当て嵌《は》まると白星は思う。

湖姫の人生における苦難と不幸の始まりは、紛れもなく母親から生じたものである。

秘めたる願いと計画　現今

好かれてはいない。

強くて露骨な敵意を向けられるほどに厭《いと》われてはいないにしても、少なくとも好意を抱かれていないことだけは間違いなかった。それぐらいの心情は汲《く》み取ることができる。優雅にサンドイッチを食《は》む湖姫の様子を見守る白星を見つめながら、真希乃は思った。邸内の蛭《ひるみ》巫《こ》女寮に住み始めて、ふた月余り。白星とはどうにもそりが合わなかった。

まずもって会話が弾まなかったし、弾む以前に打ち切られて終わることのほうが多い。真希乃が声をかければ言葉は返ってくるし、何かを尋ねれば答えもきちんと返ってくる。だが、ただそれだけのことである。

それらは必要最低限の受け答えに過ぎないものだ。事務的な対応と言い換えてもいい。このふた月余り、白星の口から真希乃に向かって出てくる言葉は、いずれも無味乾燥でおよそ喜怒哀楽に乏しいものばかりだった。

そうした態度を初めのうちは白星の性分、たとえば人見知りからくるものと思ったり、あるいは寡黙さからくるものかと割りきって、納得しようと努めたこともあった。

だがそうした解釈はいくらも経たずして、わずかな説得力すらも失うことになる。

白星は特に人見知りというわけではなさそうだった。折に触れては屋敷に訪ねてくる宅配業者やクリーニング業者とやりとりをしている様子を何度か目にしたことがあるが、そうした時に浮かべる彼女の笑みは、刺々《とげとげ》しさのかけらも見えない朗らかなものだった。口から出てくる言葉の声音も至って柔らかなものである。

殊更寡黙なわけでもなさそうなのは、業者と話をしている時の口ぶりや言葉数の多さ、湖姫と接している際の雰囲気などから察して理解することができた。

真希乃に対してだけ、そうした振る舞いが希薄になるということは、推して知るべし。つまりはなんらかの含みがあっての態度なのだと得心するに至る。

それが理解できると、理由についても概《おおむ》ね合点がいった。

ひとつには多分、異物感だろう。湖姫に誘われ、昨年十一月から真希乃が蛭巫女寮に暮らし始める前まで、白星は十五年近くも湖姫と屋敷にふたり住まいだったのだという。

何かと調子が狂って忌避する気持ちが湧くのは、動機として筋が通っていると思うし、この家には口にだすことからして細心の注意を要する秘密事項も多い。そうした事情も彼女をぴりぴりさせる一要因に含まれるのだと思う。

それらは仕方がないと呑《の》みこむことができるのだけれど、ふたつめの理由については（仮に当たっているとするなら）、少々気まずい気分に苛《さいな》まれてしまう。

真希乃がこの家に住み始めて以来、どうにも白星は、真希乃と湖姫の距離感に関して嫉妬のような思いを巡らせている節があった。

三人で昼食の席を囲む今もまさしく、そうした気振《けぶ》りが感じられる。真希乃と湖姫が楽しく言葉を交わし合うなか、何気なしに視線を向けると白星は大抵、不愛想な表情で視線を空《くう》に向けているか、手元に向かって落としているかだった。

その目には、ちりちりとした苛立《いらだ》ちの火花が音もなく爆《は》ぜているようにも感じられる。真希乃が湖姫と話している時の白星には、大なり小なりこうした気色《けしき》が常に漂っていた。真希乃はそれを悋気《りんき》の一種ではないかと受け止めている。

少なくとも真希乃の目につく範囲で、湖姫が白星に対し、真希乃に接してくるような気安いそぶりを見せることはなかった。湖姫が白星に差しだす笑みはまったくの皆無か、あったとしても水でぼかしたように薄く、かける言葉も要件だけを告げる平板なものが大半を占めた。いつも会話の要所で真希乃に披露してくれるような、ウィットに富んだ軽口や冗談のたぐいも、白星に対して発することは一切ない。

果たしていかなる思いが、湖姫にそうしたすげない態度を取らせてしまうものなのか。湖姫から直接理由を聞き得たわけではなかったし、理由がひとつか複数かについても定かなものではなかったが、少なくともひとつの理由についてなら真希乃は知っていた。仮にそれを事実とするなら（真希乃はすでに、紛《まが》うことなき事実と受け止めているが）、十分以上に納得できる事情だった。

湖姫と白星の関係性に浅からぬ溝が生じているのは全て、白星に非がある問題である。それも昨日今日に始まった問題ではないし、まして真希乃に関わりのある問題でもない。

なのに真希乃が湖姫と接する時に白星が発する気色の端々には、薄い嫌悪が混じった嫉妬のようなものを感じ取らずにはいられなかった。真希乃の推察が正しいとするなら、お門違いもいいところだと思う。

少なくとも真希乃の気持ちの中に湖姫を独り占めしようなどという思いはなかったし(仮にしようと思ったところで叶うような相手ではない)、白星から湖姫を遠ざけたり、今よりさらに深い溝を作ろうなどという思惑もない。あらゆる他意はないと断言できる。なのに白星とうまく嚙《か》み合わないというのは、なかなかやるせないものがあった。

程度はさほど強くないにせよ、自覚できるほどに他者から嫌悪の念を向けられたのは、生まれて初めてのことでもある。

大学卒業後に就職して一年足らずで辞めた会社は、社風が気風に合わなかっただけで、上司や同僚たちと諍《いさか》いがあったわけではない。むしろ、誰もが真希乃に良くしてくれた。勝手な都合で職場を去る時には、部内総出で送別会まで開いてもらったくらいである。

その後に十年近くも転々とし続けたバイト先でもそうだった。

自身の主義として、他人と殊更深く関わりたくないという気があったにもかかわらず、職場で知り合ってきた人たちは改めて思い返してみると、例外なく優しく接してくれた。それも真希乃が負担なく付き合っていける、適切な距離と節度を保ってくれながら。

学生時代や幼少期まで記憶を遡《さかのぼ》っても、対人関係といえば、常にこうした具合だった。誰もが自分に気安く接してくれて、露骨な拒絶や嫌悪の念を向けられたことはない。

控えめに言っても実家がちょっとした「お金持ち」ということがあり、折に触れては下心を忍ばせて擦り寄ってきた者はそれなりにいた。実家の問題とはまったくの別件で、（本人たちは無自覚のままに）こちらが不快に受け取ることや傷つくことを言われたり、されたりした経験だって人並みにはある。

しかしここで肝心なのは、たとえそうした目に遭った時でも、相手は真希乃に対して明確な悪意や敵意の色を向けてこなかったということである。理由については至極単純。相手にそうした念がなかったか、あっても気づかない程度に薄かったからに他ならない。然様《さよう》な事実に加えて真希乃は生まれてこの方、両親と教師から受ける軽い叱責《しっせき》以外で、人から大声をだされたり、睨《にら》まれたりといった経験をしたことすらなかった。

殊更謙虚に振る舞うわけでもなく、ましてや小聡明《あざと》いそぶりでへつらうわけでもなく、特に何かを強く意識しながら他人と接しなくても、日々をただ漫然と生きているだけで、誰もが真希乃にそこそこ優しく関わってくれるのである。

対人関係におけるこうした一面だけを取りあげて考えれば、凄《すさ》まじく恵まれた境遇でこれまでの人生を歩んできたと言えるのだけれど、あたかもそれが自然なことのように感じて生きてきたので、深く意識するようなことは一度もなかった。

だから指摘を受けた時には少なからぬ驚きを感じたものだし、こうした厚遇が生じる理由を知った時には、頭から雷に打たれたような衝撃を受けた。それから酷《ひど》い虚《むな》しさも。

衝撃のほうはすでに過ぎ去ったが、虚しさのほうは今でも心に痼《しこ》りとなって残っている。

好かれてはいない。強くて露骨な敵意を向けられるほどに厭われてはいないにしても、少なくとも好意を抱かれてはいない。

程度の多寡にかかわらず、人から良からぬ感情を持たれるということの座りの悪さをまざまざと実感させてくれる白星を、けれども真希乃は決して厭うてはいない。

できれば今より少しでも気安く話ができるようになりたいし、あらぬ誤解があるなら、ぜひとも解きたいと考えている。

何しろ今後も長い付き合いになる。今より形は変わっても、長い付き合いになるのだ。おそらく、多分、いや絶対に。確信もあったし、確信を抱けるだけの裏打ちもあった。

昨年十一月からこの家に居を移して暮らしていることは、実家の両親に話していない。いずれは伝えるつもりでいるのだが、今のところは湖姫と関わっていることについても、湖姫と自分の間にまつわる血縁についても明かしていない。

母の篠《しの》からは定期的にLINEを介して連絡が届いたが、いずれも当たり障りのないメッセージばかりなので、こちらも適当に取り繕《つくろ》ったメッセージを返していた。

六つ歳の離れた（血の繋《つな》がりのない）妹の夏菜《なつな》からも、去年のクリスマスと年明けに二回メッセージが届いたが、こちらは今までと同じように既読スルーで対応した。

父の弦一《げんいち》から一切連絡がないのは、相変わらずのことである。

湖姫との血縁関係が明らかになり、湖姫のそばにずっといたいと思うようになった今、裕木《ゆうき》という家に大した未練は残っていない。

血の繋がりはないとはいえ、自分を育ててくれた両親を嫌いになったわけではないし、夏菜のことは苦手だけれど、だからと言って憎悪や侮蔑《ぶべつ》に類する感情はない。

けれども今後の人生において自分が真に在るべきところは、両親の血脈を引き継いだ本当の娘がいる裕木の家ではないと思うのも事実である。

裕木家の三人がこれから先、自分のことをどんなふうに思うのかは分からないけれど、少なくとも真希乃自身としては、基本的にこれまでと変わらない、近すぎず遠すぎずの関係性が保たれればいいと考えている。別に縁を切りたいわけではない。

それより大事なことは、ようやく自分の居るべき場所が見つかったということだった。胸を張って生きていてもいいのだという存在価値も含めて。

霜石という家がその居場所だったし、真希乃がこの世に生きていられる意味と価値を与えてくれたのは湖姫だった。真希乃は心底感謝しているし、慕ってもいる。

裕木家における「養子の長女」という、捉《とら》えどころのない境遇に長らく煩悶《はんもん》しながら漠然と生きてきたが、ここに至ってようやく本当に在るべき自分というものを得られた気がして心は毎日安らいでいるし、今さら元の不安定な自分に戻る気もなかった。

それを「執着」と思われるなら強く否定することはできないし、もしかしたら白星は真希乃の心情をそんなふうに捉えている可能性もなくはない。だが仮にそうならそうで、別に構わないと思う。今日という日に至って真希乃がもっとも幸運だったと思えるのは、当初の予定どおり、真希乃も一連の儀式に参加させてもらえるということだった。

全てが無事に終わってから、仮に今後はこの家に住めなくなることがあったとしても、それはそれで仕方ないと割りきることもできる。その時は今でも時々荷物を取りにいく、住み慣れた高円寺《こうえんじ》のマンションに戻るだけである。

けれども、おそらく、多分、いや絶対に。そんなことにはならないだろう。

今日という日の儀式に臨む真希乃には、湖姫から要所に割り当てられた役目以外にも、陰ながら担うべき大事な務めもあった。湖姫も白星も知らない、秘密の務めである。

一連の儀式が進行していくなかで、然様な秘密の務めも無事に果たすことができれば、あとは望むべき成果に事は結実していくはずだった。

別に私欲のためではない。同時に叶《かな》うとしても、そちらはあくまで副産物に過ぎない。計画の目的が最優先とするのは、あくまで湖姫のためだった。

思わぬ線から打ち明けられた福音に感謝しているし、大役を担わせてもらうことには身の引き締まる思いである。何かに臨むに際して、ここまで真剣な気持ちになれるのは生まれて初めてのことかもしれない。絶えず背筋が冷やつくような強い緊張感も込みで。

責任は重い。当然、失敗は許されない。目指すべき成果を確かな線でものにするため、真希乃は食事を続けながら素知らぬ顔で、来たる秘密の計画の復習を始めた。

手のひらを太陽に　昔日

感じたのは焦り。

一九八一年四月二十八日火曜日、午前四時十七分。

湖姫が母胎の内なる最奥部から恥骨の門をくぐって、この世に排出された日時である。

誕生における記録としての情報は、のちに澄玲の口から教え示された。

けれども湖姫はそれとは別に、誕生時における〝実感〟としての記憶も保持していた。

まるで夢と現《うつつ》が等しく攪拌《かくはん》されてできたかのような、些《いささ》か幻想的な情景ではあるものの、それでも湖姫はこの世に生まれてきた時の一部始終を、細大洩《も》らさず克明に覚えている。

初めは目覚めにおける記憶である。

生温《なまぬる》い羊水に浸る小さな身体に、凄《すさ》まじい揺れを感じて目が覚めた。

まるで何かが爆発したかのような揺れだった。それまでは身体を海老《えび》のように丸めて眠っていたのだけれど、ふいに起こった異変に耐えきれず、腹のところで結ばれていた短い手足は、たちまち四方にはらりとほどけてしまった。

こうした衝撃や振動は、朧《おぼろ》げな意識の中で過去にもたびたび体感してきたように思う。

だがこれほどまでに大きな異変を覚えたのは、この時が初めてのことだった。

総身を揺るがす振動から間を置かず、今度は肌に粘度を帯びたざわめきを感じ始める。続いて羊水に不穏なうねりが生じ、身体が左右前後にぐらぐらと揺れ始めた。

はっとなって目蓋《まぶた》を開けると、黒一色の暗澹《あんたん》たる前方に青白くほのめく微光が見えた。それは視線のはるか先にあり、豆粒のように小さく細い。だが、視界に捉えた瞬間からどんどん大きくなっていくさまが見て取れた。輝きもさらに眩《まばゆ》さを増していく。

周囲に満ちる羊水のざわめきも一層激しさを強め、湖姫の身体を揉《も》み拉《しだ》くようにして、光に向かって押し流していく。このまま流れに身を任せていれば、身体は紛《まが》うことなく光の先に広がる向こう側へと行き着いてしまう。湖姫はそれが堪えられなかった。

多分、生まれてきたくなかったのだと思う。

生まれる前からにして、すでにこの世に存在したくなかったのだと思う。

そうした己の意思などお構いなしに、無理やり外へとひりだされるのが恐ろしかった。だからもがいた。必死になって抗《あらが》った。湖姫が講じた人生初の努力だった。

そうしてじたばたしているうちに身体が縦にでんぐり返って、青白く輝く光の反対側、子宮の奥のほうへと顔が向いた。視線を投じれば、こちら側にも光が見える。

距離はさほど遠くない。具体的にどれほどの距離があるのかは測りかねるのだけれど、少なくとも恥骨の門の外から射し入る背後の光よりは、いくらか近くに感じられた。

それは朧げな金色を帯びた白光で、光源の中心から放射状に細長い光芒《こうぼう》を発していた。のちになって現物を見た時、太陽みたいな光だったと湖姫は思うことになる。

背後で爛々《らんらん》と煌《きら》めく光には恐れと焦りを感じる一方、視界の先に見える光のほうには、奇妙でなんとも表わしがたい安心感を覚えた。

直感的ではありながら、確信めいた思いを抱き、湖姫は前方に向かって身を捩《よじ》らせる。努力の甲斐《かい》あって、身体は着実に光の許《もと》へと届きつつあった。顔の前に右手を伸ばすと、指の輪郭が朧に霞《かす》んでしまうほど、輝きを強く浴びる距離にまで至る。

あともう少し──。

思いながら懸命に距離を詰めゆくそのさなか、二度目の衝撃が湖姫を襲った。

ついで身体がうしろへ向かって、急激に引き戻される感覚を覚える。羊水のうねりが勢いをいや増し、湖姫ごと恥骨の門の外側へ一気に噴き出ようとしているのだと感じた。堪《たま》らず四肢をばたつかせ、その場に留《とど》まり続けようとしたのだけれど、身体は嫌でもうしろへ押し戻されていく。声にならない悲鳴があがり、恐怖で頭の芯《しん》が凍りつく。

その時だった。白光に満ちた眩い視界の先から、何かがすっと伸びてくるのが見えた。細く絞った目蓋をこじ開け、ようやくの思いで瞳《ひとみ》を凝らすと、それは手だった。

湖姫のそれとよく似た、輪郭に丸みを帯びた小さな手が、光の中から突き出ている。手は五本の指を紅葉のように広げ、何かに縋《すが》りつくような様子で忙《せわ》しなく動いていた。

湖姫もとっさに右手を前に伸ばすと、互いの指先が触れそうな距離まで近づいていく。

向こうが伸ばしているのも右手だった。がむしゃらに振り回した湖姫の右手の指先が、あともう少しという距離で向こうの指先を斜めに掠《かす》める。

目の前で燦然《さんぜん》と輝く光の中、互いの腕は肘《ひじ》の部分が横に並ぶほどまで近づいていたが、どれだけ躍起になって振り動かしても、すんでのところで掠めてしまう。

向こうの手は光の中から伸びてきている。だから湖姫は、手と手を繋《つな》ぎ合わせるなり、二の腕なりを掴《つか》むことができれば、我が身を光の先へと引きこんでくれると信じていた。

けれどもそうはならなかった。

湖姫を取り巻く今の世界、胞衣《えな》という名の周囲に生じるうねりと揺れは一層激しさを振るわせ、今や遅しと仕上げに取り掛かろうとしていた。身体が急激に引かれていく。

それでも湖姫は抗い、まっすぐ伸ばした右手で、光の中から伸びる右手を求め続けた。激しいうねりと揺れに阻まれ、やはり向こうの腕を掴むことはできなかったのだけれど、代わりに右手は光の中まで到達する。

朧げな金色に彩られた眩い閃光《せんこう》の向こう側に手首の先が吸われるように消えていくと、手のひらが何かに触れる感触を覚えた。胸かと思う。じんわりと温かく、柔らかな感触。同時に湖姫の胸にも、まったく同じ温《ぬく》みを帯びた感触が沁《し》み入るように伝わってくる。見ると光の中から伸びる手が、湖姫の胸のまんなかに小さな手掌を押し当てていた。

そこへ再び羊水が荒ぶる。今度の勢いは最前までの比ではなかった。

視界が物凄《ものすご》い速さで後退を始め、互いの胸に触れ合った手と手が仄《ほの》かな温もりだけを残して引き剝《は》がされていく。もはや流れに逆らうことはできなかった。

強い恐怖に満ちた悲痛な思いに咽《むせ》びながら、湖姫はまもなく母胎の外で産声をあげた。

胸に浮かぶ痣《あざ》。

生まれた時にはあったという手のひら形の赤黒い痣が、湖姫は幼い頃から好きだった。澄玲曰《いわ》く、痣は形もそのままに生まれた時からあったそうである。大きさも変わらず、初めは小さな胸部の半分ほどを占めていた面積が、湖姫の成長とともに胸のまんなかへ向かって縮まるような形で落ち着いた。

上を脱げばかならず見える痣なので、小さな頃は周りの子たちや先生から奇異な目で視線を留め置かれることが多かった。無遠慮に「変なの」とからかってきた子もいる。

しかし、湖姫自身はそんなふうに思ったことなど一度もない。むしろ視線をおろして見つめているとなぜだか妙に心が落ち着いてくるし、痣の形に合わせて掌底を添えると、体温以外の不思議な温もりが仄かに感じられることもあった。

湖姫が記憶している限り、痣の件について澄玲に尋ねたのは、一度きりのことだった。答えは「生まれた時からあった」で、原因は「分からない」。感想はそっけない調子で「不思議だね」といった具合である。十分な回答だったので、あとは尋ねるのをよした。

痣の由来についてなら、湖姫のほうがよくよく事情を知り得ていたし、なぜか生理的に痣の件に関する話題は、澄玲と深く語り合いたくもなかった。

痣の由来について湖姫は確信していた。この世への誕生を目前にして現れたのである。あの光。胎内に輝く眩い光の中から伸びてきた手が、湖姫の胸に触れた時についたのだ。

誕生時における一連の不可思議な出来事は、澄玲にひと言も話したことはないけれど、当時の記憶は少しも霞むことなく、湖姫の記憶の中で色鮮やかに残っていた。

生温い羊水が満ちる胎内で目にした、太陽のように輝く白光の正体はなんだったのか。光の中から小さくか細い腕を伸ばしてきた人物は、果たして何者だったのだろうか。

それらに明確な答えが出てくることはなかったが、湖姫の人生における原初の記憶は、胸に浮き出た痣と同じく、決して不快なものでも不穏なものでもなかった。

むしろ思い返せば、目の前で燦々《さんさん》と輝く光の様相や、湖姫に向かって懸命なそぶりで伸びてくる手の動きは、時として切なくなるほど愛《いと》しいものに感じられることもあった。

素性は一切知らないまでも、必死の思いで伸ばした湖姫の手のひらも向こうの身体に触れていた。ほんの一瞬ながらも触れたことには間違いない。平たく柔らかな感触から想像してみるに、湖姫の手が触れたのも、おそらく相手の胸だったのではないかと思う。生まれてきてからもその感触は、右手に薄く残っているように感じられた。

轟々《ごうごう》とざわめく羊水に身体が揉みくちゃにされた時の心地や、それに抗う焦りと恐怖。そうしたものは別として、出生時の記憶は悪い思い出ばかりではなかった。

眩い光と手のひらにまつわる情景があるからこそ、時折記憶が脳裏をよぎった時にも不穏な印象は希釈され、つかのま不思議な感慨に耽《ふけ》ることができた。

常闇の舞台へ　現今

「もう気にするのはやめな。好奇心は猫を殺すとか、あとはなんたらかんたら」

運転席でハンドルを握る鏡香が、声音を低めに変えてつぶやいた。それからつかのま、自虐的な笑みを浮かべてみせると、声音を元に戻して言葉を継ぐ。

「強い口調で釘《くぎ》を刺されたんですけどね。冷静に考えるとわたしは、あれから二ヶ月も経たないうちに刺された釘を引き抜いて、危ない橋を渡ろうとしているわけです」

鏡香が語っているのは、昨年十二月に同業者の千緒里《ちおり》から頂戴《ちょうだい》した忠告のことである。今から二時間ほど前、仮眠を取る前に鏡香の口から詳細を聞かされていた。

「それはなんだろう……。今頃になって、後悔し始めてるってことですか？」

助手席から私が問いを返すと、鏡香は自嘲《じちょう》的な笑い声を漏らし、「いいえ」と答えた。迷いのない声だった。安堵《あんど》する。

「ただ、人生ってつくづく先が読めないなと思って。この前、千緒里と山を登った時は、彼女の忠告に納得して、二度と関わるつもりはなかったんですけどね。それが今じゃあ、友達の忠告を無視してでも、あの家に向かうのが最善だと信じきっているんですから」

鏡香が返してきた答えに、私も自分なりに思うところがあった。

二〇一四年。五年前――。今という修羅場へ至る道筋が、あの頃先に読めていたなら、私はあの時、当時の霜石家で、果たしてあんな愚かな振る舞いをしていただろうか？

していたわけがないと思った。

しかし、あの頃はああした振る舞いが（少なくとも自身の判断においては）最良だと思いこんでいたのも事実である。結果は惨憺《さんたん》たるもので、だからこその今があるのだが、当時の一部始終を改めて回顧して思うのは、己の性分や在り方における苦々しいまでの失望感だった。湖姫が私を蔑《さげす》み、悪罵《あくば》を交えて嘲笑《あざわら》うのも無理からぬ話だと思う。

可能であるなら、時間を五年前に逆戻しさせたい。

過去の過ちから逃れたがっている気持ちが一瞬、叶《かな》いもしない願いを夢想しかけたが、軽く心が揺らぎ始めたところで、それは止まった。うしろから聞こえてきた美琴《みこと》の声に気分が引き戻されたのである。

「先行きが読めなかったのは、わたしも同じですよ。一週間前には、まさかこんな形で日本に戻ってくるなんて、夢にも思っていませんでしたから」

後部座席にもたれた美琴が、くすりと鼻を鳴らして言う。苦笑交じりの声風《こわぶり》だったが、悲観的な色合いを醸すものではなかった。

先刻、鏡香の家で仮眠を取らせてもらう前の短い時間に、美琴の近況も簡潔ながらにあれこれ聞かせてもらった。基本的には、台湾人の心優しい夫と静かで平和な暮らしを送っていたようだが、そのさなかには、人生の大きな転機となるべき変化も起きていた。

私と同じく、美琴にもタルパがいる。いや、今となっては「いた」と言うべきだろう。美琴のタルパは、麗麗《リーリー》という名の小さな女の子だった。

誕生の理由は私の加奈江《かなえ》と同じ、他者から被る強い精神的ストレッサーを起因とする、突発的なものだった。ストレスの原因は、義理の両親から受けた虐待と、同級生による執拗《しつよう》な虐《いじ》め。美琴が小学三年生の時のことである。

逼迫《ひっぱく》した状況にあって予期せず生まれた麗麗は、美琴の大きな拠《よ》り所となったのだが、顕現から三月ほどが経ったある日のこと、やはり周囲がもたらす予期せぬ悪意によって、儚《はかな》くも麗麗は美琴の意識の中から消えてしまった。その後は呼べど探れど、麗麗の姿を見いだすことは叶わず、美琴は再び孤立無縁の耐え難い日々に引きずり戻されてしまう(ちなみに美琴の霊感が色濃く花開いたのは、麗麗を失ってからまもなくのことである。状況から冷静に俯瞰《ふかん》して、過度な精神的ショックがその引き金になったのだろう)。

私にとって興味深いのは、その後に関する流れだった。

消えたはずの麗麗は戻ってきた。二十五年余りの長い歳月を経て。

二〇一七年の九月、美琴が結婚して台湾に渡り、半年近くが過ぎた頃のことだという。ある日の朝方、麗麗は美琴の前に、当時と変わらぬ幼い少女の恰好《かっこう》で再び姿を現した。

かつての加奈江のように暴走を来たしていたわけでもない。性質も昔通りの屈託ない、明るく天真爛漫《てんしんらんまん》な麗麗そのもので、美琴はまったく予想もしていなかった奇跡の再会を滂沱《ぼうだ》の涙に咽《むせ》びながら喜んだ。

私も以前に一度だけ、麗麗の姿をこの目に拝ませてもらったことがある。去年の春先、美琴が日本へ一時帰国した時のことだった（すでに膵臓《すいぞう》を悪くしてからのことだったが、それでもこの時はまだ、視える力だけはしっかりと機能していたのだ）。

兼ねてから美琴に伝え聞かされていたとおり、邪気のない笑顔が眩《まぶ》しい、可愛らしい雰囲気の女の子だった。歳は七歳ぐらい。頭の両脇に白い布でお団子状に結んだ黒髪と、襟元の拵《こしら》えに特徴がある青いチャイナ服が印象的だった。

この時、美琴は弾んだ声音で「今後も仲良く一緒に暮らしていければ」と語っていた。けれども美琴が語った「今後」は、そこから決して末永く続くものではなかった。

今からついふた月ほど前、昨年十一月の末頃に、美琴は再び麗麗と別れたのだという。それも今度は美琴自身の意志によって。麗麗も合意のうえでの決断だったそうである。

こうした話はやはり二時間ほど前、私が仮眠に入る前に初めて聞かされたことだった。「どうして？」と尋ねた私に、美琴は短く「お互いのため」とだけ答えた。

ぜひともくわしく事情を訊《き》きたかったのだが、あいにくこの時、美琴の口から麗麗の話題が出ていたのは、私に近況を伝えるためではなかった。ひとえにこれから霜石家で幕を開ける奇々怪々なオペレーション。それらを遂行するに当たって熟知しておくべき、タルパに関する知識全般、性質や対処方法などについての御浚《おさら》いをしておくためである。

主には鏡香に向けたレクチャーだった。五年前の一時期、加奈江と暮らしを共にした実績があるとはいえ、鏡香はタルパの基本を含め、さほどの知識は持ち合わせていない。

限られた時間の中でおこなわれたレクチャーだったし、鏡香も美琴の説明に熱っぽく聞き入っていたので、私もその後は美琴が語るペースを乱さないよう努めた。

そうして美琴の説明が一段落を迎えた頃である。鏡香の口から加奈江の今後を案じる質問が出たところで、私の関心は再び加奈江のほうへと戻ってしまう。

「なるほど。改めて勉強になったし、自分なりにいろいろと思うところも出てきました。それで、今いちばん気になっていることなんだけど……霜石さんが前々から言っている〝分離〟というのは、理屈としては可能なのかしら？　身体がひとつになってしまったコーネリアと白無垢《しろむく》の化け物をもう一度、別々の姿に戻すということ」

美琴は寸秒間を置き、「実例を知らないので、断言することはできないんですが」と前置きをしたうえで、「理論的にはおそらく可能だと思います」と答えた。

私自身も「一縷《いちる》の望みに賭《か》けて」という期待値のほうが大いに先んじてはいたものの、かねてより同じ成果を想像していたので、美琴の答えは心強かった。成功率はともあれ、少なくとも湖姫が口からでまかせを言っているのではないという裏付けは取れた。

車は鏡香の家を出てから十分余りが経っていた。両脇を土色の畑と田んぼに挟まれた平板な田舎道をたどり、これから山道に入っていくところである。

山そのものは、鏡香の家から割合近くに目にすることができた。敷地の裏手に面した森の向こう側に聳《そび》えていた。標高は目算で二百メートル余り。崩れた盛り塩を思わせるなだらかな山容も含め、我が家の裏手に聳える山と大差ない印象の低山である。

森から山へと至る距離は、大まかに見て一キロ程度と鏡香は言っていた。だがそれは、森の奥に位置する麓《ふもと》までの距離に過ぎない。そこから頂までの距離は、さらに倍近くはありそうだったし、鏡香の家から山中に入るための道筋も直線では結ばれていない。

家を出発してから車は門前に延びる道路を道なりに進んで、初めは山から少し距離が遠のく道筋をたどり、そこから再び麓に近づいて、山の外周をなぞる形で進んでいった。

こうして着いた登り口は、上り坂の両側に背の高い杉の木立ちが崖《がけ》のように切り立つ、見るからに荒々しい様相を呈していた。

木立ちは門柱のようでもある。山が霜石家のために拵えた、屋敷へ続く一の門である。路上にチェーンこそ張られていなかったが、まだまだ記憶に生々しいこともあるせいか、山へと分け入る上り坂の雰囲気は、浄土《じょうど》村への入口も思い起こさせた。

同時に小夜《さや》歌《か》が昨年語っていた、ウロボロスの輪に関する話題も脳裏を掠《かす》める。

「何か感じてくるようなものはありますか？」

山道を上り始めてまもなく、鏡香が私と美琴に尋ねてきた。

「ええ。多分、鏡香さんが去年感じたのと同じでしょうね。胸がざわざわしてきます」

先に答えたのは美琴である。それから少し置いて、私のほうは「何も」と答えた。

山道を上るなか、私も胸にざわめく感じは覚えていたが、それは単にこれから始まる諸々《もろもろ》に対する不安や緊張から生じるものに過ぎない。それが証拠にこうしたざわめきは、鏡香の家を出る頃からすでに始まっていた。

私の特異な感覚が停滞しているのは、鏡香もすでに知っている。質問の正式な相手は美琴であり、私に答えを求めたものではないことは心得ていたが、それでも一応謝った。

謝罪を受けた鏡香は「しまった」というふうな色を浮かべ、いくらか恐縮してしまう。こうした反応が返ってくるのも承知していた。余計な気を遣わせて申しわけないと思う。少々気まずい具合になった車内の空気を払うべく、話題を少し戻すことにした。

「今日のこと、伊勢《いせ》さんにバレたら、どんなふうになるんでしょうね？」

「想像したくもないですね。できれば一生バレずに墓まで持っていきたいです」

大仰に顔をしかめて鏡香が笑う。それで空気が和らいだ。私の緊張も多少は薄らぐ。

車は順調に山道を上り、やがて前方がYの字に分かれた。鏡香は迷うそぶりも見せず、右へ延びる細い道筋に向かってハンドルを回す。

鏡香の話によれば、山へと分け入る大きな入口は、私たちが上ってきた入口の他にもふたつあるとのことだった。ネットで調べたのだという。Y字路の左側は、頂上付近に向かって延び、それから山の反対側に向かっておりていく道筋とのことである。

私たちがたどってきた山道は、それなりに整備が行き届いた舗装路だったのだけれど、ここまで至る道中、一台の車も見かけることはなかった。

そして車が滑りこんだY字路の右側。やはり舗装の行き届いた、しかし先ほどよりも幾分幅員の狭くなった一本道を進んでいくと、なだらかな上り勾配《こうばい》を示していた路面は徐々に平板となり、勾配が完全に平らになると、助手席側の道なりに瓦《かわら》塀が見えてきた。

黒い瓦が葺《ふ》かれた、背の高い塀である。壁の色は白。塀の丈は二メートル近くもあり、しかもそうした丈高い塀の連なりが、視界前方に向かって長々と続いている。

ここらを境に当時の記憶が、さらに色濃くなり始めてきた。

二〇一四年二月七日——五年前に私が初めて霜石家を訪ねた時には、白星が運転する白いアウディでこの道をたどったのだ。その時は今回のように新宿《しんじゅく》からの送迎ではなく、都心から電車で最寄り駅まで到着した私を迎えに来てくれた。午前中のことである。

帰りは辺りがすっかり暗くなった頃で、山道を下る闇夜には牡丹雪《ぼたんゆき》がちらついていた。翌日、都内は近年稀《まれ》に見る豪雪に見舞われたと記憶している。

車窓を流れる瓦塀の白壁を目で追っていると、またぞろ胸のざわめきが強まってきた。当時は恐ろしく長い拵えをした塀の様子に思いもかけず、息を吞《の》んでしまったものだが、今という状況に至っては、これからまもなく始まる異様な儀式や、その後に待ち受ける(おそらくのところは不可避の流れとなる)修羅場の顚末《てんまつ》に心が震え気味になっている。せめてもの救いを思うなら、今回は独りで事に当たらずに済むということだけだった。

「見えてきました。言葉が適切か分かりませんけど、いよいよ突入ですね」

視線を前方に強く留め置きながら、運転席に座る頼もしい同志がつぶやいた。

瓦塀が絶え間なく連なる路傍の先に、長屋門が見えてきた。平均的な二階建て家屋に匹敵する、恐ろしく大きな構えをしている。門だけでさえ、私の家よりはるかに大きい。今よりとうの昔に人の枠からはみ出てしまった、魔性の姫君が暮らす屋敷の入口である。

今朝方、白星が伝えていったとおり、三メートルほども高さがある門扉は開いていた。決意の籠《こも》った「入ります」のひと声を合図に、鏡香が門扉に車をくぐらせる。

敷地に入ってすぐ、目の前に飛びこんできたのは、長屋門の真正面に立つ別邸である。古刹《こさつ》を思わせる重厚な雰囲気が漂う、平屋建ての日本家屋。事前に事情を知らなければ、誰もがこれを本邸と思って疑わないだろう。それほど立派な構えをしている。

別邸の前に鏡香が車を横付けにして停めると、玄関戸が開いて中から白星が出てきた。鏡香が助手席側の窓を開ける。

「お待ちしておりました。改めまして、本日はよろしくお願いいたします」

開いた車窓に顔を近寄せ、白星は丁寧に頭をさげた。朝より精悍《せいかん》な顔つきをしている。

「こちらこそ。車はどちらに停めればよろしいでしょう?」

「何ヶ所かあるんですが、本邸にいちばん近い駐車場がよろしいかと思います」

「ご案内いたします」と歩きだそうとした白星に、鏡香は「乗ってください」と促した。白星はわずかに逡巡《しゅんじゅん》するそぶりを見せたが、まもなく後部座席に乗りこんだ。

別邸の前から延びる舗装道を右に向かって進み、建物の右手に沿って曲がっていくと、道は別邸の裏手に沿う形で左にうねり、それからもう一度、右に向かって流れを変える。

そこから先の道筋は、百メートルほど先に見える本邸に向かって一直線に延びていた。本邸まで至る道の両側には、目に見える範囲で五軒の家が立っている。造りはいずれも平屋建ての日本家屋。それぞれの家の門前には、竹垣や生垣も備えられていた。

こうして概《おおむ》ね五年ぶりに目の当たりにしてみると、霜石邸の様子は当時目にした時のそれと寸分違《たが》わぬ印象である。どこかの集落か、映画のセットといっても差し支えない、これほどまでに広大な敷地を有する屋敷など、一度見たら忘れられないとも思った。

それなのについ数日前まで、私はすっかり忘れていたのだ。当時の私の網膜に映って海馬に保存されたはずの風景も、かつてこの屋敷を訪ねたという経験そのものさえも。

あまつさえ真希乃の叔父《おじ》、裕木弥太郎《やたろう》が少年時代にこの屋敷で体験した話を聞いたり、読んだりした時も、五年前の記憶が蘇《よみがえ》ることは微塵《みじん》もなかった。たとえ何遍驚こうとも飽きないほどに湖姫の目が成し得る業は、圧巻というより他ない。

邸内に延びる舗装道を低速で進むなか、車内で声を発したのは鏡香と白星だけだった。駐車場の場所に関する話題、道案内に必要なやりとりだけである。

白星から事前に忠告を受けたわけではなかったが、湖姫のテリトリーに入ったという自覚が私の口を噤《つぐ》ませた。別に何が起こるでないにせよ、少しでも不安を感じることは慎むべきと直感したゆえの判断である。美琴も車内で一切口を開くことはなかった。

白星に案内されて再び車が停まったのは、本邸の正面玄関から見て斜め右手前に立つ家屋の脇だった。年季の入った茶色い竹垣に隔てられた家の隣には、車がざっと十台は停められる砂利地の四角いスペースが広がっていた。

それぞれ用意した荷物を引っ提げ、揃って車外に降り立つ。肌に感じる辺りの空気は山中ということもあってか、下界よりも幾分寒さが強く感じられた。

「こちらは昔、荒巫女《あらみこ》たちが寝泊まりをしていた巫女寮なんです」

垣根越しに見える家を差して白星が言う。道の対面側にも、ほとんど同じ構えをした小さな家が立っていた。こちらは歴代の蛭《ひる》巫女たちが暮らしていた巫女寮だという。

白星を先頭に砂利地の駐車場を抜け、舗装路の道端を歩きだすと、二十メートルほど距離の離れた本邸の玄関戸が開いた。中から女がふたり出てくる。

ひとりは優美な黒い衣装に身を包んだ霜石湖姫、もうひとりは裕木真希乃である。

「こんにちは。お待ちしておりました。お急がれずにどうぞ」

玄関前に真希乃と並んで佇《たたず》む湖姫が、張りのある軽やかな声をかけてくる。

小皺《こじわ》の一筋もない面貌《めんぼう》も均整のとれた身体つきも、やはり二十代中頃にしか見えない。

玄関口から湖姫が姿を現した時、私は反射的に目を伏せかけた。けれどもすぐに事情を呑みこみ、わずかな安堵《あんど》とともに視線を彼女の顔に留め置いた。

湖姫は色素の薄い淡雪のような色を浮かべた細面に、丸縁のサングラスを掛けていた。フレームに嵌《は》まっているのは黒みを帯びたミラーレンズで、二枚の円いレンズの表には灰色に染まる午後の冬空と、虫けらのように小さく縮んだ私たちの姿が映りこんでいる。ただそれだけ。レンズの向こう側に並ぶ湖姫の瞳《ひとみ》は、片端たりとも透けて見えない。

サングラスにはツルがなかった。おそらくパッドの部分で鼻筋を挟みこんで固定する仕組みなのだろう。映画『マトリックス』で、ローレンス・フィッシュバーンが演じたモーフィアスの愛用していたサングラスに、作りがよく似ていると思った。

平静を取り繕いながら歩を進め、玄関前までたどり着く。

「遠路遥々《はるばる》のご足労、心より痛み入ります。再びようこそ、日ノ本一のお化け屋敷へ」

私が参じると、湖姫は小ぶりな唇から白い歯並みを覗《のぞ》かせ、甚だ心臓に悪いひと言を添えつつ労《ねぎら》ってくれた。続けて軽く一礼。こちらも取り澄ました調子で礼を返す。

「お見苦しいかと思いますが、申し訳ありません。ご無礼を承知で掛けているのですが、お許しいただけますか？」

人差し指でサングラスを示しながら、湖姫が言った。

「ええ。事情は十分理解しています。そのほうが我々も、余計に身構えずに済む」

「良かった。眼鏡がなくても妙な真似をする気は誓ってありませんけど、わたしなりに知恵を絞って導きだした配慮ということで、平にご容赦ください」

いかにも真摯《しんし》な声風《こわぶり》で湖姫は言ったが、果たしてどうかと思う。

四日前に電話で話を交わした折、この女は私に対してなんと言ってのけただろうか？

くれぐれも妙な気だけは起こさぬよう。加減は多分、してあげられませんから――。

こんな具合だったはずである。誓って妙な真似をする気がないなど、詭弁《きべん》に過ぎない。

要するにこちら側の出方次第ということだろう。逆に私たちが妙な真似をしてみせたり、彼女の機嫌を損ねたりすることがあれば九分九厘、その黒眼鏡はたちまち鼻から外れて、魔法の力が宿った可憐《かれん》な瞳をたっぷりと拝ませてくれるはずである。

腹の内を復習したところで、視線を湖姫の左に佇む真希乃に移す。

「ご無沙汰《ぶさた》しております。ご体調を含め、調子のほうはいかがでしょうか？」

尋ねると真希乃は、それまで仏頂面だった口元に浅く笑みを浮かべて答えた。

「こちらこそ、ご無沙汰してます。あの節はお世話になりました。ええ、おかげさまで元気にしています。なんだかご心配をおかけしてしまったようで、申し訳ありません」

あの節。真希乃の認識も真に正しいものであれば、それは三年半前ということになる。今朝方、バスタ新宿で私が白星に告げた「ざっくり一週間ぶり」などではない。

およそ三年半ぶりに見る裕木真希乃は、当時から髪型こそ変わっていたが、顔立ちは私の記憶に残るもので間違いなかった。声も話し方も当時の本人そのものである。

白星とは顔立ちも身体つきもだいぶ違う。白星と比べると真希乃は若干小柄だったし、顔については目の大きさや鼻の作りなど、似通う要素はなきに等しい。強いて挙げればせいぜい、髪の長さが共通しているぐらいのものである。

よもや先日、白星が真希乃になりすましていたとは、未《いま》だに信じられない気分だった。湖姫の仕業と知ってはいても、自分の正気さえ疑わしく思えてしまう。

「今日も寒いですね。中に入って話しませんか？」

とっさに誤魔化したつもりだったのだが、私の唇が小さく震えるのを見て取ったのか、真希乃は笑いながら眉《まゆ》を顰《ひそ》めて尋ねてきた。その表情に今日のこれから先を憂うような陰りは見られない。少なくとも私の目には。独断とはいえ、はるばる宮城くんだりからやって来たというのに、なんだか肩透かしを喰《く》ったような気分にさせられてしまう。

鏡香に対してもそうだった。「取材レポート」に記されていた過去のやりとりを始め、鏡香の口からも今朝方、話はいろいろと聞かせてもらっている。

これまでだいぶ世話になってきているし、今回の件に関しても鏡香がこの家を訪ねる気になった理由のひとつは（たとえ、加奈江の一件が最優先事項だとしても）真希乃の安否をじかに確かめ、事が全て収まるまでの間、彼女の身に危険が及ぶことのないよう、陰ながら目を光らせるためである。

こうした温情があるというのに、真希乃は鏡香に対しても社交辞令めいた近況報告と挨拶《あいさつ》を軽く交わしただけで、特にバツが悪そうなそぶりなどを見せることはなかった。

湖姫に話は聞いているはずだから、あるいは私と鏡香の最優先事項を見透かしていて、それが態度に沁《し》みだしているのかもしれない。だが、もうひとつの「あるいは」として、湖姫が有する目の力による態度と思えないこともなかった。実際のところは分からない。どちらかの可能性はあるし、どちらの可能性もあるし、どちらも見当違いかもしれない。

「そうですね。ともあれ、まずは中に入りましょうか。白星、お茶の用意をお願い」

私が訝《いぶか》しむさなか、中へと促す真希乃のあとを引き受けて、湖姫が流れを締めくくる。白星は即座に応じると私たちの傍らをすり抜け、足早に玄関口をくぐっていった。

「では、失礼いたします」

私と美琴に目顔で同意を促したあと、鏡香が一礼しておもむろに足を踏みだした。

時刻は午後一時。事はいよいよ、本格的に始まってしまう。

青天《せいてん》の霹靂《へきれき》　昔日

山梨の田舎町で異様ながらも静かな日々を過ごしていた湖姫の暮らしが一変したのは、小学四年生の時だった。

一九九一年、ゴールデンウィークを間近に控えた四月末のことである。

夕暮れ時が間近に迫るいつもの時間に帰宅すると、前庭に設けられた駐車スペースに見慣れぬ車が一台停まっていた。車種は分からないが、黒塗りの高級車である。

澄玲を頼って訪ねてきた相談客の車かと思ったが、なんだかいまいちしっくりこない。こんな立派な車で我が家の敷地へ入ってくる相談客など、これまで見たことがなかった。

来客時に余計な声をあげると澄玲に叱られるので、無言のままに玄関戸をそっと開け、家の中へ入った。土間には澄玲の靴の他、品のいい作りをした草履と革靴が並んでいる。

「帰ったの？　こっちにおいで」

湖姫が靴を脱ぎ始めた時、居間の中から澄玲の声が聞こえてきた。奇妙な声音である。いつもよりほんの少し上擦っていて、抑揚もなんとなくおかしい。怒っているわけではなさそうだったが、どんな感情が籠《こも》った声なのかは見当もつかなかった。


感じたのは衝撃。

「ただいま」と短く答え、上り框《かまち》から廊下を短く伝って、居間へと通じるガラス障子の引き戸を開ける。続いて視界に飛びこんできたのは、予想外の光景だった。

澄玲は座卓の定位置に鎮座して、卓上に置いた両手をバッテン状に組み合わせている。居間に入ってきた湖姫を見る目は、薄いピンク色に染まっていた。

目の周りは少し赤く腫《は》れぼったくなり、眉間《みけん》や口元には強い悲愴《ひそう》を示す溝の深い皺《しわ》がくっきりと刻みこまれて、ひくひくと震えている。澄玲が最前まで大泣きしていたのは、言葉で説明されずともすぐに察しがついた。分からないのは涙を流した理由である。

澄玲が座する座卓の差し向かい、来客用に設けられている位置には、ふたりの男女が並んで腰をおろしていた。

ひとりは紺色の着物を召した女性である。年頃は定かではないが、澄玲より少しだけ上のように思える。しっとりとした艶《つや》のある黒髪を頭のうしろでまとめた彼女の面貌は驚くほど端整で、薄白い色をした肌質も磁器のように滑らかで繊細な様相を帯びていた。

彼女は、湖姫が視線を向けた時には、すでにこちらの顔を正面に捉《とら》えて見あげていた。切れ長の鋭い目をしている。目元の形質は少しだけ狐を思わせる印象があるのだけれど、目蓋《まぶた》の間から覗く瞳は大きく、まるで黒い月のごとく静かな輝きをほのめかせていた。

彼女の隣に座っているのは、白髪頭の老人である。年頃は七十前後ではないかと思う。こちらは紺色のスーツに身を包んでいた。体格はがっしりとしているが顔つきは優しく、無表情ながらも子犬のような邪気のない目つきで湖姫の顔を見つめている。

「こんにちは。月峯湖姫さんですね？」

女性が浅く会釈をしながら声をかけてきた。戸惑いつつも「はい」と答えたところへ、澄玲が「座りなさい」と促した。ランドセルをおろし、湖姫も座卓の定位置に着く。

「大事な話があるの。きっとびっくりするはずだけど、しっかり聞いてちょうだい」

相変わらず少々上擦った声で澄玲が告げた。その声音は元より、泣き腫らして乱れた顔の様子も相俟《あいま》って、湖姫はすでに強い緊張感に呑《の》みこまれつつあった。

続いて澄玲は、差し向かいに座る女性に軽くうなずいてみせた。彼女も会釈を返すと湖姫のほうに再び顔を向け直し、ゆっくりと淀《よど》みのない声風《こわぶり》で挨拶を始めた。

「初めまして。わたしは霜石伊吹と申します。今日は湖姫さんに大事なお願いがあって、不躾《ぶしつけ》ながらもお邪魔をさせていただきました。今ほどお母さんもおっしゃられたとおり、これからお話しすることは、貴方《あなた》にとって心に相応の負担が掛かる話になると思います。辛《つら》いでしょうけど、どうか最後まで気を確かにして聞いていただけますか……？」

声音は気遣わしげなものだったが、話の要所に差し挟まれる言葉の一部の物々しさに湖姫の不穏な思いは一層高まるようになってしまう。「心に相応の負担が掛かる」だの、「気を確かにして聞いていただけますか……？」だのといったフレーズを自分に向けて発せられたのは、生まれて初めてのことだった。「お願い」という言葉すらも怖い。

さらに加えて伊吹の前口上に聞き入るさなか、ぎょっとすることがもうひとつあった。伊吹には右腕がなかったのである。

初めは見間違えなのではないかと思ったのだけれど、彼女が纏《まと》っている着物の右袖《みぎそで》は、肩から下の部分がくたりと紙のように平べったくなって垂れさがっていたし、袖口からちらりと覗《のぞ》く中身もがらんどうで、指の先さえ確認することができなかった。

おじおじと身体を揺らしつつ「はい……」と答え、上目遣いに伊吹の反応をうかがう。

伊吹はわずかに居住まいを正すようなそぶりを見せ、再び唇を開きかけた。

だが、そこへ澄玲のほうが先に言葉を紡ぎだす。

「お父さん、死んじゃったんだよ……」

涙は流れてこなかったが、澄玲の声音には嗚咽《おえつ》を思わせる淀《よど》んだ響きが混じっていた。

湖姫は思わず耳を疑い、暗く沈んだ澄玲の顔に視線が釘付《くぎづ》けになってしまう。

「これから順を追って、くわしく事情を話していきます」

澄玲が次の言葉を継ぐ前に伊吹のほうが声をあげた。湖姫が反射的に視線を戻した時、伊吹は黒い月のような目で澄玲をひたと見据えていた。面差しは穏やかなものだったが、その眼差しには幽《かす》かな非難と侮蔑《ぶべつ》めいた色が宿っているのを湖姫は見逃さなかった。

「貴方のお父さんである久央さん。正しくは貴方のお父さんで、わたしの夫でもあった霜石久央は、確かに亡くなってしまいました。予期せぬ突然の不幸です」

湖姫のほうに視線を戻して、伊吹が告げる。澄玲とは対照的に、至って冷静な口調で伊吹は言葉を紡いだが、それが意味する内容は、澄玲が先刻吐きだした言葉に輪をかけ、さらに衝撃的なものだった。

久央が伊吹の「夫」とは、どういうことだろうか？　それに「霜石」久央というのは、伊吹の言い間違えではないだろうか？　湖姫の父は、月峯久央というのが正しい姓名で、「霜石」という名は旧姓だと聞いている。澄玲と結婚する際、月峯の家に婿入りをして姓を改めたのだ。少なくとも湖姫は、今まで両親からそんなふうに聞かされていた。

頭が急激に混乱を来たす。同時に目頭も熱くなってくる。だが、時は待ってくれない。湖姫が泣いたり取り乱したりといった感情表現をし始める前に、伊吹は事のあらましを淡々とした口ぶりで続けていく。

「お父さんが亡くなったのは、二週間前のことになります」

伊吹は言った。首を吊って亡くなったのだという。場所は伊吹が住まう、霜石の屋敷。屋敷は東京都下の山中にある。家柄は古く、伊吹の代で十三代になるとのことだった。十三代目の当主は伊吹。この役割は久央が在りし頃から変わらない。霜石家は先祖代々、女性が家名を継ぐ家柄で、夫は全て婿である。月峯の家でもそうだったように、久央は霜石の家でも婿だった。出自は明かされなかったが、伊吹が他家からもらった婿である。

ここまで聞かされたところで、湖姫の目から涙がついと流れ落ちた。続いて鼻の奥に突き刺すような痛みが走り、痛みにつられて嗚咽が小さくこぼれだす。

「お父さんは、どうして死んでしまったんですか……？」

泣きだす湖姫の様子に合わせ、伊吹が一旦言葉を切って見守り始めるさなか、湖姫は喉からようやくの思いで声を絞らせ、脳裏にもっとも色濃く浮きたつ疑問を尋ねた。

「分からない。分からないから、亡くなり方については聞かせたくなかったんだけれど、それも含めて正直に伝えないと、話の全体像にいずれ矛盾が生じてきてしまうと思うし、これからお願いさせてもらうことのためにも、わたしは貴方に対しては誠実でありたい。辛いことを伝えてしまったけれど、許してくれますか？」

切れ長の目を薄く細め、ひどく憐憫《れんびん》の籠った面差しで伊吹が言った。

なんと答えればいいのか分からなかったけれど、少なくとも「許さない」ではないと湖姫は思った。そんな気持ちも湧いてこない。伊吹の目を見れば、彼女も久央の急逝を心から悼んでいるのだろうと感じ取れた。

そうした様子を見守りながら一拍置いて、伊吹は話の続きを語りだした。

「初めに少し触れたことだけれど、貴方のお父さんは、わたしの夫でもある人物でした。戸籍上も正式にわたしの夫です。わたしたちの間には、貴方と同い年の一人娘もいます。湖姫さんもお父さんの娘だということ自体に間違いはありませんが、お父さんの本名は月峯久央ではなく、霜石久央ですし、大変残念ですけれど貴方のお父さんとお母さんは、本当のご夫婦でもありません。まずはこれを厳然たる事実として受け止めてください」

再び淡々とした口調に戻って伊吹が言う。

事実は呑みこめた。もはや疑うこともなかった。けれども事情については分からない。どうして久央は本当の妻がいながら、澄玲と長らく夫婦の真似事をしていたのだろう？

「浮気とか不倫とか、分かりやすい言葉を使って説明してもいいんですよ？」

湖姫が顔色を曇らせるのを見計らうようにして、またぞろ澄玲が横やりを入れてきた。湖姫がこれまで何度となく聞かされてきた、悪意と嫌味の籠《こも》った投げやりな口調で。

「いいえ。そうした事情はいずれの機会に、月峯さんの口から説明してあげてください。その件に関して、わたしは当事者ではありませんし、加害者でもありませんから」

それに対して伊吹は眉根をぴくりとも動かすことなく、平板な面持ちで言い返した。

「そうですか。でしたらそのように」と澄玲。さんざん泣き腫らしたとおぼしき顔にはまもなく、戯言《たわごと》を咎《とが》められて不満を募らせる幼児のような表情が浮かび出てきた。

「話を続けましょうか」

伊吹の問いに湖姫はうなずく。「では本題に」と切りだして、伊吹は言葉を継いだ。

「わたしの家に来てください」

水端《みずはな》に飛び出たひと言は意味が分からず、戸惑いが先行して返答に困ったのだけれど、全ての説明を聞き終えた時には、ふたつの意味を持っていたことを理解した。

伊吹曰《いわ》く、久央は遺書をしたためて逝ったのだという。

文の書き出しには「先立つ不孝を許してほしい」などといった旨を示す記述とともに、自分が長年、ひた隠しに交際していた相手（すなわち澄玲のことである）がいたことと、彼女との間に生まれた娘がいることも記されていた。

こうした用件のみで綴《つづ》られた文面であるなら、長年の不貞行為を苦にした自殺を示す遺書と解釈するだけで十分なのだが、久央が遺《のこ》していった言葉はこれだけではなかった。

自分の死後は、湖姫と澄玲を霜石の家に迎え入れてほしい。

然様《さよう》な旨が詳細な理由や条件などとともに長々と綴られ、遺書は終わっていたという。

小学四年生の湖姫でも、そうした要求がいかに不条理で突拍子もないものであるのかは、深く考えずとも頭の芯《しん》から沁《し》み出てくる凄《すさ》まじい違和感だけで、呑みこむことができた。あまりに馬鹿げた話である。そんなことをしてもらう理由も浮かんでこない。

ところが伊吹は、亡き久央の意向を汲《く》みたいのだという。

「説明の順番が不適切だったかもしれませんけれど、我が家も代々、貴方のお母さんがご自宅でなさっているようなお仕事と、大筋では軌を一にする勤めを続けております」

要は霊能師の家系なのだという。境守という肩書だと伊吹は言った。

「本来ならば、こちらがお願いをする立場で厚かましい物言いだとは承知していますが、大事な確認をふたつだけ取らせていただき、どちらの条件にも当て嵌《は》まるようでしたら、ぜひとも我が家にお招きしたいと考えております。いかがでしょうか？」

またもや返答に窮してしまい、湖姫は堪《たま》らず澄玲のほうに首を振り向けた。

「あたしはもう、腹づもりを決めている。あんたと一緒に霜石さんのお宅に越すつもり。話を聞いたら悪い条件じゃなかったし、お父さんの遺志を尊重してあげることもできる。湖姫、お母さんの考えじゃ、他に正しい道はないと思う。覚悟をしっかり決めなさい」

泣き腫らして倦《う》み疲れた顔に力をこめ、穏やかながらも張りのある声で澄玲は言った。

縋《すが》りつこうとした自分が馬鹿だったと湖姫は思う。なんの助けにもならなかった。

母から視線をそらしてつかのまうつむき、それから上目遣いに伊吹のほうを見やると、彼女は人形めいた静かな面持ちで湖姫の顔を見つめていた。

霜石の家に越していくということが、澄玲の中ですでに決定事項となっているのなら、湖姫にそれを捻《ね》じ曲げられるだけの発言力などないし、そもそも発言権さえないだろう。澄玲が事前に伊吹の申し出を承諾した時点で、この件はすでに話がついていたのである。

答えは「はい……」と言うよりなかった。

「湖姫さんから了承を得られたところで、そろそろよろしいでしょうか?」

澄玲のほうに向き直り、伊吹が言った。澄玲は「ええ」と答えて席から立ちあがると湖姫のほうに寄ってきて、傍らに座り直した。

「村野さん、席を外してください」

続いて伊吹が傍らに座る老人に声をかける。村野と呼ばれた老人は、返事をするなりすっくと立ちあがり、澄玲に一礼すると素早い足取りで玄関口へと向かっていった。

村野が外へ出たのを見計らい、澄玲が湖姫に呼びかける。

「湖姫。上を全部脱いで、霜石さんに痣《あざ》を見せてあげてちょうだい」

一瞬聞き違いかと思ったが、澄玲が発した言葉に誤りはなかった。湖姫が恥じらってもじもじするさなか、澄玲は荒い手つきで湖姫の上着と下着を素早く脱がせてしまった。

伊吹は軽くうなずくと無言のままに身を乗りだして、露《あら》わになった胸元にまじまじと視線を注ぎ始める。正確には、胸の間に浮かぶ手のひら形の痣に視線を強く留め置いた。

蕾《つぼみ》のような乳房の間に浮かぶ件《くだん》の痣は、数日前に十歳の誕生日を迎えた今となっても、色、形、大きさともに生まれた時と何も変わることなく健在だった。赤子の手のひらの形をした赤黒い痣。湖姫の身体ばかりが大きくなったので、今では小さな歳の頃よりもはっきりと、痣の形を赤子の手のひらとして認識することができる。

「ありがとう。もういいですよ」

時間にして二十秒ほど痣を凝視したあと、伊吹はゆるりと視線をあげて湖姫に言った。ほっと安心したのと同時に、それまで堪えていた嗚咽が「うっ」と口から漏れてしまう。すると伊吹は紺色の袂《たもと》袖に包まれた左腕を、裸になった湖姫の背中に回し、小さな声で「ごめんなさいね」とつぶやきながら抱きしめた。嗚咽がさらに加速する。

「月峯さん、夫の遺言は証明されました。わたしの目から拝見しても間違いありません。これで次の確認もさせていただけるのですが、ご都合のほうは如何《いかが》いたしましょう？」

湖姫を細い片腕で抱きしめながら、伊吹が澄玲に問うた。

「あたしは今すぐにでも構いませんよ。確かめられることはすぐに答えをだしたほうが、今後の話し合いのためにも何かと具合がよろしいかと思います」

「然様ですか。でしたらこれからすぐにお付き合いをいただければ幸いに存じます」

なんのことだか相変わらず見当もつかなかったが、伊吹の問いかけに澄玲が同意して、これから再び別の何かをさせられるのだろうということだけは、かろうじて分かった。

深天の観測　昔日

感じたのは運命。

それから半時後には慌ただしく家を出て、湖姫は村野が運転する車の後部座席に座り、都内西部の山中にあるという霜石邸を目指していた。

隣の座席には、日頃の仕事で用いる巫女《みこ》装束に身を包んだ澄玲が座っている。出発前、伊吹は「普段着で構いませんよ」と言ったのだが、澄玲は「あたしの判断ですから」と頭を振って譲らなかった。

湖姫のほうは、薄手の青いブレザーに白いワンピースとタイツを合わせた装いだった。去年の学習発表会で、合奏の演目を披露する際に澄玲が買ってくれた衣装の一式である。学習発表会が終わったあとは一度も袖を通していなかった。

霜石邸へ向かう道すがら、助手席に座る伊吹からはこの家と、特異な生業《なりわい》にまつわる様々な話を余すところなく聞かせてもらった。

ササラメとイカイメに端を発する霜石家の歴史、深天の闇と呼ばれる地階に広がる穴、境守という役割も務める当主の在り方、組合員や荒巫女、蛭《ひる》巫女といった関係筋の存在、その他、家のしきたりに関すること等々……。

話が始まってまもないうちに湖姫は肌身がぞっと冷え始め、慄《おのの》くことになったのだが、とどめを刺すに至ったのは、伊吹が告げたふたつの要望についてだった。

ひとつは、湖姫に霜石家を継ぐ十四代目の当主候補になってもらうこと。

ふたつは、湖姫に次代の当主を継ぐ資格があるか否かの確認をさせてもらうこと。

次代の当主は本来ならば、久央と伊吹の間に生まれた長女の緋花里が継ぐのだけれど、次代を継ぐべき資質の確認をおこなったところ、現時点では不適合という結論に至った。最終決定というわけではないため、一縷《いちる》の望みは残されているものの、現実的な観点で考えれば緋花里の相続はすでに絶望的なのだという。

そこで次の当主候補として白羽の矢が立ったのが、湖姫だった。この十余年の歳月に伊吹がまったく与《あずか》り知らないところで密《ひそ》かに生まれ、育《はぐく》まれてきた久央の遺児、湖姫。

本来なら次代当主の資格を有するのは、大前提として霜石家の血脈から生まれた子に限られるのだが、伊吹は健康上の事情があってすでに子供を作れる身体ではないらしく、姉の伊世子は遠い昔に世を去っている。親族にも何人か子供はいるが、いずれも男子で当主になりうる最低条件＝女性には当て嵌まらない。

血脈の問題という点に関して、霜石家の娘ではなく、久央の娘である湖姫も条件には合致しないのではないかと首を捻《ひね》るも、湖姫が疑問を抱くのを見越していたかのように助手席越しから伊吹は言った。

「貴方の場合は、そうした条件を特例的にいくつか満たしているのです」

その最たる特例が、胸に浮き出た痣とのことだった。

伊吹の娘・緋花里の胸にも、湖姫と同じ形をした痣が生まれた時からあるのだという。湖姫と同い年だという緋花里は、驚くべきことに誕生日までもが湖姫とお揃いだった。

緋花里も一九八一年四月二十八日、火曜日生まれ。唯一異なるのは出生時間だったが、これすら誤差の範囲と言って差し支えのないものだった。

湖姫が午前四時十七分生まれ、対する緋花里は午前四時十六分生まれである。

「実質的に貴方と緋花里は腹違いの双子で、出生時間は僅差《きんさ》ですけど、緋花里のほうが姉ということになりますね。ふたりの胸に浮かんだ痣は元より、出生にまつわる日時の一致も含めて、何がしかの運命を感じざるを得ませんでした。我が家に関わる組合員の意見も概《おおむ》ね一致。だから特例として、貴方にも世継ぎの資格があると判断したのです」

伊吹が何気ない声風《こわぶり》で発した所感は、頭から雷に打たれたような衝撃を湖姫に与えた。

思わず自分の胸元に右手を押し当て、音を殺した長い息を吐き漏らす。

この世に生まれる直前、澄玲の胎内で繰り広げられた光景が、脳裏にまざまざと蘇《よみがえ》る。

放射状に眩《まばゆ》い光芒《こうぼう》を射し伸ばす白光の中から現れた、小さな手。互いの手と手が身体に──おそらくは互いの胸のまんなかに──触れ合い、確かに感じた尊い温《ぬく》もり。

思い返せばいつでも先刻の場面のように湧き立つそれらに思いを馳《は》せると、つかのま父の急逝に感じる深い悲しさも、降って湧いたような霜石家の跡目候補に関する用件も、意識の遠い外へと押しやられていった。

間違いないと湖姫は思う。我が胸に手のひら形の痣を作ったのは双子の姉の緋花里で、緋花里の胸に痣を作ったのは、双子の妹の湖姫であると。

自分に双子の姉妹がいると知り得た事実も含め、湖姫は俄《にわ》かに気分が高揚してしまう。帰宅後に始まった一連の事態は、何もかもが先行きの見えない異様極まる流れを描いて突き進んでいるというのに、それでも湖姫は腹違いの姉と、手のひら形の痣にまつわる真相に思いを巡らせ、ほとんど無自覚のままに気分を高まらせてしまった。

そうした意識を現実へと引き戻し、気分を再び暗澹《あんたん》たるベクトルへと差し向けたのは、その後にまもなくしてから再び口火を切った、伊吹の講釈によるものである。

「これから深天の闇を覗《のぞ》いてもらうことになります」

言葉が示すとおりの持ちかけだった。霜石家を担う次代当主の資質を見極めるのには、深天の闇を覗いてもらう必要があるのだという。必須《ひっす》事項だと伊吹は言った。

どれほど理解が及んでいるのかはさておき、先ほどから伊吹に聞かされている話では、大昔にイカイメという化け物が掘り始めた穴である。霜石家の地底に穿《うが》たれた、深い穴。深度については不明。今でも掘り進められているという説や、穴の先は地獄や根の国に続いているという話もあるが、これらについても正しいことは分からないという。

そうしたなかでほとんど唯一、事実として観測されているという現象が、湖姫の心を激しい不安と恐怖に駆り立てていた。

すなわち、深天の闇なる穴からは、定期的にお化けが這《は》い出てくるという現象である。

伊吹は「魔性」や「異形」といった小難しい言葉を用いて説明したが、それらの姿を頭の中で想像してみる限り、それらはどう考えても、湖姫が忌避する「お化け」である。しかも今まで湖姫が一度も目にしたことがない、凄《すさ》まじい姿をしている者ばかりだった。

深天の闇を覗きこむのに際して、伊吹は湖姫の身の安全を保証してくれたのだけれど、心の安全のほうに関してはひと言も触れなかった。だから万が一、深くて暗い穴の中にお化けの姿を認めた場合、感じる恐怖は湖姫が一身に負うことになる。

双子と痣《あざ》にまつわる話を聞かされて浮かれ心地だった気分は一転、心には快晴を蝕《むしば》む曇天めいた暗い陰りが差して、そわそわと落ち着かない気分に苛《さいな》まれた。

世の習いとしてはこんな時、一番に頼りたくなるのは母親ということになるのだろう。現に湖姫と同年代の子の大半もそうなのだろうし、アニメや漫画などの世界においても、母親が子供のセーフティになるのはしばしば見受けられる光景である。

ただしそれは、あくまでも母親がまともな存在である場合に限られる。湖姫の場合は残念ながら、そうした恩恵に与ることのできない境遇にあった。

後部座席の隣に座る澄玲は道中、湖姫になんらも優しい言葉をかけることがなかった。霜石の家に向かう道中、湖姫が認めたのは、伊吹の話に漫然とした様子で耳を傾けるか、他には時折、車外に顔を向けてひっそりと泣いていたかのどちらかである。

出発前、身支度を整えている時に澄玲は言っていた。伊吹の話はもう聞いているので、あとはあんたもしっかり聞いて、頭に入れておきなさいと。

正午近くに伊吹から電話がかかってきたのだという。この時が初めてのコンタクトで、第一報は久央の訃報《ふほう》を告げるものだった。そのうえで伊吹は直接話がしたいという。

およそ二時間かけて月峯宅に到着した伊吹は、そこから湖姫が帰宅する二時間の間に、湖姫が今車内で聞かされている話を澄玲に伝えた。そして今の流れへと至っている。

澄玲は以前から（厳密に言えば、知り合った頃から）伊吹という存在は知っていたし、久央が伊吹の夫だということも知っていた。十年以上も続いた事実婚は、澄玲と久央が互いに同意のうえでのことだったそうである。湖姫の服を選んで着替えを手伝うさなか、こうしたことを澄玲は悪びれもせず、むしろ被害者然としたそぶりで滔々《とうとう》と語った。

一応「ごめんね」とは言われたし、謝りながら涙が頬を伝い始めたのも目にしている。けれども謝罪の言葉は事務的な響きだったし、涙のほうも湖姫の今後の行く末を案じてこぼれたものではなく、久央の死や、自分を見舞った不幸を憂いて流れているものだと湖姫は見做《みな》した。そんなふうにしか感じられない謝罪と涙だったのである。

この期に及んでさえも独善的で自己中心的な性根は、少しも変わらないのだと思った。だから「性根」というのだろう。今の湖姫がそうであるように突然の訃報を聞かされて、気が動転しているのはよく分かる。だがそれは、湖姫だって同じである。しかも湖姫はまだ十歳になったばかりの子供である。動転するなとは言わない。悲しいのも仕方ない。けれども同じ悲しさを抱える身として、互いに寄り添うことはできないのだろうか？

できないし、できる努力をする気もないから、こんな調子なのだろうと湖姫は思った。

家を出てから二時間少々。霜石邸に到着したのは、午後の七時を半分過ぎる頃だった。山中に立つ屋敷とは聞いていたが、屋敷は思っていた以上に山深い立地に広がっていた。東京と言っても山の周囲は、湖姫が暮らす地元とさほど変わりない田舎でもあった。

車は湖姫の家より大きな長屋門を抜け、屋敷の中に敷かれた長い小道をぐんぐん進み、城のように大きな、三階建ての本邸前に横付けする形で停まった。

伊吹に促されて車外に降り立つと、背中に大きな湿布を貼られたような冷気を感じて、思わずぶるりと身が震える。夜の闇に包まれた外の空気はひんやりとして冷たかった。

初めは標高のせいかと思ったのだけれど、すぐに違うと悟った。気温が低くて空気が冷たいのではない。辺りに幽《かす》かに漂う怪しい気配が、空気を冷たく感じさせているのだ。身に覚えのある寒さだった。過去に何度かこうした異様な冷気を感じたことがあって、そういう時には周囲に視線を巡らすと大抵――

思いながら視線を方々に向けると、暗闇の先に白い人影が立っているのが目に入った。場所は本邸の正面から見て左側、車から十五メートルほど離れた本邸の端である。

人影は建物の角から半身を斜めにぞろりと迫《せ》りだし、こちらに身体の表を向けていた。小柄な背丈で、服装は経帷子《きょうかたびら》のような白い着物。髪型は長めのおかっぱ頭である。

見た目の印象からして、湖姫より少し年上の少女ではないかと思ったが、その顔面は人肉の葡萄《ぶどう》を思わせる無数の瘤《こぶ》で埋め尽くされていて、人相はまったく分からなかった。

湖姫が「ひゃっ」と小さく声をあげると、隣に立つ伊吹が「入りましょう」と言った。

視線を伊吹に移し、再び本邸の角へ視線を戻した時には、異形の少女は姿を消していた。

横幅の広い玄関口をくぐった上り框《かまち》の先では、ふたりの男女が並んで待ち受けていた。

男のほうは四十代の中頃。浅黒い肌をした背の低い男で、両目が鼻の脇から離れ気味。

緩い笑みを浮かべて半開きになった口からは、ぎざぎざに欠けた歯が何本も覗《のぞ》いている。

服装は剣道着のような漆黒の上衣と袴《はかま》の組み合わせ。ぎざぎざした歯並みを見せる顔と衣服の色味が相俟《あいま》って、男の姿はなんとなく、巨大な蟻を彷彿《ほうふつ》させる趣きがあった。

女のほうは三十代の半ば辺り。男を蟻とすれば、こちらは蟷螂《かまきり》めいた風貌《ふうぼう》をしている。

痩身《そうしん》のか細い体形で、服装は澄玲とよく似た巫女《みこ》装束なのだが、女は袴の色も白である。

全身真っ白なその姿は、蟷螂と言っても東南アジアに生息する花蟷螂を連想させた。

ふたりは伊吹に「おかえり」の挨拶《あいさつ》を告げたあと、澄玲と湖姫に歓迎の言葉を述べた。

続いて伊吹がふたりの身の上を簡素に紹介する。

男は西園寺《さいおんじ》清吾《せいご》。霜石家の補助を担う組合員のひとりで、現役の陰陽師だという。

女は静原素子《しずはらもとこ》。同じく組合員のひとりで、肩書は澄玲と同じ霊能師とのこと。

ふたりも次代霜石家当主としての湖姫の適性を見定めるために参じたのだという。

その後、玄関口で顔を合わせた一同は、伊吹の先導で邸内の廊下を進んでいく。

広い造りだった。廊下に連なるドアの数も多い。湖姫が通う小学校並みの規模がある。

家の大きさについて伊吹はひと言も語っていなかったので、湖姫はかなり驚いていた。

長い廊下の角を曲がってたどり着いたのは、二十帖《じょう》ほどもある立派なリビングだった。部屋のまんなかに組まれたソファーセットに着いてまもなくすると、割烹着《かっぽうぎ》姿の老婆が飲み物を運びにやってくる。大人にはコーヒー。湖姫には炭酸ジュースを供してくれた。丁重に礼を述べる伊吹の言葉の中から、フサという名だと知る。

「まだ小《ち》っさいのに、なかなかの美人さんだ。笑えばもっと綺麗《きれい》に見えるんだろうな」

「目がいいですね。まだ印象論になりますが、何かが宿っているような目をしている」

蟻と蟷螂が湖姫を評して語った言葉である。どちらも好意的な所感なのは分かったが、湖姫は特に嬉《うれ》しいとは思わなかった。同じ初対面であっても伊吹と違い、清吾と素子は湖姫に漠然とした警戒心を抱かせる印象が感じられた。理由を表わすのは難しかったが、強いて言うなら人相だろうか。特にふたりの目つきが好きになれなかった。

ふたりが発した言葉の中で記憶にしっかり残ったのは、せいぜいこの二言だけである。

そもそもリビングで催された話し合いの席自体も、数分程度のごくごく短いものだった。車中で伊吹に聞かされた話のお浚《さら》いを交え、細々とした補足説明や確認のような話題がいくつか出ただけである。

「下におりる前に、お父さんにお参りをして行きますか？」

ソファーから立ちあがる間際、伊吹に持ちかけられた提案に湖姫は即座にうなずいた。

夕方からいろいろなことがありすぎて考える余裕すらなかったのだが、言われてみればこの家には、久央の霊を祀《まつ》る場があるはずだった。何しろ久央の本当の家なのだから。

さらにはこの期に至って、自分が着ている服に凄まじい違和感と羞恥《しゅうち》を覚えてしまう。青いブレザーに白のワンピースとタイツ。どう考えても霊前に赴くような服装ではない。こんな服を選んだ澄玲の腹づもりはどうであれ、みるみる嫌な気分になってしまう。

伊吹に案内されたのは、本邸一階のまんなか辺りに位置する、広々とした座敷だった。何気なく目算してみると、畳は三十枚近くも敷かれている。

座敷の奥には純白の布が掛けられた、五段式の大きな祭壇が設《しつら》えられていた。

最上段には淡い笑みを浮かべて写る久央の遺影と、遺骨が納められているとおぼしき骨箱が並び、二段目には朱色の布で覆われた位牌《いはい》のような物と、榊《さかき》が一対飾られていた。そこからさらに下の段には、白い小皿や徳利がのせられた三宝《さんぼう》がずらりと並んでいる。

一見するなり仏教式の祭壇ではないと分かった。澄玲の仕事場に祀られている祭壇に雰囲気が少し似ていたが、それとも異質な趣きを醸している。

「神道式の祭壇です。我が家は一応、神道を基礎とした信仰を持つ家系ですので」

伊吹は言って、祭壇に祀られている位牌のような物は霊璽《れいじ》というのだと教えてくれた。

澄玲と並んで祭壇前に座し、澄玲に倣って二礼二拍手一礼をおこなう。拍手は両手を打ち合わせる前に止め、音を立てないようにと言われた。忍び手という、神道の弔事で用いられる作法らしい。湖姫は初めて知った。

合掌しながら瞑目《めいもく》し、久央の清福を祈ろうと思ったのだけれど、どんなふうに言葉をかければいいのか分からず、迷っているうちに涙が出てきた。

頭に浮かんでくるのは歳月こそは長いけれど、数は大して多くはない久央との思い出。数こそ決して多くはないけれど、湖姫にとっては何物にも代えがたい、愛《いと》しい思い出の数々だった。祭壇を前に座しても、未《いま》だにいなくなってしまったことが信じられない。

お化けでもいいから出てほしい。じわじわとそうした思いも胸から湧き立ってきたが、辺りに久央の気配を感じることはなく、ただ目蓋《まぶた》の裏に笑顔が浮かんできただけだった。

最後に姿を見たのは、ひと月ほど前のことである。三週間ぶりに（今となってみれば、真偽のほどは定かではないが）県外出張から帰ってきて家で一晩を過ごし、翌朝早くに再び出かけていって、それきりである。湖姫は起きるのが遅くて、翌朝は会えなかった。前の晩に家族三人でバラエティ番組を観たのが、久央と過ごした最後の時間になった。

どうにか精いっぱいの手向けを贈り、嗚咽《おえつ》をあげながら両手をおろして目を開けると、隣に座る澄玲もすすり泣きしつつ、祈りを終えたところだった。

「どうしてこんなことになっちゃったのか……」

独りごちるように囁《ささや》く澄玲に返す言葉を考えていたところへ、斜め後ろに座っていた伊吹がすっと立ちあがって、前に出てきた。そのまま祭壇に手を伸ばし、最下段の端に置かれていた大きな茶封筒を左手でそっと持ちあげる。

「お父さんが貴方《あなた》に遺《のこ》していった物です。渡してほしいと手紙に書いてありました」

伊吹はそう言って中腰になり、湖姫に茶封筒を差しだした。思いがけない成り行きにはっとなってしまったがすぐに受け取り、セロハンテープで閉じられた封を開けてみる。

中から摑《つか》みだされたのは一冊の本だった。サイズは文庫本よりもひと回りほど大きく、表紙はハードカバー。表表紙には、銀色の毛並みを輝かせる大きなペルシャ猫を中心に、色鮮やかな羽で着飾った小鳥たち、宝石細工のように煌《きら》めく昆虫たちや熱帯魚といった動物たちのイラストが大小様々なサイズに描かれ、ずらりと並んでいる。

イラストといっても子供向けのそれではなく、博物画のように繊細で生き生きとしたタッチの画風だった。それに加えて表紙の縁には、金色のリーフ模様がぐるりと四角い枠を描いて箔押《はくお》しされている。まるで魔法の国から出てきたような雰囲気の本である。

タイトルは英語だったが、伊吹が「世界の生物」というような意味だと教えてくれた。久央の私室の机に置かれていたのだという。どこで手に入れた本かは分からないけれど洋書のようなので、以前に何度か仕事で海外に渡った時に買い求めた物かもしれないし、外装が少し古びて傷んでいるので、古書店で見つけた物かもしれないとのことだった。

中身を開くと、表紙のそれと同じタッチで描かれた動物たちが、英語の説明文らしき文章を傍らに添えられて各ページにびっしりとひしめいていた。ぱらぱら捲《めく》るにつれて、こんな時だというのにもかかわらず、涙顔に笑みが滲《にじ》んでしまう。

動物関係の書籍は、以前にも何度か久央にプレゼントしてもらったことがあるのだが、この本こそが決定版だった。英語が読めないことなど、問題ではない。装画の雰囲気もページのデザインも素晴らしく、紙面をざっと眺めているだけで気分が浮き立ってくる。五百ページ近くもある分厚い本でもあったので、帰宅したらじっくり眺めようと思う。

「お父さんは、貴方のことを本当に好きだったんだと思います。優しい念が宿っている。触っていると感じてきませんか？」

確かに伊吹の言うとおりだった。外装や中身の図版にすっかり魅了されて気づくのが遅れてしまったが、本を抱える指先や掌底に奇妙な温《ぬく》もりが感じられた。感じていると久央の顔が、淡い笑みを浮かべる優しい顔が、脳裏に薄く立ち上ってくる。

「貴方は紛れもなく、あの人が大事にしてきた娘です。思い出を大切にしてください」

伊吹の言葉に新たな涙が頬を伝い、その後に続くひと言で首筋に粟《あわ》が生じた。

「では、そろそろ参りましょうか」

深天の闇に向かうという。清吾と素子は先に地下へおりて待っていると伊吹は言った。父の死と同じくらい目を背けたい現実に引き戻され、粟に続いて悪寒も生じ始める。

今度は躊躇《ため》らうまもなく、再び長い廊下を進んで、本邸の北側に面した座敷へ移動した。こちらには滅紫《めっし》色の敷布が掛けられた、七段式の巨大な祭壇が祀られていたのだけれど、用途は祖霊崇拝のためではない。仕事で用いる祭壇で、座敷は祈禱《きとう》場なのだという。

伊吹が祭壇の右側に面した敷布を下から高く捲りあげると、そこから先は湖姫が今後、三十年近い長きにわたって何百回と繰り返すことになる、深天の闇への行程が始まった。

祭壇の内側に隠された木製の門扉を開け、地下へと延びる矩《かね》折《お》れ階段をおりていく。階段をおりた先にある下足箱から下履きを取りだして履き、下り口の正面からまっすぐ延びる石造りの通路を進んでいく。

通路を五メートルほど先に進んでいくと、周囲を四角く切り取られた広い空間に出た。その中央部には、下り口を木製の手摺《てす》りでコの字に囲われた石の階段が、さらに下へと向かって延びている。

初めてここまで達した時の心境は、あまりにも非現実的な体験をしている感が強くて、自分の頭に状況を理解させながら、伊吹の背中を追っていくのがようやくだった。

澄玲も多分、同じだったのではないだろうか。終始、能面のような面持ちで声を潜め、辺りに視線を巡らせながら歩いていた。

四角い広間に延びるふたつめの階段までたどり着くと、階段の右手に延びる通路から清吾と素子が現れた。ふたりは通路の中に面したドアの中から出てくるところだった。

「お母さんも一緒か」

こちらに歩いてきながら清吾が言った。伊吹は「ええ」とだけ応《こた》えた。

それを聞いた澄玲はゆるゆると面貌《めんぼう》を強張《こわば》らせ、目の色をどんよりと曇らせてしまう。

湖姫がよく知る、不満を感じた時の顔だった。多分「月峯さん」と呼ばれなかったのが気に入らなかったのだろう。

この場に至って「お母さん」という呼び方は、湖姫の付き添いという含蓄が強いのだ。自分がないがしろにされていると感じて、澄玲はおそらく不貞腐《ふてくさ》れている。

湖姫が主役で澄玲は脇役。今の状況としては、それが正しい立ち位置なのだと思うし、役割を代わってくれるなら、どうぞ代わってほしいと湖姫は思った。

手摺りに囲われた下り口を覗《のぞ》きこむと、階段の下は墨の海が広がっているかのように真っ暗だった。身が竦《すく》みあがる光景だったが、再び伊吹を先頭にして階段を下り始める。伊吹のうしろに清吾と素子が並び、そのうしろを湖姫と澄玲が並んで歩いた。

強い緊張をいくらかなりとも紛らわすため、湖姫は踏面の数を数えながら下っていく。全部で五十段ほどあった。無事に階段を下りきると、伊吹が傍らの壁に備えられているタンブラースイッチを跳ねあげる。祭壇の内側から延びる最初の階段付近にあった物とパネルの作りは同じだったが、スイッチの数は三十以上もあった。

「ばちん、ばちん」と重たく鋭い音が次々と鳴り響くのと同時に、前方の視界が橙色《だいだいいろ》の陰気な光に照らされ、階下の様相が露《あら》わになった。

眼前に開いた通路口の上部には、神社の拝殿で見るような太い注連縄《しめ》が張り巡らされ、縄の間に差し挟まれた稲妻形の白い紙垂《しで》が、風もないのに小さく幽《かす》かにはためいている。

注連縄の向こうには、灰色の塗り壁が聳《そび》えている。壁面には太い墨字で呪文《じゅもん》のような文言が、縦にずらりと書き記されていた。全て漢字で、サイズは大人の拳《こぶし》よりも大きい。壁の両脇に沿って、通路が二手に分岐しているさまも見て取れた。

伊吹たちは通路を右に曲がって進んでいく。湖姫と澄玲もそれに従い、歩みを進めた。注連縄の下を抜けて通路を右に曲がると、今度は前方と左手のふたつに通路が分岐する。伊吹たちは左側の角を曲がっていった。通路の幅はおよそ二メートル。高さも大体同じ。湖姫が通う小学校の廊下よりも若干狭いが、大人が横になれるぐらいの幅はある。

それに加えて湖姫はなぜか、刀剣を振るのにちょうどいい幅加減とも感じてしまった。長い刀身を袈裟《けさ》に構えて振りおろしても、真一文字に思いっきり薙《な》いでも、通路の幅がこれだけあれば、よほどの間違いがない限り、切っ先が壁に当たることはないだろう。

荒っぽいことは嫌いで、武道のたぐいにもまったく興味がないというにもかかわらず、そんなことが思い浮かんできたことに怪訝《けげん》の念を抱いてしまう。

左側に曲がった通路は、前に向かってまっすぐ延びながら、その先々の両側に新たな分岐路をいくつも開かせているのが見えた。頭上では黒い笠《かさ》を被《かぶ》せられた橙色の電球が、やはり風もないのに微妙な揺れを見せつつ、灰色の床を陰気な光で照らしつけている。

「なんだか迷路みたいな感じですね……」

辺りにきょろきょろ視線を向けながら、澄玲が言う。

「ええ、迷路です。任意で全体の構成を変えられる仕掛けも備えてあります」

応えた伊吹は足取りを緩めることのないまま、「迷路」に関する説明を始めた。

不定期で深天の闇から這《は》い出てくる魔性たちの進路を最大限に阻むため、深天の闇にもっとも近い地下二階は、こうした奇怪な造りになっているのだという。

説明を受けながらよく見てみると、壁の上下にはところどころに二本の溝が掘られた鴨居と敷居が設けられている箇所があった。壁にもおよそ二メートル四方の間尺《ましやく》をした、薄い出っぱりとへこみが見られる部分がいくつも見られる。おそらく襖《ふすま》のような感じでこれらは上下の溝を滑り、左右に開閉するのだろうと思った。

通路の壁には本物の襖も嵌《は》められていた。薄い象牙《ぞうげ》色をした上貼《うわばり》には、絵の代わりに墨で書かれた星の模様や、縦横の線で書かれた格子模様などが大きくあしらわれている。のちになってこれらは魔除《まよけ》の紋様だと知る。前者は平安《へいあん》の陰陽師・安倍晴明《あべのせいめい》が創作した晴明桔梗《ききょう》に由来を持つというセーマン、後者は九字紋と呼ばれる紋様である。

開閉式とおぼしき壁（色は塗り壁と同じ灰色だったが、材質はおそらく木である）の表には、注連縄の裏側に面した壁に書かれていたのと同じ風合いが漂う、漢字の文言がびっしりと書きつけられていたし、本物の壁に当たる至るところには、一般的な封筒と同じぐらいのサイズをした白い御札が、見た目には不規則な間隔をもって貼られていた。

他に目についたのは、壁や襖に若干見える傷である。

三本か四本並んだ細長い筋が、歪《ゆが》んだ五線譜のような軌跡を描いて、壁や襖の表面に浅い溝を作っている。壁のほうには拳を打ちつけたかのような蜘蛛《くも》の巣状のひび割れや、大きな繭のような形をしたへこみなども散見された。いずれも過去に何がしかの荒事《あらごと》がおこなわれた形跡にしか見られず、それらと伊吹の口から再三出てくる「魔性」という言葉が脳内で結び合わさると、全身を苛《さいな》む悪寒の度合が弥《いや》が上にも強まっていった。

霜石家の地下二階は伊吹が認めたとおり、正真正銘の迷路だった。

道中、果たして何遍、角を曲がったものか。五つ目ぐらいまでは把握していたのだが、そこから先は分からなくなってしまい、数える気力もなくなった。同時に元来た道さえ不鮮明になり、仮に独りで足を踏み入れたら、一生抜けだせないかもしれないと思った。

「前に組み替えたのは、いつだっけ？」

「緋花里が幼稚園の頃だったから五、六年前です。そろそろ替え時かもしれません」

清吾の問いかけに伊吹が応じる。五、六年でそろそろなのかと湖姫は漫然と思う。

「着きました。こちらになります」

先頭を歩いていた伊吹が足を止めたのは、迷路を進み始めて五分ぐらいした頃だった。学校の休み時間に換算すれば半分の時間だったが、湖姫には何時間も歩いていたように感じられた。

伊吹が着いたと言って立ちどまった目の前には、観音開きの大きな木扉が立っていた。高さは天井にほど近く、横幅は一メートル半ぐらいある。扉の上部には、迷路の入口に張られていた物より一回り太い注連縄が掛けられていた。扉のまんなかにふたつ並んだ把手《とって》には閂《かんぬき》が備えられている。材質はどちらも黒みを帯びた金物である。

右も左も分からずに歩いてきた迷路の中で、この観音扉がもっとも損傷がひどかった。縦羽目張りで拵《こしら》えられた表面のあちこちに、先ほど見かけた得体の知れない爪痕《つめあと》めいた細い傷跡や、何かに打ち据えられてできたとおぼしい亀裂《きれつ》やへこみが無数に並んでいる。扉が醸す、戦に敗れた城門のような様相に心底ぞっとさせられてしまう。

「大変申し訳ないのですが、月峯さんはこちらの前でお待ちください」

伊吹が振り向き、澄玲に言う。澄玲は「どうしてですか」と食いつく姿勢を見せたが、「禁足地ですから」という伊吹の簡素なひと言で、あとは返す言葉がだせなくなった。

清吾が門を抜き取って素子に渡す。続いて清吾は、両手で扉の中央部分を強く押して、開扉に当たった。見た目からして重そうな扉だったが、本当にかなりの重さなのだろう。扉はまんなかの開閉部に細い縦線を作りながら、ゆるゆるとした勢いで開いていく。

線の色は、世界にこれ以上はないというほどの深い漆黒を湛《たた》えていた。湖姫はこの時、「闇に目が眩《くら》む」という体験を、小刻みな身震いとともに呆然《ぼうぜん》と甘受することになった。

扉の間に広がっていく漆黒を見つめていると、まるで太陽を直視しているかのように視界がちかちかと明滅して、目の奥に刺すような痛みが断続的に生じる。

まもなく扉が全開になると、そうした感覚は薄まり、気づけば消えていたのだけれど、眼前に認める闇の深さだけは微塵《みじん》も変わることなく、湖姫の網膜に映されていた。

「入りましょう」

伊吹が左手で湖姫の右手を握り、闇へと向かって歩きだす。抗う一瞬の猶予すらなく、湖姫は伊吹と足並みを揃えて扉の向こうへと踏みこんでいった。ふたりの背後を清吾と素子がすかさず追って、同じく内部へ踏みこむと、今度は清吾と素子がふたり掛かりで扉を閉めにかかった。扉は開け放った時よりも幾分ゆっくりとした調子で閉まっていく。

その間、伊吹のほうは腕がない右側の着物の袖の袂《たもと》から懐中電灯を取りだし、暗がりに白金色の光を灯《とも》した。漆黒に染まる視界の中に一筋の淡い光芒《こうぼう》が揺らめき始める。

徐々に狭まりゆく扉の向こう側では、開け放った時とは反対に橙色の陰気な光が溢《あふ》れ、扉の真ん前に澄玲が立ち尽くしているのがよく見えた。

気をつけて――。ないしは、待ってるからね――。

そうした言葉をかけてもらえるのではないか？　心のどこかで淡い期待を寄せながら澄玲の顔に視線を留め置くさなか、左右に大きく開いていた扉の向こうの四角い輪郭は、たちまち細い線となって、ついにはぴたりと閉ざされてしまう。

扉が閉まるまでに澄玲はただ、物思わしげな目でこちらを見つめていただけだった。

後ろ髪引かれる思いで暗闇に染まった木扉に視線を釘付《くぎづ》けにされていると、うしろで「ぼっ」と音が聞こえた。振り返ると目が眩むような漆黒の中に、スペード形の小さな火が揺らめいていた。蠟燭《ろうそく》に灯された、黄土色に煌《きら》めく柔らかな火だった。

点火したのは素子である。火は湖姫の目線と同じぐらいの位置で小刻みに震えている。扉の内側を染める闇の中には、燭台《しょくだい》が何本も立っているようだった。伊吹が懐中電灯で燭台を照らしつけ、素子がライターを使って次々と灯心に火を宿らせていく。

一メートル近い高さのある燭台だった。てっぺんの受け皿は丼《どんぶり》ぐらいのサイズがある。受け口に刺さる蠟燭も、スプレー缶を思わせる太さがある巨大な物だった。

燭台は全部で四つあった。扉の奥側に面して、左右に二本ずつ並んでいる。黄土色の火が四つ灯ると、周囲の様子が朧《おぼろ》げながらも視認できるようになった。

壁は巨大な木扉が立てられた後方だけにあり、他の三方は天然自然の黒ずんだ石肌が壁の代わりになって、崩れかかった石垣めいた、ごつごつとした荒い起伏を描いている。足元も多少は均《なら》されていたが、こちらも石と土が混じり合った剝《む》きだしの地面である。

広さはおよそ五メートル四方。久央の霊が祀《まつ》られていた座敷と大体同じくらいである。なんとはなしに視線をあげると、上は太い格子が張り巡らされた木の天井になっていた。

どうして上も石肌が剝きだしになっていないのか？　抱いた疑問は瞬時に解消される。その昔、イカイメなる化け物が、地上からここまで掘り進めてきたから、頭上に石肌は存在しないのである。思い得るなり辻褄《つじつま》が合って、頭の芯《しん》に氷のような寒気が生じる。

果たして部屋と呼んでいいのかはさておき、扉の中に開かれた広くて暗い闇の中には、燭台の他にも異様な物体が並んでいた。風車である。

風車は徳利みたいな形をした陶器の瓶に刺され、主には燭台の足元に並べられていた。数は五十近くもある。風車の色は濃厚な赤。朝顔の花と同じぐらいの大きさをしている。瓶のほうは牛乳瓶よりひと回り大きいくらいで、色はいずれも薄い艶《つや》を帯びた白である。

風車の羽根は、風もないのに絶えずゆっくりと回っていた。何かの仕掛けがあるかと訝《いぶか》しんで瞳《ひとみ》を凝らしてみたが、目で見る限りは勝手に動いているとしか思えなかった。

足元を無数の風車に囲まれ、左右に二本ずつ並んでいる燭台は、およそ三メートルの間隔を空けて立っている。素子に灯された四つの灯火は、その中間で口を広げる物にも仄《ほの》かな輪郭を与えて浮かびあがらせていた。

穴。歪んだ円を描いて穿《うが》たれた穴が、周囲の闇よりさらに濃い闇を孕《はら》んで覗《のぞ》いている。穴の直径もおよそ三メートル。四本ある燭台は、穴の縁から少し離れた位置に並び立ち、周囲を囲むような形で下方に広がる濃い闇を照らしていた。

「ここから先が、深天の闇になります。行きましょう。足元に気をつけてください」

伊吹の号令で湖姫を含む一行は、穴の縁へと踏みだした。肌身が凍える思いを感じる。懐中電灯の鋭い光を差された穴の内部は、縁に沿って手摺《てす》りの付いた階段が螺旋《らせん》状に連なっていた。手摺りも踏面も無骨な造りの木製だったが、無骨に見えるということは、頑丈そうな造りにも見えるということである。

やはり伊吹が先頭になって、一列に階段をおりていった。伊吹のうしろを湖姫が追い、湖姫のあとに清吾と素子が続く。人がひとり、ようやく歩けるほどの狭い階段だったが、見た目で思い得た印象どおり、慎重な足取りをもって下っていくさなか、年季が籠《こも》って古びた趣きを醸す踏面も手摺りも、みしりと音を立てることさえなかった。

「危ないから、用心するんだぞ」

階段を下り始めてまもなく、清吾がうしろから湖姫の耳元に囁《ささや》き、両手を腰の両脇に添えてきた。なんとなく品定めでもするような手つきで、耳元で囁く時には髪の匂いを嗅《か》がれたような気もした。反射的に身を捩《よじ》ると、清吾はすぐに湖姫の腰から手を離した。

穴の中の側面に沿って螺旋状に連なる階段を三周したところで、降り口にたどり着く。階段をおりた目の前には、白木でできた脚の長い机がひとつ置かれていた。机の上には大きな燭台が一対並んでいる以外に何もない。

上とは違って、こちらは穴の直径と同じぐらいのこぢんまりとした空間になっていた。洞窟《どうくつ》の中に広がる、小部屋のような空洞といった印象である。

「こっちに来てください」

伊吹に手を引かれ、湖姫はおじおじしながら机の向こう側へと回った。机を背にして伊吹と一緒に並び立つ。伊吹の左手に灯る懐中電灯は、前方の足元を照らしつけていた。眼下には、さらに新たな穴が口を広げて延びている。入口から微妙に歪んだ円筒形を描きつつ、地の深い底へと向かって延びる下り坂のような穴。

四方はそれぞれ二メートルほどの幅があるので、くぐっていくのに不便はないだろう。けれども穴がどこまで続いているのかは分からなかったし、進んでいった先も同じ幅を維持して延びているとも限らない。緩やかな傾斜を描きながら奥へと連なる奇怪な穴は、果たしてどれほどまでの長さを有し、最後はどこへと行き着くものか。懐中電灯の光は入口からわずか数メートルのところで闇に呑《の》まれ、果てまで照らすことはできなかった。伊吹の話では、穴の先は地獄や根の国へ続いているとも言われているとのことだったが、そうした場所へ通じているとしてもうなずける様相を、穴は無言のままに呈していた。

漠然と思いを巡らせながら見入っているうちに、いつしか強い緊張感が勝手にほぐれ、自分でも信じられないほど悠然とした心地になっていることに湖姫は気づく。

気づくと同時に戸惑いを感じ始めたのだが、本格的に戸惑うよりも早く、湖姫の心は視線の先に現れた異変のほうに意識を持っていかれてしまう。

「穴の中に目を向けて。何かが見えたり聞こえたりしたら、教えてください」

懐中電灯の明かりを消して、伊吹が言う。周囲が完全な漆黒の闇へと呑みこまれる。

傍らで発した言葉から察するに、伊吹としては、明かりを消してからが本番だろうと考えていたようだが、湖姫のほうはもう始まっていた。

まずは水端《みずはな》。果ても知れず延々と軌道を連ねる深い穴のはるか向こうに、青白い光がちかちかと瞬きだすのが目に入る。

粒のような小さな光だった。色は青白いといっても、他では見たことのない青白さで、何かに喩《たと》えて表わすことは難しい。強いて挙げるとするなら、水色の紫陽花《あじさい》だろうか？淡々しい青に色づく水色の紫陽花が、強烈な光を発して輝くような色。それがいちばん近い色味のように思えたが、それでもかなり遠いものとも感じられた。

光は初め、目算できるぐらいの数が瞬いていたが、そこからいくらも経たないうちにぞろぞろと増え始め、伊吹が声をかけてきた時には、視界の先を一面埋め尽くすほどの膨大な数に膨れあがっていた。

さながら青白い星空といった光景である。夜の星空と違うのは、湖姫が今いる場所が山中に立つ豪邸の地下深くで、見あげるのではなく、見おろしているということだった。およそ尋常ではない光景を目の当たりにしているということは理解しているのだけれど、湖姫の心は奇妙な平穏を保っていた。恐れや不穏のたぐいは、微塵も湧き出てこない。

地中に煌《きら》めく無数の青白い星々に見入り始めてまもなく、今度は視界の前方に新たな異物が現れだすのを感じた。

否。正確には視界前方ではなく、頭の中に画《え》としてそれは現れ始めたのである。

　女の顔だった。荒々しい笑みを浮かべて、こちらを睨《にら》みつけるように見据える女の顔。髪の色はくすんだ赤みを帯びていて、緩やかな波形を描いてどろどろと伸びる髪筋は、さながら布海苔《ふのり》の束を頭に絡みつかせているかのようだった。

　顔は黄色味がかった土気《つちけ》色に染まり、鼻筋はないに等しいほど低い。顔のまんなかに浅く浮かんだ鼻頭から、林檎《りんご》の種を思わせる形をした、細長い鼻穴がふたつ覗いている。面長で馬のような顔立ちをしていたが、びらりと捲《まく》れあがった唇からこぼれる歯並みは一本残らずピラニアめいた三角形の鋭さを持ち、幅の広い口元で冴《さ》え冴《ざ》えと輝いている。目の色は深紅。ルビーのような煌びやかな色味ではなく、瞳のない眼球に鮮血を一滴、ぽたりと垂らしこんだような禍々《まがまが》しい色彩を湛《たた》えている。

　そんな顔をした女が湖姫の脳裏に画として現れ、青白い星々が明滅する暗闇の前方に繊細な像を象《かたど》って浮かびあがってきた。さながら首から上が映写機になったかのように、脳の中で形成された虚像が網膜から放たれ、闇の中に投影されているような具合である。湖姫が過去に視てきたどんなお化けの顔よりも、女の顔は凄《すさ》まじい相を浮かべていた。「お化け」などという惚《とぼ》けた形容ではまるで不相応な、悪鬼羅刹《らせつ》に類する顔つきである。そうした形容でもまだ足りないほど、女は物凄まじい形相を満面に拵《こしら》えて嗤《わら》っていた。

　悲鳴をあげつつ目を背けるなり、逃げだすなりしてもおかしくないことが起きている。そうした自覚自体はあったのだが、恐れはやはり、毛ほども湧いてくることはなかった。恐怖の度合を一から十で示すなら、一以下のゼロである。

代わりに湖姫の胸に湧きたってきたのは、敵意だった。

地獄の釜を底から熱する業火のような激しい怒りと、視線を絡み合わせているだけで胃の腑《ふ》が煮え立ってくるような憎悪がひとつに混じり合って生じる、赤々とした敵意。

湖姫が何かに対して、これほどまでの敵意を向けたのはこの時が初めてのことだった。そもそも怒りや憎悪に裏打ちされた敵意自体を誰かに強く向けた覚えすらない。

だが、目の前に映るこの化け物だけは別だった。

見ているだけで即座に殺してやりたい衝動に駆られてしまう。

女が件《くだん》のイカイメであることは、何を示されなくてもただちに直感することができた。目の前に映るこの化け物との距離感は摑《つか》みきれなかったし、そもそも虚像であることも理解していたので、距離などあってないに等しいのかもしれない。

だが、大きいということだけはよく分かった。顔だけで湖姫の身体の半分ほどはある。青白い星々の中に浮かぶイカイメの虚像に向かって意識を強く集中していくと、顔から下の部分も薄っすら視えるようになってきた。

互いに真正面を向く形で視ているため、その全容までは認めることができなかったが、顔との兼ね合いに対して異様に幅の狭い肩口は視えたし、肩から先に連なる腕の流れや、顎《あご》の下からちらつく身体の様子も微妙ながらに垣間《かいま》見《み》えた。

イカイメの身体はおそらく素っ裸で、胴と腕の寸法が生身の人間よりもはるかに長い。未知への穴を掘り進めるのに最適な体形に変貌《へんぼう》したものではないかと感じた。

「どうですか？　闇の中に視えるものや感じることがあったら教えてください」

伊吹の再度の問いかけに意識が少し引き戻される。けれども敵意の念は健在だった。

「倒したいと思います」

最初の答えは、結論から始まった。言葉を選ぶよりも早い、本能に基づく返答だった。

「暗い闇の中に青白い色をした、星みたいな光が視えます。その星空みたいな闇の中に赤い目と髪をした、大きな女も視えています。女はわたしのほうを見ながら嗤ってます。見られていると、見つめていると、女のことが許せない気持ちになってきます」

台本でも用意されているかのような流麗かつ靭《しな》やかな声風《こわぶり》で、湖姫は言を連ね始めた。いつもの伏し目がちでおどおどした調子とは、明らかに別物である。

言葉の途中からは顔をあげて伊吹のほうへ振り向き、伊吹の目をしっかりと見ながら湧き出る思いを言葉に替えて伝えていった。こうした調子で誰かに言葉を向けることは生まれてこの方、紛《まが》うことなき初めての経験で、驚愕《きょうがく》すべきことではあったのだけれど、この場における湖姫の意識のほうは、そんなことすら些末《さまつ》なことに思えてならなかった。

それより真に肝心なのは、胸の内に猛《たけ》る思いを伊吹に細大洩《も》らさず伝えることである。

「倒したいです。どうすればいいのか、やり方は分からないけど、わたしは思ってます。この赤い目をして身体が長い、化け物みたいな女を本気で倒してやりたいです」

合間に息を弾ませながら思いの丈を打ち明けると、それまで滾《たぎ》りまくっていた感情が嘘のように鎮まりゆくのが感じられた。気持ちはいつものおどおどした心地に戻る。

「それは、貴方《あなた》の本当の気持ちでしょうか？　化け物を倒したいと思ったんですね？」

「はい、本当です。思ったことを正直に話しました……」

消え入るような声で答えたが、最前までのぎらつく思いには少しの揺らぎもなかった。

すでに目は闇に慣れていた。いつかの肝試しの時のように、懐中電灯の明かりが消えた漆黒の中であっても、傍らに立ってこちらに面を向ける伊吹の姿がぼんやりと見える。

切れ長の鋭い目元から覗《のぞ》く黒い月のような瞳で、伊吹は湖姫をじっと見おろしていた。

湖姫も緊張したけれど、どうにか上目遣いで伊吹の顔をそっと見あげて思いを示す。

まもなく視界が明るくなって、伊吹の顔がはっきりと見えた。懐中電灯の眩《まばゆ》い光芒《こうぼう》が斜めの軌道を描いて剝《む》きだしの地面に注がれ、辺りの闇を仄《ほの》かに薄める。

「うん、いいんじゃねえか。まあ、こうなるわな」

足の長い机を隔てた向こうから、清吾が面白そうな声で言った。

「多数決で決めようと思います。予定を合わせて話し合いの場を設けましょう」

伊吹は平板な声音で応《こた》えると、再び湖姫のほうに視線を向けた。

「お疲れさまでした。これで確認は終了です。あとは関係筋の間で協議に入りますので、結果についてはしばらく時間をください。戻りましょう」

上に戻れるのは幸いだったが、湖姫は自分が伝えた言葉に対する返答も聞きたかった。

伊吹の思いは肯定なのか、それとも否定なのか。伊吹の口から答えが出るのを待ったが、淡い希望も虚《むな》しく、その後に続く伊吹の言葉はなかった。

深天の闇に向けて視線を戻すと、青白い星々のような光はなおも盛んに瞬いていたが、青白く明滅する暗闇の中にイカイメとおぼしき女が再び視えてくることはなかった。

道のりが把握できていたせいもあるのだろうが、帰りは体感的にいくらか早いものに感じられた。地下二階の大きな木扉の前で待っていた澄玲と合流し、奇々怪々な迷路を抜けて階段をふたつ上り、祈禱《きとう》場の祭壇に隠された扉を抜け、一階へと帰還する。

澄玲は伊吹と顔を合わせるなり、「どうでしたか？」と尋ねてきたが、伊吹の答えは湖姫に向けた台詞《せりふ》とほぼ同じだった。自分の一存のみでは決められないという。

それを聞いて、澄玲はまた一段と不満の念を募らせたようだった。

伊吹に「お茶をいかがでしょうか？」と誘われたが、「遠慮します」と断ってしまう。帰る時間が遅くなるというのが建前上の理由だったが、尤《もっと》もらしい口実でもあった。

一階へ戻ってすぐ、祈禱場の壁に掛かった時計を見ると、時刻は九時になる頃だった。帰りも村野が車で送ってくれるとのことだったが、行きには二時間以上もかかっている。帰宅は十一時を回る頃になるだろう。お茶の誘いを断るには、十分遅い時間だった。

久央にもらった素敵な本は地下へとおりる際、澄玲のバッグと一緒に祈禱場の片隅に置いておいた。澄玲がバッグを手に取るのに合わせ、湖姫も封筒に収められた本を持ち、両手で胸元に抱きしめながら祈禱場を出た。

「外まで送る」という伊吹たちと肩を並べ、玄関に向かって再び長い廊下を歩きだす。湖姫はなんとなく、伊吹と並んで歩くことを選んだ。澄玲はふたりのうしろを歩く。

祈禱場に面した角を曲がり、まっすぐ延びる廊下を半分ほど進むと、玄関側に面した階段口から小さな人影がおりてくるのが目に入った。

次の瞬間、湖姫は思わずはっとなって息を吞《の》む。

階段口からおりてきたのは、切れ長の目をした綺麗《きれい》な顔立ちの少女だった。年頃は湖姫と同じくらい。髪型も湖姫と同じ、黒髪を艶《つや》やかに伸ばしたストレートで、背丈や身体つきも湖姫とほとんど大差ないように見える。

湖姫が驚いたのは、少女の服装だった。彼女は赤いカーディガンに黒いワンピースとタイツを合わせた装いだった。思うまでもなく、湖姫が着ている青と白のツートーンを見事に反転させたような色彩である。

おまけに彼女も胸元に本を抱えていた。ハードカバーの大きな型をした赤い本である。色こそ違うが、湖姫はまるで鏡の中から出てきた自分を見ているような気分になった。

「娘の緋花里です」

湖姫が少女の姿に見入るさなか、伊吹が言って、それから緋花里に声をかけた。

「緋花里、ちょっと来なさい」

伊吹の声がけに緋花里は視線をあげると、無言のままにこちらへ向かって歩いてきた。

「この間話した、月峯湖姫さんよ。こちらの方はお母様。ご挨拶《あいさつ》しなさい」

「こんばんは。初めまして。霜石緋花里です」

張りのある靭やかな声で緋花里は言うと、湖姫と澄玲に深々と一礼した。

「初めまして。……嫌だわ、なんだかそっくりね。湖姫がもうひとりいるみたい」

澄玲は短く挨拶を返すなり、大きく目を見張って、緋花里の顔をまじまじと見つめた。

澄玲が発した意見に湖姫も概《おおむ》ね同感だったが、「嫌だわ」のひと言は余計だと思ったし、自分と緋花里が似ていることを澄玲に先んじて指摘されたのも、なんとなく不快だった。

「初めまして。月峯湖姫です……」

出鼻を挫《くじ》かれたような形で緋花里に向けた挨拶は、自分でもがっかりするほど声音が上擦り、おまけに幽《かす》かな震えも加わった。たとえば喋《しゃべ》れる猿が泣きながら挨拶をしたら、こんな感じになるのではないかと思い、強い恥じらいと自己嫌悪に駆られる。

対する緋花里のほうは、怪訝《けげん》な色を浮かべることもなかったが、社交辞令的な笑みを浮かばせて返礼してくることもなかった。伊吹によく似た、というかほとんど瓜二《うりふた》つと言ってもいい、切れ長の鋭い目つきで湖姫の両目をまっすぐ見つめながら、浅く会釈を返してきただけである。

その後に続く言葉は伊吹が引き継いだ。「では、行きましょうか」のひと声を合図に玄関口への歩みを再開することになる。緋花里のほうは湖姫たち一行とすれ違う恰好《かっこう》で、廊下を逆方向に歩きだした。ほどなく振り返ると、緋花里は廊下の中ほどに延びる角を曲がって姿を消していくところだった。

消えゆく緋花里の様子を見終えてまもなく、湖姫は痣《あざ》にまつわる伊吹の話を思いだし、さらにも増して奇妙な思いに駆られ始める。

緋花里の胸にも同じ痣があるのだという。赤子の手のひらの形をした、赤黒い痣が。

これから先、何かの流れがあって目にする機会があれば、ぜひ見てみたいと思ったし、そうした機会がなくても、痣に関する緋花里の意見を聞いてみたいと思った。

特には記憶にまつわる件である。緋花里も湖姫と同じく、この世に生まれてくる時の記憶が頭に残っているのだろうか。湖姫と同じ体験をしているのだろうか？

機会があれば、その時はぜひ。引っ込み思案で口下手な湖姫にとって、それは多大な勇気を伴う一大事になりそうだったが、それでも湖姫は緋花里の答えを聞きたかった。

「今日はありがとうございました。色よい結果をお待ちしております」

帰りしな、村野が玄関前にだしてきた車に乗りこむ直前、澄玲が伊吹たちに言った。いかにも恭しいそぶりだったが、どことなく伝法な口調でもあった。

「ええ、なるべく早くに結論が出るよう努めますので、今しばらくお時間をください」

相変わらず淡々とした声風で伊吹が返した言葉を最後に、この日は全てお開きとなる。

機会があれば、その時はぜひ――。

それが叶《かな》えば、今後の人生が一変してしまうという事実もつかのま忘れ、湖姫の心は緋花里との再会を希《ねが》う念に満たされていた。

幸か不幸か、願いはまもなく叶う流れとなってしまう。

仕込みの始まり　昔日

感じたのは安らぎ。

月峯湖姫と澄玲の母娘《おやこ》が霜石の屋敷に暮らすようになったのは、一九九一年五月初旬、この年には六日まであったゴールデンウィークが、終わりを迎える時季だった。

青天の霹靂《へきれき》と言うべき霜石家への訪問から四日後、澄玲の許《もと》に伊吹から連絡が入った。組合員たちとの慎重な協議、並びに厳粛な採決を執り行った結果、湖姫を次代霜石家の当主候補として認めることが決まったという知らせだった。

澄玲ははちきれんばかりに喜び、連絡が来た日の夕餉《ゆうげ》の席には、地元でいちばん高い寿司屋の特上セットが供された。

その後の流れは、時間の速度が変わったのではないかと思えるほどに速かった。

伊吹からの一報を受けた（澄玲はこれを「吉報」と言った）翌日からは、家財道具や荷物の整理が始まり、慌ただしくまとめられたそれらは、伊吹が手配してくれたらしい引越し業者の手によって、荷造りが始まった二日後にはひとつ残らず、霜石の屋敷へと運びだされていった。ほとんど空っぽになってしまった我が家を湖姫と澄玲が出たのは、さらにその翌日のことである。

月峯母娘の新たな住まいとして宛《あて》がわれたのは、屋敷の南西側に面した一軒家である。長屋門を抜けて真正面に立つ応接用の邸宅から見て概ね左後方、周囲を背の高い庭木に鬱蒼《うっそう》と囲まれた、木造平屋の日本家屋。そこがふたりの新居となった。

元々は組合員たちの宿泊用に使われていた家なのだという。湖姫たちが暮らし始める頃にもいくらか利用されていたらしいのだが、同じ用途で使える建物は他にもあるので、今後はふたりの住居に使って構わないとのことだった。

十年暮らした山梨の実家に比べると、かなり小さな造りだったが、それでも部屋数は居間と台所を除いて三つもあり、母娘ふたりで暮らしていくには十分過ぎる構えだった。裏を返せば、山梨の実家が広過ぎたのだとも言える。

湖姫の転校手続きも慌ただしく進められたが、こちらは連休の関係で引越し後となり、新しい小学校に通えるようになったのは、五月を半分過ぎる辺りの頃だった。

新たな自宅から学校までの距離は遠く、車で片道三十分近くかかる。毎日の登下校は、村野が車でおこなってくれた。彼は霜石の家に古くから仕える、使用人のひとりだった。妻のフサとふたりで邸内の宿舎に住みこみながら働き、すでに四十年以上になるという。柔和で温厚な気質を持つ夫婦で、ふたりとも湖姫には常々優しく接してくれた。

学校が変われば心機一転、以前の学校で受けていた虐《いじ》め紛《まが》いのトラブルもなくなって、あるいは気のいい友達のひとりもできるのではないかと仄《ほの》かな期待を寄せていたのだが、不幸なことにそうした思いは、ことごとく外れる結果となってしまう。

転校初日、担任に促されて自己紹介をする際に、湖姫は過度な緊張を来たしてしまい、凄《すさ》まじくしどろもどろなそぶりで自分の名前と元いた地元のことなどを話した。

その一部始終は我が事ながら、惨事と呼ぶに相応《ふさわ》しい様相を呈し続けて幕をおろした。

声音は以前、緋花里と挨拶を交わした時よりも格段に上擦って、素《す》っ頓狂《とんきょう》なものとなり（自分の耳で聞く限り、ロボットが合成音でヨーデルを唄《うた》っているような調子だった）、なおも悪いことに口の中がからからに干上がっていた影響で、滑舌までもが狂っていた。

「はっじまして、つきみにゃこひみぇです」

機械じみた動きでお辞儀をしながら飛び出た己の第一声に、湖姫はこの世の終わりが来たような絶望を感じ、目の前に並んだ机のほうから湖姫を見ていた総勢三十人余りの新たなクラスメイトたちは、たちまち爆笑の渦を巻き起こした。

若い女性の担任が「静かに！」と叫んで、笑いは一旦《いったん》収まったものの、そこから先も湖姫が「やまにゃしからきました」や「いまはすっこしきんちょーうしてます」などと言うたびに初回と同等か、それ以上に大きな笑いが沸きあがる。

必要なことだけを言いきって、一秒でも早く切りあげてしまおうと思ったのだけれど、焦れば焦るほど声は上擦り、言葉は見事に噛《か》むか言い間違えるかを繰り返していった。

さらにそこへ男子のひとりが「どんなタイプが好みですか～？」と訊《き》いてきたことで、出だしからおかしかった調子はいよいよもって深刻なレベルに達する。予期せぬ質問に「犬や猫です」と答えたとたん、みんなの口から悲鳴のような大笑いが一斉に放たれた。

そこから先は頭の中が真っ白になって、何をどう話したのかはくわしく覚えていない。

だが、ふと我に返ると「これからよろしくお願いします……」と言っている自分がいた。ようやく終わったのだと安堵《あんど》して、締めにもう一度お辞儀をしようとしかけた時である。鼻先が急にむずむずと騒《ざわ》きだして、顔面がまんなかに向かってぎゅっと萎《しぼ》まっていった。

次の瞬間、湖姫はくしゃみをしてしまったのだが、無情なことにあんぐり開いた口を片手で押さえるタイミングがタッチの差で間に合わず、くしゃみとともに飛び出た声も「はくしょん」ではなく、どういうわけだか「ひゅーん！」という癇走《かんばし》ったものだった。まるで夜中に狐が喚《わめ》くような声である。新参者の怪しい転校生による自己紹介にしては徹頭徹尾、何から何まで最悪のパフォーマンスを演じることになってしまった。

こうした失態に加えて引っ込み思案な性格も災いし、湖姫はクラスの笑いものとして新たな学校生活を始めるに至った。カーストでは紛れもなく最下層のポジションである。

実質的にクラスを仕切る女子の性根が甚だ悪かったこともあり、湖姫は転校初日から早くも「キョンデレラ」というありがたくない渾名《あだな》を授かり、その後は何かを言ったり、したりするたびに粗を探され、みんなにげらげらと笑いのめされるようになった。

暴力や私物を隠されるなど、あからさまな嫌がらせを受けることこそなかったものの、実質的には虐めである。担任も含め、湖姫の味方をしてくれる者はひとりもいなかった。

クラスメイトの交友関係は、カーストトップの性根が悪い女子が実権を握っていたので、初めは好意的に声をかけてきた女子も、すぐに湖姫を避けるか笑うようになっていった。

湖姫がこうした憂き目に遭って減退していく一方、同い年で同学年の緋花里のほうは何をしていたのか？　答えは「分からない」である。

湖姫と緋花里は、通う学校が違っていた。緋花里が通っていたのは、霜石邸が広がる山の麓《ふもと》にある小学校で、車でおよそ十分程度の距離にあった。

緋花里のほうも毎日、別の使用人が運転する車で送迎されているようだった。湖姫と車が同じでないのは、登校時間の違いによるものではないかと思う。

湖姫は毎朝、七時三十分に家を出る。この頃に出発すると、学校に着くのは八時頃で、余裕をもって朝のホームルームを迎えることができる。同じ時間に緋花里も出発すると、彼女のほうは登校してからホームルームが始まるまで、大きく時間を持て余してしまう。下校も然《しか》り。迎えの車も別々だったので、登下校の車中で緋花里と乗り合わせることは一度もなかった。そもそも邸内で姿を見かけることさえ、ほとんどない。

送迎用の車は、白の地味な軽自動車だった。霜石の家にはこの当時、用途に合わせて五台の車が備えられていたのだけれど、送迎車は白の軽で良かったと湖姫は思っていた。以前に山梨から霜石の家まで送迎してもらった黒塗りの高級車では、役不足も甚だしい。送迎車はかならず校門近くの路肩に停まる。仮に黒塗りの高級車で送り迎えをされたら、物笑いの種がひとつ増えるだけである。羨望《せんぼう》の眼差《まなざ》しで見られることなどは絶対にない。

湖姫は幼少期からの辛《つら》い経験に基づく皮膚感覚として心得ていた。虐めというものは一度始まると、どんなに価値があることでも蔑《さげす》みや哄笑《こうしょう》の対象にされてしまうのである。

緋花里と学校が別々になったのは伊吹の意向によるものではない。澄玲の判断である。理由については明言されなかったが、霜石の家に越してきて澄玲は、おりおりに湖姫へ「緋花里とあまり仲良くするな」と言いつけていた。理由は緋花里が跡目争いにおける対抗馬だからだという。馬鹿馬鹿しい話だと湖姫は思ったが、澄玲のほうは本気だった。「当たり前のことでしょう?」と鼻を鳴らして念を押す。

以前に伊吹が話していたとおり、緋花里は霜石家の正統な血を引くひとり娘とはいえ、今のところ、跡目を継ぐ資格はない。だが「最終決定ではない」とも伊吹は言っている。あるいは今後、緋花里に次の当主を継ぐべき資格が生じてしまった場合、湖姫の立場は圧倒的に不利となる。互いに同じ資格を有していても、緋花里には「血筋」という名のアドバンテージがあるのだ。これから先、緋花里が次代候補の資格条件を満たした場合、伊吹は間違いなく、緋花里を次の当主に選ぶだろうと澄玲は言った。

だから無暗《むやみ》に仲良くするなという。緋花里は今後の流れ如何《いかん》によっては、自分たちの暮らしや将来を脅かす存在になる可能性を秘めている。だから仲良くするなという。

そのうえで「お父さんの遺志にしっかり応《こた》えられる娘になりなさい」と澄玲は言った。久央はきっと、湖姫こそを次代の当主にしたいと思ったからこそ、伊吹に遺言を託して逝ったのだと付け加え、「がんばりなさい」と湖姫に言った。

久央のことは好きだけれど、そんなふうに迫られるのは湖姫にとって重荷でしかない。とはいえ抗《あらが》う術《すべ》もないので、言われるたびにうなずくしかなかった。

湖姫が新しい小学校に通い始めた一方、澄玲のほうは新たな仕事場を構え始めた。

場所は山をおり、車で二十分ほどの距離にある町場。駅前の目抜き通りに立っている三階建ての雑居ビル。二階の一室を借り受けて、祈禱《きとう》師の看板を掲げるようになった。

家賃その他は、霜石家が全額賄うことで話がついたのだという。そもそも月峯母娘の生活費全般も全て霜石家が支払うという条件で、澄玲は山梨からの転居に同意していた。月々いくらもらうようになったのかは聞かされなかったが、それ相応の金額だとは思う。澄玲の弁では「別に働かなくても食べていける」とのことだった。

それなのに何ゆえ駅前に新たな仕事場を構えたのかといえば、おそらく対抗心である。他には嫌がらせや当てつけなども理由に含まれているのではないだろうか。

霜石の家に暮らし始めた当初、澄玲もこの家が営む霊能関係の仕事を手伝うつもりで意気込んでいた。仕事を通じて伊吹や組合員たちと対等に付き合う気でもいたのだろう。

だが、そうした目論見《もくろみ》は三日も経たないうちに潰《つい》えて、その後は方針を変えるに至った。

澄玲が言うには、侮辱に堪えられなかったそうである。

引越しからまもなく伊吹に紹介された総勢十人の組合員たちは、上辺や言葉遣いこそ丁寧な調子だったが、その端々に澄玲を見下すようなそぶりが見られたのだという。

澄玲が有体に感じたのは「三流の祈禱師」という評価だった。「皆様と一緒になってこの家を守っていきたい」という澄玲の申し出を、組合員の面々は耳触りの良い声音と言葉を使って遠回しにうっちゃった。いずれも満面に淡い蔑みの笑みを浮かべつつ。

伊吹は特にこれといった反応を示すことはなかったらしいが、澄玲にこうした態度を表わしたのは先日、深天の闇まで湖姫に同行した清吾と素子も同じだったという。

「細々とした問題を請け負う補佐役として、ぜひご助力を。我々は心強く思います」

いかにも小賢《こざか》しい薄笑いを浮かべ、上から目線で返してきた素子の言葉に虫唾《むしず》が走り、澄玲は「付き合っていられない」と見切りをつけた。素子が言う「補佐役」というのは、意味を正せば「雑用係」のようなものだということは、わざわざ真意を尋ね返さずとも即座に理解することができたという。

組合員のお歴々は陰陽師や霊能師、宮司、新興宗教団体の元教祖といった、その道の一流どころを始め、特異な力を持たない者らも莫大《ばくだい》な資産を有する旧家の当主や企業家、トレーダーといった面子《メンツ》で構成されていた。彼らの目から評すれば、山梨県の田舎町で細々と祈禱師を営んでいた女など、せいぜい使用人程度の利用価値しかないのだろう。

そうした「査定」の結果も淡い笑みの裏側にまざまざと透けて見えたので、表向きは傅《かしず》くふりをして、今後は自分の都合次第でうまい具合に利用してやるつもりだという。

「これが賢い大人の知恵ってもんなの。あんたもよく覚えておきなさい」

さかしらな笑みを湛《たた》えながら、澄玲は湖姫に揚々と息まいてみせた。

澄玲なりにこうした事情があっての「移転オープン」である。毎日、湖姫の登校後に車で仕事場へ向かい、主には湖姫が下校してきた夕暮れ時に帰ってくることが多かった。暇を持て余しているのではないかと湖姫は思っていたが、そんなことはないらしい。

移転開業開始から数日で、固定客が何人かできたという。その後も一見《いちげん》客が定期的に訪ねてくるので、仕事はそれなりに忙しいとのことだった。

やはり湖姫にはなんとなく信じ難いことだったが、澄玲は多分、嘘をついてはいない。間近で十年も見てきた娘の立場から評する月峯澄玲という人物は、簡潔に表現するなら気分の上下と斑《むら》っ気が著しく激しい、性格破綻《はたん》者といったところである。

伊吹や組合員の面々を陰で悪し様に罵《ののし》るような所業も含め、他人に向ける思いやりや尊敬の情もなきに等しく、自分がこの世でいちばん賢く、偉いと思っている節もあった。

少なくとも湖姫にとっては、世間に対して胸を張って誇れるような人物ではない。

ところがこんなにひどい性格を抱えているというのに、祈禱師という生業《なりわい》に関しては、昔から妙に客から慕われるという特質が澄玲にはあった。

山梨の家に暮らしていた頃、澄玲の相談客に対する態度は概《おおむ》ね尊大かつ横柄なもので、お世辞にも「謙虚」や「親身になって」という表現はしかねる姿がしばしば目についた。

仕事場から来客を叱りつける澄玲の声が聞こえてきたことも一度や二度のことではない。相談予約の日時を忘れるか間違えるかして、仕事をすっぽかすようなこともあった。

なのに一体、どうしてなのか。

こうした職業意識の薄い浅はかな姿勢で仕事をしているくせに、澄玲に信頼を寄せて我が家を訪ねてくる相談客が絶えることはなかったし、澄玲に叱りつけられた相談客が再訪してくるのも決して稀《まれ》なことではなかった。

全ては祈禱師としての実力がなせる業なのか、それとも澄玲の口が上手《うま》いものなのか。理由は判然としなかったが、これらは紛れもない事実であった。

せっかく開いた（厳密には伊吹の計らいで無理やり開いてもらった）新しい仕事場に閑古鳥が鳴かないのは何よりだったし、自分を頼って訪ねてくる相談客が絶えない限り、澄玲は基本的に上機嫌だったので、湖姫もそれなりに助かってはいた。

だが、澄玲がしている仕事の内容や、姿勢までをも虚心で評価していたわけではない。そうした思いは以前から少なからずあったのだけれど、霜石の家に住まいを移してから新たに加わった理由もある。嫌でも伊吹と比べるようになってしまったからである。

荷解《にほど》きが一段落した頃から、湖姫は伊吹に霊能関係の手ほどきを受けるようになった。祭壇への礼儀作法や祝詞《のりと》の詠み方を始め、初歩的な魔祓《まばら》いのいろは、この世ならざる悪いものから身を守るための術など、分野は多岐にわたって満遍なく。

いずれも将来、霜石家の境守を務めるために欠かせない知識と技能だと前置きをして、伊吹は教示を始めたのだが、教え方が上手かったので辛いと感じることはなかった。

日にちも時間も不定期だったが、おおよそ週に三度か四度、主には湖姫が家に帰って宿題と夕飯を済ませたあとの夜間か、休日の昼下がり。時間は一時間前後が大半だった。場所は地階に続く階段が隠された、本邸の祈禱場である。

最初に教えを受けることになった五月上旬の夜、祈禱場に祀《まつ》られた巨大な祭壇を前に湖姫と向き合って座った伊吹は、前置きの前置きとして、こんなことを切りだしてきた。

「今日から先は、貴方《あなた》のことを『さん』を付けずに湖姫と呼ぶ。丁寧語ももう使わない。これから始まるお互いの関係を思えば、当然のこと。それでいい？」

厳《いか》めしい声で伊吹は言ったが、険のある表情ではなかった。切れ長の瞳《ひとみ》を凜《りん》と光らせ、静かに覚悟を求めるような顔つきである。まったく悪い気はしなかった。

素直に「はい」と応じた湖姫に、伊吹は「よろしい」と返して口元に微笑を浮かべた。含みのない涼やかな笑みで、湖姫もつられて一緒に頰を緩めてしまう。

最初の講義は、霜石家の異様な歴史に関するお浚《さら》いと、祭壇へのお参りや礼儀作法に関するものが大半だった。霜石家の守り神・ササラメの御神体を祀る、天守の間という一室が本邸の三階にあることを知って、初めて詣《もう》でたのもこの時である。

祈禱場のまんなかに置かれた座卓を挟んで講義を受けるさなか、湖姫は伊吹のことをなんと呼んだらいいのか分からず、言葉が詰まってしまう場面があった。

「伊吹と呼びなさい。苗字《みょうじ》ではなく、名前のほうで伊吹さん」

湖姫が困っているのを見透かして伊吹が持ちかけてきた呼び名は、多少の緊張を伴う響きを感じさせたが、勇気をだして声にしてみると大きな親しみを感じることができた。伊吹との距離もぐっと縮まった感じがして、湖姫の心は俄《にわ》かに弾んだ。

澄玲とは違って伊吹は喜怒哀楽を大きく表わす人ではなかったが、心根は優しかった。湖姫を褒める時には短い言葉できちんと褒めてくれたし、叱る時にも感情を露《あら》わにせず、必要なことだけを手短に伝えて、湖姫が萎縮《いしゅく》するようなことは決して言わなかった。

それに祝詞を詠んだり、魔祓いの呪文《じゅもん》を唱えたりする声が素晴らしく綺麗《きれい》だった。仄《ほの》かな潤みを帯びた勇壮な声風《こわぶり》で、どことなくアルト歌手を連想させる響きがあった。実際、歌を聴いているような心地になって、湖姫は軽い陶酔を覚えることもあった。

どちらかといえば低めの声音で濁声《だみごえ》に近く、響きにも荒々しい印象を抱かせる澄玲の祝詞や呪文とは雲泥の差がある。心の籠《こも》り具合からしてまったく違うと湖姫は思った。

右腕のない伊吹は柏手《かしわで》を打てない。代わりに着物の襟元から覗《のぞ》く右側の鎖骨の辺りを左の掌底で「ぽんぽん」と打ち鳴らす。奇異に映る光景ではあったが、そうした所作も見慣れてくると、なんともいえない大人の気品を感じさせる趣きがあった。

祝詞を詠む練習の際、湖姫は伊吹が用意した祝詞用紙を両手に持って詠むのだけれど、やはり右腕を欠損しているせいで、伊吹は用紙を両手に持つことができない。

だから伊吹は、あらゆる祝詞や呪文の文言を丸暗記していて、祭壇を前に胸を張ってそらで詠んだり、唱えたりする。どんなに長い祝詞や呪文であってもそうである。

これも澄玲にはできない芸当だった。そもそもそうした努力をする気すらないと思う。祈禱《きとう》場の祭壇に視線をまっすぐ向けながら、潤みを帯びた勇壮な声風で祝詞を詠んだり、呪文を唱えたりする伊吹の姿は、湖姫が日に日に憧《あこが》れていくほど恰好《かっこ》よかった。

湖姫もあらゆる祝詞や呪文を丸暗記して、伊吹に倣いたいと思うようになったのだが、そうした思いも見透かされてしまったのか、「大事なことは気持ちをこめることよ」と頭《かぶり》を振られたこともある。そのうえで「なかなか筋がいい」とも褒めてくれた。

講義は大抵、神職が身に着ける装束に着替えておこなわれた。

伊吹は純白の上衣と袴《はかま》、湖姫は純白の上衣に浅葱色《あさぎいろ》の袴というスタイルである。久央の霊前に参じた時の服装と色合いが似ていたが、こちらは神職が纏《まと》う正装なので、身の引き締まる思いがして好きだった。髪は首のうしろで一本に束ねる。

講義の数を二桁《ふたけた》近くまで受ける頃には、湖姫にとって伊吹とふたりで過ごすひと時は、かけがえのないものになった。

澄玲はいい顔をしなかったし、伊吹に教えられたことを伝えると嫌な笑みを浮かべて、遠回しに伊吹のことを小馬鹿にしたし、湖姫がしている努力を褒めることもなかったが、伊吹の講義は境守になるための必修項目だったので、咎《とが》めることだけはしなかった。

六回目か七回目の講義を受けた夜のことである。思いがけず、こんな一幕があった。

そろそろ終わりの時間が迫る頃、使用人のフサが祈禱場におやつを持って入ってきた。大きなカステラが二切れずつ並んだ銘々皿が、座卓についた湖姫と伊吹の前に供される。

フサはふたりのためにお茶も淹《い》れると「ゆっくりお召し上がりになってください」とにこやかに言い添えて、祈禱場から出ていった。おやつをだされたのは初めてである。

伊吹に「いただきましょう」と促され、皿の縁に添えられた菓子楊枝《ようじ》を手に取る。

カステラは、底の部分にザラメが付いた薄紙が貼られていた。楊枝で大雑把に切ると、薄紙から生地を剝《は》がすのが難しくなって、皿を生地の粉屑《くず》で汚してしまいそうだった。

そこで湖姫はカステラを端のほうから、ごくごく薄く削《そ》いで食べることにした。

およそ五ミリの幅を意識して上から慎重に楊枝の刃を入れ、まっすぐな線を描きつつ、カステラを薄く切っていく。幸い、生地は硬めに仕上げられていたので、木の楊枝でも綺麗に薄く切り取ることができた。そうして底のほうまで生地を断ち切ると、仕上げに楊枝を水平に向け、薄紙から生地の底の部分を端側からこそげるように取っていく。

こちらもなんとか上手くいった。薄紙の上に生地の粉はほとんど一粒も残らなかった。そうしてぺらぺらに切り取った生地の断面にそっと楊枝を突き刺して、口に運ぶ。

これを小気味よいリズムで繰り返していった。のろのろすることもなく、かといってせかせかと落ち着きないそぶりで繰り返すこともなく。

要領が摑《つか》めれば、特に苦もない作業だった。黙々と食べ進めていくうちにカステラは、片側半分がザラメと茶色く焦げた生地の名残がへばりつく薄紙の皮となり、もう片側は平らな断面を描きながら次々と目減りしていく、茶色と黄色の生地という構成になった。カステラを食べるのもこの時が初めてだったが、なかなか上出来ではないかと思う。

「綺麗な食べ方。そういう才能もあったのね……」

しっとりとした甘味を楽しみながら食べ進めていると、伊吹が静かな声でつぶやいた。視線をあげて捉《とら》えたその顔には、少女のようにきらきらとした感嘆の光が宿っている。

「変ですか？」

「変じゃない。褒めているの。誰にでもできることじゃない。すごいと思う」

微笑を浮かべてうなずきながら伊吹は言った。

湖姫としては、思いがけない言葉だった。食べ方を綺麗に工夫するのは幼い頃からの習性じみた行為に過ぎず、動機についても元は澄玲に叱られないようにするためだった。別に好き好んでこうした食べ方をしているわけでも、身につけたわけでもない。

食べ方を褒めてくれたのは、久央以外では伊吹が初めてだった。澄玲は今に至るまで一度も褒めてくれたことなどないし、学校の給食では「変な食べ方！」と笑われていた。頭のおかしな人の食べ方なのだという。

「ありがとうございます……」

一拍置いて嬉《うれ》しさがこみあげ、頬を赤らめながら、素直な気持ちで感謝の言葉を返す。それから涙が頬を伝い始めた。自分は頭のおかしな人ではないと信じることができた。

「伊吹さんの食べ方も綺麗ですよ」

伊吹は左手につまんだ菓子楊枝で、器用にカステラを切り分けながら食べ進めていた。楊枝に刺したカステラを口に運ぶ時の所作も自然な動きで、ぎこちなさは感じられない。元の利き手がどちらだったのかは知らないが、仮に右手だったとしたら、残った左手をここまで自然に使えるようになったということになる。これも素直にすごいと感じた。

「本当に？　これでも箸《はし》を使うのは苦手なのよ。字を書くのも下手で嫌気が差す」

苦笑を浮かべて伊吹が言う。悪戯《いたずら》めいたあどけない笑みだったので、湖姫もつられて微笑んでしまう。屈託のない笑みだった。こんなふうに笑えたのは、いつ以来だろう？　思いだすことができなかった。

講義のあとに毎回おやつが振る舞われるようになったのは、この夜以来のことである。十分程度の短い時間だったが、訪れるのが待ち遠しい催しになった。

おやつの時間の件は、澄玲に話さなかった。伊吹と話していることもぼかして伝えた。迂闊《うかつ》に話して、余計な茶々を入れられたくなかったからである。

伊吹はおしなべて寡黙な性分なので、講義の間やおやつの時間に湖姫に関することを根掘り葉掘り尋ねてくることはなかった。湖姫も元来口下手なため、込み入った話題を持ちだすことはしなかった。学校における問題に関してもそうである。

自分が虐《いじ》めに遭っていることを伊吹には絶対話さなかったし、澄玲にも言わなかった。理由は猫の習性に近い。猫は身体が弱っている時、外敵に気取《けど》られないようにするため、平然としたそぶりを演じてみせる。それが弱った自分の身を守る、最善策になるからだ。湖姫も同じく、過度に自分の弱さを周りに知られたくなかった。

昔からそうだったように澄玲には今回も気づかれていなかったが、伊吹のほうは多分、何かを察していたのではないかと思う。けれども折り入って尋ねられることがあっても、湖姫はおそらく口を噤《つぐ》んでしまうはずだった。自分がクラスのカーストの最下層にいて、クラスメイトに毎日笑われていることなど、恥ずかしくて絶対に知られたくなかった。

そんな心情も伊吹は察してくれたのか、湖姫がカステラを食べながら涙を流して以来、心なしか、前より優しく接してくれるようになった。

境守の茶会　現今

玄関戸の間尺に合わせた、いやにだだっ広い土間をあがって中へと足を踏み入れる。

重々しい三階建てを誇る霜石家の本邸は、その巨大な外観に違《たが》わず、内部も一般的な民家とは桁外れ《けたはず》な広さを有していた。

玄関を入ると廊下は左右に長く延びている。真正面の壁には、月夜に咲く月下美人を描いた日本画が、戸板並みに大きな銀縁の額に入れて掛けられていた。

サイズはおそらくＰ一〇〇号。構図は幅の広い横長で、藍色《あいいろ》に染まる闇空の右上方に皓々《こうこう》と輝く満月が浮かび、その下側一面に十数輪の月下美人が繊細な花弁を広げている。静謐《せいひつ》な趣きが漂う綺麗な絵である。五年前の訪問時にも目にした記憶があった。

左右に延びる廊下の先にはそれぞれ、階上へ通じる階段口が開いている。その踏面は大人が優に三人並んで歩けるほどに幅が広い。

廊下は階段口の前からそれぞれ角を作って折れ曲がり、家の奥へ向かって延びている。

廊下は角を曲がった先もさらに左右に折れ、家内をぐるりと一周するようにできている。回廊の途中には家の内側に向かって延びていく廊下も何本か見受けられたが、いずれの部屋に通じているのかは分からない。

私たちが通されたのは、家の西側に面したリビングだった。

二十帖《じょう》ほどの広さをした洋間で、部屋の中央には黒みの強い大理石のローテーブルを四つの黒いソファーで囲んだ、応接セットが組まれている。

「改めまして、こんにちは。本日の御依頼については、当方のご無理を聞いていただき、心よりお礼を申しあげます。特に此度《こたび》の用件とは然《さ》したる因縁もないというにも拘《かかわ》らず、ご快諾をいただいた柳原《やなぎはら》さんと小橋《こばし》さんには、感謝の念に堪えません。本日は最後までお力添えのほど、何卒宜《なにとぞよろ》しくお願いいたします」

一同が揃ってソファーに座したあと、頃合いを見計らって湖姫が言った。目にはなお、丸縁のサングラスが掛かっている。改めて冷静な目で見れば、かなり異様な風体である。

白星はお茶の用意をするため、キッチンへ向かっていた。支度が整うまでの十分ほど、湖姫のほうは他愛《たわい》もない話題を持ちだして場を繋《つな》いだ。本人はいかにも楽しげな調子で「今年の冬は特に寒い」とか、「大雪に備えて手頃な除雪機を二台持っている」だとか、主には気温や天候にまつわることを語り連ねたが、私の目にはそれらを語る時の相好も語り口も、芝居じみているのが見え見えだった。本当にただの場繋ぎである。

山に吹く寒風の話をしているところへ、トレイを持った白星がリビングに入ってきた。トレイには人数分のコーヒーカップと苺《いちご》のショートケーキがのっている。

「柳原さんは、紅茶に造詣《ぞうけい》がお深いんでしたよね？　真希乃から聞いています」

尋ねた湖姫に鏡香は苦笑を浮かべ、「道楽程度のものですよ」と応じた。

「先日、仕事場でいただいた紅茶は大変美味《おい》しかったです。お返しに相応《ふさわ》しいものをと思案を巡らせてみたのですが、なまじの紅茶をお出ししても敵《かな》わないと思い至りまして、コーヒーをご賞味いただくことにしました。どうぞ、お試しになってみてください」

湖姫がつらつらと思いを述べるその傍らで、白星はトレイにのったカップとケーキを我々が座るテーブルの上に手際よく供していった。

よもや毒が入っていることもあるまい。来客の三人で「いただきます」と声を揃えて、カップに口を付け始める。

私の斜め向かいのソファーに座る鏡香は、花の香りを嗅《か》ぐような仕草でカップに顔をそっと近づけると、薄く立ち昇る湯気を鼻腔《びこう》に軽く吸いこみ、それからゆっくりとした所作で、カップの中身を口に含んだ。

「胸がすっとする、いい香り。飲んでから口の中にちょっぴり広がる甘味が素敵ですね。豆の品種はゲイシャじゃありませんか？　前に一度だけ、飲んだことがあるんです」

「ご名答。恐れ入ります。希少なパナマ産のゲイシャだそうです」

両の眉根《まゆね》を大仰に吊《つ》りあげ、湖姫が答える。なんのことやら私にはさっぱりだったが、ゲイシャという名の高級豆があるらしい。中でもパナマ産は、その最高峰なのだという。

確かに旨《うま》いコーヒーだったが、そもそも私はこの世に不味《まず》いコーヒーなどがあるとは夢にも思っていないし、出くわしたためしもない。なぜなら、味は皆同じだからである。コーヒーという飲み物は、どんな品種だろうが製法だろうが、一様に旨いと思っている。

だから「いかがでしょう？」と湖姫に問われても、「美味しいですね」とだけ答えた。それ以上でもそれ以下でもない、これもまた核心を突いた「ご名答」ではなかろうか？けれども湖姫は残念そうに眉根をあげると、「そうですか」と萎《しお》れた笑みを浮かべて、両目を遮る黒いレンズ越しに私を値踏みするような調子で見つめてきた。

コーヒーは日頃と変わらぬ旨さで満足だったが、ケーキのほうには手を付けなかった。理由については言わずもがな、人前で物を食べるのが相変わらず苦手なゆえである。

それからつかのま、リビングに集った面子《メンツ》で（多少の緊張感を孕《はら》んだ）談笑を交わし、折を見ながら湖姫がいよいよ、無為なトピックを大事な本題のほうへと移していった。

「さて……楽しいお喋《しゃべ》りの時間に一旦《いったん》幕を引かせていただくのは吝《やぶさ》かではあるのですが、そろそろ最初の儀式に関するくわしい説明と確認事項をおこなっていきたいと思います。郷内さんと柳原さんには、あらかじめ概要をお伝えしていますけど、小橋さんのほうはいかがでしょう？　おふたりからどの程度まで、お話を伺っていらっしゃいますか？」

湖姫の問いかけに、美琴は思案を巡らすような緩い目つきで答え始めた。

「台湾からの出発前に、郷内さんと鏡香さんから、おおよその事情はお伺いしています。今日もこちらへお邪魔をさせていただく前に、さらに細かい事情の確認やお浚《さら》いなども含めて話し合ってきました。わたしなりに事情は呑《の》みこめているつもりではいますけど、それがどの程度なのかについては、判断がつきません。限られた時間の中で恐縮ですが、もしもご不安を感じる点があれば、霜石さんからもご教示いただければ幸いです」

「承知しました。わたしの口からもう一度、概要をお伝えしたほうが、間違いがなくて宜しいかと思います。まずは今日一日の全体的な進行からお浚いをしていきましょう」

誰も異論はなかったので、湖姫はひと息つくとおもむろに語り始めた。

「大枠で俯瞰《ふかん》しますと、本日は全部で六つの儀式にお力添えをいただくことになります。これからまもなく執り行う弔い上げの儀、分離の儀、婚礼の儀。それから休憩を挟んで夜の時間に事を始める星送りの儀、討滅の儀、そして締めに執り行い、成果を見届ける、再生誕の儀。以上の六つになります。いずれの儀式の挙行におかれましても、進行中にご不明な点が出てきたり、不測の事態が生じたりした際には、わたしが全責任をもって補助を致しますので、その点についてはどうぞご安心ください」

全部で六つ。間に休憩が入る都合もあり、全てが終わるのは深夜になるかもしれない。

ただしこれは、先にメールで資料とともに送られてきた、湖姫自身の見立てである。

今朝方、白星に持ちかけられた計画を実行に移せば、深夜に至らず決着をつけられる可能性もあるし、事と次第によっては、深夜を大きく回る可能性もなくはなかった。

前代未聞の儀式を決行することも含めて、それらは結果に至るまでもが、全て未知数。

計画の立案者であり、名目上の責任者である湖姫でさえも、途中から白星が作りだして
突きつけるイレギュラーな岐路に差し掛かれば、その後は見通しが利かなくなるだろう。

そうした意味でもこの場に集った六人の面子は、いずれも条件が同じであるといえる。

ほどなく我々は全員、先行きの見えない暗闇の航路に向かって船をだすことになるのだ。

湖姫は儀式の呼び名と順番を数えるように語ったあと、弔い上げの儀に関する概要と最終確認を省き、それから要点を強調しつつ、残りの五つの儀式における詳細や目的をくわしく説明していった。途中で美琴を含む誰の口からも質問が出ることはなかったし、敢《あ》えて異論を挟む者もいなかった。

「お気遣いをいただき、ありがとうございました。おかげさまで大変参考になりました。やはり霜石さんから直接お話を聞かせていただくことができて良かったです」

説明を終えた湖姫に一礼しつつ、美琴が穏やかな声で謝辞を伝える。

「いいえ。今日という日に御礼を申しあげるのは、全てがわたしの役どころになります。ところで御礼に関する件なのですが、本当によろしいのでしょうか？　わたしとしては、先にご提示させていただいた額面が妥当と考えておりますし、もしもご希望があるなら、喜んで上乗せもさせていただきたいと考えているのですが」

「いいえ、初めにお返事を差しあげたとおりで結構です。こちらの件はお気遣いなく」

美琴の答えに湖姫は苦々しい笑みを浮かべ始めると、続いて私と鏡香のほうを向いて、「おふたりは？」と尋ねてきた。私も鏡香も、答えは美琴と同じだった。

「そうですか。わたしとしては些《いささ》か不本意なお申し出ではあるのですが、承知しました。これが最後の確認というわけではございませんので、お気が変わることがありましたら、どうぞご遠慮なくおっしゃってください」

湖姫が言っているのは、今回の謝礼に関する件である。

我々三人は今日の一連の儀式に最後まで携わることを条件に、それぞれ百万円という巨額の謝礼を提示されていた。私と美琴は往復の交通費だけを要求し、謝礼は全額辞退。鏡香のほうは交通費も含めて全額辞退というのが、謝礼の件に対する回答だった。

別に恰好《かっこう》つけたわけではなかったし、聖人ぶるつもりもなかった。私の思いとしては、今回の件で謝礼に現金を受け取るというのが、生理的に嫌だったというだけの話である。くわしい事情は訊《き》いていないが、おそらく美琴も鏡香も同じような思いで辞退している。こうした特異過ぎる案件に首を突っこむに際しては、金の件など些末《さまつ》な問題に過ぎない。願って叶《かな》うことなら多額の報酬などよりむしろ、生命の保障をしてほしいぐらいである。関わることで、今後の人生になんらの悪い影響も及ばないという万全の保障も込みで。

而《しこう》して私の場合に限っては、現金以外できっちり報酬をもらえる約束も交わしている。言わずもがな、加奈江の回復である。白無垢《しろむく》の魔性と混じり合ってしまった加奈江さえ元の姿に戻してもらえるなら、金など一円もいらないという気持ちも本当だった。

「さて、そろそろ準備を始めていただきましょうか？　そろそろ頃合いかと思います」

壁に掛かる古びた振り子時計を一瞥《いちべつ》しながら、湖姫が言った。針は二時を差していた。確かに頃合いだろうと私も思う。始まりが遅くなると、終わる時間もそれだけ遠のく。

「承知しました。着替えはどこで済ませたらいいでしょう？」

「白星が案内します。わたしも着替えるので、済んだらまたこちらに集まりましょう」

湖姫の答えを契機に、真希乃を除いた全員がソファーから立ちあがる。

リビングを出たあと、湖姫は先に廊下を進んでいって姿を消した。私と美琴、鏡香の三人は、白星に先導されてそれぞれ別室へと通された。

先に美琴と鏡香が西側の廊下に面した一室に入り、私はそこから少し離れた北西側の一室に促された。部屋の中央に年季の入った長机が一台置かれた、フローリングの洋間。他には特に何もない。その昔、使用人たちが使っていた休憩室なのだという。

「お越しいただき、ありがとうございます。くれぐれもよろしくお願いいたします」

別れしな、閉めかかるドアを挟んで白星が消え入るような小声で囁《ささや》いた。

「ええ、こちらこそよろしくお願いします」

白星がドアを閉めると同時に、さっそく着替えに取り掛かった。

黒い着流しに黒い羽織。帯も足袋も同色なので、手早く着替えを済ませた私の身体は、鴉《からす》のような風合いになった。拝み屋の開業時から長らく変わらぬ、仕事時の正装である。僧職でも神職でもない拝み屋の装いとしては、相談客からそれなりのイメージに見えて、尚且《なおか》つ無難な装いではないかと思い、こうした支度を一貫していた。

奇《く》しくも湖姫の普段着と色味が重なっているが、彼女が黒にこだわる事情については特殊な下地があってのことだし、そもそも意味合いからして根本的に異なっている。

訪問時の挨拶《あいさつ》がてら、湖姫は「日ノ本一のお化け屋敷」と冗談めかして言っていたが、邸内に不穏な気配は微塵《みじん》も感じない。五年前の訪問時には確かに感じていたはずなのに。

改めて自身の感覚の不調を実感させられながら、私は再びリビングのほうへと戻った。

「鏡香さん、どんな感じがしています？　たとえば空気や気配についてとか」

　出発前、鏡香に借り受けた純白の上衣に袖《そで》を通しながら、美琴が尋ねた。

「空気については物凄《ものすご》い威圧感。外から感じていたのとは大違い。迂闊《うかつ》に気を抜いたら、それだけで息が苦しくなってきそう。本当に『日ノ本一のお化け屋敷』だと思う」

　畳の上に下着姿で腰をおろし、くの字に曲げた片足に足袋を履きつつ、鏡香が答える。

「気配も感じたし、さっそく姿も視ている。長屋門からここまで車を走らせている間に全部で三体。二体はよそから紛れこんできた、この家に関係のないお化けだと思うけど、最後の一体は違う。霜石さんの話に出てくるあの娘《こ》できっと、間違いないはず」

「わたしもほとんど同じ答えです。多分、見かけたものも合っていると思います」

　答え合わせをしてみると、長屋門から本邸に至る舗装路を進む道中、美琴が目にしたこの世ならざる者たちの姿は、いずれも鏡香が示したものと一致する。

「ですよね。話に出てくるとおりの顔でしたから、絶対間違いないでしょう」

　舗装路に面して伸びる庭木の陰に、異様な面貌《めんぼう》をした少女が立っているのを見かけた。それなりに長く務めた霊能師の現役時代にも、ああした具合に顔つきが変じた存在には、一度もお目にかかったためしがない。

「わたしも同じ」と鏡香は応じて立ちあがり、自前のバッグから傍らに取りだしていた上衣に袖を通し始めた。こちらも純白の上衣である。

暖房は十分効いていたので、肌身に寒さを感じることはなかった。白星があらかじめ、エアコンのスイッチを入れておいてくれたのである。美琴と鏡香は、八畳敷きの和室で着替えをおこなっていた。以前は使用人たちの仮眠に使われていた部屋だという。

「ついに始まってしまうんですね。廃業したのに、一世一代の大仕事になりそうです」

「それについても同感。わたしも大した自信はないけど、最善を尽くすしかない感じ」

「本当に変な縁ですよね、わたしたちって」

感慨深く発した美琴の言葉に、鏡香はふわりと頬を緩めて「確かに」とつぶやいた。

「わたしと小橋さん、他にもたくさんの不思議な縁がひとつに重なり合って、今がある。そんな印象も強く感じる。あとから『いい縁だった』と振り返れるようにがんばろう」

「うん、それも同感。がんばりましょう」

虚心でうなずく美琴の脳裏には、八年前に鏡香と初めて知り合い、ともに請け負った奇怪な仕事にまつわる情景が、あたかもつい先ほどのことのように蘇《よみがえ》っていた。

本当に。あれからまさか、こんなことへと事態が繫《つな》がる流れになろうとは――。

あの時は鏡香の助けに負うところが多かった。今回も力を借りる場面は多い気がする。人柄についても実力についても、双方ともに頼れる心強い女性である。

だが今回の件では、美琴のほうが得意とする分野も、災禍の根っこに絡んできている。こちらについては万が一、何かあったら任せてほしいと心に強く思っていた。

ほどなく着替えを済ませると、美琴は鏡香と並んで再びリビングへと戻り始めた。

理解を深める　昔日

■滓霊《しりょう》（自立式）
死者の魂が現世に残していった、半物質様の複製体。一定の意思をもって行動する。主には生前、形成主が果たせなかった行為を代行する。目的が果たされれば滅尽する。

■滓霊（半自立式）
仝《どう》。複雑な思考概念はなく、痛い、苦しい、寂しい、恨めしい等、形成主が死亡時に発露した感情に基づき行動する。経年により滅尽する。

■影法師
生者が現世でおこなった行動の再現。同じ場所に虚像として顕現するが、意思はない。主には過去の再現様として、当時と同じ形質をもって観測される。経年により滅尽する。

■残声
仝より虚像を廃した声、ないしは音のみの再現。経年により滅尽する。

■人魂《ひとだま》
死者が現世に残していった、精神と感情からなる複合片。可視光線、プラズマ様等を主に多彩な形質を持つ。複雑な思考概念はない。経年により滅尽する。

■魔性
現世に住まう半物質様の存在。多様な性質、形質を有するが、明確な部類分けは困難。一部は物の怪《け》、妖怪《ようかい》の部類にも入り、固有名詞を持つものもある。大多数が永久不変の存在的性質を有し、経年で滅尽はしない。

■魔性（癒着式）
滓霊（自立式、半自立式、双方）に魔性の一種が憑依《ひょうい》した状態。形質は概ね滓霊様を維持するが、例外もある。性質、意思等は魔性様に準ずる。経年で滅尽はしない。

■御霊《みたま》
死者の魂。多様な度合で生前の意思を保持する。神として祀《まつ》られる者は神霊《しんれい》と呼ばれ、神霊の中でもとりわけ強靭《きょうじん》な力を有する者は威霊《いれい》と呼ばれる。経年で滅尽はしない。

感じたのは学び。

講義の中で伊吹に教えてもらった、この世ならざる存在たちの種別と性質全般である。

それぞれの部類分けと名称の一部は霜石家独自のものらしいが、湖姫の理解の中ではこれ以上ないというほど、頭にしっくりくるものだった。

澄玲が語る「浮遊霊」やら「地縛霊」やらという概念などより、それぞれの仕分けは明瞭《めいりょう》かつ的確だったし、そもそも根本的な概念からして違っていた。

講義の席で伊吹が語ったところによれば、亡くなった人の魂というものは原則として、死後にこの世へ無暗に留《とど》まったり、迷い出てきたりすることはないのだという。

神道の場合は新葬祭、仏教の場合は仏教葬、その他の宗教においても、正式な教義に基づいた葬儀を執り行うことで、故人は各々の信仰に準ずる死後の流れへと移行する。

稀《まれ》には特殊な例外もあるらしいが、概《おおむ》ねは葬送という儀式を終えれば、然《しか》るべき形で然るべきところに収まる。死者の魂がみだりにこの世へ現れることはないのだという。

では、湖姫がこれまで視てきたお化けの正体とはなんだったのか？

答えはおそらく、御霊以外のほぼ全てである。

俗にお化けや幽霊と呼ばれるものは、人がこの世を去る時に残していった魂の小片や強い感情などから生じる、実体を持たない非生物的な存在なのだという。

たとえば滓霊（自立式）の場合は、性質や言動全般に故人と同じものが投影されるが、それでも故人そのものでないので、喜怒哀楽の表現や意思の疎通などには限界が生じる。

こうした傾向は浮霊（半自立式）になると一際顕著になって、たとえば道端に佇《たたず》んで身体をふらつかせるだけとか、呻《うめ》き声をあげて人に迫ってくるだけとか、無益で単純な行為を繰り返すだけになるのだという。

前者は身内や生前親交があった人物の身を案じる念が強い場合や、やり残したことや伝え残したことを成し遂げたい場合などに顕現されることが多い。

一方、後者のほうは交通事故や殺人といった、不慮の末路を迎えた者から生じやすい。今わの際に発した強い恐怖の念や生への渇望が、自分と同じ姿をした虚像を作りあげる。大半は死亡時の身体的な状態までをも忠実に反映して。

湖姫にはどちらにも当て嵌《は》まる遭遇があった。

前者は幼稚園で開かれた保育参観でのこと。保育室のまんなかに園児と保護者たちが輪になって座り、みんなで歌を唄《うた》う一幕があった。湖姫も澄玲と並んで、一緒に唄った。そうして何曲目かを唄い終えた頃、輪の反対側に座る洋子《ようこ》ちゃんという女の子の背後に、和装の老婆が笑みを浮かべて立っているのが見えた。

老婆の笑みは明るく、親しげな色が宿るものだった。顔じゅうに刻みつけられている深い皺《しわ》の緩み具合は夏雲のようにふんわりとしていて、不穏な色は少しも認められない。

老婆は湖姫が気づくとまもなく、こちらをちらりと一瞥《いちべつ》し、顔に笑みを浮かべたまま、静かに姿を消していった。数秒ほどの短い邂逅《かいこう》だったが、この老婆には多少ならずとも、生身の人間に等しい感情の存在や、温《ぬく》もりのようなものを感じ取ることができた。

後者も同じく、幼稚園での出来事である。

ある時から菜子《なこ》ちゃんという女の子の傍らに、全身血みどろの女が立つようになった。

顔も服も真っ赤に染まって分かりづらかったが、それは菜子ちゃんのお母さんだった。

少し前に彼女は交通事故で亡くなっていた。菜子ちゃんはしばらく幼稚園を休んでいて、その日は久しぶりの登園だった。血みどろの母親は、虚《うつ》ろな目をしてふらふらしながら来る日も来る日も、声や音をわずかも立てず、菜子ちゃんの傍らに佇み続けた。

視線は常に菜子ちゃんのほうに向けられていたが、雨雲のように暗く淀《よど》んだ目からは、何を思って菜子ちゃんを見つめているのか、微塵《みじん》もうかがい知ることができなかった。

洋子ちゃんを見おろしていた老婆と違って、こちらには一切の親しみを感じなかった。単に姿が恐ろしいからというだけではない。決定的な理由は目だった。

暗く淀んだ瞳《ひとみ》には、なんの光も宿っていなかった。死んだ魚の目よりも感情に乏しい、まるで目玉の模様をしたボタンかボールが、眼窩《がんか》に嵌めこまれているような印象だった。

在りし日の彼女は、レトリーバーの子犬のようにつぶらで穏やかな目をした人だった。死後に見えた彼女の瞳に生前の面影は一筋もなかった。

以前からこれらを単なる「死んだ人間の魂」とは思えないと感じていた湖姫の印象は、当たっていたことになる。厳密には、人がこの世を旅立つ時に残していった強い感情と魂の欠片《かけら》が織りなす、元の本人とは別個の存在。成り立ちを踏まえれば、湖姫が昔から呼び習わしていた名前も、あながち的を外していなかったということになる。

すなわち、お化けである。

大して怖い存在ではないと伊吹は言う。

生身の人間に深刻な被害を及ぼす力を持つ者は滅多にいないし、個体差はあるにせよ、いずれは自然消滅していく。供養やお祓《はら》いといった手段を用いて消し去ることもできる。

半自立式の滓霊として伊吹が例を挙げたのは、病院内を彷徨《さまよ》う死んだ入院患者たちや、交通死亡事故現場に佇む血まみれの子供などといった存在だった。

見た目は忌まわしいが、これらに大きな力はないという。せいぜい人につきまとって発熱や頭痛など、軽い体調不良に陥らせるぐらいが関の山だろうと伊吹は言った。

そのうえで本当に警戒すべきなのは、魔性のほうだと言い添える。

魔性は存在の始まりからして、この世に魔性として息づいている。他の何物でもない。姿も性質も多岐にわたるが、その大半は生身の人に著しい害悪を及ぼす力を秘めている。深天の闇から這《は》い出てくるのも、これらに類するとりわけ質《たち》の悪い連中だという。

目的のほどは定かでないが、一部の魔性は滓霊に癒着して、異質な存在にも変化する。喩《たと》えるなら、人がこの世に残していった抜け殻を着ぐるみとして使うような具合である。

魔性に入りこまれた滓霊は大抵の場合、元とは比べようもないほど凶悪な性質を帯び、姿が人間離れしたものに変わることも少なくない。悪霊や怨霊《おんりょう》と称される存在の一部も、こうした魔性に癒着されてしまった滓霊《しりょう》なのだという。

時に人を殺《あや》めるほどの力を発揮するのは、魔性も癒着式の魔性もともに変わりない。

これらの存在についても、湖姫はとくと覚えがあった。

剝きだしの背骨をぶらさげて宙を飛ぶ老婆の生首や、熟したトマトのように真っ赤な目玉を光らせる中年男、スーパーの天井に蜘蛛《くも》のような姿勢で張りつく女などである。

幼い頃から澄玲に恭しく語り聞かされてきた話によると、この世に留まる悪い霊とは、死んだ人間の魂が変じた姿、つまりは人間の成れの果てを表わす姿なのだという。

けれども湖姫は、いまひとつそんなふうに感じることができなかった。

首だけで宙を飛んだり、目玉が赤く光ったり、あるいは背丈が異様に小さくなったり。魂がこの世に留まったというだけで、人はそんな姿に変わり果ててしまうものだろうか。

湖姫はどうしても、心からそんなふうに思うことができなかった。

湖姫が折に触れて目にする奇怪な存在たちの大半は、澄玲の語る「魂」なるものとは別のところに起源を持っているように思えてならなかったのである。

うまく言葉にするのは難しかったのだけれど、たとえば死んだ人の身体から染み出る魂以外の何か。死んでいった人たちがこの世に置き去りにしていった、強い感情の残滓《ざんし》。もしくは彼らが生前、心の中にずっと隠し続けていた、暗くて後ろめたくて邪《よこしま》な感情。

だから湖姫は、我が目に映る異形たちを「霊」ではなく、「お化け」と呼び習わした。

「霊」という言葉で呼ぶには収まりが悪く、かといって「妖怪」という言葉を用いても、なんだか違うような気がした。印象と名称がもっとも嚙《か》み合ったのが「お化け」という、捉《とら》えどころのない響きの中に妙な奥深さも兼ね備えた、三文字のシンプルな言葉だった。

確認を求めた湖姫に伊吹は「そのとおり」とうなずいた。それらは危険な存在なので立ち向かう術《すべ》がないなら、姿が視えてもなるべく関わらないほうが身のためだという。

怖くてそんなつもりは少しもなかったが、そうした連中と対等以上に渡り合うための知恵と技能を身につけるために、湖姫は講義を受けているのだった。

次代の当主候補にして、新たな境守の役割も担うため。

湖姫が長らく疑問を抱いていた、お化けの正体に関する伊吹の講釈は概ね以上だった。奇しくも久央が生前聞かせてくれた、人の霊感の多寡や世界認識に関する解釈と合わせ、こうした分野における理解が完全なものとなった感も強く抱いた。

死せる姉子に捧《ささ》げる悲歌《エレジー》　昔日

感じたのは哀惜。

霜石家の敷地内でも、お化けはおりおりに見かける機会があった。

週に換算すると多い時で三度か四度、少なくともかならず一度は目撃した。

内訳は半自立式の滓霊が四、影法師が五、その他が一といったところである。

滓霊のほうは、背広姿の中年男性や白装束を着た中年女性、紋付袴《はかま》を着けた老人など。

影法師のほうは、白い上衣と朱色の袴を穿《は》いた巫女《みこ》装束の女性たちや、作業服姿の男女。

慣れると区別は容易についた。こちらが姿を認めて視線が合った時、表情を変えたり、ゆらりと首を傾げたりしてみせるのが滓霊、なんらの反応も示さないのが影法師である。

どちらも湖姫に害を与えることはなかった。だからひと月もしないうちに慣れてしまう。

お化けという存在自体を、幼い頃からずっと視てきた補整作用もあったのだろう。

滓霊のほうは湖姫の姿を認めると、稀《まれ》にのろのろと歩み寄ってこようとする者もいた。

そんな時は、中指と人差し指をぴたりと付けて伸ばした右手を視線の辺りまであげると大抵はひるんで姿を晦《くら》ましたし、そうでない場合も短い呪文《じゅもん》を唱えながら右手を斜めに振りおろせば、跡形も残さず消えていった。伊吹に教えてもらった魔祓いの初歩である。

〝澄玲が教えてくれなかった〟魔祓いの初歩と付け加えてもいい。

覚えるのは簡単で、実践するのも難しくなかった。これほど容易な対処法があるなら、もっと早くに身につけたかったのだが、澄玲はこうした技能を自分の専売特許のように思っていたし、娘に伝授して軽々しく扱われるのは、生理的に堪えがたかったのだろう。それぐらいの思考パターンは思いを巡らすまでもなく、答えとなって浮かんでくる。

ともあれ性質の理解と魔祓いの習得によって、お化けに対する脅威は格段に薄まった。油断や慢心をせず、遭遇したら相手の出方に応じ、必要ならば軽く祓うだけで事が済む。これは学校を始め、日常生活全般の遭遇時にも適応できたのでありがたかった。

半面、過敏に反応し始めたのは、澄玲のほうである。

霜石の家に引越してきてから、澄玲も邸内でしばしばお化けを目にするようになった。湖姫が視ているものと同じようなものを目にしていたようである。

「生きてるみたいにはっきり視える」と言って、澄玲は血の気の引いた顔を強張《こわば》らせた。

お化けとくれば、いつでもなんでもはっきり視える湖姫にとっては、「だから何？」と思えるコメントだったが、邸内に現れるお化け（澄玲流の表現では浮遊霊や不浄霊）は、いずれも姿が生きているみたいに生々しい像を帯びて視えるとのことだった。

「きっとこの家に強い執着を持って、現世にしがみついてる連中よ。恐ろしい……」

おそらく澄玲のやり方であっても、魔祓いをおこなえば目の前から消え去るはずだが、洞察力と判断力が鈍いせいだろうか、そうしたことを試みたという話は聞かなかった。

代わりに澄玲は家の要所に魔除《まよ》けの御札を貼るという対処で、ひとまずの安心を得た。御札の効能か、家の中にお化けが入ってくることはなかったので、結果は良好と思えた。

自分なりの対処に概《おおむ》ね満足している澄玲に「軽くお祓いするだけで消えるよ」などと助言を授けることはしなかった。そんなことを言って気分を良くしてくれる母ではない。返ってくるのはお礼の言葉ではなく、「調子にのるな」といった意味合いの嫌味だろう。

そもそも伊吹に魔祓いのやり方を教えてもらったことについても、いい顔をしていない。「初歩を教えてもらった」と伝えたら、「素人向けの三流呪文じゃない」と鼻で笑われ、「そのうち、あたしがもっと高度な浄霊術を教えてあげる」と、今さら勿体《もったい》つけられた。

別に「高度な浄霊術」でなくて構わなかったし、湖姫が本当に教えてほしかったのは、もっと小さな頃だったというのに……。今頃になって何を言いだすのだろうと思った。

伊吹の話によると、辺りに漂う空気の影響でこの家の敷地内では、お化けたちの姿が誰の目にもはっきり視えてしまうらしい。屋敷に長くいればいるほど、視認する頻度も解像度もあがっていくとのことだった。

原因は、深天の闇から微量に噴きだす瘴気《しょうき》のせいだという。深天の闇から現れいずる魔性たちが今わの際に残していく怨念《おんねん》めいたものも、要素のひとつになっているらしい。

伊吹は数年前に起きたチェルノブイリの原発事故を例に挙げ、深天の闇から噴きだす瘴気には、放射能に似通う性質があると言った。すなわち、他の物では代替の利かない驚異的な力を有し、尚且《なおか》つ封印するのが困難だという意味合いである。

古《いにしえ》の頃より、歴代の当主と組合員たちが幾度も封印を試みてきているし、今の代でも深天の闇が広がる本邸の地階は、魔除けの呪文が書き巡らされた複雑怪奇な迷路を始め、注連縄《しめ》や幣束などで要所を厳重に封じられている。

だが、それでも瘴気は結界を抜けて微量に漏れだし、地上に広がる屋敷のほぼ全域に影響を及ぼしているのだという。おそらく人の感覚に作用するのだろうと伊吹は言った。

だから日頃は怪しいものを目にすることがない来客も、屋敷に一定時間留《とど》まっていると空気に混じる微量な瘴気の作用で、お化けの姿がはっきり視えるようになってしまう。

度合は滞在時間が長いほど増していくが、屋敷を離れれば、感覚は正常に戻るという。後遺症やその他の悪い影響も、今まで一度も確認されたことはないとのことだった。

邸内で目撃される影法師たちについては、湖姫が感じていたとおり、かつてこの家に仕えていた巫女や使用人の虚像ということで間違いなかった。

一方、半自立式の滓霊は、過去にこの家の相談客として世話になった人物たちを始め、瘴気に誘われて迷いこんでくる身元不明の有象無象とのことである。

やはり湖姫が感じているとおり、遭遇しても害がないか薄いものかが大半を占めるが、稀に質《たち》の悪い滓霊が紛れこんでくる場合もあるので、気をつけるようにとのことだった。

特に魔性のたぐいや癒着式の魔性については、細心の注意が必要であるとも。

地階の造りと同じような結界を屋敷の要所に張り巡らせて外敵の侵入を防がないのは、敷地内よりも敷地の外や近隣に、お化けたちが蔓延《はびこ》る事態を避けるためだという。

「自分で正体が判断できないようなものを見かけたら、遠慮せずに言いなさい」

すぐに確認したうえ、適切な対応をすると伊吹は言った。

湖姫は心強いと思うと同時に、報告すべきかどうか、しばらく迷っていたことがある。

白い着物姿の少女——。

四月の終わり頃に湖姫が初めて霜石邸を訪れた時に見かけた、顔じゅうが葡萄《ぶどう》の房を思わせる無数の瘤《こぶ》で埋め尽くされた、異様な風体の少女である。

屋敷に暮らし始めてからも何度か見かける機会があった。いずれも庭でのことである。

淴霊《しりょう》や影法師とは異なる気配を感じて振り向くと、少女は視線の少し先に立っている。いつでも概ね五、六メートル離れた場所に姿を認める。

見かけるたび、目鼻口の一切が見えない歪《いびつ》に膨れた面貌《めんぼう》にはっと驚いてしまうのだが、湖姫が姿を認めても、少女はこちらに詰め寄ってくることはない。幽《かす》かに身体を左右に揺らめかせながらその場に佇《たたず》み、こちらをじっと見つめるそぶりを一頻《ひとしき》り表わしたあと、水が沁《し》みていくティッシュのような具合に、身体が徐々に透けて消えてしまう。

面貌のみから判断するなら、瘉着式の魔性ではないかと思うのだけれど、かといってこちらに襲いかかってくる様子もないため、正体を摑《つか》みかねていた。

無暗《むやみ》に余計なことを口にするのは避けるようにしているし、屋敷に仕える使用人らが同じ異形を目にしても大きく動じるそぶりを見せないので、危険な存在ではないのかも。なんとなくそんなふうに思い做《な》し、湖姫も過剰な警戒はしなくなった。

この頃、霜石家には村野夫妻を含めた五名の使用人と、蛭《ひる》巫女がひとり仕えていた。使用人は村野夫妻の他に、四十代中頃の男性がひとりと、二十代後半の女性がふたり。蛭巫女は四十代初めの女性で、麻恵《あさえ》という名である。使用人たちは本邸の裏庭に面した宿舎に暮らし、麻恵は本邸正面から見て斜め右向かいに立つ、巫女寮で暮らしていた。

村野夫妻は初めの頃から湖姫に親しく接してくれたし、その他の面々も当初は湖姫を新奇な目で見て距離を測りかねていたようだが、屋敷に暮らし始めて半月近くも経つとそうした視線もしだいに薄まり、気安く声をかけてくれるようになった。

新たな暮らしが始まり、そろそろひと月が経とうとしていた、五月の終わり頃である。夕方、湖姫が本邸の裏側に面した庭を散歩していると、使用人の女性が宿舎のほうから出てきたところだった。何気なく視線を向けると、彼女が歩く小道の脇にも白い人影が立っているのが目に入る。例の顔が歪に膨れた少女だった。

少女は小道の脇に植えられた具柄冬青《そよご》の脇に佇み、身体を小さく左右に揺らしながら、女性（真知子《まちこ》という名である）のほうに膨れた面を向けている。

真知子もすぐに少女の気配に気がついた。背筋をびくりと跳ねあがらせ、小道の脇へ向き直る。続いて口から「ほお……」と長いため息が漏れた。それだけである。

真知子は気を取り直したように視線を元に戻すと、あとは何食わぬ様子で小道を歩き、こちらのほうへ向かってきた。すれ違う時、湖姫に会釈してきたその顔には笑みが差し、恐れや戸惑いの色は微塵《みじん》も浮かんでいなかった。

その前には使用人の男性が少女を目にするさまも見ていたが、反応は概ね同じだった。休日の昼下がり、長屋門の裏側に面した花壇のそばに佇む少女の姿を認めた彼のほうも、一瞬驚くような表情を見せたが、その後は平然とした様子で本邸のほうへ歩いていった。

白い着物の少女は顔面の様子こそ異様だったが、使用人たちに警戒するそぶりはなく、湖姫も特にこれといった実害を受けたためしがない。これらを合わせて出てきた答えは、「かの少女に大きな脅威はなさそう」である。けれども確信までには至らなかった。

それでとうとう、伊吹に事の仔細《しさい》を打ち明けることにした。霜石の家に暮らし始めておよそひと月。六月に入ってまもない、夜の講義のさなかである。

「わたしの姉よ」

湖姫の報告を聞き終えた伊吹は、いつにもなく物思わしげな声で、囁《ささや》くように答えた。

予期せぬ返答に、湖姫は思わずぎょっと目を瞠《みは》ってしまう。

顔じゅうを青白い葡萄状に膨らませた少女の名は、伊世子。伊吹のふたつ年上の姉で、十二歳の頃に世を去っている。一九五八年の十一月半ば、晩秋の寒い時季だったという。伊吹が発した答えに思いもよらない気まずさを覚え、尋ねなければよかったと悔いた。だから二の句を継げずに目を伏せたのだけれど、伊吹のほうは意にも介さず話を続けた。

「分かってくれると思うけど、元はああいう顔じゃなかったのよ。因果な事情があって、ああいう顔にされてしまったの」

きっかけは伊世子が世を去る二年前、小学校が夏休みに入った頃のことだという。

その日の午後、霜石の屋敷は深天の闇から出てきた一体の魔性によって、騒然とした雰囲気に包まれていた。魔性の出現自体は、月に何度か生じる恒例行事のようなもので、特に珍しくはなかったが、この日は思い做し、いつもと違う不穏な空気を感じたという。

伊吹の両親である与志勝《よしかつ》と響妃を始め、当時は家に仕えていた荒巫女《あらみこ》たちや、報《しら》せを聞いて駆けつけた組合員たちは、地階の一室に集まって魔性を滅する対策を講じていた。普段は二時間もあれば片づく災禍が、この日は夕暮れ時になっても決着を見せなかった。

そのさなか、伊吹は伊世子の提案で、三階にある天守の間へと向かった。ササラメに一刻も早い事態の解決を願うためである。「結局、願わなかった」と伊吹は言った。

「願えなかったと言うべきね。願う前に、姉の様子が変わってしまったから」

天守の間に入り、ササラメを祀《まつ》る祭壇の前に並んで、姉妹が腰をおろした時だった。

「ん？　なんだろう」と伊世子がつぶやき、首を傾げた。

「どうしたの？」と尋ねた伊吹に、「変な感じがしない？」と返してくる。

御神体の様子がおかしいと伊世子は言った。伊吹も視線を向けると、確かに伊世子の言うとおり、妙な感覚を抱き始める。

祭壇は、白い敷布が掛けられた五段式の拵《こしら》えをしている。最上段の中央には一社型の大きな宮形が立ち、小さな石造りをしたササラメの御神体は、その中に納められている。

宮形の両隣と祭壇の二段目には、おびただしい数の霊璽《れいじ》が肩を揃えて並び立っている。これらはいずれも、かつて霜石家に所縁《ゆかり》がある者たちの魂が宿るとされる霊璽だった。

伊吹が抱き始めた違和感は、祭壇から全体にわたって漠然と漂ってくるようだったが、意識を集中しながら様子を探ると、中でも御神体のほうから奇妙な違和が感じられた。

伊勢神宮《いせじんぐう》の社殿を模した、神明造りの茶色い宮形。その真正面で左右に開け放たれた観音扉の向こうに、ササラメの御神体は立っている。

背丈は三十センチほど。長い髪の毛に縁取られた面には、柔和な笑みが浮かんでいる。灰色の石を素材に彫られたササラメは、気をつけをする姿勢で宮形の中から伊吹たちを見おろしていた。――その視線が、なんだか生きているような生々しさを帯びている。

物心がついた頃から毎日お参りを続けていたが、御神体にこうした異変を感じたのは、この時が初めてのことだった。感じたままを伝えると、伊世子も同感だという。

「わたしとしては、『怖い』という意味で伝えたつもりだった。実際、あの夕暮れ時に天守の間に向かうまでの間は、なんともいえない嫌な予感を覚えていたし、祭壇の前に座った時にも予感は消えずに残っていた」

だから「もう戻らない？」と伊吹は伊世子に言い添えもしたのだが、願いは伊世子に届かなかった。伊世子は「気になる」とつぶやき、くわしく調べてみたいと言いだした。「やめようよ」という言葉も、伊世子の胸には届いてくれなかった。意を決したように伊世子は立ちあがると、つま先をぴんと伸ばして身体を前のめりに傾がせ、亀のように突きだした頭を御神体に向けて近づけた。

伊吹の悪い予感が当たったのは、この時である。

御神体に鼻先が触れそうなほど伊世子が顔を寄せてまもなくのこと。伊世子の口からふいに「んっ」と短い声が漏れた。鼻面を虫に刺されたような声だった。

続いて伊世子は祭壇から身を引き戻し、立ったままの姿勢で鼻先を両手で擦り始める。

「どうしたの？」という伊吹の問いかけに返事はなかった。伊世子は「んんん……」とくぐもった声音を洩《も》らしつつ鼻先を擦り、続いて顔全体を滅茶苦茶《めちゃくちゃ》な勢いで擦り始めた。呻《うめ》き声もさらに高まり、しだいに痛みを示す苦悶《くもん》の音色も混じりだす。

声音が静かな調子の「んんん……」から、鋭く大きな「んんん！」に変わったとたん、伊世子は仰向《あおむ》けにばったりと倒れ、畳の上で両脚を太鼓の撥《ばち》のようにばたつかせ始める。顔面を擦る指には爪が立ち、顔じゅうを斑《むら》なく全体にわたって掻きむしるようになった。指の間にちらついて見える薄白い顔の皮膚には、たちまち無数の細長い裂け目が生まれ、顔全体が鮮血にまみれた紅白模様に変わっていく。

伊吹が泣きながら声をかけても、返ってくるのは身の毛のよだつような苦悶の叫びと、畳をどすどすと蹴《け》りつける激しい足音だけだった。伊世子はもがき続けるばかりである。

「それでわたしはどうしようもなくて、助けを呼びに走ったの」

天守の間を飛びだした伊吹は、本邸一階のキッチンで晩御飯の支度をしていたフサに状況を伝え、それから伊世子はすぐに車で病院へ運ばれていった。

ハンドルを握ったのは、フサの夫の村野勝である。フサも一緒に付き添った。

伊吹も同行したかったのだけれど、両親から家で待つように命じられたのだという。

使用人の誰かに伊世子の異変を知らされた両親も、一時は上のほうまであがってきた。伊世子の容態を見たふたりは動揺を来したが、同伴してきた数名の組合員らに促され、再び地下へと戻っていった。理由は最優先事項の使命。

この時点においても、魔性の滅却が完了していなかったからである。

その後、魔性対策の会議と実践は夜っぴて続き、無事に滅却が済んだのは、東の空が白み始めた朝方近くのことだったという。幼い伊吹はその目でじかに見てこそいないが、身の丈が五メートル余りもある、女の顔をした百足《むかで》のような姿の魔性だったそうである。過去に前例がないほど、凄《すさ》まじく強靭《きょうじん》な魔性だったとも聞かされた。

一方、伊世子は地元の総合病院に搬送されたのだが、容態が回復することはなかった。

滅茶苦茶に掻《か》きむしった顔面は、日にちの経過とともに傷こそ癒えていったようだが、代わりにぼこぼこと無数の瘤《こぶ》を形成しながら膨れ始め、伊吹が最初の面会を許可されたおよそ二週間後には、満面が人肉でできた葡萄《ぶどう》を思わせる凄まじい顔に変貌《へんぼう》していた。

意識は普通に保っていたそうだが、心のほうは完全に壊れてしまい、まともな言葉を発することができなくなった。意思の疎通もほとんどできない状態となる。

主治医による診断は、要約すると不明だった。

顔の瘤は爪で掻きむしった時、雑菌が入って生じたものではないかとのことだったが、どんな菌なのかは明言されなかったし、明確な治療方針も定まらなかった。心のほうはおそらく精神分裂病（今の世で言う統合失調症）とのことで片付けられた。

伊吹を始め、霜石家の関係者一同で、そんな戯言《たわごと》を鵜呑《うの》みにする者は誰もいなかった。伊世子の身に起きたのは、この世ならざる何かの力によって生じたものと断定された。

では、より明確な原因とはなんなのか？　これについては答えが多少、曖昧《あいまい》になった。

伊世子が病院に担ぎこまれ、さらには女の顔をした百足もどきが滅却された翌日から、伊吹は両親と組合員たちの一部から事情を洗いざらい聞きだされた。

伊世子の身に異変が生じる直前までの状況を慎重に鑑《かん》みて、両親たちの下した結論は、ササラメによる祟《たた》りとのことだった。

みだりに御神体を覗《のぞ》きこもうとしたのが、おそらくよろしくなかったのだろうという。

過去にこうした憤激をササラメが表わすことはなかったそうだが、ササラメは神である。人の心の基準には当て嵌《は》められない、独自の逆鱗《げきりん》めいたものがあってもおかしくはない。

興味本位で御神体の様子をうかがおうとした伊世子の行為も、そうした逆鱗に触れうる行為のひとつと裁定されてしまったのではないか。

確かな裏付けもないままに斯様《かよう》な結論が下され、伊吹は両親──特には母の響妃から、「今後は絶対に大人を抜きで天守の間へ入らないように」と釘《くぎ》を刺された。

伊世子に異変が起きる直前、祭壇から感じた違和についても包み隠さず話したのだが、「ササラメがおわす場所から、何かを感じ取るのは当たり前」という結論が出ただけで、特に重要視されることはなかった。しかしその後、少なくとも伊吹の身に限って言えば、ササラメの祭壇から異質な印象を抱くことは二度となかったというのも事実である。

伊世子はひと月ほどの入院期間を経たあと、一度は他の病院に移されて再検査などが形式的におこなわれたが、やはり顔の瘤の原因は一切不明とのことで再び退院となった。その後は自宅療養の身となる。

「でも、退院してから姉の療養に宛《あて》がわれたのは、この本邸じゃなかった」

霜石の家で伊世子の療養所になったのは、本邸の裏手に位置する小さな木小屋だった。敷地の周囲を取り囲む樹林が間近に迫る場所、北側に面した屋敷のいちばん外れである(ちなみにこの場所は後年、長じた湖姫が緋花里に誘われて蛍を見にいくことになった、森への入口にほど近い距離にある)。

元は資材置き場として使われていた木小屋で、これを伊世子の入院中に両親が改装し、簡素な療養所として生まれ変わった。八畳の畳部屋が一間に、あとから炊事場と風呂《ふろ》場《ば》、便所が増設された、簡素な造りの療養所である。

窓には鉄製の頑丈な格子が嵌められ、入口の木扉にも大きな南京錠が取りつけられた。どちらも伊世子が勝手に外へ出られないようにするための備えである。

精神に異常を来たした伊世子は分別がつかず、ほとんど制御も利かない状態となった。短い文言による問いかけや願いに対し、わずかな理解と了解を見せることはあるのだが、それでも気分次第で思わぬ行動を起こすことのほうが多かった。

とりわけ両親が忌避したのは、伊世子が邸内を徘徊《はいかい》して、事情を知らない客人たちに姿を見られてしまうことだった。家には境守の力を頼って来訪する者も多いのである。

伊吹の母・響妃を筆頭に、伊世子の退院後は、快癒に向けたありとあらゆる解決策が講じられ、ほとんど連日のごとく、加持祈禱《きとう》を始めとした数多《あまた》の解決案が実践された。

結果として、それらは幾許《いくばく》の好転も見せることなく、いずれも完全な空振りに終わる。伊世子の容態は回復することも悪化することもなく、その後も痛ましい状態が続いた。

信じられないことに、こうした結果がなされてから両親は、伊世子に献身的な気概を示すこともなくなっていく。元は霜石家第十三代目当主、並びに次代の境守を継ぐべき家督娘として、幼い頃から両親を始め、関係筋一同から多大な期待と寵愛《ちょうあい》を受けていた姉の伊世子は、ここに至って霜石家の忌むべき汚点へと立ち位置を変えられてしまう。

響妃と与志勝のふたりは、十二代目当主夫婦として気高い志と達観した判断力を持つ秀才型の人格だったが、半面、人情味が希薄で氷のように冷徹な一面も兼ね備えていた。次女の伊吹は出生時から将来を期待される身ではなかったため、姉の伊世子と比べると、大して可愛がられずに育てられたという印象が根強い。

こうした気質は、伊吹が幼児の頃に亡くなった十一代目の祖父母夫妻にも当て嵌まる。どちらも長女の伊世子をより多く愛《め》で、伊吹はいつも添え物に近い扱いをされていた。

心身ともに変わり果てた伊世子の世話は、フサを始めとした当時の使用人たちが担い、両親が手をかけることは、少なくとも伊吹が目にする限り一度もなかった。

伊吹も両親の厳命で伊世子と接することを禁じられた。療養所に改装された木小屋は呼称もいつしか陰宅《いんたく》と変わり、関係筋の間で話題にだすことさえ疎まれるようになった。

ちなみに陰宅とは、風水の専門用語で墓を表わす言葉である。誰が名付けたものかは判然としなかったが、言葉の意味を額面通りに受け取れば、伊世子は生きながらにして、墓を住まいにされてしまったということになる。

陰宅は常に玄関が施錠されていたし、窓にも鉄格子が嵌められていたにもかかわらず、伊世子は時折、外へ出てしまうことがあった。

原因は不明。昼夜の違いを問わず、気づくと伊世子は外にいて、かつて自分が愛した菊の花壇を眺めたり、以前は自室だった本邸二階の一室に佇《たたず》んでいたりする。

使用人が宥《なだ》めすかして陰宅へ連れ戻すと、玄関は決まって施錠されているのだという。格子に異変も見られない。だから伊世子がどんな手段を使って外に出るのか不明だった。言葉のやりとりも満足にできないため、伊世子自身の口から答えは聞きだせなかったし、誰がどのように知恵を振り絞らせて考えても、理論的な答えが出てくることはなかった。敢《あ》えて答えをだすなら怪異である。壁をすり抜けて外へ出ているとしか思えない。

こうした伊世子の脱走は、何度か大きな問題を起こしたこともある。

一度目は陰宅に暮らし始めた初年の秋口。朝方、朝食を届けにフサが陰宅へ向かうと、伊世子の姿がない。他の使用人たちと手分けして、敷地の方々を捜し回ってみたのだが、それでも伊世子は見つからなかった。

ようやく発見されたのは、その日の夕暮れ近い頃である。発見場所は当時、伊世子と伊吹が通っていた旧五日町の小学校。学校は、家から二十キロ以上も離れた場所にある。

伊世子はかつての通学時に好んで着ていた、襟元に黄色いリボンを結わえた、薄白い長袖《ながそで》のワンピースを纏《まと》って学校の校庭に現れた。

変わり果てた伊世子の面貌《めんぼう》を見て泣きだす子や、いきり立って石を投げつける子など、現場は一時騒然となったが、異変に気づいた教師らによって、伊世子は保護される。

校内で迎えの車が来るのを待っていた伊吹も、この時の状況を目の当たりにしている。驚きよりも言葉にならない哀惜に駆られ、無性に涙がこみあげてきたそうである。

小学時代の伊世子と伊吹は、入学時から特別支援学級で授業を受けていたのだという。どちらも何かの障害があったわけではない。伊吹もこの頃はまだ右腕がついていた。

理由は両親の判断によるものである。霜石家にまつわる種々の秘密事項が外部に極力漏れないようにするため、独自のコネを使って学区外の小学校を選び、尚且《なおか》つふたりを一般学級から隔絶したのである。中学にあがっても同じことをされたと伊吹は言った。

閑話休題。

朝に姿を消し、夕方に学校へ現れたという時間的事実を踏まえれば、伊世子が家から徒歩でやってきたと考えるのが妥当だった。大人の足でも耐え難い長距離を歩き抜いた執念もさることながら、その道中で大きな騒ぎを起こして捕まるようなことがなかった事実も合わせれば、伊世子はなるべく人目につかない道筋を選びながら歩みを進めたか、あるいはおりおりに姿を消して歩いていたのではないか。陰宅の壁をすり抜けられるとおぼしい芸当も加味して考えると、そうした光景も伊吹の脳裏をよぎったという。

二度目は同じ年の冬場である。夕飯を終えた夜の七時半過ぎ、伊吹が自室へ戻るため、本邸一階の北側に面した廊下を歩いていると、外からぼすりと鈍い音が聞こえた。

見ると廊下の窓を隔てた裏庭の地面に伊世子が倒れていた。円形に形作られた大きな菊の花壇――伊世子がいちばん大事にしていた花壇――の縁《へり》に伊世子はうつ伏せになり、まもなくガラスが張り裂けるような凄《すさ》まじい悲鳴をあげ始めた。

陰宅を抜けだし、果たして何を思ったものか、あるいは死にたかったのかもしれない。本邸の三階から飛び降りたのである。あとになって三階の北側の廊下に面した窓が一枚、おそらくは伊世子の手で開け放たれていたのが確認できた。

ただちに救急搬送された伊世子は、からくも生命に別状こそなかったが、診断の結果、両脚の複雑骨折という重傷を負っていた。およそ二ヶ月の入院期間を経て戻ってきたが、その後は二度と自分の足で歩くことができなくなった。

異様なことに、入院期間中にも邸内で伊世子の姿を見かけたという使用人が数名いる。いずれも邸内の小道や本邸の廊下をもがくような動きで這《は》っていて、姿を認めて驚くと消えてしまったそうである。響妃も何度か、こうした姿を目にしていると聞いている。

三度めは翌年の四月。昼下がりに響妃が祈禱場で来客の応対をしている時、伊世子は部屋と廊下を隔てる障子戸を開け、這いずりながら中へと入ってきた。

顔じゅうを肉の葡萄《ぶどう》のように震わす伊世子は、淀《よど》んだ水の中から発するような声音で「おがぁすわぁん……」と呻《うめ》きながら、響妃に迫ってきたという。

ここで娘を抱きしめるような母ではなかったと、伊吹は言う。響妃はその逆をいった。這いずりながら必死に迫る伊世子を一喝すると、胴間声を張りあげて使用人を呼びつけ、伊世子を抱えあげた使用人とともに陰宅へ向かった。

伊吹はその場に居合わせたわけではないが、のちに使用人の口から聞かされた話ではその後、響妃は悪罵《あくば》の限りを尽くして伊世子に凄《すご》んでみせたらしい。

「いい加減にしろよ」と。「これ以上、迷惑をかけるな」と。「一族の恥晒《さら》しめが」と。

概《おおむ》ねこうした内容の文言をあらん限りの怒声にのせ、しまいには口からはらわたまで飛びだすのではないかというほどの勢いで、伊世子に叩《たた》きつけたのだという。

伊世子の脱走がなくなったのは、この件以来のことだった。花が萎《しぼ》んで枯れるようなゆっくりとした速度で伊世子の衰弱が始まったのも、この件以来のことだという。

それからおよそ一年半が過ぎた十一月の半ば、伊世子は短く悲惨な生涯に幕をおろす。享年十二。もしもまともに生きていられれば、その年の春には中学一年生になっていた。死因は心不全とのことだった。

三月ほど前からほとんど寝たきり状態になっていて、使用人の声掛けに応じることも少なくなっていたのだが、当日の朝方、フサが朝食を運びにいった時には、布団の中で冷たくなっていたという。神葬祭は、限られた身内のみでひっそりと執り行われた。

「けれどもこれで全てが終わったわけではなかった」と伊吹は言う。

「答えはすでにご覧のとおり」と言い添え、伊吹はさらに話を続けた。

神葬祭が終わって数日経った頃から、伊世子は再び邸内に姿を現すようになった。

死後も歪《いびつ》に膨れた面貌は変わらず、服装は療養中に身につけていた白い寝間着である。時間も場所も問わず、さらには相手を選ぶことすらなく、伊世子は邸内の至るところに姿を現し、時には事情を知らない来客の心胆までをも寒からしめた。

異変を承知した響妃は、即座に魂鎮《たましず》めの儀を執り行ったが、それでも伊世子は現れた。儀式を何遍繰り返せど、伊世子は邸内の方々に姿を見せた。謝罪の念をこめて祈っても、意にも介さぬそぶりで現れ続ける。

その後は方針が魂鎮めから滅却に切り替わったが、あらゆる魔祓《まばら》いの呪法《じゅほう》を用いても、伊世子を消し去ることはできなかった。深天の闇から這いだしてくる数多の魔性たちを真っ向から迎え撃つ実力と実績を備える、境守の響妃や荒巫女《あらみこ》らの全力をもってしても、それは叶《かな》うことがなかった。存在を消し去ることはおろか、弱めることも薄めることも、封じることもできなかったという。

そもそもこの世ならざる者と化した伊世子の性質からして測り知れぬものがあったし、なぜにそうした性質を帯びるに至ったかについても、理由が判然としなかった。

響妃たちにとって唯一幸いだったのは、伊世子が人畜無害の存在だということだった。不規則に姿を見せるのは確かに好ましいことではなかったが、邸内のいずこに現れても身体を左右に揺らしながらその場に佇むか、時折間近にまで迫ってくることはあっても、あとは特に実害をもたらすことがないまま霧散してしまう。

響妃と当時の組合員たちによる最終的な判断として決まったのは結局、放置だった。相手があらゆる対処に鉄壁の構えを持つ存在で、尚且つこちらに被害を加えるようなそぶりもないなら、無為に干渉しないことが最善と見做《みな》したのである。

以来、非業の死から三十年以上の歳月が経っても、伊世子は邸内に居座り続けている。姿も動きも一切変わる様子を見せないまま、この家と時を同じく歩んでいるのだという。

「唯一、実害があったとするなら、両親かしら？」

黒い月のような瞳《ひとみ》を物憂げに伏せながら、伊吹は独りごちるように言った。

幽寂とした木偶《でく》のような様相で姿を現し、祓《そ》えど詫《わ》びれど、決して消えてはくれない伊世子の化身に響妃と与志勝はしだいに心を殺がれ、ふたりとも伊吹が二十歳を迎えてまもない頃に病気で相次いでこの世を去った。向こうへ旅立つ間際は、どちらも身体が半分になったような衰弱ぶりだったという。

「わたしのほうは、あの時に姉を止めてあげられなかったことを今でも後悔しているし、これから先も姉の姿を見かけるたびに、悔やみ続けるんだと思う」

「やっぱり、伊世子さんを楽にしてあげられる方法はないんですか……？」

自分なりに言葉を選んで尋ねた湖姫に、伊吹はゆっくりと頭《かぶり》を振って答えた。

「わたしもあらゆる手を尽くしてみたけれど、駄目だった。姉が何を思って、この世に留《とど》まっているのかも分からない。どんな風に声をかけても答えが返ってきたこともない。だから今はもうただ、あるがままに姉の姿を受け容《い》れるようにしている」

それから伊吹は「姉を見かけても害はないから、それだけは安心してちょうだい」と続けた。湖姫はすでに確信を抱いていたので、素直にうなずくだけにした。

伊世子の性質についても、今もって何も分からないままなのだという。

形質的には癒着式の魔性に当て嵌《は》まる要素が多いと思うのだが、仮にそうであるなら、生身の人にあからさまな害意を向けて動き回るはずである。この三十年余り、伊世子にそうした動きは一切見られない。ゆえに違うと除外せざるを得なかったという。

さらには自立式の淬霊《しりよう》などでもなさそうだというのが、先代の頃から続く考えだった。邸内に現れる伊世子は、伊世子がこの世に残していった魂の欠片《かけら》や記憶の残痕《ざんこん》ではない。伊世子の御霊《みたま》そのものが実像を帯びて生じた姿と見做すのが妥当。

間近で何度も観察した際の印象からして、おそらく間違いはないだろうと伊吹は言う。先代の響妃や荒巫女、特異な感覚を持つ組合員らも同じ意見だったそうである。

伊世子の死後、彼女の霊璽《れいじ》は本邸一階にある祖霊舎の間（久央の祭壇が祀《まつ》られていた大座敷である）ではなく、三階に位置する天守の間に祀られることになった。

これは組合員たちの進言によるものだという。推定ながらもササラメの怒りを買って心身を蝕《むしば》まれながら逝った伊世子の霊璽は、罪滅ぼしの意味をこめてササラメの御許《みもと》に寄り添う形で祀るのが最良だろうと。こうした判断があっての結果である。

伊世子がこの世に迷い出てからしばらく経った頃に霊璽はササラメの祭壇へと移され、宮形の周囲に並ぶおびただしい数の霊璽に交じって祀られることになった。

長い時間にわたる話が終わったあと、伊吹が伊世子の魂鎮めをすると言いだしたので、湖姫も同行させてもらうことにした。自分なりに哀悼の意を表したかったからである。

確かに凄まじい話ではあったのだけれど、それと同じぐらいに痛ましい話でもあった。在りし日に伊世子を襲った惨事や、当時の伊世子の胸中を想像すると心が苦しかったし、伊世子の件で自責の念に苛《さいな》まれる伊吹の心情を思うと、泣きたいほどの気分に陥った。

天守の間に到着すると、伊吹は祭壇に祀られている伊世子の霊璽を示してくれた。

霊璽は二段目の右端に立っていた。他に並ぶ大量の霊璽に掛けられた錦《にしき》袋の色が全て、刺繡《ししゅう》の入った純白なのに対し、伊世子の霊璽には菊の紋が全体に散らばる黄色い錦袋が掛けられている。さらには霊璽の前に、菊の花を象《かたど》ったブローチが留められていた。

無数のか細い花びらが、しだれ花火のように垂れ散らばる黄色い糸菊。それらが三つ、巴紋《ともえ》のような円形に並んで、ひとまとめになった拵《こしら》えをしている。

大きさは湖姫の掌底に収まるくらい。菊の花は緻密《ちみつ》な透かし彫りで、か細い花びらの一枚一枚が、生き生きとした質感と輪郭を描いて表わされていた。

伊世子が生前、宝物にしていたブローチなのだという。心身に異常が勃発《ぼっぱつ》する一年前、湖姫のように深天の闇を覗《のぞ》く件《くだん》の儀式を終えた褒美として、響妃から贈られた物だった。容態を崩してからも伊世子は後生、寝床の枕元に添えて大事にしていたそうである。

最初の入院時に一度失くしたことがあるらしく、大騒ぎになったこともあったのだが、不思議なことに、いつのまにか伊世子の手元に戻ってきたという逸話もあるのだという。

「本音を言うなら、わたしはこの家を守りたいという気持ちはあっても、進んで境守になりたかったわけじゃなかった。姉が次の当主候補から外されたから後釜《あとがま》に据えられた。ただ、それだけのこと。でも姉のほうは将来、自分が次の代の境守になるという使命を小さな頃から誇りに思っていた。あとのことを考えると、大きな皮肉に思えて仕方ない。最後は親に見限られて忌み嫌われて、それでも母からもらったブローチだけは最後まで大事にしながら逝ってしまった。こんな不幸は、この家で二度と起きてほしくはない」

ふわふわと言葉を空気に流して掻《か》き消すような声で伊吹は言ったが、胸の内に抱えるありのままの気持ちを表したのだと湖姫は受け止めた。

それから祭壇の前に座して始まった魂鎮めの祝詞《のりと》は、湖姫の胸を震わすものだった。

奏上体の難しい言い回しで伊吹の口から紡ぎだされる祝詞の言葉は、その全体までを理解することはできなかったのだけれど、ところどころに差し挟まれては聞こえてくる「菊花」や「花壇」「心安し」といった文言に、伊吹が伊世子を心から思いやる気持ちがひしひしと伝わってきた。

何度聴いても仄《ほの》かな潤みを帯びた勇壮な声風《こわぶり》で、アルト歌手を思わせる響きをもって唱えあげる魂鎮めの祝詞は、二分程度の短い時間で滞りなく終わった。湖姫は途中から涙を堪《こら》えきれなくなり、終わる頃には「すんすん」と鼻をすすって泣きじゃくっていた。

「付き合ってくれてありがとう。姉もきっと、喜んでくれていると思う」

憐憫《れんびん》を誘うしとやかな微笑を浮かべ、伊吹が左手で湖姫の右肩をそっと撫《な》でさする。

霜石の家に来てからおよそひと月のうちに、湖姫は天守の間へ二度入ったことがある。この日が三度目のことだった。

伊吹と緋花里、並びに蛭《ひる》巫女を務める麻恵は毎日、朝夕の儀式としてこの間に詣《もう》でて、ササラメへ祈りを捧《ささ》げる。湖姫は一応、境守になるための講義を受ける立場にあったが、現時点では霜石家の正式な一員ではないということで、儀式の参加を免除されていた。

この家が代々尊ぶ、異質な神が祀られた祭壇。

それは初めの頃に伊吹の説明を受けて理解していたし、じかに目にしても呑《の》みこめる。立派な構えをした祭壇だし、宮形に収まる石像も長い歴史を感じさせる趣きがある。

だが、それだけでもあった。他に何かを感じてくるということはない。

伊世子の変貌《へんぼう》にまつわる恐ろしい一件を聞かされてから恐る恐る祭壇を眺め回しても、湖姫の心に突き立つ霊的アンテナは、なんらの不穏な気配も感知することはなかった。

さらには神社仏閣などを訪ねた時に薄っすらと胸に感じる心地好《よ》い温《ぬく》もりや、無心で敬服してしまうような神々しさも湧いてくることがない。祭壇にずらりと並ぶ霊璽にも、宮形に屹立《きつりつ》する石像にも、何かが宿っているという気配だけは確かに感じるのだけれど、感じた先になんらの印象も湧いてくることはなかった。

出自が異様な神だから、自分などには計り知れないものがあるのだろう。

この頃はそんなふうに思って暗に割り切り、ササラメの怒りを買わないようにとだけ努めるようになった湖姫だが、後年それは大きな間違いだったことを思い知る。

弔い上げの儀　現今

　私がリビングへ戻った時、中にいたのは真希乃がひとりだけだった。

「一番乗りです」

　特に意味のないことを冗談めかして真希乃が言う。だが、ありがたい反応でもあった。

「ご婦人方と競ったつもりはないんですがね。何かで一位になるのは久しぶりですよ」

　こちらも気負いせず、冗談交じりに返して、先ほど座ったソファーの席に腰をおろす。

　白星も儀式に合わせた装いに着替えるとのことだったが、真希乃の服装は変わらない。グレイのニットセーターに、青色の濃いジーンズという装いである。弔い上げの儀では私たちと担う役割が違うので、真希乃は敢《あ》えて儀礼用の服装に着替える必要がないのだ。むしろ、彼女が座る傍らに畳んで置いてある、厚手のジャンパーのほうが大事だと思う。宮城の冬の寒さに比べれば幾分マシだが、先ほど肌に感じた限り、都内西部に位置するこの山中の広大な敷地にも、歯の根を震わすぐらいの冷気は漂っている。

「取材レポート、全部読ませていただきました。それは見事な出来でした」

「ありがとうございます！　最後のほうはグダグダになって申し訳なかったんですけど、それでも全体的な仕上がりは結構自信があったので、褒めていただいて嬉《うれ》しいです」

無邪気に笑いながら真希乃が言う。「グダグダになって申し訳なかった」というのは、「取材レポート」の最終冊に当たる、十二冊目の記述だろう。二〇一八年の十一月から年を跨《また》いで今月の上旬までに真希乃が取材した六話分の記録は、緻密な筆致で記された他の記録と違い、ほとんど箇条書きと言っていいほどおざなりな仕上がりになっていた。

時期的に湖姫と本格的に知り合って、この霜石邸に暮らし始めた頃と重なっているので、こうして本人と直接会うまでは、安否が心配でならなかった。

「すみません、湖姫さんの指示だったんです。できれば郷内さんがわたしの身の安全を心配されるような書き方をしてほしいって。レポートを全部読み終えていただいてから、わたしの電話に連絡をくれた時にも居留守を使ってしまいました……」

先刻までの笑みを引っこめ、真希乃が真顔でお辞儀のように深々と頭をさげる。

事情が分かれば、特に非難めいた言葉を返す気にはならなかったし、そもそも彼女に怪談取材の余興を勧めたのは私である。大いに反省すべきは私自身のほうだった。

「いいえ、悪いと思わないでください。元は私の口から始まったことですから」

今日という日に、私がぎりぎりのところで事情を呑みこみ、最後まで携われるか否か。洞察力と行動力を要する仕掛けをノートに仕込んだうえでの、テストだったのだという。

真希乃に電話が繫《つな》がらないという流れから、ノートの片隅に湖姫の電話番号を発見し、相手が誰であるかを知りながら自分の意思で連絡を取る。

これが湖姫の仕込んだテストの全容で、尚且《なおか》つ合格条件でもあった。

儀式の準備が概《おおむ》ね整った頃に湖姫のほうから私に連絡してくることもできたはずだが、そうしなかったのは、あくまで儀式に参加するのは私の意思とするためである。

脅しまがいの誘いをすれば、私が尻尾《しっぽ》を巻いて逃げだす恐れがあったかもしれないし、そもそも向こうからやってくる連絡自体を私が無視してしまえば、答えの可否どころか、イエスに向けた交渉すらできなくなる。

湖姫にしてみれば幸いなことに、怪談取材を経て、真希乃が今の状況に至ったことに私が自責の念に駆られたこと。さらにはこの間、真希乃を装った白星と新宿の喫茶店へ(気配を隠して)同行し、加奈江が白無垢《しろむく》の魔性と合一状態にある事実を知ったこと。

これらふたつが儀式への参加要請を円滑かつ、希望どおりの結果に導く決め手となり、私は断る理由も見つからないまま、湖姫の求めに従うことになったのである。

取材ノートに書き記された電話番号の件から始め、かなり回りくどい小細工を経ての誘いとなったうえ、こちらの洞察力と行動力、さらにはおそらくのところ、度胸までも試されていたわけだから、誘いに乗じて小馬鹿にされた感も否めなかった。

だが、甘んじて受けよう。かの黒い貴婦人にこうしたいやらしい試しを受けなければ、あらゆる面において信用されないほどには、自分の程度が低いという自覚がある。

「……ああでも、最後のほうの取材も含めて、ノートに記録してある怪談は本当に全部、わたしが実地で聞いて集めたものです。もちろん、リレー形式っていう方針も込みで」

今さらどうでもいいことを真希乃が弁明してみせる。私は疑ってなどいなかった。

むしろ未《いま》だに信じ難いのは、リレー形式の怪談取材の中に大きな因果が混じりこんで地下水脈のごとき流れを生みなし、流れが最終的に行き着いたのが、真希乃にとっても因縁浅からぬ、霜石家の災禍だったということである。

出発前に湖姫から届いた「記録」と題された回顧録によれば、こうした流れの形成に湖姫も多少は加担していたようだが、あくまで多少の加担に過ぎない。真希乃が取材を通して導かれていった道筋の大半は、何かの視えざる力によって成されていったとしか思わざるを得ない節があった。端的に言い表わせば、これぞ怪異と呼ぶべきものである。

「リレー形式という点も含めて、掛け値なしに素晴らしい出来栄えになったと思います。これは裕木さんだからこそ成し得た大業ですよ。こちらも掛け値なしに本音です」

真希乃の目をまっすぐ見据え、心に湧き出た限りの真摯《しんし》な言葉を向ける。

それから彼女は、これから始まる六つの儀式における全容や最終的な目標なども含め、どれほどまでの事情を知り得ているのかと考えた。湖姫の「記録」に書き記されていた真相や核心にまつわる情報を、どれほど共有しているのだろうかとも。

真希乃は澄んだ綺麗《きれい》な目をしている。大きな目元は、枇杷《びわ》のような楕円《だえん》形に縁取られ、瞳《ひとみ》の色は濃い茶色。眼差《まなざ》しには裏表や含みのない、赤子のように純真な光が宿っている。

改まってじっくりと見つめてみれば、これまで転々としてきたバイト先のいずれでも、人から好かれていたということが分かる目だったし、おそらく怪談蒐集《しゅうしゅう》の取材相手にも好意的に迎えられていたことだろう。私も彼女のことを嫌いになることはできなかった。

できれば今少し踏みこんだ話をしたかったのだが、リビングのドアが開く音を聞いて今の状況を思いだすに至る。迂闊《うかつ》に秘密めいた話をするには向かない状況である。

部屋に入ってきたのは、鏡香と美琴だった。鏡香は純白の上衣と袴《はかま》に千早《ちはや》を羽織った、全てが白の巫女《みこ》装束、美琴のほうは純白の上衣に緋袴《ひばかま》という装いである。

「お待たせしました。霜石さんと玖条《くじょう》さんはまだみたいですね？」

「ああ、俺が一番乗りだった。男は支度が早いんだ」

美琴の問いに漫然と返し、それから美琴と鏡香がソファーの元の席に座ったところで、再びドアが開く。次に戻ってきたのは白星だった。

「すみません。遅くなってしまいました」

こちらは純白の上衣に黒の袴という出《い》で立ちでリビングに入ってきた。弓か薙刀《なぎなた》でも携えていれば、武芸家と見紛《みまが》うような姿である。蛭巫女の正装なのだという。

そこからさらに一分ほどして、ようやくこの家の主《あるじ》が戻ってきた。軽やかな足取りでリビングに入ってきた湖姫は、白星などよりはるかに異様な装いに変じていた。

「お待たせ致しました。皆さん、お揃いのようで何よりです」

恭しく微笑む湖姫は、ランニングウェアに身を包んでいた。

上にはウィンドブレーカー、下は重ね穿《ば》きにしたショートパンツとランニングタイツ、足にはスニーカー。色はところどころに白やネイビーブルーのラインが交じっているが、全体の下地を染めあげているのは、パーソナルカラーの黒である。

長い黒髪は、ポニーテールの形で結わえられている。鼻筋で留める円いサングラスは、なおも掛けられたままだった。

服装だけを見るなら、これから昼下がりのジョギングに臨むジョガーにしか思えない。けれども漆黒のランニングウェアを纏《まと》った湖姫は、リビングのカーペットの上に十足で立っていたし、腰には二本の刀を差した帯刀ベルトが巻かれている。

見ようによっては忍者のような装いだった。顔には相変わらず笑みが浮かんでいたが、サングラスに隠れた目元には幾分、ぎらついた光が兆しているようにもうかがえた。

「行儀が悪くて申し訳ないのですが、事情を重んじて、御甘受いただければ幸いです」

カーペットを踏みつけるスニーカーを履いた足を指差して、湖姫が言う。

「構いませんよ。霜石さんのお宅ですから、ご遠慮なく」

肩を窄《つぼ》めて鏡香が応じると、湖姫は礼を返して元の席へ座り直した。

「さて——挙行を目前に、先ほど省略した弔い上げの儀の概要と手順についての講釈を。ご不明な点がありましたら、なんなりとおっしゃってください」

黒いレンズ越しに私たちを順繰りに見やりながら、湖姫がおもむろに話を始める。

「これから執り行う弔い上げの儀の舞台となるのは、本邸三階に位置する天守の間です。こちらは言わずもがな、当家の守り神であらせられる細ら女をお祀《まつ》りしている一間です。郷内さん、柳原さん、小橋さん、そして白星の四名には、この儀において、天守の間の祭壇におびただしく祀られている、全ての霊璽《れいじ》の弔い上げをしていただきます」

霊璽に宿っているのは、いずれもかつて霜石家に所縁《ゆかり》があった者たちの御霊だという。霜石家に仕えた歴代の荒巫女と蛭《ひる》巫女たち、一部の親類筋、一部の組合員らとその縁者、境守を兼任する歴代当主に種々の相談事を持ちこみ、霜石家を崇拝していた常連客等々。それらの誰もが自らの意思で、ササラメの祭壇に祀られることを望んで逝っている。

「理由は、死後も尊崇する細ら女の御霊《みたま》に寄り添うことと、細ら女を外敵から守るため。神道の概念において霊璽に宿る御霊は、別に神霊とも呼称されますが、細ら女の祭壇に祀られた霊璽に宿る御霊は、ただの神霊ではありません。それら全てが威霊と呼ばれる、神霊よりもさらに高位の存在です。生身の人を含め、どれもが容易に外敵を討滅できる力を持っていると考えていただければ、実物との乖離《かいり》は少なくなると思います」

その威霊たちの弔い上げをするのが、今ほど名を挙げられた私たちの使命だった。

弔い上げとは、故人の供養として最後に執り行う年忌法要である。

通常は、故人の死後から特定の節目に当たる年に執り行われる式年祭などを間に挟み、死後から五十年後に挙行されることが多い。意味合いを平たく示すなら、これで故人の供養の一切を終わりとする、最後の別れの儀式ということになる。

湖姫はこうした含蓄を真っ向から行使して、奇策に転じる魂胆だった。

「先に申しあげた『細ら女を外敵から守るため』というのが、これからおこなう儀式でもっとも厄介な障害になるんです。威霊たちは細ら女——というより、細ら女を崇《あが》めて均衡を保つこの家の秩序を乱そうとする行為に対し、脅威を露《あら》わにしてきます」

防衛システムのようなものだという。秘めたる力は強大ながら、威霊たちの個々には生身の人間めいた知性や思考形態は存在しないそうである。ただ、特定の目的をもってササラメの御神体に迫ろうとする者を感知し、自動的に排除を執行するとのことだった。

形状はだいぶ異なるが、三年前に美琴たちと手掛けた「恐ろしく込み入った仕事」で関わることになった、さる呪術的《じゅじゅつ》オブジェクトを思いだす。こちらは仏壇を山のように組んで仕上げた代物で、近づく者を呪力で無差別に排除する機能があった。

あの時は深町《ふかまち》が得意の結界術を使って、一手に無力化を図ってくれたのだが、湖姫はそれとはまったく異なる段取りと手法を用いて、霊璽を無力化するつもりだった。

では、なぜにそうする目的があるのか？　答えも湖姫が自ら語ってくれた。

「古い代からこの家に続いてきた、悪しき伝統ですよ。自己改革と現状打破を放棄した、思考停止の浅はかな所業とも言えます。霊璽に仕込まれた威霊たちは、細ら女を元来た常夜へ帰さないようにするための強靱《きょうじん》な結界という役割もあるんです」

この家からササラメが立ち去れば、深天の闇に潜むイカイメが地上へ這《は》いだしてくる。己を害する最大にして唯一の脅威が消えたと見做《みな》して、意気揚々と。

然様《さよう》な一説が事実として、古くから霜石の家に代々伝わってきているのだという。

だが、それは事実に基づく方便に過ぎない。ササラメを常夜へ帰さない本当の目的は、霞《かすみ》の供給が絶たれることを危惧《きぐ》するゆえのことではないかと湖姫は言う。

吸いこむと頭が冴《さ》えたり病気が治ったり、富や名誉に与《あずか》れる、とても不思議な霞。

先日、送られてきた湖姫の「記録」にも詳細が記されていたそれは、地の底へ潜ったイカイメの涙が変容したものなのだという。その効能が人に災厄を及ぼすものではなく、諸々《もろもろ》の幸運に作用する理由については、霜石の家に公式な見解を示す記録はないという。代わりに湖姫が独自に打ちだす回答ならあった。

「霞――インド神話に登場する神秘の水の名にちなんで、当家では古くから阿密哩多《アムリタ》と呼ばれていますが、これをわたしは〝厳《いか》い女《め》が仕掛けたまやかし〟と見做しています」

湖姫の推察によるとイカイメは、深天の闇から定期的に阿密哩多が獲得できる環境を自ら作りだすことによって、地の底深く穿《うが》った穴が塞《ふさ》がれるのを防いでいるのだという。

その名の由来に違《たが》うことなく、妙《たえ》なる効能を秘めたる阿密哩多は、長い年月にわたり、霜石家と歴代の組合員たちに莫大《ばくだい》な利益をもたらしてきた。家に伝わる古文書によると、穴が掘られ始めた初期の頃においては、イカイメの討滅と穴を塞ぐことを視野に入れた取り組みもなされていたようだが、時代が下るにしたがって、そうした意向が見られる形跡は確認できなくなっていく。

好意的な見地から理由を推し量るなら、イカイメの討伐も穴を塞ぐ手段も見いだせず、その後は膠着《こうちゃく》状態という名の現状維持に努めることに方針を切り替えたと推察できるし、現状が示すとおり、実際にそうした事情があったのも事実だろうと湖姫は言う。

だが、然様な膠着状態に阿密哩多という恩恵が絡むことによって、深天の闇に対する防衛はいつしか、本来的な意味での〝現状維持〟へと目的がすり替わってしまう。

「恥ずかしながら、わたしの代になっても阿密哩多の売買は細々と継続してきましたが、我が家にかつて与《くみ》していた組合員たちもそれぞれ独自のルートを確保して、阿密哩多の売買や横流しを続けてきました。阿密哩多は名前と現物が示すとおりの甘い汁ですから、得られる利益を捨て去るよりも、穴の現状維持に重きを置くようになったのでしょう」

こうした理由と思惑に裏打ちされた、ササラメ封じなのだという。

ササラメが常夜へ帰って霜石の家から消えれば、イカイメが地の底から這い出てくる。

その結果として予見される事象は三つ。

一、荒ぶるイカイメの襲撃によって、霜石家の命運が尽きる。

二、当代の境守、ないしは対抗手段を持つ関係筋の手により、イカイメが討滅される。

三、先に挙げたどちらの結果となっても、阿密哩多の供給は永遠に絶たれる。

「まさしく本末転倒。さらに加えて、愚の骨頂です。古文書の記述に、細ら女が常夜へ帰りたがっている……などという事実を伝えるものは一切見当たらないにもかかわらず、我が家の歴代当主と、欲深い組合員たちは、万が一にも細ら女が独断で常夜へ帰る日が来ないよう、長年にわたって御神体を威霊で包囲し、特異な檻《おり》を築きあげたのです」

これらの真相は、歴代当主の全てが知っていたわけではないだろうと、湖姫は続ける。

現に先代の伊吹は九分九厘、核心に至ることのないまま鬼籍に入っているという。

ただ、水端《みずはな》ぐらいは感じていた節があったし、伊吹にそうした不穏な思いを抱かせるきっかけとなった人物も、おそらく俄《にわ》かな不審ぐらいは抱いたのだろうと湖姫は言う。

「その人物というのが、霜石伊世子です。先代伊吹の姉にして、本来ならば十三代目の霜石家当主、並びに境守を担うはずだった人。彼女は小学五年生の夏、伊吹とふたりで天守の間に入った時、祭壇にそこはかとない違和を感じ取って、原因を探ろうと試みた。その結果、威霊たちの防衛機能が作動して、伊世子は粛清されてしまいます」

顔面を醜悪な肉の葡萄《ぶどう》状に変えられ、知性も幼児並みに朧《おぼろ》げなものにされてしまった。外面的にはこうした作用が生じたのだが、こちらにも尋常ならざる真相が隠されている。

「伊世子の顔が異様な形に変貌《へんぼう》したのは、威霊が憑依《ひょうい》した影響です。知性の低下も同じ。こうした事実を当時の当主夫妻が把握していたかどうかについては定かでありませんが、少なくとも組合員の一定数は、伊世子が威霊に襲われた理由も含めて、了解していたとわたしは考えています。事情も事実も知っていながら、それらをすべてひた隠しにして、伊世子の生命が尽きるのに任せた。理由は祭壇に祀られている威霊たちの本当の役割が露呈するのを忌避したゆえ。自己保身に裏打ちされた、鬼畜の所業ですね」

頭《かぶり》を振りつつ湖姫は言って、いよいよこれから始まる儀式における核心を語り始めた。頬筋に幽《かす》かな陰りが差し始める。

「けれどもその実、伊世子の心身に異変が生じたその瞬間から、思いもよらないことが始まってもいたんです。彼女は甘んじて威霊たちからの憑依を受けたわけではなかった。わたしの想像も込みですが、威霊たちの性質や本来の目的を自分なりに把握したうえで、彼女は必死の抵抗を試みるようになったんです」

その手段は、我が身にとり憑《つ》いた威霊たちを、一体たりとも放さずに縛りつけること。湖姫の見立てでは伊世子の生命が尽きるか、あるいは取り返しのつかない衰弱状態まで陥るのを見計らって離れるはずだった威霊たちは、伊世子の強靭なる意志の力によって、その身にきつく縛りつけられることになった。

「弊害として、憑依が始まってからは知性も理性も著しく低下してしまったようですが、それでも彼女の強い信念だけは揺らがなかったのでしょう。今わの際に至るその時まで威霊たちをその身に全力で縛りつけ、さらには死後に至る継続までをも成し遂げました。それこそが、我が家の敷地を六十年余りも徘徊《はいかい》している霜石伊世子の正体です」

今の私に姿は一切視えないが、伊世子の御霊と無数の威霊が完全に混じり合った状態、すなわち合一という稀有《けう》な現象を果たしたのが、死後より先に至る伊世子なのだという。

加奈江と白無垢《しろむく》の魔性に起きた事象と、原理にさほどの違いはないと湖姫は言う。

「霜石の正統な血を引く人ですし、次の代の当主を担う資格条件も満たしていた人です。普通の子供とは、素養からして違います。在りし日の彼女は自身の信条に基づく正義と、本来の境守に課せられた使命を全《まっと》うするため、自身にできうる最善にして、最悪の道を選んだのだとわたしは考えています。その目的は、未来に希望を託すため」

「道筋を作ってくれたんです」と、語気を強めて湖姫は言う。

祭壇上でササラメを取り囲む、威霊という名の防衛システムを無力化するための道筋。ひいては、ササラメを常夜へ帰す儀式を可能たらしめる道筋である。

「今現在も、御神体に対して不用意な働きかけをおこなえば、威霊たちは動きだします。こうした条件については、変わりありません。けれども動き方は違う。伊世子の御霊と合一してからの威霊は、あくまでも伊世子の身体を使って動くんです」

適切な段階を踏まえたうえで、何度も実証済みだという。祭壇上になんらかの異変が生じると、即座に威霊と合一した伊世子が姿を現し、あらん限りの妨害を仕掛けてくる。常には敷地内を茫然《ぼうぜん》と逍遥《しょうよう》している伊世子が荒ぶるのは、この時だけのことだという。

「検証を繰り返して他にも分かったことは、合一後の意識は綺麗《きれい》に半々ずつということ。だからこそ祭壇や御神体に異変が生じると、威霊たちの防衛システムにスイッチが入り、伊世子の身体を使って襲ってくるわけです。そして、その逆も然《しか》り。その『逆』こそが、威霊たちを根こそぎ消し去ることができる、唯一の鍵《かぎ》になるんです」

祭壇上には伊世子の霊璽《れいじ》も祀《まつ》られている。霊璽の前には伊世子が生前大事にしていた、菊のブローチも供えられている。湖姫が述べた「その逆も然り」とは、このことである。

霊璽の前からブローチを持ち去ると、こちらは伊世子のほうが自身の本能に基づいて姿を現し、ブローチを取り戻すための襲撃を始める。機械的な威霊たちの性質と同じく、説得や交渉などには一切応じない。

性質までもが威霊たちと混ざり合っている影響で、この時ばかりは、けだものじみた獰猛《どうもう》さと執拗《しつよう》さを剝《む》きだしにして襲いかかってくる。襲撃は例外なく、ブローチが元の場所に戻されるまで続くという。おそらく諦《あきら》めることはないだろうと湖姫は言った。

「要は祭壇にちょっかいをだせば、威霊たちの意志が主体の伊世子が襲いかかってきて、ブローチにちょっかいをだせば、伊世子の本能が主体の伊世子に追い回されるわけです。かてて加えて威霊たちと合一した伊世子は、耐久力も威霊の数だけ倍化しているようで、並みの魔祓《まばら》いなどでは動じるそぶりも見せません。こちらもすでに何度か実証済みです。わたしが振るう刀や目の力を以《もっ》てしても、望ましい成果を得ることはできませんでした。そもそもわたしが排除したいのは、下賤《げせん》な威霊たちのほうだけ。伊世子の御霊《みたま》を含めた討滅は望むところではありません。彼女の御霊は、懇《ねんご》ろに弔いたいというのが本望です。こうした条件をともに満たすために考えついたのが、伊世子の行動原理を逆手に取った今回の作戦です。皆さんのご協力がなくては、成立も成功もありえない作戦になります。それぞれの身に及ぶ危険は少ないと確信していますが、それでも長丁場の行になるのは避けられませんし、相応に気力と体力を使う行にもなるはずです。斯様《かよう》な事情も含めて、どうかお力添えのほど、よろしくお願いいたします」

慇懃《いんぎん》に一礼する湖姫に合わせて、私たちも同意の言葉と会釈で応《こた》える。続いて湖姫は、これから始まる儀式についての段取りを交えた、種々の最終確認を始めた。

まずは湖姫を筆頭に私と美琴、鏡香、白星の四名が天守の間へ向かう。真希乃だけは上着を着こんで玄関を抜け、本邸のはるか裏手に面した陰宅のほうへ向かう。伊世子が死ぬまで幽閉されていた木小屋である。

儀式は全員がそれぞれのあるべき位置についたところで、始まることになっていた。

天守の間に到着した私と美琴、鏡香、白星の四名は祭壇前に用意された各席に座して、威霊が宿る霊璽の弔い上げをおこなう準備を始める。

数は全部で百柱ほどあるという。弔い上げは、祝詞《のりと》の詠唱をメインにおこなわれるが、一度の儀式で用件を果たせるのも、同じく一柱だけ。合同慰霊祭を執り行うような形で全ての霊璽を一斉に弔うことはできない（こちらも事前に実証済みとのことである）。

かくなる事情で必須《ひっす》となるのが人数なのだ。一度の儀式に要する時間は、およそ五分。急げばもう少し短くできそうだが、焦りと手抜きが祟《たた》って儀式が形式的なものになると、弔い上げは無効と見做《みな》されてやり直し。貴重な五分を無駄にすることになる。湖姫にも「急ぐ必要はありません。とにかくひとつひとつを着実に」と念を押された。

去年の暮れ、浄土村の一件で荒ぶる小久江（いわゆる霜石家理論に当て嵌《は》めるのなら、分類は自立式の淳霊《しりょう》ということになるのだろうか）を佐知子《さちこ》が滅した時、自分の口から飛び出た言葉を思いだす。

すなわち、こうしたものにもルールが存在する。

たとえ邪《よこしま》な目的で神霊から威霊に仕立てられた御霊たちであっても、弔い上げという神道の理念に基づく正当な儀式に対しては、その意味合いに無条件で従わざるを得ない。理由は威霊という概念自体が、神道の理念に端を発するものだから。

カードゲームのようなものである。定められた枠の中で生まれた存在や概念の一切は、その枠を越えた動きはできないし、枠の中で行使される力に逆らうこともできない。

例によって、こちらも実証済みとのことだった。以前に白星がおよそ一時間を要して、十柱ほどの弔い上げに成功している。いずれの威霊も抗《あらが》う気配すらなく、祝詞が有する文言に従って、高天原《たかまがはら》か黄泉《よみ》の国か、行き先はどこでもいいのだが、大人しく霊璽から御霊が抜けていったそうである。やはり正当な手順を踏めば、霊璽は無力化できるのだ。

斯様に手順自体は簡素で、成果も実証済みの案件なのだが、大きな問題がふたつある。降りかかる脅威と所要時間についてである。

儀式を始めようとした瞬間、伊世子と合一した威霊たちが祭主に襲いかかってくるし、全部で百柱ほどある霊璽を独りで全て無力化するには、およそ八時間の長丁場を要する。仮に正攻法で挑んだ場合、完遂は絶望的に不可能といえる難題である。こうした事情を打破するために湖姫が考案したのが、人海戦術と陽動を組み合わせた奇策だった。

弔い上げの儀式を担う私たち四人が行動を起こす直前に、湖姫が祭壇に祀られている伊世子のブローチを手に取る。これで伊世子と合一した威霊たちは、伊世子の反射行動――奪われたブローチを取り戻す――に同調し、弔い上げの妨害ができなくなる。

そこから湖姫は天守の間を抜けだし、猛追を始める伊世子をうしろにしたがえながら全速力で本邸を出る。

向かう先は、真希乃が待機している本邸裏手の陰宅。陰宅には、事前に特殊な結界を展開する準備が備えられている。湖姫と伊世子が陰宅内に入ったのを見定め、真希乃が外から戸を閉めることで結界が発動。伊世子は湖姫ともども、陰宅内に閉じこめられる。

その後、湖姫は私たちが弔い上げで全ての霊璽を無効化するまで、陰宅内で伊世子を相手に時間稼ぎの大立ち回りを演じる。弔い上げの分担は、ひとりにつき二十五柱ほど。一度につき五分程度の祭祀《さいし》を執り行い、事が順調に進めば、二時間前後で全ての霊璽の弔い上げが完了する。重言になるが湖姫はその間、絶えず伊世子の強襲に晒《さら》される。

映画を一本観終える時間である。改めて大丈夫なのかと思うそばから、湖姫が言った。

「儀式の遂行に際して、わたしの身の安全については心配御無用です。霊璽から御霊がひとつずつ消えていくにしたがって、伊世子の脅威も等しく薄まっていくはずですから。おそらく出だしから中盤辺りまでは多少手を焼くと思いますが、その辺まで乗り切れば、あとはなんとでもなるでしょう。嵐が小雨になるまで首尾よく凌《しの》ぐような感じですね」

微笑交じりに平然と言いのけた湖姫の顔に、恐れや緊張の色は微塵《みじん》も見られなかった。それでも鏡香は「くれぐれもお気をつけて」と申し向け、湖姫が謝辞を返したところで、いよいよ儀式の決行と相なった。

玄関から見て西側に面した矩《かね》折《お》れ階段を上り、三階の北側に面した天守の間へ向かう。目算で三十畳ほどはありそうな、旅館の宴会場並みに広い和室だった。障子戸を開けて左手に件《くだん》の祭壇があり、右手の壁に面した奥には、細い上り階段が延びる小さな戸口が開いている。屋根裏部屋に通じる階段だという。

祭壇から少し離れた前には、文机《ふづくえ》が四つ並んでいた。机の上には米や塩などの神饌《しんせん》が盛られた小皿や酒の入った徳利、魚と野菜がのせられた大皿などが置いてある。

祝詞は詠み慣れたもので構わないとの話だったので、私と鏡香は以前から使っている弔い上げの祝詞を記した用紙を取りだした。美琴は昨夜、鏡香の祝詞を参考に自分流の祝詞を新たに書きあげ、事前に鏡香の家で一通りの練習を経てからの本番である。

湖姫に促され、白星を含めた四人がそれぞれの文机の傍らに立つ。湖姫は祭壇の前に向かうと、二段目の右端にある、ひとつだけ黄色い錦《にしき》袋で覆われた霊璽の前に立った。

「わたしがブローチを手にして号令をかけたら、すぐに霊璽を文机のほうに持ってきて儀式を始めてください。弔い上げる霊璽の順番は問いません。とにかく時間は気にせず、焦らずに、ひとつひとつの霊璽を確実に無効化してくれるよう、お願いいたします」

我々が合意を示してうなずくと、湖姫はブローチを手に取り、ウィンドブレーカーの左側の胸元に取り付けた。続いてこちらへさっと身を翻し、鋭い声で叫びを発する。

「始め！」

叫んだ直後、湖姫は目元を覆うサングラスを剝《は》ぎ取るように外して傍らに放り投げた。他意はないと分かっていても、私はすかさず彼女の顔から視線を逸《そ》らす。

続いて湖姫は、黒いスニーカーを履いた足で畳を踏み抜かんばかりの勢いで走りだし、開け放たれた障子戸の向こうへ疾風《はやて》のごとく姿を消していった。

号令と同時に我々も湖姫とすれ違う形で祭壇の前へと駆け寄り、それぞれが無作為に選んだ霊璽を一柱ずつ手に取ると、横並びに宛《あて》がわれた文机の上でただちに弔い上げの儀式に取り掛かった。

境守の奇策　現今

感じたのは滾《たぎ》り。

廊下を走りだしてまもなく、湖姫の呼気は幽《かす》かな鋭さを帯びるようになってきた。

理由は疾駆を始めて急速にあがりだした、心拍によるものではない。

我が身を追って背後から迫りくる脅威。それに対して湧きだすふたつの相反する心情。

かならず滅する。かならずお救いいたします――。

強い憎悪と憐憫《れんびん》が渾然《こんぜん》一体となった、なんとも言語に表わしかねる複雑怪奇な情念が熱い滾りの渦となって胸中にうねりだし、湖姫の気息をざわめかせていたのである。

出だしは上々。過去に幾度か検証した結果どおりに伊世子は動き始めた。

「返しで……」

胸元にブローチを付けてまもなく、伊世子は濁った声で呻《うめ》きながら湖姫の前に現れた。

場所は横並びになった郷内たちよりもさらに近い、目と鼻の先。宙に湧き出た白い粒が煙のようにむくむくと膨らんで人の形をなし、視界一面が青白い葡萄《ぶどう》で埋め尽くされた。

「始め！」の号令とともに身を翻し、駆け足で向かった先は、本邸内の南東部に面した矩折れ階段。日頃から各階の行き来に使っている、二ヶ所の階段のうちの片方である。

単純に、方角と時間的見地からのみ考えるのであれば、本邸から陰宅までの道のりは、三階の北西側に面した螺旋《らせん》階段を使うのが最短ルートである。

だが、こちらは端《はな》から脱出経路に選ばなかった。理由はすぐに立証されることだろう。

三階の北側に面した廊下を駆け抜け、続いて右へと折れる突き当たりの角を曲がる。

「返じて……返しで……」

伊世子の声は湖姫の背後、およそ一メートル後方から聞こえてくる。

足音は聞こえない。身体が少し宙に浮いているからである。

先刻、天守の間で姿が現れだした時、歪《いびつ》に膨れあがった伊世子の顔面は、湖姫の顔とほぼ平行線上にあった。十二歳で逝った伊世子の身長は、百四十センチ程度とおぼしい。湖姫の身長と比べて割りだすと、伊世子は床から二十センチほど宙に浮いているという答えが出る。

北側の廊下の角を曲がった先、行く手に矩折れ階段の戸口が延びる本邸東側の廊下を、湖姫は瞬速の勢いで突き進む。そのさなか、すでに大きく遠のきつつある天守の間から、弔い上げの祝詞を詠む声が聞こえ始めてきた。こちらも及第点の出だしと言えよう。

「返しで……返しでぇ……」

なおも後方一メートルほどの間隔を保ち、伊世子が悲嘆の呻きをあげて迫りくるなか、階下へ延びる階段口へ到達する。踏面を二、三段飛び越えながら流れるような足取りで階段を下り始めてまもなく、二階の踊り場へ達した時のことだった。

「返じで」

視界の前方、一メートルほど先の地点から伊世子が現れ、広げた両手を伸ばしてきた。湖姫はすかさず右に向かって飛び退《の》き、伊世子の傍らを掠《かす》めて踊り場を抜ける。

向こうは生身の存在ではない。ゆえに立ち回りは変幻自在。命がけの追いかけっこで物を言うのは単なる脚力や持久力以上に、相手の挙動を上回る読みと機転のほうである。

螺旋階段を使わなかった理由はこれだった。横幅一メートルにも満たない狭い階段を駆けおりるさなか、前方から伊世子がふいに現れた場合の緊急回避がしづらいのである。上手《うま》くうしろへ飛び退いても、進路を塞《ふさ》がれれば背後に戻るしかなくなる。最悪の場合、その後は前後に伊世子が交互に現れ、立ち往生を強いられる恐れも考えられた。

その点、矩折れ階段の踏面は、螺旋階段の幅に比べてたっぷり二倍以上の広さがある。今のように前方から急な襲撃を受けても、十分な余裕を持って回避することができるし、進路を変えることなく、伊世子の傍らをすり抜けて進んでいくことができた。

背後で呻く伊世子を尻目《しりめ》に踊り場からさらに階段を下り、一階の階段口まで到達する。息つく暇もなく、今度は玄関口を目指して本邸の南側に面した廊下を進んでいく。

実のところ、天守の間から裏庭へ到達するのに際しては、螺旋階段などより段違いに短いルートが存在した。三階の北側に面した廊下の窓から飛び降りるのである。

錠禍は事前に五粒嚙《か》んでいた。過剰摂取の感は否めなかったが、昨年十一月に訪ねた偽装廃工場では、二粒の摂取で同じぐらいの高さをした塔からの着地に成功している。

よって、飛び降り自体にさしたる躊躇《ちゅうちょ》は感じないのだが、大きな問題がふたつあった。

ひとつにはコンディションの低下。今日という日に成すべき使命は、ひとつではない。必然的に長丁場にもなる。開幕早々、身体に不必要な負荷を掛けるのは愚の骨頂である。ペース配分の見地から鑑《かんが》みれば、無茶なことをするのは極力、後半の大詰めに至るまで控えておくべきだった。余力は万が一に備えて、たっぷり温存しておくのである。

そしてふたつには、伊世子の特異な挙動である。三階の窓から飛び降りること自体は問題ないとして、落下中に伊世子が両手を広げて着地点に現れたとしたらどうだろう？ さすがに空中で軌道を変えることはできないし、回避は実質的に不可能である。

斯様《かよう》なリスクを危惧《きぐ》したゆえ、湖姫は本邸からの脱出にもっとも時間を要しながらもその実、もっとも安全かつ堅実に進行可能な矩折れ階段をルートに選んだのである。

思うまに玄関口が見えてきた。戸は前もって開け放ってある。

くぐり抜けようとした瞬間、戸口を隔てた頭上の向こうに影が差すのが目に入った。

案の定、伊世子である。逆さになって玄関前の宙から降ってくる。

距離はすでに目と鼻の先。横手に回避する余裕はなかった。すかさず上体を低く屈《かが》め、三和土《たたき》を両足で蹴《け》って矢のような体勢で玄関を飛びだす。

辛くもセーフ。身体はどこにも触れられることなく本邸を抜けた。背後は振り返らず、玄関口の右手から裏庭に沿って延びる砂利道の上を走り始める。同時に頃合いと判じて、腰に差した万斬蝮《まんぎりまむし》を右手に引き抜く。

道なりに進み、本邸西側の角を折れたところで、再び進行方向に伊世子が現れた。

「返して」

湖姫は瞬時に左側へ横跳びをして、宙に浮きながら接近してくる伊世子の手をかわす。そのまま足取りを緩めることなく真横をすり抜けたが、その刹那《せつな》、今度は視線の片端で伊世子の様子を探った。大小雑多なサイズでひしめく顔面の瘤《こぶ》が、びくびくと小刻みに波打つさまが見て取れる。いよいよ本格的に始まると思い做《な》し、臨戦態勢に入る。

砂利道を五メートルほど進みゆくなか、さらに五メートルほど前方に伊世子が再出現。瘤はやはり痙攣《けいれん》を繰り返していた。瘤の中からじゅくじゅくと粘つく音も聞こえてくる。

今度は右に大きく跳ねて軌道を変えたが、伊世子のほうも湖姫が避ける動きに合わせ、灰色の宙を滑って行く手を阻んだ。さらに右へ右へと足を移しても、伊世子は見えない磁力線で繋《つな》がれているかのように湖姫の動きに合わせ、眼前にぴたりと立ちはだかる。

間合いを取りつつ、円を描く形に足取りを運んで動向をうかがっていると、伊世子の顔はますます激しく波打ち、続いて無数に膨らむ瘤が「ぶじゅり」と湿った音を立てて一斉に弾《はじ》けた。

淡白い肌の表皮を突き破って中から出てきたのは、破けた瘤の数と同じ雁首《がんくび》を揃えた、小さく青白い色をした人間の顔である。目算で（今のところは）十ばかりある。

比率は女が八割、男が二割といったところ。歳の頃は様々だったが、中年から初老が大半を占めていた。皆一様に白い歯を剝《む》きだしにした、荒々しい笑みを浮かべている。

いずれも天守の間の霊璽《れいじ》に宿る威霊たちである。過去に対峙《たいじ》した経験から推し量るに、個々が生前有していた人格はなきに等しい。人間らしい感情もおそらくないのだろう。

彼らはササラメの御神体を守る防衛システムとして、祭壇の均衡を崩そうとする者を機械的な冷徹さで粛清するために存在する、人工的な災厄である。だが今は違う。

生前、その身にとり憑《つ》いて、死後は図らずも合一を果たしてしまった伊世子のほうが、主導権を有している。これまで検証してきたとおり、伊世子がブローチの返還を求めて動きだした以上、彼女の顔に巣くう威霊たちもこれに同調せざるを得ないのだ。

天守の間で郷内たちが弔い上げを続けるさなか、唯一にして最適解の陽動作戦である。湖姫がブローチを手放さない限り、伊世子はどこまでも執拗《しつよう》に追ってくることだろう。

長めのおかっぱ頭が縁取る小ぶりな面に、男女の顔を集合写真のようにひしめかせる異形の威世子は、湖姫の動きに合わせて宙を横滑りに舞っている。

間合いは約一メートル。距離は少しずつ、だが着実に狭められてきているのが分かる。できれば今より倍か、欲を言えばそれ以上の間合いを確保しておきたいところだった。

実行に移そうと身構えたそばから、威世子がさらなる動きを見せる。

顔面を埋めつくす小さな顔がさらに前へと迫《せ》りだしたかと思うと、破れた瘤の中から青白い色をした腕やら上半身やらが、顔に引っ張られてどっさりと伸びてきた。

おかっぱ頭の黒髪を寒風に靡《なび》かせる威世子の顔面は、禍々《まがまが》しく笑う男女の顔と上半身、そして無数の青白い腕がわらわらと蠢《うごめ》く、さながら奇怪な磯巾着《いそぎんちゃく》のごとき様相と化す。

過去の小手調べにおいては、いずれの個体におけるいずれの部位においても伸縮自在。さすがに限度はあるだろうが、それでも十分脅威となりうるだけの動きは見せる。

「然《しか》り」と言わんばかりに、うじゃうじゃとざわめく顔面がさらに激しく荒ぶった。顔の中から腕が五本、湖姫に向かって伸びてくる。内訳はおそらく男が一で、女が四。一本だけやたらと毛深い腕があったので、そこから割りだした推察に過ぎない。

腕は湖姫と距離が狭まるにつれ、生身の人と変わらぬ太さに膨らんだ。一方、長さは常人の倍近く。蜘蛛《くも》の脚を思わせる細長い輪郭を描いて、開いた掌底を迫らせてくる。

まずは牽制《けんせい》の意味をこめて、一太刀。

地面を蹴って身体を右側へずらし、同じく右に大きく振りあげた万斬蝮を振りおろす。袈裟《けさ》に斬られた腕は、五本まとめて右手前の腕から、斜めの切り口を描いて両断された。威世子の顔から切り離された腕は、靄《もや》が散るように宙で消えたが、滅したわけではない。すぐに顔の中から、同じ腕が生えてくるはずである。

それでも多少は怯《ひる》ますぐらいならできた。腕の切断に合わせ、純白の寝間着を纏《まと》った威世子の身体はびくりと震え、稲妻にでも打たれたかのように動きを止めて悶《もだ》え始めた。同時に湖姫も雷めいた迅速さで裏庭のほうへと身を翻し、両脚に渾身《こんしん》の力をこめる。

罔象女《みつはのめ》。

地面を固く踏みしめた第一歩からの助走を廃した、足の骨が砕けんばかりの全力疾走。常人にはおよそ実現し難い鉄砲水のような神速で、湖姫は一直線に走りだす。

鉄砲水というのは、あながち過剰な比喩《ひゆ》ではない。その足取りは、踏みつけた衝撃で地面をびりびりと震わせながら、湖姫の身体を前に向かって一瀉千里《いっしゃせんり》に突き進めていく。長年鍛え抜いた両脚の筋肉に、錠禍が及ぼす最大筋力の作用があって初めて実現できる、桁外《けたはず》れの短距離疾走だった。持続時間は短いが、およそ五秒間で五十メートルを走る。

霜石邸は敷地の外周沿いに一周すると、およそ一キロの距離になる。湖姫は十五年も前からほとんど毎日欠かすことなく、概《おおむ》ね七、八周を目安にこの外周を走り続けていた。今朝も白星を送りだしたあと、普段どおりに七周している。

走ることは特に好きではない。少しでも錠禍の効能に身体が持つように、鍛えること。維持すること。研ぎ澄ますこと。それらを目的に続けているだけのことである。

脚以外にも全身の筋トレを欠かさずおこなうようにしていたが、それらも行為自体に楽しみや愛着が湧いてくることはなかった。そもそも昔から、運動全般が好きではない。子供じみたルールを定めて、遊びで人と競い合うとか、同じことを延々と繰り返すとか、湖姫にとっては無益なだけで、なんの興味も抱けるものではなかった。

十歳の初夏から暮らし始めて以来、自宅が修羅場と化したのは何度目のことだろう？

両手の指を五倍にして数えても間に合わないほどにはあるはずだが、それらの大半は本邸の地下を舞台に起こったことである。威世子の動きを探るため、過去におこなった検証を数に入れなければ、庭を舞台に荒事をなすのは今日が初めてのことになる。

およそ一秒半。裏庭に向かって十メートルほど走ったところで、威世子が再び現れた。

今度も視界前方、湖姫が進む軌道の正面を塞ぐような形でふわふわと宙に浮いている。湖姫は足取りを緩めることのないまま、右へと大きく軌道を逸《そ》らして走り続けた。

罔象女の概ね限界、五十メートル余りを走った時には裏庭へと至る。折しも伊世子が生前もっとも愛《め》でた、円い菊の花壇が見えてきたところである。花壇はこの十五年近く、白星とふたりで管理を続けていたが、花が終わった今の時季は上から霜よけが被《かぶ》せられ、色どりは見る影もない。花壇の脇まで達したところで、足取りをわずかに緩めながらも疾走状態を保ったまま、今度はすかさず次の手に出る。

地潜《じむぐ》り。

花壇の先に延びる裏手の小道に向かって、万斬蝮を片手で上から真っ向に振りおろす。そのまま切っ先がなぞった先に足取りを進め始めると、示し合わせたようないい具合に威世子も前方の空に姿を現した。

天翔蛟竜《てんしょうみずち》。

湖姫が心で念じるなり、威世子は視えない間欠泉に下から噴きあげられるかのごとく、身体をぐるぐる回転させながら、天高く一直線に飛んでいった。顔面に蠢く威霊たちの手足もそれに合わせて、わらわらと慌てふためくような動きを見せる。

地潜り。罔象女。

上空三メートルほどまで舞いあがった威世子の真下を通り抜けつつ、湖姫はもう一度、前方の小道に向かって万斬蝮を振りおろし、最大筋力による全力疾走を再開する。

おそらくこれで前方から襲われることはないはず。威世子は動物的な感性に基づいて動く猛獣じみた存在だが、知恵がないわけではない。ゆえに天翔蛟竜を一度喰《く》らった今、同じ轍《てつ》を踏むまいと、前から姿を現す可能性は極度に低くなると湖姫は見ていた。

地潜りと天翔蛟竜を使った前方封じの秘策は、小手調べの際に思いついたのだけれど、その時は実践することなく切りあげた。余計な知恵をつけさせたくなかったからである。

思ったとおり、小道に沿って疾走するなか、威世子が前から姿を現すことはなかった。こちらもやはり予測していたとおり、今度の威世子は湖姫が走る左方から現れた。

その心は、刀を持たない左手がある側だから。そんなことも織り込み済みだったので、左手は威世子の出現に合わせて、いつでも姫波布《ひめはぶ》を抜けるように構えていた。

威世子は道沿いに生える庭木の間から、じぐざぐな軌道を描いて猛然と近づいてきた。顔面から飛びだす腕やら上半身やらの束が間近に迫る頃合いを見計らい、疾走しながら逆手に柄《つか》を握った姫波布を引き抜く。

「返しで……」

左逆袈裟の軌跡を描いて鞘《さや》から飛び出た刀身は、抜剣と同時に群がり迫る威霊たちを左下から右上に向かって跳ねあげるように分断した。青白く伸びた腕が数本、首が数個、それらに加えて顔の前半分や指、髪筋などとおぼしい破片が一緒になって飛び散ったが、わざわざ仔細《しさい》を検《あらた》めるつもりはなかった。威世子の顔から切り離されたいずれの部位も、重力を無視してふわふわと宙を漂いながら、やはり靄が散るような様子で消えていく。

小道の流れに沿って地中を走る地潜り。それを追従する形で湖姫は全力疾走を続ける。

五メートルほど走ったところで道は左右に分かれ、庭木に両側を挟まれた右の細い道のどん詰まりに簡素な木小屋が見えてきた。目指す陰宅である。距離は残り十数メートル。古びて黒ずんだ外壁の四方には、湖姫が作った封印札がびっしりと張り巡らされている。開け放たれた入口の引き戸には、真新しい注連縄《しめ》が釘《くぎ》で打たれて掛かっていた。

陰宅まで残り五メートルほどの地点まで達したところで、罔象女の持続時間が切れる。足取りが減速し、罔象女が残した惰性の力を頼りに疾走を続ける。あとは開け放たれた戸口の向こうに飛びこめば、本邸から庭までを舞台にしたオペレーションは完了である。事前に想定していたぐらいには、まずまず順調といえる流れだった。

けれども好事魔多し。こういう時に湧きだす些細《ささい》な油断が命取りになるということを、湖姫はこれまでの経験則に基づく皮膚感覚として心得ている。

予感は見事に当たった。淡い警戒をこめて万斬蝮《まむし》の刀身を顔の前へ斜めに構えた瞬間、刃のすぐ向こうに威世子が姿を現した。零距離からの襲撃。威世子の顔面から躍り出る威霊たちの青白い顔と腕が、数秒の猶予も俟《ま》たない勢いで湖姫にぐわりと迫ってくる。

同時に湖姫は、柄を握りしめた右の拳《こぶし》を前へと垂直に振りだした。無秩序にひしめく威霊たちのおぞましい容姿が、左上から斜めの線を描いて真っ二つに切り裂かれていく。正拳《せいけん》突きの要領で放たれた斬撃《ざんげき》に、威世子の身体は後方へ突き飛ばされるように退いて、地面からわずかに浮いた身体をぐらぐらと傾がせた。

そこへすかさずもう一撃。目の前でふらつく威世子の動きに合わせて猛然と踏みだし、今度は刃を水平に翳《かざ》した姫波布を顔面に叩《たた》きこむ。斜めと一文字に身を切り分けられた顔面上の威霊たちは、それぞれ顔のどこかに谷間のような幅の広い切れこみができたり、二の腕や手首を欠損させたりしながらも、相変わらず白い歯を剝《む》きだしにした荒々しい笑みを浮かべ、その身をわらわらとうねらせた。

これだから油断ならない。初撃からわずか数分足らずの間に蛟竜の発動圏外を見切り、先読みできなければ不可避の強襲に転じた。もはや蛟竜の一手は通用しないだろう。

二重の線を描いて切り崩された威霊たちを一瞥《いちべつ》しつつ、湖姫は威世子の脇をすり抜け、陰宅へ向かって延びる道筋を走り続ける。みるみるうちに距離は縮まり、戸口の前まで達したところで飛びこむように中へ入った。

陰宅内には、かつて伊世子が閉じこめられていた時代の跡がそこかしこに残っている。家具は至るところに黴《かび》を浮かせて据え置かれていたし、湿気を帯びて腐った畳の上には、伊世子に生前与えられていたとおぼしい薬の袋や、汚れた布切れなどが散らばっている。

今やすっかり破屋と化して久しい小部屋の中央には、四辺が一メートルで構成された真新しい茣蓙《ござ》が一枚敷かれている。こちらも湖姫が事前に設《しつら》えていた物である。

土足のまま茣蓙の上まで走っていき、続いて戸口のほうへ身を翻す。まもなくすると視界前方に不穏な気配が立ち上り、戸口を背にした屋内に異形の威世子が現れた。

思惑通りの流れになって安堵《あんど》する。細工は流流仕上げを御覧《ごろう》じろ。

「真希乃！」

湖姫が叫ぶや、外からがさがさと葉の鳴る音が響き、続いて戸口に向かって駆け寄る足音が聞こえ始めた。近くの茂みに身を潜めていた真希乃が飛びだしてきたのである。

真希乃は戸口の前までたどり着くと、おそらく威世子の姿を目にして慄《おのの》いたのだろう。満面にぎょっとした相を浮かべたが、それでもたじろぐことはなく、注連縄が張られた引き戸を勢い任せに「ばん！」と閉ざした。

お勤めご苦労。見事に役目を果たしてくれた。虚心で感謝の意を揺らめかせる。

引き戸が閉まった瞬間、湖姫は両手に得物を携えながら、茣蓙の上へと腰をおろした。安座の姿勢で両脇に二刀の刃を横たえ、眼前に聳《そび》え立つ威世子を見あげる。

「姦姦蛇螺《かんかんだら》」

鋭い声音でつぶやき、続いて瞑目《めいもく》。

それから刹那《せつな》のうちに目蓋《まぶた》を開けると、視界の向こうに威世子はなおも佇《たたず》んでいたが、周囲の様相は一変していた。

薄墨で描いたように色味を幽《かそ》けしく陰らせた、本邸一階の大座敷。亡父の久央を始め、霜石家で逝った故人の大半が祀《まつ》られる、祖霊舎の間である。

同時にこの場は湖姫が脳裏に再構築した、虚構の舞台でもある。結界術を主体とした、封印術と明晰《めいせき》夢の応用だった。威世子を結界内に閉じこめたうえで、湖姫の意識の中に有無を言わせず引きずりこんでやったのである。

毒には毒を、外法《げほう》には外法を。ほとんど付け焼き刃で編みだした対応策ではあったが、これがおそらく最善策でもあるはずだった。

道中、威世子の襲撃に抗したタイムロスもあり、天守の間から陰宅にたどり着くまで、七分程度はかかっている。事が順調に進んでいれば、弔い上げの一巡目が終わった頃で、五体の威霊が威世子の身から潰《つい》えていったことになる。

けれども今のところ、威世子の見た目にそうした変化を確認することはできなかった。四人がかりの弔い上げ一巡につき、四体の威霊が消滅。霊璽《れいじ》は以前、白星に十柱ほどを処理してもらったが、それでも湖姫が数えた限り、残《のこ》りは百七柱あるはずだった。

全ての弔い上げを終えるには二十七巡の儀式と、概《おおむ》ね百三十五分を要する計算となる。こうした長丁場を最小限の消耗で乗り切るために決行したのが、姦姦蛇螺の外法である。名称はネット怪談で語られる、蛇と巫女《みこ》の身体を合わせた魔性のそれにあやかった。

明晰夢を基盤にした呪法《じゅほう》なので、発動中は五感に生じる一切に生々しい実感が伴うし、特異な手法を踏んでいても、威世子を身体に憑依《ひょうい》させているのに近い状態でもあるため、致命傷を被れば生命の保証もないだろう。だがその代わり、消耗していくのは気力だけ。長丁場に及んでも体力は一切消耗せずに済むというのが、最大かつ最強の利点だった。

「ここから先は、逃げるつもりも逃がす気もない。せいぜい足掻《あが》いてみるがいい」

四角い莫蓙が潰えて、代わりに薄墨色の畳に変わった床の上からすっくと立ちあがり、両手に持った二刀を構える。

「返して……」

うじゃうじゃと小さな顔や手などがひしめく顔面の奥から、悲痛な声が聞こえてくる。
白い寝間着の袖《そで》から覗《のぞ》く手首が両方まっすぐ伸びて、湖姫の前へと突きだされる。

「返しますよ。かならず。だけど今は、ごめんなさい」

答えて足を踏みだすなり、威世子の身体にさらなる異変が生じた。

ふたつの袖の中から青白く染まった細長い腕が、ぞろぞろと花茎のように伸びてくる。
数は両側ともに十本近くあった。動きは中に骨が入っていないかのように靭《しな》やかである。
ひと群れの蛇のごとく蠢《うごめ》く腕は、いずれも前方に向かって伸長しながら不規則な軌跡を描いて絡み合い、初めに突き出た伊世子の両手を根にして、新たな腕の形を作っていく。

即座に凶兆を察した湖姫が踏みだした足を退かせると、威世子の足にも異変が生じた。
こちらも寝間着の裾《すそ》から青白い色をした細長い脚が何本もずり落ちてくる。畳の上から少し浮かんではみだす伊世子の足首を根にして、互いの腿《もも》と脛《すね》を幾重にも絡ませながら新たな脚の形を作りあげていくのも、腕の動きと同じだった。

コードのように絡まり合った青白い脚が、畳につく。いずれの足首も畳を踏む時には足の裏が下を向き、ぼすぼすと鈍い音を立てながら畳の表に貼り合わさった。

異形の両足は畳に着地してからも丈を伸ばし、寝間着姿の小さな身体を天井に向けてリフトのように突きあげていく。同時に数多《あまた》の腕が絡まり合って形成された新たな腕も、両足の伸長に合わせて畳のほうへ垂れるように伸びていく。

さながら「リミッター解除」といったところか。虚構の世界に引きずりこんだことで、行動様式に制限がなくなったと見た。余計な体力を使わずに済む分、アドバンテージはこちらにあるものだとばかり思っていたが、想定外の誤算である。

うねうねと乱雑に絡みながら伸びゆく威世子の手足は、それぞれ一メートル半ほどの長さになったところで動きを止めた。真っ白い寝間着に包まれた少女の華奢《きゃしゃ》な胴体から昆虫めいた風合いを醸す、異様に長い手足が生え揃う。身の丈は二メートルを超えた。

一方、何かと騒がしかった顔面のほうは、いくらかすっきりしたものに変わっていた。最前までは小さな顔と一緒に溢《あふ》れ出ていた上半身と腕が消え、荒々しい笑みを浮かべた青白い顔だけでずらりと埋め尽くされている。その様相は、顔全体が蜻蛉《とんぼ》や蜂の目玉に変じてしまったかのような趣きだった。とてつもなく大きな、ひとつ目式の複眼である。小さな顔に並ぶ全ての瞳《ひとみ》は、値踏みするような色を宿して湖姫の胸元に注がれていた。

「返じで……」

「約束します。かならず返して、貴方《あなた》をかならずお救いします」

無数に蠢く顔に向かって言い終えるや、威世子の身体が前のめりにどっと倒れてきた。すかさず右手に向かって飛び退く。「ぼすり」と響く乾いた音に合わせて視線を戻すと、さらなる異形の威世子は、畳の上で四つん這《ば》いの姿勢になっていた。新たに形をなした細長い四肢は、それぞれが半ば辺りで山形に折れ曲がり、蜘蛛《くも》を彷彿《ほうふつ》させる線を描いて無数の手首と足首が織りなす四肢の先端を、畳にべたべたと貼りつけている。

改めておぞましいと思ったが、天守の間を飛びだす出だしの頃から沸きあがっていた憎悪と憐憫《れんびん》の滾《たぎ》りに比べれば、些末《さまつ》な心の動きに過ぎなかった。

無数の顔を並べた顔面をこちらに振り向け、ぼすぼすと重たい音を鳴り響かせながら、威世子が猛然と迫ってくる。

蟒蛇一閃《うわばみいっせん》。

深く腰を落とし、右手に持った万斬蝮《まむし》を威世子に向かって真一文字に薙《な》ぐ。

夜刀神《やとのかみ》。

次いで刃を縦に翻し、さらに深く腰を落として、切っ先を垂直に突きあげる。

一撃目は、両腕の手首から少し上の辺りを、ほとんど平行の線をなぞって断ち切った。達磨《だるま》落としの要領で体勢を崩した威世子は、身体を斜めに傾がせながら倒れてくる。

二撃目は、間近に迫ってきた顔面を顎《あご》のほうから一直線に刺し貫いた。その切っ先は頭蓋骨《ずがいこつ》を突き抜け、おかっぱ頭の脳天から刀身の半分余りが飛び出てきた。

素早く刃を引き抜き、躍るような身ごなしで退くと、威世子はひれ伏すような恰好《かっこう》で畳の上に顎をついて倒れこんだ。「返じで……」とくぐもった声が聞こえてくる。

陰宅まで至るさなか、こうして何度も斬りつけてきたが、聞こえてくるのは決まって伊世子の声ばかり。顔面で蠢く威霊たちは「痛い」のひと声さえも発しない。

それが湖姫の心を一層苛立《いらだ》たせた。

傷つけたいのは彼女じゃない。卑しく下賤《げせん》で屑《くず》同然のお前たちのほうだというのに。

歴代の組合員たちが密《ひそ》かに手心を加え、長らくササラメの祭壇上にはべらかしてきた、人工的な災厄。一部の歴代当主たちにも、威霊たちの秘された役割に気づいていた者が確実にいたはずだと湖姫は踏んでいる。伊吹と伊世子の心情を察すると胸苦しくなるが、十二代目の当主夫妻も端《はな》から真相を知っていたか、あとから知って目を背けたのだろう。阿密哩多《アムリタ》ごときの供給を維持するために。

たかだかそんなことのために犠牲となって見捨てられた伊世子が不憫《ふびん》でならなかった。不遇な自責の念を終生抱えながら逝ってしまった、伊吹の心が痛ましくてならなかった。斯様《かよう》な悲運にようやく終止符を打つことができる。この十四代目が終わらせてみせる。

伊世子がその身を張って後世に縛りつけて託してくれた、希望の力を借りながら。

思うまにも、異形の威世子が再び大きく動きだす。斬られて平らになった腕の先から、新たな手首が束になって生えてきた。元の姿勢に立ち返り、湖姫のほうへと面を向ける。

渦中の幸い。威霊たちと合一している限りは、どれだけその身を切り刻んだとしても伊世子の御魂《みたま》が傷つくことはない。ゆえに一切の手加減をせずに済む。

これからおよそ二時間余り。弔い上げで威霊たちが消えゆくさまを瞭《しか》と見届けながら、たっぷり死地を興じてやる。この身に滾《たぎ》る想いの全てを、一滴残らず刃にこめて。

「然《しか》り」と言わんばかりに無数の顔が、こちらに向かってざわめきながら迫ってくる。

「伊世子さん、伊世子さん、伊世子さん！」

渾身《こんしん》の雷声で叫ぶなり、湖姫は二手に持った刃を構え、荒ぶる威世子に挑み始めた。

境守の弔慰　現今

およそ二時間と十三分——。計っていたわけではないので、秒については不明である。わずかな休憩も入れずに執り行った、祭祀《さいし》と加持祈禱《かじきとう》全般における私の歴代新記録で、今後もおそらく記録が塗り替えられることはないだろう。

全ての儀式が終わった時、私は合計二十二柱の霊璽を単なる古びた木片に変えていた。自前の特異な感覚が潰《つい》えて久しく、去年の暮れ辺りからは自分が作る御札や御守りにも力が宿らなくなってしまった身なので、一柱目の弔い上げを終えた時には、美琴たちに成果のほどを確かめてもらった。

いずれの答えも「完璧《かんぺき》」とのこと。三人分の太鼓判に辛くも自信をつけた私はその後、自分としては大してもたつくこともなく、一度の祭祀につきおよそ五分を心がけながら、弔い上げに当たっていくことができた。

本来ならば人の目に視えない死霊を視るのでもなく、御札や御守りを作る時のように何かの念をこめるわけでもない。仏教式であれ神道式であれ、弔いごとに関する祭祀の多くは、特異な素養を必須《ひっす》とするものではないのだ。基本的な心構えと気持ちをこめて臨みさえすれば、おそらく誰でも等しく、願った成果が得られるものなのだろう。

拝み屋の仕事を始めた頃から「きっとそうだろう」と思っていたことが、美琴たちの公明正大な確認によって揺るぎないものになった気がして、なんともなしに嬉《うれ》しかった。去年の暮れも押し迫る頃、専門学校時代の友人に手向けた供養の経も、私が願った形で向こうに届いてくれているはず――。そんなふうに思えたことも幸いだった。

とはいえ、今はこうした感慨に浸っているような場合でないことも重々理解していた。総数百を超える威霊たちの弔い上げを四人で滞りなく終えしめてから、二十分余り――。本邸三階に位置する天守の間には、不穏な空気が立ちこめていた。

「そうですか……委細承知しました。いいえ、戸は絶対に開けないようにしてください。わたしも今から向かいます。それまでに万が一何かあったら、すぐに連絡をください」

スマホで真希乃と通話を終えた白星が、私たちを順繰りに見つめてうなずく。

事前の段取りでは、こちらに課せられた役目が果たされ、伊世子に巣くう威霊たちが一体残らず消え去ったのを湖姫が確認。その後に伊世子自身の御魂《みたま》を救いあげたうえで、白星にスマホで連絡をよこす手はずとなっていた。

だが、弔い上げの儀式が終わり、全ての威霊を無力化しても、湖姫のほうから白星のスマホへ着信が入ることはなかった。儀式が終わって十分ほどは、掠《かす》れた声音で互いに労《ねぎら》いながら色よい報告が来るのを待っていたものの、十五分を過ぎる頃から徐々に不安が募り始めてくる。二十分経ったところで白星が真希乃に連絡を入れてみたのだが、陰宅内は二時間余りも不気味に静まり返り、湖姫が出てくる気配はないとのことだった。

「行ってきます。皆さんはリビングのほうでお休みになっていていただけますか？」

若干トーンが低く、調子っぱずれになった声で白星が言う。

無理もない。弔い上げをした文机《ふづくえ》の傍らにはペットボトル入りの水が用意されていて、祭祀の間はタイミングを見計らいながら口にするようにしていたのだが、それぐらいで喉《のど》に被るダメージをチャラにするには至らなかった。儀式を完遂した四人のいずれもが、今はそれなりの擦れ声か濁声《だみごえ》で喋《しゃべ》っている。身体に感じる疲労も著しい。

御魂を抜いた霊璽《れいじ》は全て、文机の下に備えられた木箱の中に入れるようになっていた。あとでまとめて焚《た》きあげるのだという。

横幅二メートル余りもある五段式の巨大な祭壇は、強制退去が敢行される二時間前の様相とは打って変わり、今や閑散とした風合いを呈している。おびただしい数の霊璽が全て取り払われた祭壇に残っているのは、ササラメの御神体が入った神明造りの宮形と、布地の全体に菊の紋があしらわれた錦《にしき》袋が被《かぶ》さる、伊世子の黄色い霊璽だけである。

特異な感覚が機能不全を来たしているゆえ、威霊たちの弔い上げを続けていくなかで我が身に感じてくるものは特になかったし、ササラメの御神体や伊世子の霊璽を見てもそれは同じだった。けれどもなんとなくだが、御神体のほうからは不気味な静寂めいた印象を薄《う》っすらと感じてしまったのも事実である。

長居をすればするほどに、この屋敷の中では誰の目にもこの世ならざる者たちの姿が、聢《しっか》と視えるようになってくる。湖姫の「記録」の中にはそんな記述もあったが、さて。

時刻はすでに四時半を回っている。屋敷を訪ねて四時間近くが過ぎようとしているが、今のところ私の目には、なんらのお化けも視えることはなかった。ササラメの御神体に薄く感じる不穏さが、然様《さよう》な兆しということになるのだろうか？　判断がつかなかった。

白星の提案にありがたく与《あずか》り、みんなで天守の間を出ようとしていた時のことだった。白星のスマホに、湖姫からようやく着信が入る。

「そうですか、お疲れさまです。安心しました。良かったです。……承知しました」

白星は通話を終えると、私たちに湖姫の無事と望んだとおりの結果が得られたことを手短に報告し、それから湖姫が出発時に放っていったサングラス（のちに白星が回収し、自分用の文机に置いていた）と、祭壇上に祀《まつ》られている伊世子の霊璽を手に取った。

「行きましょうか」

白星の声がけを合図に、四人で天守の間を抜けだす。

その後、来客の私たち三人はリビングへ向かい、白星は玄関のほうへ向かっていった。我々がリビングに入って五分近くが経った頃、白星が湖姫と真希乃を伴い、戻ってくる。湖姫の目には、再びサングラスが掛けられていた。

「ご心配をおかけしてしまったようで、申しわけありません」

事は無事に済んだのだけれど、目的を果たしたあとに意識が少し朦朧《もうろう》となってしまい、回復するまで休んでいたのだという。実際、湖姫は少し窶《やつ》れたような顔つきをしていた。慌ただしく謝罪と説明を済ませると、湖姫は再びリビングを出ていった。

　これから着替えを済ませ、祖霊舎の間で伊世子の魂鎮《たましず》めの儀式を執り行うのだという。

「よろしかったら、列席させていただけませんか？」と申し出た鏡香に、湖姫のほうは
「こちらの儀式に関しましては、本日の約束に含まれていませんので」と苦笑交じりに謝絶の意を表したが、美琴と私も希望したことで承諾してもらえる運びとなった。

　湖姫が着替えを済ませる間、白星も儀式の準備をするために退室し、真希乃のほうはお茶を淹《い》れるためにキッチンへ向かっていった。

　またぞろゲイシャとやらを飲まされるのかと思っていたのだが、ほどなく戻ってきた真希乃がトレイにのせて運んできたのは、コーヒーではなく蜂蜜《はちみつ》湯だった。疲れた喉に良いのでだしてほしいと、白星に頼まれたのだという。ありがたく頂戴《ちょうだい》することにする。

　ついでに真希乃は、二冊の小さな写真アルバムを小脇に抱えていた。こちらは湖姫に預かってきた物だという。休憩しながら見ていてほしいとのことらしい。

「わたしも初めて見せてもらった時は凄《すご》くびっくりしたんですけど、みなさんもきっと驚かれると思います。論より証拠。二枚の写真を見比べてみてください」

　含みを持たせて、真希乃がローテーブルの上に置いた二冊のアルバムを開いてみせる。

どちらも表紙に相応の年季の入ったアルバムだったが、片方の雰囲気は特に古めかしい。

実際、特に古びたアルバムのほうに納められていたのは、白黒写真ばかりだった。

　もう片方のアルバムはカラー写真で占められていたが、こちらも印紙の色褪《いろあ》せ具合や背景に写っているものなどから見て、最近撮られた写真ではないとすぐに分かった。

「こちらとこちら、見比べてみてください。それぞれ、どなただって思います？」

言いながら、真希乃が指差した白黒写真のほうには、おかっぱ頭の少女が写っている。おそらく本邸の庭で撮影されたものだろう。少女は菊の花が咲き誇る花壇の前に立って、眩《まぶ》しい笑みを浮かべていた。服装は、襟や袖《そで》にフリルがあしらわれたワンピースである。年頃は十歳前後ではないかと思う。

一方、カラー写真のほうには、真っ白いワンピースを着た髪の長い少女が写っている。こちらは背景に写る観覧車などから見て、どこかの遊園地で撮影されたものとおぼしい。年頃はおかっぱ頭の少女と同じくらいだが、こちらの少女はどことなく暗い顔つきで、無理に作ってみせたかのようなぎこちない笑みを浮かべて立っている。

笑顔の質は対照的で髪型も異なるが、ふたりの少女の顔は驚くほどに似通っていた。大きくつぶらな瞳《ひとみ》を始め、眉《まゆ》の形に鼻筋、口元の作り、そして輪郭に至るまで。同一人物と見做《みな》してもよいほど、ふたりの面貌《めんぼう》は瓜二《うりふた》つである。

それぞれ十歳の頃に撮影された、在りし日の伊世子と、小学時代の湖姫なのだという。

言われなくてもすぐに分かった。

「リインカネーションという概念について、湖姫さんは懐疑的な立場なんだそうですが、信じてる人たちに見せたら、間違いなく『生まれ変わり』と言うだろうってことだけは否定しない。そういうふうに言ってました」

伊世子と湖姫の写真を神妙そうな面持ちで眺めながら、真希乃が言う。

私も基本的に生まれ変わりという概念については否定的だったので、概《おお》ね同感だった。そもそも伊世子の生まれ変わりが湖姫なら、伊世子の御魂《みたま》は今の世に存在しないという、どうしようもない矛盾が生じる。それに加えて迂闊《うかつ》に広げたくない話題でもあったので、余計なコメントは差し控え、無難な言葉だけを返すようにした。

「怖くはなかった？」

写真から視線をあげ、鏡香が穏やかな声風《こわぶり》で真希乃に尋ねる。

「正直、怖かったです。理由は二種類。ひとつは、顔じゅうに小さな顔や腕を生やした伊世子さんをはっきり視てしまったという怖さ。ふたつは、わたしが陰宅の戸を閉めるタイミングを間違えたら、一巻の終わりになっちゃうという怖さ……。どうにか役目は無事に果たすことができましたけど、最後まで気を抜くことができませんでした」

感想を述べる真希乃の面持ちは、先刻までとは打って変わって、真剣そのものだった。生半《なまなか》な気持ちで今日という日の儀式に関わっているわけでないのだろうと見て取れたし、屋敷の地下から噴き出る瘴気《しょうき》とやらの作用で、彼女の目にもこの世ならざる者らの姿が認識できるようになっていることも確認できた。

その後、四人で談笑しながら蜂蜜湯を飲み終える頃には、湖姫と白星が戻ってきた。

白星の装いはそのままだったが、湖姫のほうは純白の重厚な斎服に様変わりしていた。神道における祖霊祭や式年祭などの場で神職者が身につける、狩衣《かりぎぬ》仕立ての浄衣である。うしろに長い纓《えい》が垂れる冠の色だけが黒い。

否。厳密には目元も黒い。湖姫は再び、鼻筋で留める丸縁のサングラスを掛けていた。事情はとくと心得ているものの、異様と言うより少々滑稽《こっけい》な姿に見えなくもない。

「再びお待たせしました。それではご厚意に甘えて、ご列席いただきましょうか」

「ええ、喜んで」

鏡香が応《こた》え、それから揃って祖霊舎の間へ向かう。

広い座敷に立つ大きな祭壇の上には、伊世子の霊璽が祀られていた。

霊璽の前には菊の花のブローチも置かれ、手前に位置する最下段には種々の神饌《しんせん》の他、外装がすっかり古びて傷んだ本も供えられていた。タイトルは『若草物語』である。

版元は日本書房、訳者は村上一江《むらかみかずえ》となっている。一九五三年に初版が世に出た一冊で、同作は伊世子が小学五年生だった時代でさえも、多くの版元と訳者の手による翻訳書が流通していたのだという。四十冊以上に及ぶと湖姫は言った。

数ある当時の翻訳書の中から、湖姫がおそらくこれぞと確信を抱いて探し当てたのが、祭壇に供えられている『若草物語』とのことだった。在りし日の伊世子が夏休みを前に学校の図書室から借り受けたのと同じ、『若草物語』である。

湖姫はそらで魂鎮めの祝詞《のりと》を詠んだ。

奏上体で紡ぎだされる小難しい文言の中には「菊花」や「花壇」「心安し」といった言葉が要所に挟まれ、どの花よりも菊の花をこよなく愛した、伊世子の可憐《かれん》で心優しい人柄を賛する内容となっていた。おそらく伊吹が生前、詠んでいたのと同じものだろう。

「伊世子さん。ようやく続きが読めますよ。どうかゆっくりお楽しみになってください。これまで長らくの年月、本当にお疲れ様でございました。貴方《あなた》は当家の誇りです」

祝詞が終わると湖姫は霊璽《れいじ》に向かって囁《ささや》くようにそっと告げ、それから深く礼をした。続けて伊吹にも弔い上げを意味する祝詞が詠まれ、儀式の一切が終わりを迎える。

「境守の跡目として、彼女は天才的な資質を持っていたと、わたしは考えています」

祭壇からこちら側に身を向け直し、私たちに丁寧な謝辞を述べてから、湖姫は眉毛《まゆげ》をハの字にさげつつ、寂しそうな声風でつぶやいた。

「同時に気高く優しい心もお持ちの方だった。故にこそ、ああした自分の魂魄《こんぱく》にとって最も苛烈《かれつ》な手段を思いついて実行に移すことができたし、没後六十年余りにもわたって、百以上もいた威霊たちをひとつたりとも逃すことなく、その身に縛りつけておくことも成し得られたんだと思います」

「僭越《せんえつ》ながら、私も同感です。小さいながらに尊い役目を果たされたんだと思います」

私は心に感じたままを言葉に変えて湖姫に伝えたが、全部を言葉にしたわけではない。伊世子の気質や功績を評する湖姫の弁に異論はなかったが、私はそれらの意見に加えて、伊世子のことが哀れに思えてならなかったのである。

宝物は正気の大半を失い、その身が異形に変わり果てても、菊の花のブローチである。境守になるための試練の成果の褒美として、母から贈られた菊の花のブローチ。

もらった時にはどれほど嬉《うれ》しい気持ちになったのか。想像すると胸が痛んで辛《つら》かった。

湖姫の話によれば、驚くほど早い段階で伊世子を見限った、母親からの贈り物である。そんな者からもらったブローチを大事にし続け、終生母を求め続けた伊世子の想いとは、果たしていかばかりのものだったのだろう。

「真摯《しんし》なお言葉、痛み入ります。さて……矢継ぎ早に事を進めていくことになりますが、次なる儀式に取り掛かりましょうか。分離の儀。おそらく郷内さんが今日の儀式の中で最も成果を期待されている儀式になるかと思います。ちなみに皮肉ではありませんよ？わたしにとっても大事な儀式のひとつになりますので、精一杯努めるつもりです」

微笑を浮かべて告げる湖姫の顔に、含みの色は見られなかった。素直に礼を述べつつ、いつでも準備はできていると返す。鏡香と美琴も大丈夫とのことだった。

分離の儀。確かに私がもっとも成果を期待している儀式である。これの成果を頼りに私は湖姫の誘いに乗ったと言っても過言ではない。

いよいよこれから、イレギュラーな合一を果たした加奈江と白無垢《しろむく》の分離が始まる。くれぐれも期待を裏切ってくれるなよ。こちらも無条件で頼みにきたわけではない。湖姫に対する信頼度は、概ね八割強といったところである。湖姫が私に抱く信頼度に比べれば、おそらくはるかに大きな割合になるだろう。期待もこめての八割強である。

それでも果たして、鬼が出るか蛇《じゃ》が出るか。

俄《にわ》かに生じ始めた緊張感に戦々恐々としながらも、私は湖姫が動きだすのに従った。

冒険譚から始まる絆《きずな》　昔日

感じたのはときめき。

湖姫が霜石の家に暮らし始めてふた月余り。屋敷の周囲を取り囲む青葉の色や繁りに夏の気配が如実に感じられるようになってきた、七月半ば辺りのことである。

湖姫は伊吹から、書庫の利用を許可してもらう運びとなった。

厳密には、勧めがあったのである。講義の終わりのおやつの時間に「本は好き？」と尋ねてきた伊吹に「好きです」と答えたら、書庫の本を自由に読んでいいと言われた。

書庫は本邸一階の東寄りに面した位置にある。霜石の家を初めて訪ねた晩の帰りしな、やはり初めて出会った緋花里が姿を消していった、廊下の角の先にあるのが書庫だった。

広さは二十帖《じょう》ほど。床はオーク材の板張りで、書架は四方の壁に沿って並んでいる他、入口のドアから背中合わせに二架立てられた物が、垂直線上に三列並んでいる。

湖姫が通う小学校の図書室ほどではなかったが、個人の家に備えられた書庫としては、かなりの広さと蔵書の数を誇る一室だった。

書架に収められている本は、呪術《じゅじゅつ》や霊能関係の物が多いのかと思っていたのだけれど、予想に反してそうした本はあまりなかった。

伊吹曰《いわ》く、境守の仕事に役立つ書籍や資料のたぐいは、本邸東側に面した当主の私室、つまりは伊吹の部屋にあるのだという。私室と続き部屋になっている十帖ほどの隣室が、境守専用の書斎とのことだった。

書庫に背表紙を並べる全部で五千冊ほどの蔵書は、湖姫の好きな生物関係の本を始め、科学や化学に関する専門書、様々なジャンルの研究書、哲学書などの割合が多かったが、文芸書も相当の数が揃っていた。要はあらゆる分野の本が網羅されていたといえる。

文芸書の中には、児童文学の本も多数含まれていた。これらは、在りし日の伊世子が買い求めた本や、歴代の家人らが幼少時代に愛読していた本が大半を占めるという。

久央が生前所有していた本も、死後にこちらの書庫へまとめて移したとのことだった。往年のＳＦ小説や怪奇小説が多かったと伊吹は言った。

講義の時間が終わったあと、伊吹に初めて書庫に案内された時、湖姫は古びた書架にずらりと並ぶ書籍の山を一頻《ひとしき》り、楽しい思案を巡らせながら眺めて回った。

そうしていちばん初めに借り受けることにしたのは、『エルマーのぼうけん』である。喋《しゃべ》る猫が語る不思議な話から始まる、胸躍る冒険譚《たん》。概要と表紙の可愛さが気に入った。三作あるシリーズを一気に全部借り受ける。

実際、湖姫の勘は大当たりだった。『エルマーのぼうけん』は、大層面白い本だった。続編に当たる『エルマーとりゅう』『エルマーと16ぴきのりゅう』も同様に面白かった。十日程度で全作をだれることなく、夢中で一気に読み終えてしまう。

図鑑のたぐいを除けば、本格的な読書に興じるのは『エルマー』シリーズが初だった。インクの香りが薄く漂うページを繰りつつ活字を追って、物語の行く末を見守ることがこんなに楽しい体験だとは、思いもよらないことだった。魔法のようなひと時だった。それで読書の楽しさにすっかり目覚めた湖姫は、夢見心地で『エルマー』シリーズを読み終えると、次なる楽しい読書体験を求めて再び書庫へと向かうことになった。

本邸への出入りは基本的に自由とされていたので、夏休みに入ってまもない昼下がり、湖姫は読み終えた『エルマー』シリーズを両手に抱えて玄関をくぐった。

玄関口から左右に延びる廊下を右へ進み、左側に折れる角を曲がろうとした時である。角の右手に開く階段口から、小さな人影が降りてくるのが見えた。

緋花里である。湖姫と同じく、両手に本を抱えている。

「こんにちは」

階段から降りてきた緋花里が、軽く礼をしながら挨拶《あいさつ》をしてくる。声音は軽かったが、その顔には笑みの一筋も浮かんでいなかった。切れ長の双眸《そうぼう》は睨《にら》みつけるように鋭い。

機嫌が悪いのかと思い、湖姫は思わずたじろいでしまったが、それでも萎《しぼ》んだ声音でどうにか挨拶を返す。発音は「ほんにちは」に近い、おかしな響きを持つものになった。

「本、返しにきたの？」

湖姫が胸元に抱える本を見ながら緋花里が尋ねてくる。湖姫が「うん……」と返すと、緋花里は続けて「何を読んだの？」と訊《き》いてきた。

『エルマーのぼうけん』……」と、本の表紙を見せながらおじおじと答える。

「そう。面白かった？」

「うん、面白かった……」

「わたしも好き。ねこのキャラがいいよね」

湖姫も作中に登場する「ねこ」が大好きだったので、これには先ほどよりもいくらか声に潑剌《はつらつ》とした響きをこめて「うん」と返した。頬筋はだいぶ強張《こわば》ってはいたけれど。

「本、わたしも書庫に返しにいって、新しいのを探しにいくとこ。一緒に行く？」

思いがけない提案だったが、考えてみれば当たり前のことでもあった。緋花里も本を返しにいくのだから、湖姫と行き先は同じである。緊張しつつも、断る理由もなかった。小さく「うん」と返した湖姫に、緋花里は「行こう」と促し、湖姫の前を歩き始めた。

書庫に到着すると、緋花里は慣れた手付きでドアの脇にある照明用のスイッチを入れ、それからやはり慣れた足取りで室内を進み、手にした本を書架へと順に戻していった。

「どういう本が好き？」

湖姫も『エルマー』シリーズを元の位置に戻したところへ、緋花里が再び尋ねてきた。

「ううん……そうだな。実は本って、読み始めたばっかりだから、まだよく分かんない。でも『エルマー』は好きになったから、動物が出てくる冒険物みたいなやつかな？」

湖姫が漫然とした所感を伝えると、緋花里はつかのま考え深い眼差《まなざ》しで湖姫を見つめ、それから「うん」と何かを閃《ひらめ》いたように声音を短く弾ませた。

「だったら多分、ちょうどいいのがある。ねえ、ここにある本じゃなくてもいい？」

「うん。いいけど、どんな本？」

「ちょっとここで待ってて。すぐに戻ってくるから」

やはり少し弾んだ声音でそう言うと、緋花里は書庫を出ていった。

そして数分後、湖姫の前に戻ってきた緋花里の両手には、四冊の本が抱えられていた。

「わたしの本。これも冒険物だし、動物もいっぱい出てくるから、ぴったりじゃない？

全四巻の長い本だけど文体は易しいし、字もそんなに小さくないから大丈夫だと思う」

言いながら緋花里が差しだしてきた本のタイトルは、『ニルスのふしぎな旅』だった。

湖姫は幼稚園生の頃に、テレビの再放送で同タイトルのアニメをほとんど全話観ていて、
アニメの『ニルス』は大好きだったのだが、原作があるとは思いもよらないことだった。

「『ニルス』、アニメで知ってる。読みたい。本当に借りてもいいの？」

「うん、いいよ。でもアニメと違って、ハムスターのキャラは出てこないからね」

「キャロット、出てこないの？」

「うん。キャロットくんはアニメのオリジナルキャラ。でも、モルテンとかアッカとか、
鳥のキャラはちゃんと出てくるから安心して」

アニメにはそういうキャラがいるのである。橙色《だいだいいろ》をしたずんぐり体形のハムスターで、
ニルスのペット。アニメの中では、彼もニルスと一緒にガチョウのモルテンの背に乗り、
ガンの群れに加わって、スウェーデンからラップランドへの長くて過酷な旅に挑むのだ。

キャロットが出てこないのは少々残念な気がしたけれど、それでも読みたい気持ちに変わりはなかった。緋花里から受け取った『ニルス』を胸元にふんわりと抱きしめる。

「読むの楽しみ。ありがとう、緋花里さん」

「緋花里でいいよ。姉妹でしょ？　わたしも『さん』をつけないで呼んでいい？」

先ほどまでの高まる緊張と『ニルス』のことで夢中になって、湖姫は忘れきっていた。緋花里が言うとおり、ふたりは腹違いの双子で、緋花里は湖姫の姉なのである。

「うん、大丈夫。わたし、人見知りで話すのもあんまり得意じゃないから、慣れるまで時間がかかるかもしれない。でも、わたしも『さん』をつけないで呼ぶようにするね」

答えると、緋花里も「うん」とうなずき、「よろしくね」と結んだ。

それから三十分近く、書庫で緋花里と言葉を交わし、二階へ通じる階段口のところで別れる頃には、湖姫としては極めて異例なことに、緋花里とかなり打ち解けていた。

会話は『ニルスのふしぎな旅』からの流れで、主に本と動物に関する話題を交わした。緋花里はどちらに関する知識も相当なものを持っていた。

単に知識が豊富というだけではない。緋花里の語り口は饒舌《じょうぜつ》でなおかつ分かりやすく、湖姫の興味を大いに惹《ひ》きつけるものでもあった。自分が持っている知識をひけらかして悦に入るようなことは決してしない。湖姫が知りたいと思うことを尋ねる前に先んじてさらりと話してくれたり、尋ねたことには自分の所感もたっぷり交えて答えてもくれた。

あっというまの三十分だった。湖姫も日頃の倍近くは言葉を発したように思う。

この日の思いがけない収穫は三つ。

ひとつめは『ニルスのふしぎな旅』に原作があって、それを読める機会に与《あずか》れたこと。

ふたつめは、緋花里と話ができたこと。本当は前から話をしてみたいと思っていた。

そして三つめは、緋花里も湖姫と同じく、生き物全般が大好きだと知ったことである。

さっそく読み始めた『ニルスのふしぎな旅』は、想像していたとおりの面白さだった。アニメとは雰囲気が少し異なる描写や設定が散見されたので、読み始めてすぐの頃には戸惑いを感じてしまったのだけれど、然様《さよう》な違いが呑《の》みこめてからは気にならなくなり、ニルスたちの胸躍る長い旅の道のりにページの上から加わることに没頭できた。

夏休みの間は早いペースで『ニルス』を読み進める一方、図鑑のたぐいも読みたくて、書庫にも足繁く通った。

久央から形見として託された瀟洒《しょうしゃ》な作りの生物図鑑は、分厚い書中に収録されている生物の種類が豊富で、姿はいずれも素晴らしく美しいタッチで描かれているのだけれど、いかんせん説明文が英語なので、生物の名前や生態を知るには不向きだった。

生き物を写真で眺めたいという気持ちもあったし、久央の生物図鑑に収録されている生物の和名を知ったり、くわしい生態を知りたいという欲求もあった。

こうした動機の元に目ぼしい図鑑や資料を求め、湖姫は書庫に通い続けていたのだが、目的は単にそれだけではなかった。緋花里に会いたい気持ちもあっての書庫通いである。

実際、『ニルス』を借りた次の機会に訪ねた時も、再び緋花里と行き会うことができた。

この時も書庫で三十分ほど雑談に興じたのだけれど、別れしなには緋花里のほうから思いがけない提案もあった。次から話をする時は、場所を自分の部屋にしないかという。

「湖姫が良かったらってことなんだけど」

そんな確認をされたうえでの提案だったのだが、身体が爆発しそうなほど嬉《うれ》しかった湖姫にとっては、敢《あ》えて気遣わしげに是非を問われるまでもないことだった。

もちろん、即座に「うん！」と返した。親愛の情をこめた明るい笑みも一緒に添えて。

それでさっそく別れの時間は引き延ばされて、湖姫は緋花里の部屋に招待される。

本邸二階の東側に面した緋花里の自室は、十二帖《じょう》の洋室だった。大きな窓から燦《さん》々《さん》と射し入る陽光が心地いい。湖姫の自室は北側に面していたので、昼でも割と薄暗かった。

開いたドアの向こうへ通される前から予期していたとおり、緋花里の部屋にも書籍が多数並んでいた。壁の一面に六段式の大きな書棚がふたつ備えられていて、その両方にぎっしり本が詰めこまれている。文芸書と漫画（少女漫画も少年漫画も同等にあった）、それからやはり生物関係の本が多い。湖姫が読んでみたいと思う本もたくさんあった。

他には動物のぬいぐるみや、鉢植えにされた小さな観葉植物なども並んでいたのだが、たとえばケージに暮らすハムスターや、鳥籠《とりかご》の中で鳴くインコ、水槽内を泳ぐ金魚など、小さな生き物たちが息づくさまは、ひとつも認めることができなかった。

果たして生物好きの緋花里にペットを飼いたいという意志があるかどうかは別として、仮にあるのに飼っていないのであれば、それには明確な理由があった。

霜石の家ではペットの飼育が禁じられていたからである。

理由も含めて、話は伊吹に聞かされていた。かならずしもそうというわけではないが、動物というのは人間と比べて感覚が鋭いものが多いため、深天の闇から噴きだす瘴気《しょうき》を長きにわたって吸い続けたり、辺りをうろつく滓霊《しりょう》のたぐいに何度も接触したりすると、心身に思いがけない悪い影響が出てしまうこともあるのだという。

こうした事情があってペットの飼育は禁じられていたのだが、湖姫に限って言うなら、澄玲が元々生き物嫌いという事情もあるため、今さら改めて残念に思うこともなかった。けれども緋花里のほうはどうだろう。本当は何か「小さなパートナー」が欲しいと願う気持ちがあるのに、それが叶《かな》わない夢になっているなら可哀想だと湖姫は感じた。

とはいえ、伊吹が語った話にも相応の説得力を感じていた。

邸内の庭には観賞用の樹木が多く繁っているけれど、半面、生き物のほうはというと、数えるほどしか見かけたことがない。暮らし始めて今へと至る三月近くの間に蝶《ちょう》が四回、螻蛄《けら》が一回、それから短い蟻の行列を何度か目にしたぐらいである。

真夏の暑い盛りが続く、今の時季になってもそうだった。邸内の庭で蜻蛉《とんぼ》や蟬などを見かけることはなかったし（蟬は屋敷を囲む樹々の中から鳴き声だけが聞こえてくる）、鳥は敷地内の頭上を掠《かす》めていっても、庭木の枝や地面に降り立つさまを見かけたことは一度もない。鳥の挙動も不思議だったが、思えば霜石家は山中に立つ屋敷だというのに、虫のたぐいが異様に少ないという点もそれに輪をかけ、奇妙なことに感じられた。

瘴気は生身の人間に対しては、後遺症やその他の悪影響を及ぼすことはないというが、果たして本当だろうかと思ってしまう。人間のほうがなまじの動物よりも感覚が鈍くて、なおかつ身体のほうも大きいから、あるいはそうした影響が出づらいのかもしれない。

そんなふうに解釈しておくのが、いちばん理に適《かな》っているような気はしたのだけれど、それでもなんだか釈然としない感は残っていた。

「どうかした？」

思いを巡らせているところへ緋花里に声をかけられ、条件反射のように気を取り直す。

邸内の生き物に関する事情について、緋花里の意見を聞いてみたい気持ちもあったが、この時は控えることにした。それ以上に交わしたい話題が山ほどあったからである。

かくして素晴らしい「解禁」がまたひとつ増えることになった。

書庫の使用許可に続いて、緋花里の部屋への出入りを快く誘われた湖姫は、その後も書庫へ赴くたびに部屋へ立ち寄るようになり、書庫へ向かう用がない日にも部屋へ赴き、緋花里との貴重なひと時を過ごすようになる。

おかげで楽しい夏休みになった。翌年の夏休みが湖姫の人生の中でも三本の指に入る無惨な夏になることを考えると、その対比がこのうえなく残酷なものに感じられるほど、それはとびきり輝かしく、素晴らしい夏休みとなった。

破壊の罪に生まれし娘　昔日

感じたのは不審。

夏休みが半分過ぎて八月も半ば辺りを迎えた、蒸し暑い晩のことである。

「変わった娘《こ》でしょう？　話していて戸惑うようなことはない？」

講義の時間が終わり、フサに供されたあんみつを食べている時だった。物思わしげな緩い笑みを湛《たた》え、伊吹が囁《ささや》くような声で尋ねてきた。緋花里に関する質問である。

「いいえ。一緒に遊んでいると、すごく楽しいです」

問いかけの前半分は答えに困るものだったが、うしろの半分については言葉を選ばず、虚心で思うがままの答えを伝えることができた。

「そう。だったらいいの。緋花里が無理に誘っているんじゃないなら、何も問題はない。気が合うみたいね。湖姫と一緒で優しい娘だから、仲良くしてあげて」

伊吹の意向をはっきり聞くことができて、湖姫は少なからず安堵《あんど》した。

湖姫と緋花里がふたりで遊んでいること（八月に入ってからは毎日だった）について、伊吹はそれまで特に具体的な意見や感想を表明することはなかったが、これで実質的に公認の許可が得られたということになる。それもいたく心が浮き立つ賛辞とともに。

「分かりづらいかもしれないけれど、喜怒哀楽はちゃんとあるでしょう？　ああ見えて、機嫌を悪くするのはむしろ珍しいのに、見た目で誤解されることが多いんだけれど」

伊吹が話しているのは、緋花里が決して笑わないということに関する補足説明である。確かに緋花里はまったく笑わない娘だった。この三週間近く、回数にしたら二十回以上、時間にしたら五十時間は一緒に過ごしているはずだけれど、湖姫は緋花里が笑うさまを一度も目にしたことがなかった。

伊吹の言うとおり、正式に知り合った初めの頃は、伊吹によく似た切れ長の鋭い瞳《ひとみ》と、何やら静かな怒りを燻《くゆ》らせているような顔つきに、多大な緊張を抱いたのは事実である。しかしながらそうした緊張は、緋花里が『ニルスのふしぎな旅』を貸してくれた頃にはすっかり解消されていたし、その後も緋花里に対して不穏な念を抱くことはなかった。

それに緋花里の喜怒哀楽についてなら、湖姫も今やすっかり分かるようになっていた。別に緋花里の顔に笑みがなくても、その面貌《めんぼう》や仕草が表わす微細な変化や声音などから、その時々の感情を容易に汲《く》み取ることができる。

たとえば嬉しい時や楽しい時には、不機嫌そうな面貌が肩に向かってくたりと傾くし、驚く時には、眉毛《まゆげ》がハの字に大きく吊《つ》りあがる。それから困った時や悩んでいる時には、眉間《みけん》にVの字状の深い皺《しわ》が刻まれる。表情については概《おおむ》ねこうした具合である。

声音のほうはもっと分かりやすい。その時々の感情に応じて、声音は明るくなったり、弾んだり、くぐもったりと多様な変化が如実に表われるからである。

「緋花里が最後に笑っているのを見たのは、あの娘が五歳だった時。それまでは普通に笑っていたんだけれど、五歳の頃を境に笑うことは一切なくなってしまった」

原因は分からないと、伊吹は言う。医者にもだいぶ診せたのだけれど、緋花里の顔に笑みが戻ることはなかった。くすぐっても身体が反応するだけで笑うことはないという。

しかし知能に異常はないとのことだった。むしろＩＱは高い。田中《たなか》ビネー知能検査とウェクスラー式知能検査。五歳のみぎりに代表的なふたつの知能検査で得られた結果は、ともに一二〇台という高い数値を示すものだった。

「何しろこういう家柄だから」と前置きしたうえで、一時は呪いや祟《たた》りに原因を求めた時期もあると伊吹は言った。とはいえ、こちらも禍《わざわい》の究明には至らなかったそうである。

組合員たちとの協議の結果、そうした線はシロとの判断が下される。

「けれども最近になって、気懸かりになることがまた一つ増えた。深天の闇を覗《のぞ》く儀式。湖姫にもやってもらったあの儀式、緋花里は一応の不合格だったという話はしたわね？実は次の当主になるべき跡取り娘が不合格となってしまうのは、この家が始まって以来、初めてのことだったのよ」

儀式は跡取り娘が十歳の誕生日を迎えた頃におこなわれる。緋花里はこの年の四月末、湖姫が儀式を受ける二日前（緋花里の十歳の誕生日である）に件《くだん》の儀式に臨んでいた。

合格条件は単純ながら、それを満たすのは簡単なようで難しい。深天の闇を覗きつつ、湖姫があの日、感じたことと目にしたもの。それらを伊吹に伝えた言葉が正解だった。

「闘争心の顕現と、厳い女《いかめ》に立ち向かわんとする決意表明。これらがふたつ示されれば、それだけで合格なんだけれど、緋花里はどちらも表わすことはなかった」

伝承ではササラメの血を引く霜石家の女たちは、深天の闇にイカイメの影を認めると、激しい闘争心が湧きだしてくるものなのだという。湖姫があの日、青白い星々のような光が瞬く闇の中にイカイメの幻影を視た時に感じたような、怒髪冠を衝《つ》く凄《すさ》まじい滾《たぎ》り。そうした激する熱い思いをありのまま、立会人らに伝えれば、儀式の結果は合格となる。伊吹もかつて、同じ反応を示したそうである。

この年の四月におこなわれた二回の儀式では、霜石の血を持たない湖姫が合格となり、霜石の正統な血を継ぐ緋花里のほうが不合格になるという、極めて異例な結果がふたつもたらされたということになる。

「実を言うと、緋花里とは事前に打ち合わせもしていたんだけれどね。儀式と言ってもほとんど形式的なものだから、こうした段取りがあっても結果の可否に影響は出ないし、わたしが儀式に臨んだ時にも、そうした事前の打ち合わせがあった。けれども緋花里は、深天の闇を覗きこんでも闘争心を表わすことはなかったし、わたしや立会人の組合員に対して決意の言葉を告げることもなかった」

代わりに緋花里は妙なことを一頻《ひとしき》り口走って、儀式はあえなく不運な終わりを迎えた。奇怪なことに緋花里が何を語ったのかは伊吹を始め、その場に居合わせた誰もが詳細を覚えていないのだが、いずれの眉《まゆ》も曇らせるようなものではあったらしい。

「折を見ながらもう一度、わたしは緋花里を儀式に臨ませるつもりではいるんだけれど、おそらく結果は同じになるとも考えている。組合員の判断も再度不合格という見通しで、儀式をおこなう権限自体はわたしにあっても、彼らは総じていい顔はしていない」

「むしろ忌避している」と伊吹は続けた。跡継ぎの問題に関しては不幸中の幸いにして、久央の遺児である湖姫に適性が認められたので、霜石家の組合員たちとしては緋花里に関する適性について、すでに興味を失っているとのことだった。

「破壊の罪に生まれし娘——。儀式が終わって以来、緋花里のことをそんなふうに言う組合員も何人かいる。初めに言いだしたのは静原さんだけれど、呼び名に賛同している組合員は多いと思う。要は資格を持たない緋花里に無理やり十四代目の役を継がせれば、この家は駄目になるという示唆。言わんとしていることは承知しているつもりだけれど、言葉を選んで語ってほしいというのが、母親という立場からの正直な意見」

確かにひどい言いざまだと湖姫も思ったし、静かな憤りも感じた。

静原素子。三十代半ばの霊能師。痩身《そうしん》で、蟷螂《かまきり》めいた風貌《ふうぼう》をした女である。

四月におこなわれた儀式のあとも、湖姫は何度か素子と顔を合わせる機会があったが、その印象は初対面の頃と大して変わることがなかった。

すなわち、なんとなく好きになれない。

この頃、伊吹は四十路《よそじ》の半ばを過ぎる年頃だった。素子とは十歳ほどの年齢差がある。それなのに湖姫の目から見る限り、素子のほうがなんとなく偉そうな態度を見せていた。

他の組合員たちに関しても似たり寄ったりである。いずれも横柄な感じや傲慢《ごうまん》そうな態度がしばしば目につき、湖姫は彼らの誰一人にも親しみを感じることができなかった。

たとえば深天の闇にまつわる有事の際の対応を始め、組合員の助力があってこの家が成り立っているという事実がそうさせているのか、伊吹も組合員のお歴々に強い態度や言葉を表わす様子は一切見受けられなかった。贔屓目《ひいきめ》に見て対等。有り体に評するなら、組合員たちより若干立場が低く見えるというのが、湖姫の印象である。

「貴方《あなた》をこの家に呼んで、今さらこんなことを言うのは筋違いだと承知しているけれど、わたしはまだ可能性を捨てきったわけではない。でも、だからといって貴方と緋花里に区別をつけて教えを与えているつもりもない。境守としての心得と下地を平等に教えて、然《しか》るべき時期と判断の下に次の当主を選び定める。それはきちんと理解してくれる？」

「はい、大丈夫です」

伊吹の問いかけに湖姫は迷いのない答えを返し、大きくこくりとうなずいてみせる。

湖姫としては、次の当主に自分がなろうと緋花里がなろうと、大した興味はなかった。講義は真面目に受けていたが、それは野心のたぐいがあってのことではない。常人には視えざるものや事象に関する知識と対処法を教えてもらうのがありがたかったからだし、伊吹とともに過ごす時間が好きだったからに他ならない。

緋花里も伊吹の講義を受けていたが、曜日と時間は湖姫と別枠に定められていたので、緋花里を含めた三人が、講義の席に揃うことは一度もなかった。

平穏にして、特別な日々　昔日

感じたのは喜び。

緋花里との交友は、夏休みが終わってからも絶えることなく続いた。それも日に日に深まる強い絆《きずな》と、胸躍る出来事の数々をたくさん紡いで錦《にしき》のように織りなしながら。

八月の前半までは緋花里の部屋に湖姫が出向いて、日がな楽しいおしゃべりに興じた。主なトピックはやはり本と生物に関するもので、本の話題については緋花里が推薦する冒険譚《たん》や動物たちが出てくる良書を数えきれないほど教えてもらった。

一方、生物の話題については湖姫も負けてはいなかった。

この頃、湖姫は毎週土曜の夜に放送されていたアニメ『きんぎょ注意報！』に夢中で、空飛ぶ金魚のぎょぴちゃんを始め、作中に登場する楽しい動物キャラの面々に魅了され、すっかり熱をあげていた。

「なかよし」で連載されていた原作も以前から好きだったのだけれど、アニメ化された同作は各キャラに充てられた声優たちの声の雰囲気や、小気味よいテンポで巻き起こるコミカルな騒動の数々が、湖姫の耳目には原作以上の臨場感と解像度をもって甘受され、毎週土曜の夜はまさに至福のひと時となっていた。

好きになったものは、徹底的に調べて理解を深めたい。生まれ持った気質に基づいて、湖姫は『きんぎょ注意報！』に登場する動物キャラのオリジンになっている動物たちの素性や生態を微に入り細を穿《うが》って調べあげ、頭のデータベースにそっくり格納していた。だからこれらの知識に関してだけは、緋花里のそれをはるかに上回るものがあったのだ。

とりわけ金魚に関する知識については自信があった。原産地は中国。鮒《ふな》の突然変異を人為的に選別して交配を繰り返し、観賞魚として改良されたのが金魚という魚である。

ぎょぴちゃんのモデルになった金魚は、琉金《りゅうきん》。尾鰭《おひれ》の長い和金を基に作出された品種。大福餅《だいふくもち》を思わせるずんぐりと丸い身体に、ベールのようにひらひらしていて長い尾鰭は、ルーツが鮒とは信じられないほど、鮒から遠くかけ離れた姿をしている。

こうした驚きから派生した興味は、自《おの》ずと品種改良という概念のほうにも向けられた。品種改良にまつわる金魚の歴史を紐解《ひもと》いて理解を深めていくうちに、ゲノムや塩基配列、メンデルの法則といった遺伝学に関する基本的な知識も相応に学んでいくことになる。

遺伝学の知識は緋花里も猫の改良品種についての興味などから一通り持っていたので、ふたりして（小四の女子とは思えないような）マニアックな話題を交わすこともできた。

たとえばランチュウみたいに頭部に肉瘤《にくりゅう》を持った和金や出目金は作出できるのかとか、青文魚《せいぶんぎょ》やキャリコが有する浅葱色《あさぎいろ》の色素をさらに強めて、熱帯魚並みに青色の鮮やかな品種を作出できるかどうかとか、創造性に富んだ想像力をこらして、尽きることのない夢いっぱいの金魚談義に花を咲かせた。

こうした話題に興じていると、実際に金魚を飼ってみたくなるというのが人情であり、道理というものでもあるのだけれど、その前に霜石家におけるペットの飼育は禁則事項。緋花里の弁では、それは金魚であっても例外ではないとのことだった。

「残念だね」とこぼした湖姫に、緋花里はふっと思いだしたように両目を丸く見開いて、

「金魚じゃなくてもいいんなら」と持ちかけてきた。

お盆が近い八月半ばの昼下がり、緋花里に案内されて向かった先は、本邸の正面からおおよそ斜め左側に位置する場所。かつて荒巫女《あらみこ》の住まいとして使われていた巫女寮の裏手から、少し離れた場所にある池だった。

直径三メートルほどの丸い形をした池である。玉露によく似た深緑に染まる水面《みなも》には、淡いピンクに色づく睡蓮《すいれん》の花が丸い葉っぱに囲まれ、まばらな間隔で浮かんでいる。

湖姫は初めて来る場所だった。周囲に茂る庭木に隠れて、邸内に池があることすらも知らなかった。とにかく「庭」という簡素な語では間に合わないほど広い庭なのである。

「いるかな。じっと目を凝らして、よく見てみて」

緋花里の指示に従い、池の縁に並んでしゃがみ、濁った水面に視線をさげて凝視する。まもなく睡蓮の葉の下から、銀色に輝く魚影がちらちらと躍り出てくるのが目に入った。深緑に染まる水に紛れて仔細《しさい》までは見えなかったが、種類はおよそ察することができた。

「鰱《たなご》かな？」と尋ねた湖姫に、緋花里は「当たり」とうなずいた。話しているさなかに鈍い銀色に輝く小さな魚影は全部で四尾、水面に浮かぶ丸い葉の下から姿を現した。

数は決して多くはないものの、緋花里が幼い頃から絶えることなくこの池に息づいて、細々と代を重ね続けているらしい。鰱は淡水性の二枚貝などに卵を産みつけて繁殖する。道理として卵を産める貝がいない環境では、次代に命を繋《つな》ぐことができない。

「貝もいる？」と尋ねると、緋花里は「いるはず」と答えた。池の底に広がる泥の中に溝貝《どぶがい》が生息しているとのことだった。以前に泥を浚《さら》って確かめたことがあるらしい。

池は人為的に作られた物のようだし、縁へと向かって視線をぐるりと巡らせて見ても、水がよそから流れこんできている様子はなかった。つまりこの池は、完全な閉鎖環境で成立しているということになる。

アリストテレスの誤謬《ごびゅう》じゃあるまいし、鰱も貝も泥の中から自然発生することはない。池に住む鰱と貝は、過去に誰かがよそから持ちこんだものを投入したということになる。こうした経緯を持って息づく生物は、霜石家のペットということにはならないだろうか。

疑問を抱いて緋花里に尋ねると、「微妙なラインなんじゃない？」とのことだった。

「鰱も貝も、確かに誰かが昔、この池に持ちこんだんだろうけど、今はわたしも含めて世話をしている人は誰もいないし、ペットじゃなくて実質、野生の生き物っていう扱い。こういう形で住み着いている生き物だったら特にお咎《とが》めみたいなのは、なしみたい」

緋花里の答えに「そっか」とうなずき、納得する。

と、そこへ湖姫の頭の中にあるレーダースクリーンが、近い距離に妙な気配を捉《とら》えた。お化けかな？　と思って視線を向けると、なるほど。お化けどころの騒ぎではなかった。

池の向こうに並んで茂る皐月《さつき》のそばに猫が一匹、ちょこんと座ってこちらを見ていた。模様は茶白。頭の上半分から背中、尻尾《しっぽ》にかけてが虎柄で、他は真っ白。大きな両目は薄い緑に輝き、黒い瞳《ひとみ》が松の葉みたいな細い線を描いて、目玉のまんなかに立っている。

「猫……」と小声で囁《ささや》いた湖姫に、緋花里もすかさず「うん」と弾んだ小声で応じた。

「おいで」

湖姫は拵《こしら》えられる限りの甘い声音を作って、優しくそっと呼びかけてみたのだけれど、猫はその場を微動だにしなかった。見方を変えれば、逃げもしないということでもある。

「行ってみる？」

緋花里の提案に乗らない理由はなかった。「そっとだよ」と答え、うずうずしながら忍び足で池の縁を迂回《うかい》して、ふたりで猫のそばへと近づいていく。

猫はその足取りを細い瞳孔《どうこう》で追い始めたが、身構えるようなそぶりは見られなかった。やはり微動だにもしない。とうとう湖姫と緋花里が真ん前へと至ってしゃがみこんでも、猫はその場から一歩も動くことはなかった。ふたりを平然とした顔つきで見あげている。

「いい度胸。撫《な》でっこしたって大丈夫？」

緋花里は静かな声で語りかけると、猫の頭に向かって、右手をゆっくりと差しだした。手のひらは見事、頭の上に着地成功。尖《とが》った耳の間を縫って、額から後頭部にかけてを緋花里の指が何度往復しても、猫は嫌がる様子を見せなかった。それを見ていて湖姫も我慢ができず、背中を撫でてみたのだけれど、これにも猫は動じなかった。

一頻《ひとしき》り撫で回したところで、猫はおもむろに姿勢を低くして地べたに四肢を突っ伏し、続いてお腹を上に向けて、ごろりと地面に寝転がった。いわゆるヘソ天のポーズである。わあお。目は湖姫と緋花里を見あげつつ、ごろごろと気持ちよさげに喉《のど》を鳴らしている。

「野良《のら》だよね？」

猫のお腹を優しく擦《さす》りながら、緋花里に問いかける。緋花里は「だと思う」と答えた。猫の毛並みは綺麗《きれい》だったが、首輪を着けていなかったし、首筋に首輪の跡も見られない。そもそも霜石邸の近所には人家のたぐいもなかったし、やはり飼い猫ではないのだろう。体形は大きめで、割かたむくむくしている。性別は雄。二、三歳ほどかと湖姫は思った。

猫は満足するまでお腹を優しく擦られると、再びおもむろに姿勢を直して立ちあがり、皐月のうしろに広がる雑木林の中に向かって姿を消していった。

かくして思いがけない嬉《うれ》しいひと時を満喫することができたのだけれど、驚いたのはこの日の「思いがけない」が、一場限りのものではなかったということだった。

猫は翌日も姿を現した。場所は前日と同じく、池のそばに生える皐月の近く。緋花里と一緒に一通り撫でっこをしてあげると、猫は雑木林の中に戻っていった。

その次の日も、昼下がりの同じ時間に同じ場所で、同じことが繰り返された。

四日目も池の近くの皐月のそばに猫はいたが、この日は彼の身に特別な変化が起きた。

「ノン太《た》くん……。ノン太くんっていう名前が閃《ひらめ》いたんだけど、どう思う？」

緋花里が猫に名前を授けたのである。「くん」まで含めて名前なのだという。

のんきでマイペースな性格をしているから「ノン太くん」なのだと、緋花里は言った。猫の性格について、湖姫としては物怖《ものお》じをしない豪胆さを持っているというイメージが強かったのだけれど、緋花里の意見を聞いてみると、確かにしっくりくるものがあった。茶白のキュートな彼は、のんきでマイペースで、大らかな性格の猫なのだ。

猫は緋花里の名付けに不満を表わすことはなく、「ノン太くん」と呼びかけられると、緋花里の顔を見あげて「にゃおん」と軽やかな声で鳴いた。

その翌日の昼下がりも、ノン太くんはいつもの場所にいた。現れる場所は変わらない。時間も決まって、昼を過ぎないと認められない。サイクルは完全に決まっていた。

この日、緋花里は片手に小ぶりの紙袋を携えながら、湖姫と所定の場所へと向かった。「中身はなんなの？」と訊《き》いても、緋花里は愉快そうな含みを帯びた声音で「秘密」と返してきただけだったが、おおよその見当はついていたし、その見当は大当たりだった。

皐月のそばにノン太くんの姿を見つけると、緋花里は紙袋の口を開いて手を差し入れ、中から銀色に輝く小ぶりな袋を取りだした。封を切った袋の縁から出てきた物は案の定、カリカリタイプのキャットフードである。緋花里はそれをノン太くんが座りこんでいる地面の前に、さらさらと種でも蒔《ま》くような具合に投下した。

ノン太くんは目の前に現れた小さな粒状のカリカリを認めると、黒い瞳を大きく丸め、それから身を乗りだして鼻先でくんくんと匂いを嗅《か》いだ。それからまもなく地面に顔をくっつけるような形で近寄せ、カリカリを夢中で平らげてしまう。

「ねえ、緋花里。こんなことしていいの？」

非難ではなく、心配の意味をこめて緋花里に尋ねる。すると緋花里は平然とした顔で「ご飯をあげているんじゃないよ。ご飯を地面に置いているだけ」と答えた。

「ほんとにそうなの？」

「湖姫がそうだと思ってくれればそう。置いているだけ。湖姫もやってみる？」

手にした紙袋から新たなカリカリの小袋を取りだし、悪戯《いたずら》めいた声音で緋花里が言う。

最前から立ちこめていた、禁忌を犯すうしろめたさに胸がどきどきしていたのだけれど、ふいにもたらされた誘惑に勝てるわけがなかった。あたかも自分に言い聞かせるように「うん、置くだけ」と宣言し、受け取った小袋の封を切って、ノン太くんの前に中身をばら撒《ま》く。ノン太くんはすかさずそれに鼻先を近寄せ、あっというまに食べきった。

「地面にご飯を置くだけ。いやしん坊のノン太くんが、それを勝手に食べてしまうだけ。飼育をするとか、そういう意図はまったくない。つまりはそういうことなわけ」

明後日《あさって》の方向に視線を泳がせながら、あからさまにとぼけたそぶりで緋花里は言った。

その気持ちいいまでに白々しいそぶりがおかしくて、湖姫は思わず噴きだしてしまう。

「そうだね。わたしたちは猫のご飯を地面に置くだけ。ただそれだけ」

笑い声を交えつつ、湖姫も緋花里の詭弁《きべん》に乗っかることにした。

カリカリは昨日の午前中、買い出しにいく使用人の車に便乗して、町場のスーパーで買い求めてきたとのことである。今後も適宜、補充していくつもりと緋花里は言った。

その後も毎日、ノン太くんにご飯をあげるのではなく、庭の地面に置くようになった。ノン太くんは毎日、がつがつ食べた。緋花里はカリカリの他にも柔らかな食感の缶詰や、いろいろな種類のおやつを買い求めて、ほどよい節度とバランスを保ちながら一日一回、夏休み中は昼下がりに、二学期が始まってからは夕方にそれらを欠かさず地面に置いた。

購入費は湖姫も自分のお小遣いからカンパしたし、おやつを自分で選びたかったので、緋花里と一緒に使用人の買い出しに同伴することもままあった。

「ペットは禁止」と定められた家の決まりを破っているという罪悪感は薄かったけれど、うしろめたさに根ざした「バレたらどうしよう……」というハラハラ感なら常にあった。

伊吹に事の次第が知られたのは、ノン太くんが屋敷に通い始めてひと月半ほどが経った、九月もそろそろ終わりに近づく時期だった。伊吹に問い詰められたのは緋花里のほうで、湖姫が事の発覚を知らされたのも、詰問が終わった緋花里の口からである。

「ノン太くんはこれからどうなるの……？」

初秋の夕闇迫る緋花里の部屋で話を聞かされた湖姫は、今にも泣きだしそうな思いで今後の流れについて問いかけた。すると緋花里は一拍置いて、事もなげに言葉を継いだ。

「母さんは『別に構わない』ってことだった。ノン太くんの生活は、今後もおんなじ」

以前、湖姫に宣《のたま》ってみせた詭弁をそっくりそのまま、伊吹にも伝えたとのことだった。結果は緋花里が答えたとおりである。ノン太くんには、なんらの処分も下されない。

「家に上げたり、首輪を着けたりしないんだったら、何も関知はしないって言われたよ。うちには『野生の猫』と触れ合うことを咎めるような決まりはないって」

伊吹がどんな顔で緋花里の詭弁を呑《の》みこんだのかに関しては、想像もつかなかったが、緋花里を通して伝えられた伊吹の実質的な許可が覆ることはなかったし、講義の時間に伊吹のほうからノン太くんに関する話題を向けられることもなかった。

かくして霜石邸に毎日ふらりとやってくる小さな来客、ノン太くん・ザ・キャットは、あくまでも「野生の猫」という肩書でその実、破格の待遇を受け続けることになった。

やがて秋が深まり、戸外の空気が日に日にひんやりしてきて、庭の草葉に霜がおりて仄白《ほのじろ》い化粧を施す頃には、とうとう彼専用のゲストハウスまで建造される運びとなる。

壊れた乾燥機のドアを外して代わりに暖簾《のれん》を前面に垂らし、中には毛布を敷き詰めた、ノン太くんサイズのゲストハウス。ついでに外側の側面には、爪とぎ用にと気を利かせ、手頃な木の板も貼りつけた。ハウスは緋花里と協力し合って、楽しく完成に漕《こ》ぎ着けた。

果たして気に入ってくれるかどうか不安だったのだけれど、池の近くの皐月のそばに設置したその日から、ノン太くんは毎日利用してくれるようになった。冷えこむ日には中に入って昼寝をする様子がよく見られたし、交換可能な木の板で爪とぎもしてくれた。とりわけ凍《い》てつく夜などは、朝まで寒さを凌《しの》いでくれることもあるようだった。

霜石邸に新しく建造された非公式のゲストハウスとともに、茶白《めじろ》のノン太くんもまた、霜石家の非公式なメンバーとして、湖姫と緋花里にたっぷりと愛でられていった。

次への備え　現今

「行き先は同じですし、先に郷内さんに手荷物をまとめていただきましょうか？」

畳の上から立ちあがり、皆で祖霊舎の間を出ようとしていた時のことである。

私の顔をちらりと一瞥《いちべつ》してから、白星が湖姫に進言した。

「ふむ。そのほうが円滑でいいかも。お願いいただけますか？」

続いて湖姫が私に問う。異論はなかった。甘んじて要望に従う。

分離の儀、並びに婚礼の儀は、本邸一階の北側に位置する祈禱《きとう》場を舞台に挙行される。少女時代の湖姫が先代伊吹から様々な手ほどきを受けた場にして、祭壇の裏側に地階へ通じる門が隠された一間である。

足並みを揃えて祖霊舎の間を出ると、私以外の顔ぶれは本邸西側に延びる長い廊下を北側へ向かって進んでいった。私のほうは途中で一旦《いったん》別れ、弔い上げの儀を始める前に着替えをおこなった小部屋に入る。

長机の上に置いてあるバッグの中から取りだしたのは、仕事で魔祓《まばら》いの儀式に用いる銅剣である。長さは柄《つか》も含めて約三十センチ。湖姫の姫波布《ひめはぶ》よりも少し短い拵《こしら》えである。その昔、拝み屋の先達から形見として譲り受けた物で、すでに十五年近く愛用している。

銅剣は、今宵の儀式の終盤に当たる討滅の儀が終わったあとに使うことになっていた。刀剣のたぐいならなんでもいいとのことで、出発前には湖姫のほうから目ぼしい刀剣を提供する旨を伝えられていたのだが、それならいっそのことと思い得て、自前の銅剣で事に当たることにしたのである。

　特異な感覚が停滞している今にあって、仮に私が振るっても実用性は皆無に等しいし、たとえ望んだ成果が得られたとしても、その反動で膵臓《すいぞう》が痛みだすかもしれないという不穏なリスクも伴う。だが、ただ持っているだけでも御守りにはなってくれると思った。何しろ偉大な先達から授かった剣である。これは単なる魔祓い用の銅剣ではないのだ。

　御守りといえば鏡香の家で分配し合った諸々《もろもろ》の御守りは、全て着物の袂《たもと》に入れていた。鏡香が布製の大きな御守り袋を譲ってくれて、中に一括して納めてある。鏡香も美琴も同じ要領で身につけているとのことだった。

　その他、鏡香は美琴に借り受けたアクアマリンのペンダントも首からぶら下げている。上衣の襟に隠れて外からは見えないが、弔い上げの儀が終わったあとに見せてもらった。一方、私が借りたペンダントは、まだバッグの中に入ったままである。理由については、これから始まる分離の儀において、何がしか良からぬ影響を及ぼすのではないかという懸念があったからに他ならない。明確な根拠があるわけではなく、単なる直感なのだが、少しでも儀式の妨げになりそうな要素は遠ざけておきたかった。今日という日において私が望む最優先事項は加奈江の救出、それも完全な形での救出にあるのだから。

というわけで今のところ美琴には大層申しわけないのだが、ペンダントは分離の儀が無事に終わったあとに身につけさせてもらうつもりだった。銅剣を収納する刀袋の中にそっと忍ばせ、こちらも一緒に地下へと運びこむことにする。

他に持っていく物は草履。地階で使う履物は、霜石家のほうで用意してもらえる旨を事前に伝えられていたのだが、足に馴染《なじ》んだ自前の草履を履いたほうがよかろうという判断により、こちらも家から持参してきた。

私物を携え、さわさわと幽《かす》かに聞こえてくる声を頼りに廊下を北へ進み、続いて角を右へ曲がる。そのまままっすぐ向かい、四枚の大きな障子戸に隔てられた先にあるのが、目指す霜石家の祈禱《きとう》場である。

位置は本邸の北側に面した、ちょうどまんなか。廊下の反対側には掃き出し窓が並び、ガラスの向こう側には宵闇に染まる円形状の大きな花壇が見える。在りし日の伊世子が邸内でもっとも大事にしていた菊の花壇にして、今から半世紀ほど前に真希乃の父方の叔父《おじ》（といっても、血は繋《つな》がっていないのだが）に当たる裕木弥太郎が、異形と化した伊世子のお化けを視たとされる、まさにその現場である。

声をかけて障子戸を開けると、こちらにもお化けの姿があった。特異な感覚が薄れた今の私であってもはっきりと目にすることができる、異形のお化けの姿である。

障子戸の真正面に見える壁際に、黒紋付の羽織を纏《まと》った白無垢《しろむく》姿の人影が座している。首から上には純白の綿帽子が被《かぶ》せられ、中では男女の頭部が横並びになって生えている。

因果の子坪《こつぼ》。分離の儀の次に控える儀式、婚礼の儀に用いるシリコン製の人形である。アンドロギュヌスに等しき異形の姿をなした若い男女の複合体は、四辺の縁《へり》が繧繝錦《うんげんにしき》の模様で彩られた厚畳の上に、正座の形を組んで座っていた。膝《ひざ》の辺りに添えられている袖《そで》からはそれぞれ、男の骨ばって大きな作りをした手首と、女の華奢《きゃしゃ》で生白い色をした手首が二本ずつ、合計四本はみだして平たい形に折り重なっている。

厚畳の裏には、丈が二メートル近くある金屏風《びょうぶ》が立てられている。両側には障子紙に桃の花模様が描かれた雪洞《ぼんぼり》が一対立てられていた。白い綿帽子の中から横並びになって生え揃う男女の顔には、視線を重ねただけでみるみる背筋がうそ寒くなってきてしまうほど、場違いに健やかな笑みが浮かんでいる。

「お待ちしておりました。こちらが因果の子坪になります。両性具有のキメラ体にして、今後の儀式における、大きな要《かなめ》となる人形。なかなかの見栄えだとは思いませんか？」

円いサングラス越しに私の顔を見あげ、人形を手のひらで示しながら湖姫が言った。

「なかなかの見栄え」と振られたところで、私に気の利いた返事は浮かんでこない。

グロテスクな「婚礼セット」の前には、女性陣が固まって座っていた。日頃は部屋のまんなかに設《しつら》えられているとおぼしき座卓は、婚礼セットの右側に面した壁のほうへと押しやられていた。湖姫は楽しげに頬を緩めていたが、他に笑っている者は私も含めて誰もいない。半ばお通夜のようなムードである。当たり前のポーズだと思う。

湖姫に続いて白星が口を開いた。「それでは向かいましょうか？」と言う。

障子戸の出入口から見て左手の壁側には、滅紫色に染まる敷布が掛けられた七段式の巨大な祭壇が祀《まつ》られている。白星は私を目顔で促すと、祭壇の右側から敷布を捲《まく》りあげ、中に身体を滑りこませていった。私も白星の背中に半ば貼りつくような形であとに続く。祭壇の中に秘された古びた木製の門扉を白星が開錠し、門の向こうの側壁に備えられるタンブラースイッチを跳ねあげていくと、漆黒の闇が橙色《だいだいいろ》の陰気な薄明かりに照らされ、地階へ延びる矩《かね》折れ階段の形が見えた。

ふたりで階段をおりていくさなか、私の古い記憶を再生させるきっかけとなったのは、空気である。湿った土と黴《かび》が混じり合った臭いが幽かに漂う地階の淀《よど》んだ空気。

私が地階に足を踏み入れるのは、この日が二度目のことだった。初回は言わずもがな、二〇一四年の二月七日。毎月の都内出張相談のスケジュールに合わせて、湖姫に屋敷へ招かれた日のことである。当時の記憶はすでに戻っていたが、地階の空気を吸いこんで実感までもが蘇《よみがえ》ってくる。私はあの日、この地階でとんでもない醜態を晒《さら》したのだ。

矩折り階段を下りきる。自前の草履と刀袋は、板張りの下足場の隅に据えられている下足箱の中と上に置いた。これで一応、今後に向けての準備は整ったことになる。

「郷内さん、こちらをお持ちになってください。万が一のために備えて」

そこへ出し抜けに白星が口を開いた。小声で囁《ささや》きながら上衣の袂から抜きだしたのは、黒塗りのスタンガンだった。サイズは電気シェーバーと大差ない。電圧は五十万ボルト。殺傷力はないが、用いれば対象の動きを二分間は完全に封じこめる威力があるという。

白星は袂の中にもう一機、自分用のスタンガンも忍ばせていた。まもなく決行される分離の儀からその後に連なる儀式の流れの中で、私と白星が次に地階へおりてくるのは、討滅の儀が始まる時である。その折には湖姫と三人で、再びこの場におり立つ。

スタンガンは湖姫に使うための物だった。打ち合わせの予定上では、白星が使用する。仕損じた場合には、託されたもう一機を使って私が湖姫をダウンさせる。

ここから先がいよいよ、白星の考案したプランBの開幕となる。湖姫が主導権を握るプランAは、討滅の儀がおよそ折り返しに入ったタイミングで、プランBへと強制的に切り替えられる手はずになっていた。

ただしそれは、スタンガンによる手荒な「切り替え作業」が成功した場合に限られる。斯様《かよう》な手段についても今朝方、白星に聞かされていたのだが、初撃をしくじった場合の保険として、私も実行役に加担させられるとは夢にも思っていなかった。

ますます覚悟を求められているというわけか。改めて腹を括《くく》らざるを得ない。

覚悟の問題は別として、よもや湖姫も長年連れ立つ側近に、これから電撃を打たれて拘束される羽目になるとは夢にも思っていないだろう。つくづく哀れなことである。

だがそれにしてもやらざるを得ないのだ。十全な状態でプランBを決行するためには。腹を決めると、私は渋々ながらも受け取ったスタンガンを羽織の袂に忍びこませた。

母なる女の壊れた願い　昔日

感じたのは絶望。

初めは緊張、次は親しみ、続いて興奮、その後は安寧。

湖姫が霜石家に暮らし始めてからのおよそ一年間は、概《おおむ》ね然様《さよう》な感情の変化とともに月日を重ねていくことになった。緊張から興奮までの三段階は比較的早い速度で移行し、四段階目の安寧に至ると、そこから先は（たとえ深天の闇にまつわる諸問題を内包する跡目相続を主とした、複雑な事情は抱えているにせよ）大きな揺らぎを見せることなく、日々の多くを穏やかな心地で過ごしていけるようになった。

安寧の均衡が崩れたのは、湖姫と緋花里が本格的に知り合ってちょうど一年を迎える、一九九二年七月下旬のことである。発端となったのは湖姫の母たる、月峯澄玲だった。

「あんたは自然が大好きでしょう？」

夏休みを目前に控えた夕餉《ゆうげ》の席で、澄玲が唐突に尋ねてきた。

質問の意図がまるで分からなかったし、そもそも湖姫が好きなのは生き物全般であり、自然というわけではない。娘に対するこうした無理解さは昔からのことで慣れていたが、澄玲の口から趣味嗜好《しこう》に関する質問を向けられるのは、極めて珍しいことだった。

なまじな否定や修正を加えると機嫌を損ねる恐れがあるので、「うん」とだけ答える。

すると澄玲は、いかにも満足したふうに頬筋を吊《つ》りあげ（狼が笑うような感じである）、

「だったらあんた、もうすぐいいとこに行かせてあげる」と言った。

夏休みに千葉県の山間地域で開かれる自然学校に、湖姫を参加させてやるのだという。

開校時期《はんこうじき》は夏休みが始まってすぐ。二泊三日のスケジュールでキャンプ施設に宿を取り、飯盒炊爨《はんごうすいさん》や軽い登山といった、諸々《もろもろ》の自然体験を楽しめるとのことだった。

湖姫としては決して乗り気になれない話である。夏休みは去年と同じように緋花里やノン太くんと遊び続けるのが本望だったし、読みたい本もたくさんある。それに加えて自然学校の開催期間は、伊吹の講義がおこなわれる日と重なってもいた。

こうした理由から、本音は「ＮＯ」を表明したかったのだけれど、勇気を絞りだして答えを発する前に、澄玲のほうが有無を言わせぬ答えを突きつけてきた。

「申し込みはもう済んでいるから、準備を進めておきなさい」

すでに湖姫の意向がどうのという話ではなく、澄玲の中では決定事項だったのである。思い返せば、先ほど澄玲が言っていたのも「行ってみない？」という問いかけではなく、「行かせてあげる」だった。言い方は優しいけれど、意味合いは強要に他ならない。

「緋花里も一緒。伊吹さんに許可を取って、こっちも申し込みが済んでいるから」

項垂《うなだ》れがちに食卓へ視線を泳がせ始めたところへ、思いもよらない言葉が追って出る。

一瞬、耳を疑ってしまったのだけれど、聞き間違いではなかった。

「せっかくの夏休みだし、あんたたちは仲良くしているんだから、思い出作りを兼ねて『行かせてみませんか?』って持ちかけたら、ご当主様の答えはOKだった」

恩着せがましい口ぶりで澄玲は言ったが、喜ばしい配慮ではあった。緋花里も一緒に参加するというなら話は全然違ってくる。きっと素晴らしい思い出がたくさん生まれる、真夏の目眩《めくるめ》くひと時になるだろう。まだ見ぬ楽しく麗しい情景が脳裏に淡く立ちあがり、胸がときめきかけてきたところへ、澄玲がさらに言葉を継いだ。とたんに胸が悪くなる。

「自然学校。泊まっている間に緋花里を殺しなさい。手はずは今から教えてあげる」

今度こそ聞き間違いだろうと思ったし、聞き間違いであってほしいとも思ったのだが、澄玲の滑舌は一言一句、正確そのもので、特に「殺しなさい」の文言は、声音を大きく、腹の底から轟《とどろ》かせるような調子で発せられたので、耳を疑う余地はなかった。

気息が急激に乱れ、それでも必死に声を振り絞って「なんでなの?」と尋ねた湖姫に、澄玲は間髪容《い》れず「邪魔だからに決まっているでしょう」と凄味《すごみ》を利かせた声で返した。

次代の跡目候補となる、湖姫にとって唯一の対抗馬を早いうちに潰《つぶ》したいのだという。緋花里が死んでいなくなれば、その時点で湖姫に次代当主の座が確約されることになる。そこから新たな対抗馬が現れる恐れも皆無に等しいため、そうなれば安泰だろうという。

「口では上手《うま》いことを言っているつもりでも、あの女はきっと、最後に決断を下す時はあんたじゃなくて、自分の腹を痛めて産んだ娘を当主に選ぶはず。あたしには分かる」

「なぜならあたしも同じ、人の娘の親だから」と澄玲は結んで、不敵に笑った。

人の娘の親。付け加えるなら、自分の娘に迫るような勢いで「人を殺せ」と命じる親。たとえ同じ「母親」という立場であっても、伊吹と同列に自分を並べてほしくなかった。伊吹だったら緋花里に決して、こんな恐ろしい提案を持ち掛けることはないはずである。

次の当主をどちらとするかについて、確かに伊吹は未《いま》だに明確な答えをだしていない。しかし、講義の時間に伊吹の口から時折出てくる言葉の端々から湖姫が感じる限りでは、伊吹が「次に」と考えているのは九分九厘、湖姫のほうではないかと思っていた。

おりおりに尋ねられていたので、そうした所感は包み隠さず澄玲に伝え続けてきたし、この時も「大丈夫だよ！」と語気を強めて訴えたのだが、澄玲は聞く耳を持たなかった。

「万全を期す」と言って、勝手に「霜石緋花里殺害計画」の全容を切りだし始める。

湖姫がやるべきことは、単純かつ明快なことだった。善悪の彼岸に関しては別として。

自然学校の二日目、朝から昼過ぎにかけて、施設の裏手に聳《そび》える山へ登る時間がある。

登山は自然学校の参加者全員（小学校中学年から高学年の児童たちが対象だという）でおこなわれ、指導員たちに引率されながら山道に沿って隊列を組んで進んでいく。

この時、湖姫と緋花里は隊列の最後尾について歩いていく。澄玲の知り合いだという指導員のひとりに付き添われる形で。

件《くだん》の指導員は、山中に息づく草花や動物たちの解説などを湖姫たちにおこないながら、遅い足取りで山道を進ませる。そのうち前を歩く子供たちの姿がすっかり見えなくなり、山道が手頃な位置に差し掛かってからが、仕上げに掛かる大詰めだった。

仕込みの指導員が突然、道にうずくまって体調不良を訴え始める。無論、芝居である。指導員は、あくまでその場を一歩も動けないふりを装い、湖姫と緋花里を先に行かせて、他の指導員たちに異変を知らせてくるよう求める。

そこから山道を進んでいった先にあるのは、片側に切り立った崖《がけ》が覗《のぞ》く細い道である。反対側に面する岩壁に沿って延びる道幅は、約二メートル。崖はいちばん高いところで二十メートル余りの尺がある。崖の下には大きな岩がごろごろ転がっているという。

崖側の道際には転落防止用のポールチェーンが張られているが、およそ十メートルの長さで延びる崖道の全てに備えられているわけではない。チェーンが張られているのは、道幅が極端に狭くなっている場所と、起伏が激しいところだけ。他は一歩横に逸《そ》れたら、崖の下へ真っ逆さまという無防備な状態になっている。

ここまで説明を聞かされて、湖姫が何をさせられるのかはすでに承知していたのだが、実際に澄玲の口から詳細を聞かされると、背筋が水で濡《ぬ》れたように冷たくなっていった。

崖道を歩きだし、チェーンが張られていない地点まで至ったら、緋花里を崖の上から突き落とすのである。高さから考えて、助かる見込みはゼロに等しいと澄玲は言った。

「万が一にも緋花里が命拾いをしたり、あんたが突き落としたことがバレたりしたって、そんなに心配することはないよ。あんたは未成年なんだから大した罪には問われないし、もっと運が良かったら『単なる事故だった』で、話が片づけられる可能性もある」

そんなことまで言い添えて、薄笑いを浮かべる澄玲にぞっとする。

背筋に次いで、頭の芯《しん》にも寒気が広がり始め、電気が消えたわけでもないというのに、視界がゆっくりと明滅しながら暗くなっていくような感覚もひしひしと覚えた。

「やりたくない。わたしにそんなこと、できるわけない……」

「やりたくなくても、やらなきゃならないことなの。あんたはなんのためにお母さんと、この家に転がりこんできたと思っているの？　あんたが次の当主になるためでしょう？　なるんだったら早いうちに余計な火種を踏み消して、あとは次を継ぐべき時が来るまでのんびり待っているだけのほうがいい。そのほうが余計な不安を感じることもなくって安泰でしょう？　さっさとゴールに着いてしまうことが大事なのよ。分かるわね？」

「分かんない。緋花里にそんなひどいこと、できるわけないよ……」

「あんた自身にやる気がないから、できないなんて思うだけ。いい？　よく聞きなさい。あんたが次の代の当主に決まって、伊吹と養子縁組さえしてしまえば、この家の財産は実質全部、ゆくゆくあんたのものになるの。お金も屋敷も地位も名誉も、何もかも全部。そうなればお母さんだって死ぬまで何も心配しないで、あんたの本当のお母さんとして、この家で楽をしながら暮らしていける。あんたが霜石の十四代目当主になるってことは、同時にお母さんに対する親孝行にもなるってこと。それもよく考えてがんばりなさい」

目玉の裏に電気でも灯《とも》ったかのように瞳《ひとみ》を爛々《らんらん》と輝かせ、湖姫の顔を覗きこみながらのべつ幕なしに語り倒した澄玲の様子には、異論を拒否する凄《すさ》まじい迫力が感じられた。ありのままに感じた印象を表わすなら、ほとんど狂気と言ってもいい迫力だった。

お父さんの遺志にしっかり応《こた》えられる娘になりなさい――。

この家に引越してきた頃には、そんなふうに言っていたと湖姫は記憶していたのだが、今に至って恥ずべきまでに安っぽい詭弁《きべん》だったということが、子供心にもよく分かった。

去年の春、伊吹から思いがけない誘いを受けたその時から、澄玲は久央の遺志を恭しく尊重する体を装いつつ、その本心は単なる「霜石家の財産目当て」だったということで、もはや疑う余地はなさそうである。

山梨の旧居に伊吹が訪ねてきた日、即断即決で湖姫に深天《みてん》の闇の観測を急がせたこと。この家に越してくるまでに要した、驚くほどに短い日数（まるで夜逃げのようだった）。

それらも澄玲の真意を見透かす、あからさまな裏付けにもなっていた。

「お父さんの遺志に」云々《うんぬん》という弁のほうが澄玲の本音であるとしたら、湖姫と同じく、久央の血脈を引く緋花里を殺《あや》めて跡継ぎの候補から消し去ってやろうなどという考えは、たとえ死ぬほど酒を呑《の》んで酔ったとしても、頭に浮かんでくるはずがないと思った。

けれどもそうした一方で、湖姫がこの一年間をどんなふうに過ごしてきたか？

そちらに関する影響は？

はたりと思いだすなり、肺腑《はいふ》が二倍速で蠕動《ぜんどう》するような息苦しさを覚え始める。

去年の夏から湖姫が緋花里と親しく付き合い始めたこと。それについて伊吹のほうが好意的な意を示してくれたのと反対に、澄玲のほうは端《はな》から釘を刺し続けていたとおり、強い嫌悪と苛立《いらだ》ちの情を交えて、湖姫を何度も叱りつけていた。

　これらに対して湖姫は、同意したうえで反故《ほご》にする、うやむやな答えを返してかわす、嘘や適当な口実を用いて本邸（緋花里の許《もと》）へ通うなどして、澄玲の意向にことごとく背き続けてきた。お咎《とが》めが始まってひと月ほどが経つ頃には何も言われなくなったので、湖姫としてはてっきり、澄玲が音をあげて緋花里との交流を黙認することにしたのだと半ば信じていたのだけれど、こうした事態になれば心得違いだったのではないかと思う。この一年間における湖姫のささやかな反発の積み重ねが、澄玲の心に邪《よこしま》な影響を及ぼし、ひいては「緋花里を殺して排除する」という決意を促す一要因となってしまった。

　そうした可能性に憶測が及ぶと、それを喝破できるだけの論説は浮かんでこなかった。むしろ自分もある意味、共犯なのではないかと感じてしまう。気息がさらに乱れてゆく。

「できないよ……。そんなの絶対できないよ……」

　蚊の鳴くような声で再び絞りだした湖姫の拒絶は、すかさず鋭い声音で投げ返された澄玲の「今さら後戻りなんかできないから」のひと言で打ち消され、その後は有無さえ言わせてもらえなかった。全ては母の意の向くまま。湖姫は澄玲の駒である。緋花里をこの世から消し去るための一手を担う、小学五年生の人間駒。

　心臓がぎゅっと縮まるような感覚を新たに覚え、湖姫の身体はますます冷たくなって、視界は不吉な暗さを急激な勢いで強めていった。

感じたのは惑乱。

そこから日にちはあっというまに過ぎていった。

夏休みに入って二日目の朝方、湖姫と緋花里は使用人の村野が運転する車に乗せられ、都心の集合場所まで送ってもらった。

家を出発する時には、澄玲と伊吹が車のそばまで見送ってくれた。霜石邸の広い庭に日の出の淡い陽光が降り注ぐ午前五時半過ぎ、澄玲と並んで本邸の玄関前に停められた車に向かって歩いていくと、伊吹と緋花里もちょうど玄関口から出てくるところだった。

この日、湖姫は濃いめの浅葱色《あさぎいろ》に染まる半袖《はんそで》のワンピースという装いだった。二日前、妙に浮かれた調子の澄玲に「よそ行きの服を買ってあげる」と言われ、町場の洋品店で買ってもらったワンピースである。湖姫が自分の意志で選んだ。講義の時間に穿《は》く袴《はかま》と同じ色だったというのが、購入の決め手だった。なんとなく、自分の身を守ってくれる色のように思えたのである。

驚いたのは、玄関口から出てきた緋花里も浅葱色のワンピースを着ていたことである。色だけではなく、裾《すそ》の長さや細かなデザインまでもがまったく一緒のワンピースだった。

「すごい偶然ね。それともふたりで示し合わせたの？」
湖姫と緋花里を交互に見比べ、笑いながら伊吹が言ったが、答えは前者のほうである。
湖姫が緋花里に尋ねると、やはり町場の同じ洋品店で買ったワンピースとのことだった。
緋花里がこうした青系統の服を着ている姿を見るのは、この日が初めてのことである。
いつもは赤や橙《だいだい》、黄色といった暖色系の衣服を好んで着ているのに珍しいことだと思う。
澄玲に指示された恐ろしい計画の件さえなければ、これから始まる自然学校の出だしを
弥《いや》が上にも盛りあげてくれる素敵なハプニングなのだろうが、この日の湖姫にとっては
何やら因縁めいた暗喩《あんゆ》のように思えてならず、胃の腑にすっと冷たい風を感じてしまう。
「ふたりとも気をつけながら、楽しんでいってらっしゃい！」
車に乗りこむ間際、顔面が溶け崩れそうなほど胡乱《うろん》な笑みを拵《こしら》え、猫撫《ねこな》で声で言った
澄玲のひと言にぞっとする。「気をつけながら」とは、大した皮肉じゃないかと思った。
心にもないことをこんなにも平然と言える才能が実の母親にあったことを初めて知って、
ますます気分が翳《かげ》りを帯びる。
猫撫で声と言えば、出発前にノン太くんの姿を見られなかったのがひどく残念だった。
今日から二日分のご飯が途切れてしまうのも気懸かりだったし、湖姫が澄玲の命に従い、
件《くだん》の「突き落とし」を実行すれば、緋花里にとって昨日の昼下がりにご飯をあげた時が、
ノン太くんの見納めだったということになってしまう。そんなことが脳裏に浮かぶなり、
目の奥に刺すような痛みが走ったが、すんでのところで涙は堪《こら》えた。

昨夜も今朝も澄玲には「かならずやりな」と念を押され、計画のお浚《さら》いもさせられた。湖姫にはそんなことをしたいと思う意志も、そんなことができる勇気もなかったけれど、もしも明日《あした》、登山の時間に湖姫がそれを成し得なかったら、その時はどうなるのだろう。緋花里が無事な状態で湖姫と一緒に屋敷へ帰ってきたら、澄玲は湖姫にどんな顔をして、どんなことを言って、どんなことをしてくるつもりだろう……。

想像するだけで身体が竦《すく》んで、生きた心地もしなかった。誰かに救《たす》けを求めたくても緋花里に打ち明けるのは躊躇《ためら》われたし、かといって伊吹に相談することもできなかった。孤立無援の二日間を（緋花里と伊吹には異変を気取られないように気をつけながらも）沈んだ気分で過ごし、湖姫が昨夜になって下した結論は、自分が消えてしまおうだった。

明日は緋花里の代わりに、自分が山の崖《がけ》から飛び降りればいい。

覚悟が決まったわけではないけれど、他にこの窮地を乗り切れそうな妙案は浮かばず、湖姫は明日、自分が死ぬことを前提に、あとは流れのままに身を任せようと考えていた。

午前八時頃に都心を出発したバスは、およそ二時間の行程をかけて目的地へ走りだす。参加者は全部で百人近くいた。独りぼっちで参加させられたのか、不安そうな顔つきで辺りをきょろきょろと見回している子の姿も何人か見かけたが、大半の子たちは満面に太陽みたいな笑みを輝かせ、弾んだ声音を響かせながら出発前のひと時を楽しんでいた。

参加者たちは三台のバスに分乗させられ、湖姫と緋花里は、車内の二列シートに並んで座ることになった。湖姫が窓側、緋花里が通路側の席である。

「はい、ポッキー」

バスが出発してまもなく、緋花里が持参していたポッキーの箱を開けて中の封を切り、湖姫の前へと差しだしてきた。緋花里の大好物である。ふたりで食べるお菓子といえば、およそ三遍に一回の高確率で緋花里の手からポッキーが出てくることになっていた。

湖姫が緋花里と親しくなる前までのポッキーに対する好感度は、大好き未満の好き。要するに「普通に好き」程度のお菓子に過ぎなかったのだけれど、何度も振る舞われて一緒に食べているうちに湖姫もいつしか大好物に近いお菓子になってしまった。

「ありがとう……」

上蓋《うわぶた》が開いた赤いパッケージの中で封を切られたビニール袋から、湖姫はポッキーを一本もらい受けて齧《かじ》り始める。緋花里はチョコレートでコーティングされた先端部からぱきぱきと、前歯で小枝を折るような感じで食べていくのだけれど、湖姫のほうは違う。湖姫は棒の先からこりこりと少しずつゆっくりと、薄く削り取るようにして食べていく。さながら電動鉛筆削り器に挿しこまれた鉛筆のような具合に、ポッキーは湖姫の口内にまっすぐな線を描いて吸いこまれるような形で短くなっていく。

これは澄玲の難癖対策に考案した食べ方ではない。そもそも澄玲とふたりでお菓子を楽しむことなど滅多にない。奇異な食べ方なのは分かっているのだけれど、こうやって少しずつ齧りながら食べていくと、薄く嚙《か》み削ったポッキーと一緒に吸いこんだ空気が口の中で適度に混じり合い、なんとなく旨味《うまみ》が増すような感じがするのである。

この日もいつもの要領で一本食べたが、二本目に手が伸びることはなかった。食欲がまったくなかったし、ポッキーの味もよく分からなかった。二本目のポッキーを勧める緋花里に頭《かぶり》を振って、湖姫は足元に置いていた自前のショルダーバッグを開ける。

中から取りだしたのは湖姫の宝物。久央が形見のように遺《のこ》してくれた生物図鑑である。

当初は持ってくるつもりさえなかったのだけれど、昨日の夕方、支度を整えている時に自室の机の上に置いてあった図鑑にふと目が留まり、急遽《きゅうきょ》持っていくことに決めたのだ。

理由は久央が守ってくれるような気がしたから。実際、バッグから取りだした図鑑に両手を添えて膝《ひざ》の上に置くと、塞《ふさ》いだ気持ちが多少ながらも和らぐような感覚を覚えた。指先を通してほんのりと、温《ぬく》もりを帯びた優しい念のようなものを感じる。

「一緒に見る？」と緋花里に声をかけると、緋花里は「うん」とうなずいた。

図鑑は去年の夏に一度だけ、緋花里の部屋へ持っていったことがある。事情を伝えて「一緒に見よう」と誘ったのだが、緋花里の反応は湖姫が思っていたほどではなかった。興味深そうな面持ちで図鑑の中を隅々まで丹念に眺めてくれたし、「すごい本だね」と褒めてもくれたのだけれど、その後はあまり話が弾むことはなかった。

のちになって思慮が浅かったと猛省することになる。考えれば当たり前のことだった。自分の父親が双子の姉妹の片割れにだけ遺していった本など、わざわざ見せられたって気分が良くなるものではない。それとなく尋ねてみたら、緋花里のほうは亡き久央から遺品らしい物は何ひとつ託されていないという。

昨年夏にこうした一幕があって以来、図鑑は緋花里に見せないようにしていたのだが、この日は淡い罪悪感めいたものを抱きながらもバッグから引っ張りだし、躊躇いがちに表紙を開いてページを手繰り始めた。内心こそは測りかねたが、緋花里は図鑑の紙面に視線をしっかり留め置いて、湖姫の誘いに文句のひとつも言わずに付き合ってくれた。

バスは事前に示されていたとおり、午前十時過ぎに目的地へたどり着く。

真夏の強い陽射しを吸いこんで、見目鮮やかな濃い緑に染まる森の中のキャンプ施設。二日間の宿泊所となる建物は、緩やかな坂道を上っていった小高い丘の上に立っていた。灰色の鉄筋コンクリートで造られた、総二階で無骨な感じの建物である。

その裏手には、樹々の緑がさらに色濃く染まって生え並ぶ、巨大な山岳が聳《そび》えている。

あれこそが明日の午前中、緋花里の代わりに自分が飛び降りる崖がある山なのだろう。一瞥《いちべつ》したあとは、怖くて直視することができなかった。

バスは丘の上の駐車場に停まり、バスから降りた参加者たちは、宿泊所の表に面した広場に集められた。広場の端には転落防止の鉄柵《てっさく》が連なり、柵の向こうには傾斜の鋭い丘の斜面が延びている。真下に広がる草地までは、およそ二十メートルの高さがあった。こちらもこちらで、転げ落ちたらひとたまりもないだろうと思う。

広場で指導員たちから最終日までのスケジュール説明を一頻《ひとしき》り受け、その後は施設の横手に面した渓流沿いの広場で遊びがてら、野外炊爨《すいさん》がおこなわれた。

湖姫と緋花里は、指導員がなんとなく選んだ数人の女の子たちとグループを組まされ、カレー作りに臨んだのだが、気分があがってくることはなかった。無事にできあがったカレーを食べ始めると、以前に伊吹の口から聞かされた伊世子の話を思いだしてしまい、気分はむしろ、さらなる翳りを帯び始める。

昼食後は「自然観察」という名目で夕方まで自由時間になった。各自が施設の周囲に位置する森の中の遊歩道や渓流などに赴いて、珍しい野鳥や昆虫、草花などを観察する。それらの成果はレポート用紙に記入して、あとから提出することになっていた。

自然観察は、野外炊爨で組んだグループでおこなうように決められていたのだけれど、緋花里がグループの娘《こ》たちに「ごめんね」と断り、湖姫とふたりで散策をすると告げた。予期せぬ申し出だったが、事情はすぐに理解ができた。湖姫を慮《おもんぱか》ってのことである。

「行こう」と緋花里に促され、敷地内に立つ案内板を頼りに森の中の遊歩道を歩きだす。その行く先々では樹々の中から野鳥が囀《さえず》る綺麗《きれい》な声や、「ギー」と長い声で鳴く蝦夷《えぞ》蟬、「ジージー」と低い唸《うな》りをあげる首切螽蟖《くびきりぎす》の声などが、森を賑《にぎ》やかす通奏低音のように絶え間なく聞こえてきた。

愉快な森の仲間たち。同じく自然が豊かで緑が深い土地柄であっても、霜石の家では決して聞くことのできない珍しい声ばかりである。明日に待ち受ける不安さえなければ、聞いているだけで胸がわくわくしてくるはずだろうと思ったが、ぼんやり思っただけで、湖姫の胸が湧き立つことは微塵《みじん》もなかった。

「少し休もう」

遊歩道を歩き始めてしばらく経った頃、緋花里が道端に広がる小さな原っぱを見つけ、湖姫に誘いかけた。隅のほうに倒木がある。ふたりで並んで腰掛けるのにちょうどいい太さと長さをしていた。原っぱに入った緋花里に続いて、倒木の上に並んで腰をおろす。

「どうしたの。何かあった？」

「別に。なんでもないけど」

ここまで至る道すがら、緋花里はあちこちから木霊《こだま》する生き物たちの声を聞くたびにそれらの素性を当ててみたり、湖姫に「なんだと思う？」と尋ねたりしてきた。湖姫はそれらに逐一きちんと応《こた》え、笑顔も見せるようにしていたのだけれど、野外炊爨の時に少しだけ塞いだ様子を見せてしまっていたし、空元気と見抜かれているのは明白だった。そもそも朝からテンションが低い。今さら否定したところで説得力などなかった。

「本当に？　だったらもうちょい楽しもうよ。なんだかすごくもったいない」

独りごちるように言ったあと、緋花里は軽くため息をつき、視線の向こうで繁茂する森の景色に鋭い目つきを泳がせた。珍しく、なんとなく苛々《いらいら》している様子がうかがえる。

「うん」と応えてはみたものの、声音は自分が想定していたものより、随分と暗かった。呻《うめ》きたくなるような息苦しさとバツの悪さを感じ、気分がそわそわと落ち着かなくなる。

いくらも経たずに堪えられなくなってしまい、傍らに置いていたショルダーバッグの中から久央の生物図鑑を取りだし、膝の上にそっとのせた。少しだけ安らぐ。

「大事な本でしょ？　あんまり持ち歩いていると傷んでしまうよ？」

「うん、大丈夫」

緋花里の意見に生返事で応える。口調は優しかったが、少し険のある声音でもあった。

「何かあるんだったら、言ってくれればいいのに」

こちらに視線は合わせず、森のほうを見つめながら緋花里が言う。湖姫は何も答えず、膝の上にのせた図鑑に視線を落として身を強張《こわば》らせる。泣きだしそうな気分だった。

そうして気まずい沈黙が五分近くも続いた頃である。

ふいに「ねえ！」と大きな声が聞こえてきた。

顔をあげると、遊歩道のほうから女の子の一団が、原っぱへ入ってくるところだった。いずれも年頃は湖姫たちと同じくらい。全部で八人の大所帯である。

手を振りながら小走りに駆け寄ってきた先頭の女の子が、湖姫たちの前で立ち止まる。その満面にははちきれんばかりの大仰な笑みが浮かんでいたが、湖姫はひと目見るなり、淡い警戒心を抱いた。学校の虐《いじ》めっ子たちと同種の色が笑みの端々に見えたからである。何事にも自分の楽しみが最優先という笑み。人を玩具《おもちゃ》のように見定めて浮かぶ笑み――。

「なんか珍しいもの見つかった？　よかったらあたしたちと一緒に遊ばない？」

そこはかとなく芝居がかった明るい声音で、女の子が尋ねてくる。

「別にいい。興味ないから」

迷うそぶりも見せることなく、ほぼ即答でぶっきらぼうに緋花里が返す。

湖姫の答えも同じだったので代わりに答えてくれて助かったのだが、緋花里の答えに相手は気分を害したらしい。顔から笑みが薄まり、不出来な人形じみた面持ちになる。

彼女のうしろについてきた女の子のひとりが「来美《くるみ》ちゃん、撃沈！」と言って笑った。来美と呼ばれたリーダー格とおぼしい女の子は、それを無視して強い笑みを浮かべつつ、湖姫と緋花里の両方を見おろし続ける。そこへさらに別の女の子が口を開いた。

「何年生？　ちなみにあたしは五年生なんだけど」

この娘も明るい声で尋ねてきたが、芝居がかったふうではなかった。威圧も感じない。緋花里が湖姫にちらりと視線を向けながら「五年生。どっちもね」と答える。

「学年、同じなんだ。ねえ、もしかしてふたりは双子？」

彼女は自分のことを優枝《ゆえ》と名乗ってから、再び尋ねかけてきた。双子。湖姫としては嬉《うれ》しい問いかけだったのだけれど、それに対する緋花里の返しは実に微妙なものだった。

「違うよ、ただの親戚《しんせき》」

鼻から細く息を漏らし、煩わしそうな調子で緋花里が答える。確かに厳密な意味では、湖姫と緋花里は双子の姉妹と呼べる続柄でない。けれども「腹違いの姉妹」というのは紛れもない事実である。見知らぬ他人に気安く打ち明けられない事情を抱えているのは承知していたし、湖姫も突然現れた目の前のグループに内実を知ってほしいなどという思いはなかったが、できれば緋花里には「親戚」ではなく「姉妹」と答えてほしかった。

今朝からの湖姫の不審な態度に、緋花里はやはり苛々してしまっているのだろうか。

「なんでもいいけどさ。せっかく誘ってあげてんだから、もう少し愛想よくしたら？」

緋花里と優枝が無言で見つめ合っているところへ、来美が声を強めて割りこんできた。続いて湖姫たちの前にずいと大きく足を踏みだし、威圧的な目つきで真上から見おろす。あからさまに脅しつけるようなその口調は、湖姫のクラスでカーストトップの座にいる虐め気質の強い女子のそれと、恐ろしいまでに相通じるものがあった。

「それ法律？　別にいいって言ったよね。『誘って』なんて、誰も頼んでないし」

湖姫が肩を窄《つぼ》めて竦《すく》み始める傍らで、緋花里は動じるそぶりさえ見せず、来美の顔をまっすぐ見あげて険のある強い言葉をはっきりと返した。

来美のうしろにいる女子たち（こうした流れとなっては、来美の子分たちと言ってもいいかもしれない）が、囁《ささや》き声で「上級生に歯向かう？」などと言って笑い合っている。そばに立っている優枝よりも少しだけ背丈が大きいとは思っていたが、子分たちが囁く言葉が正しいのなら、来美は六年生ということになる。おそらく間違いはないだろう。

「は？　何イキがってんの、お前？」

「あんたこそ、何凄《すご》んできてんの？　バカじゃない？」

湖姫が緊張感に悶《もだ》えるさなか、緋花里は来美の言葉に応じて倒木の上から立ちあがり、相手の顔を真っ向から睨《にら》み据えた。ただでさえ鋭い瞳《ひとみ》が剃刀《かみそり》みたいに鋭利な線を描いて、今にも来美の顔を切り裂きそうな輝きを帯び始める。こんなにも強く感情を昂《たか》ぶらせた緋花里の姿を見るのは、今という修羅場が初めてのことだった。

「ん！　何その本、かっこいいね！」

そこへ新手の黄色い声が木霊して、湖姫はぎくりと背筋を波立たせる。

なぜなら声は、湖姫に向けて発せられたものだからである。いつのまにか湖姫の前に女の子がひとり立っていて、膝《ひざ》の上にのる図鑑を興味津々といった目つきで眺めている。

彼女の声に他の娘たちもすぐに気づき、湖姫の前に駆け寄ってきた。いずれも図鑑をしげしげと見おろし、両目をきらきらと輝かせ、続いて次々と癇《かん》走《ばし》った声をあげ始める。

「ねえねえ見せて！　ねえ見せて！」

女の子たちは「壊したりしない」や「乱暴にしない」「減るもんじゃないし」などの文言を銘々に言い添えながら「見せて！　見せて！」と連呼する。その声の騒がしさと盛んに身を捩《よじ》るさまはまるで、母鳥にご飯をおねだりする雛《ひな》たちのような勢いだったが、湖姫は母鳥ではなかったし、図鑑も絶対に見せたくなかった。

「ごめんなさい、これはダメなの。見せられないです……」

両手で本を持ちあげ、胸元にぎゅっと押し当てながら声を絞りだすようにして答える。

言葉は十年ぶりに発したかのようにたどたどしく、声音はひどく弱々しいものになった。

必死の思いで言い終えると、緋花里の前に立つ来美の身体が湖姫の前に滑ってくる。

「ケチケチしないで、貸してやったらいいんじゃねえの？　あんたも愛想悪いよね」

見あげた来美の顔には、今にも湖姫を殴ってきそうな静かな怒気の色が宿っていた。

「……これはダメなんです。大事なものだから、人には見せたくないんです……」

「そんなに大事な本なら、こんなとこに持ってくんなよ。嫌味で見せびらかしてるって思われるんじゃねえ？　誤解されたくなかったら、さっさとみんなに見せてやれよ」

来美に吐きつけられた言葉の前半分に関しては、湖姫も確かに思うところが多かった。何しろ飴《あめ》細工のように繊細な装丁と謎めいた雰囲気を醸す本である。表紙を目にしたら、中も開いて見てみたくなるのは当然だろう。相手が子供だったらなおさらのことである。人目につけばこうなることは容易《たやす》く想像できたはずなのに、迂闊《うかつ》だったと後悔する。

とはいえ、本の持ち主は湖姫である。他人に見せる見せないの権利は湖姫にあったし、無遠慮にがっついてくるこの娘たちに中を開いて見せることすらも、絶対に嫌だった。

この場をどうやって切り抜けよう……。こみあげてくる涙に耐えながら考えていると、緋花里がその場の空気を数分前に引き戻した。最前よりもさらにどぎつい言葉を使って。

「嫌がってんじゃん。さっきからしつこいんだよ、このブス。どっかに失《う》せろ」

「あ？　お前、今なんつった？」

緋花里が横からぼそりと低い声で囁くや、来美は緋花里のほうへさっと首を振り向け、女子とは思えないようなドスの利いた太い声で凄んだ。図星を突かれて頭に血が上った。そんなふうにしか思えないリアクションだったのだけれど、無理からぬ話かもしれない。緋花里が来美に投げかけた二文字の短い悪罵《あくば》を、湖姫は的を射ていると感じてしまった。

緋花里と顔を向け合うそのさまを見れば、満面にクールな色を浮かべたビスクドールと、顔じゅうを怒りで真っ赤に染めあげたモンチッチが相対しているような具合である。

だが同時にそれは、一触即発を意味する場面でもあった。仮に緋花里と来美がこの先、身体を使った喧嘩《けんか》のほうへ移行してしまった場合、緋花里に勝ち目はあるのだろうか？体育の成績はいいと聞いているけれど（湖姫のほうは良くない）、運動と喧嘩の技能は別物ではないかと思う。背丈も来美のほうが大きくがっしりしているし、仮に緋花里が肉弾戦で来美を打ち負かしたとしても、周りには来美の子分たちが大勢いる。その後は子分たちが緋花里に襲いかかるかもしれないし、でなければ喧嘩の幕が開いたとたんに子分たちも来美に加勢して、みんなで緋花里を痛めつけるということも考えられる。

どうしよう……どうしよう……。たとえどっちに事態が転んでも、わたしは緋花里に必要な分だけの力をしっかり貸してあげられるだろうか……。

おろおろしながらふたりの動向に視線を釘付《くぎづ》けにされていると、思いがけない線から膠着《こうちゃく》状態が打ち砕かれた。

「おーい、みなさーん！　自然観察の調子はどうですかあ！」

原っぱの外から伸びやかに澄んだ女性の声が、山彦《やまびこ》めいた響きを帯びて聞こえてきた。振り向くと遊歩道の路傍に若い指導員が立って、こちらを笑顔で見つめている。

とたんに来美は「ちっ」と舌を鳴らして、緋花里のそばから素早い動きで身を離す。

「行こう」

続いてかったるそうな声で子分たちに促すと、今度は子供らしい無邪気な笑みを拵《こしら》え、「おーい！」と盛んに手を振りながら指導員のほうへ駆けだしていく。

子分たちの大半も来美の発した命令どおり、小走りだったり、のろのろ歩きだったり、雑多な足取りで来美のあとへ続いていったが、何人かはその場をすぐに動かなかった。

「ごめんね。ほんとはこんなひどいことする気、なかったんだけど……」

優枝が湖姫の前で膝を折り、顔を覗《のぞ》きこみながら深く頭をさげてくる。傍らに残ったふたりの女の子も優枝に倣う形で「ごめんね」と声を重ね気味に謝った。

湖姫は答えを返そうかと思ったのだけれど、どんな言葉を返したらいいのか分からず、顔を伏せぎみにしながら言い淀《よど》んでいるうちに、優枝たちも原っぱを出ていってしまう。自分でも気づかないうちに泣いていて、涙で顔がぐしゃぐしゃになっていた。

去り際に優枝たちは緋花里にも謝罪の言葉を向けていったが、緋花里のほうも言葉は何も返さないまま、無言で優枝たちの去りゆく背中を見つめていた。

「大丈夫、湖姫？」

緋花里はつかのま、森の中の小道を連れだって歩いていく指導員と来美たちの一団を横目で見やり、それから倒木の隣に座り直して尋ねてくる。声音はすごく気遣わしげで優しいものだったのだけれど、湖姫は「うん……」と答えるだけが精一杯だった。

「自然観察、できそう？」

これには少し考える時間が必要だったが、まもなく返した答えは「無理……」だった。

「そう。分かった。レポートは適当に書いたやつをだしちゃおう。それでいい？」

これにも「うん」とだけ答え、それからしばらく原っぱで静かに時間を過ごした。

夕方になって自然観察の時間が終わると、他の参加者たちより早く宿泊施設に戻って、割り当てられていた部屋に入った。これも緋花里の判断が成し得た結果である。

湖姫の体調不良を担当の指導員に伝え、その後に医務室で軽い診察めいたものを受け（なんともないとのことだったが、疲労からくる体調不良かもしれないとも言われた）、夕飯前におこなわれる自然観察の報告会も緋花里ともども免除された。緋花里は湖姫の面倒を見るということで、部屋で付き添うことが許される。

一階の奥まった区画に位置する二人部屋だった。カーペットが敷かれた床の中央部に小さなローテーブルと、壁の両側にベッドがふたつ並ぶ、簡素な造りの部屋である。

他の参加者たちは大部屋で寝泊まりするらしいと緋花里に聞かされて、初めは澄玲がわざわざ指定した部屋かと訝《いぶか》しんだのだけれど、実際には伊吹の意向によるものだった。

これも緋花里から聞かせてもらった。理由はまもなく得心する。

夕飯は緋花里が食堂からふたり分を運んできて、テーブルで顔を合わせながら食べた。ほとんど完食。昼にあまり食べられなかったせいもあるが、それ以上に緋花里の存在が大きかったと言える。お菓子の時間は別として、緋花里《おの》とふたりきりで食事をするのは初めてのことだったので、気分がかなり高揚して自ずと食欲が湧いたのである。

食事をする頃には会話もいつものごとく弾むようになってきた。緋花里の機嫌も直り、午後に原っぱでされたような問いかけをしてくることもなくなったので、湖姫の気分も多少は上向いた。ふたりでノン太くんの心配などもしながら、しばらく時間を過ごす。

入浴は夕飯後から消灯時間の九時までに、交代制で済ませることになっていたのだが、湖姫と緋花里は消灯後に入ることが許されていた。こちらも伊吹の計らいである。

理由については、入浴の段に至ってようやく分かった。ふたりの胸に浮かぶ痣《あざ》である。澄玲に「霜石緋花里暗殺計画」の全容を打ち明けられた瞬間から頭がこんがらがって、まったく意識することがなかったが、確かに胸の痣は他人に見られないほうが望ましい。現に学校のほうでは、プールの授業の着替えの時などに同級生の女子たちの目に留まり、随分と気味悪がられたり、馬鹿にされたりしてきている。伊吹の配慮に感謝したかった。

同時にこんなことにも思いが至る。

いよいよ緋花里の胸の痣を見る機会が来たのだと――。

「入る？」

巡回してきた指導員のチェックが終わり、やがて時刻が九時を半分回りそうになる頃、緋花里が部屋の時計を見やって尋ねてきた。緊張ぎみに「うん」と答え、支度を整える。

大浴場は湖姫たちの部屋からだいぶ離れた、廊下をまっすぐ進んでいった先にあった。ドアを抜けた先にある脱衣所には電気がついていたが、人の姿はどこにも見当たらない。安堵《あんど》と緊張感が入り混じった奇妙な心地で、脱衣籠《かご》が入った備え付けのロッカーの前に緋花里と並び立ち、浅葱《あさぎ》色《いろ》のワンピースから順に衣服を脱いでいく。

ほとんど同じタイミングで全てを脱ぎ終えた。裸になった湖姫の大きくつぶらな瞳《ひとみ》は、静かな動きで釣りこまれるかのように緋花里の胸元へと注がれていく。

あった――。こんもりと控えめに膨らんだふたつの乳房の間、柔らかな白さに染まる胸のちょうどまんなかに、小さな手のひら形の赤黒い痣がはっきりと浮かんでいる。

「痣。やっぱりおんなじだね」

息を呑《の》んで言葉をだせずにいた湖姫よりも先に、緋花里のほうが小さく言葉を紡いだ。

その視線もまた、湖姫の胸元へと注がれている。

「うん、生まれた時からあった。大きさはずっと変わってない。緋花里も？」

「うん、形も大きさも変わってない。この手とずっと一緒に生きてきた」

湖姫と緋花里、互いの胸に浮く痣は、控えめに見ても寸分違《たが》わぬ色と形をなしていた。

湖姫はそのまま痣にまつわる話題を続けようとしたのだが、うまい具合に喉《のど》から言葉が出てこなかった。ふたりの間に漂う奇妙な沈黙に押し包まれながら逡巡《しゅんじゅん》しているうちに、緋花里のほうがタイムアップを告げるかのように話題を切り替えてしまう。

ノン太くんに関することだった。「今日は残念ながら、地面にご飯が落ちてないから、きっとお腹空《す》かしてるよね」という緋花里の問いに、湖姫も確かにそのとおりだと思う。

それで意識のアンテナが、痣の件からノン太くんのほうへと向き直されてしまった。

「心配だね……」とこぼした湖姫に、緋花里が「大丈夫だよ」と応《こた》え、その後の会話はノン太くんの件のみで一本に絞られてしまう。

だから湖姫はこの夜、緋花里の胸に浮かぶ痣をちらちらと横目にしつつも、緋花里にいちばん尋ねてみたいことを尋ねることができなくなった。

メメント・モリII　昔日

感じたのは衝撃。

翌朝は頭が石になったように重たく、頭の芯《しん》に鈍い痛みと痺《しび》れを感じながら目覚めた。幽《かす》かにだけれど、耳鳴りもする。身体を起こすと、首から下も重たくてだるかった。目覚めても身体を起こさず、目蓋《まぶた》も閉じていれば、多分もう一度眠れたはずだと思う。先に起きていた緋花里に「休んでいたい」と告げれば、きっと休ませてくれたと思う。「一緒にいてよ」とお願いすれば、一日一緒にいてくれたとも思う。

だが、そんな一日を過ごしたところで、湖姫の明日《あした》に希望が生じるわけでもなかった。だから自然学校二日目のスケジュールに従い、湖姫は施設の裏手に聳《そび》える山へ入ったし、家を出発する前から思い描いていたとおり、緋花里の代わりに崖《がけ》から飛び降りる覚悟で──己の短い人生に自ら幕をおろす空漠たる思いで──不慣れな山道を登り始めた。

そしてそれから六時間後、湖姫は施設内の自室に戻り、ローテーブルの差し向かいに座る緋花里とふたりで『きんぎょ注意報!』のボードゲームに興じている。

ボードゲームは一時間ほど前、施設の遊戯室にある棚の中から緋花里が見つけだして職員の許可をもらい、部屋に持ち帰ってきた物だった。

この日の午前、兼ねてより澄玲が企てていた「霜石緋花里暗殺計画」は失敗に終わり、湖姫の「人生終了ダイブ」は未遂にすら及ぶことなく、静かに幕をおろすことになった。その内実を、ついには誰にも知られることすらなく。

澄玲が秘密裏に通じていた知り合いの指導員というのは、安倍《あべ》という名の女性だった。歳は澄玲と同じぐらい。頬筋が妙にひょろ長い、眼鏡を掛けた糸瓜《へちま》じみた顔をしていた。

安倍は湖姫たちの担当指導員ではなかったし、昨日の時点で見かけたこともなかった。今朝になって登山の補助要員として、自然学校の指導役に加わってきたのである。

総勢百人近い参加者の子供たちが、定められたグループごとに登山口へ進み始めると、安倍は親しげな笑みを浮かべつつ湖姫たちに近づいてきた。ふたりの名前を確認すると、「一緒に登らない？」などと白々しく持ちかけて、ふたりと足並みを揃え始める。

出発前に指導員の代表から長々と説明を受けたとおり、山はその道中に険しい崖道や、備え付けの鎖を伝いながら進んでいく急勾配《きゅうこうばい》など、注意すべきポイントがいくつかある。とはいえ基本的には穏やかな道筋で、仲間たちとおしゃべりしながらのんびり歩いたり、道ゆく先々で見かける珍しい草花などを横目に見ながら歩いても平気な雰囲気だった。

道筋の緩さに比例して、みんなの緊張感も緩まっていったのだろう。登山が始まってしばらくすると班ごとの隊列は徐々にばらけ始め、各々が勝手気ままな足取りで山道を歩くようになっていく。要所で指導員は監督していたが、山道は半ば無法地帯と化した。

そうしたなかで湖姫と緋花里は、いつしか列の最後尾を歩かされるようになっていく。安倍による策略だった。安倍は湖姫と緋花里に同行しつつ、道ゆくおりおりで足を止め、道端に生える草花や草葉の上を飛び交う蝶《ちょう》などに大はしゃぎをするを繰り返していった。

「ねえ、見てよ！」と声をかけられるたびに湖姫たちも足を止めさせられてしまうので、そのたびに前方を歩く参加者たちの背中が遠ざかっていき、やがて一時間もする頃には道の先に誰の姿も見えなくなってしまう。

そこへと至るまでに緋花里は「急ぎましょう」と何度も安倍に声をかけたのだけれど、安倍のほうはのらりくらりとかわして時間を稼ぎ続けたし、湖姫のほうはこれから先に待ち受ける崖からの投身が怖くて頭の中がスクランブルエッグのようになっていたので、なんらの妙案も閃《ひらめ》くことなく、安倍の意のままに山道を徐行することになった。

そうして午前九時の出発から一時間近くが経った、午前十時頃。薄暗い山道の前方に古びた木の看板が立つ地点に差し掛かる。

看板には「この先、崖道注意」と記されていた。「いよいよ死んでしまうんだな」と湖姫が胸をつまらせ、泣きだしそうになっているところへ安倍が「うっ」と呻《うめ》きだして路上に蹲《うずくま》ってしまう。深々と顔をうつむかせ、両手で腹をきつく抱えこむそのそぶりは、まさに迫真の演技といったところである。呻き声も本当に苦しそうで堂に入っている。

安倍が起こす次のサイン――ふたりで先に行って、救《たす》けを呼んできて――を待ちつつ、湖姫は自身の短い生涯が終わる気配をひしひしと感じて、冷たく身を強張《こわば》らせた。

ところが次なる安倍のサインが出てくることはなかった。緋花里が傍らに屈《かが》みこんで「大丈夫ですか？」と声をかけるさなか、路面に膝《ひざ》を突いて呻いていた安倍はまもなく、そのままの姿勢で上半身をどっとひれ伏し、うつぶせの状態で地べたに額を擦りつけた。同時に唸《うな》り声もますます鋭く、険しいものになっていく。

見ようによってそのさまは、盛りがついた雌猫が雄を誘っているような姿勢だけれど、横から覗《のぞ》きこんだその顔には脂汗が滲《にじ》んでいる。芝居をしているようには見えなかった。

緋花里が重ねた問いかけに対し、安倍は喉から絞り出るような声で「お腹が痛い」と呻き交じりに訴える。「ふたりで先に行って」から始まる、陰なる指示は出てこない。代わりにその場で素早く判断を下して、事を次の段階へ進めたのは緋花里だった。

「湖姫。山をおりて救けを呼んできて。わたしはここで付き添っているから」

湖姫を見つめて、緋花里がうなずく。緋花里は山を「あがって」ではなく「おりて」救けを呼んできてと言った。登山の終着地点、みんなで昼食を食べることになっている山頂近くの原っぱは、到着予定時間を正午近くと聞かされていたので、ここから歩いて二時間前後もかかる計算になる。半面、施設がある麓《ふもと》までの距離はここから一時間前後。早足でおりていけば、さらに時間を短縮することができるだろう。

緋花里を安倍とふたりきりにすることに一抹の不安を覚えはしたのだけれど、安倍の様子を見る限り、緋花里に襲いかかることはおろか、自力で立ちあがることもできない有り様である。想定外の事態に理解が追いつかなかったが、迷っている余地はなかった。

「分かった！」と緋花里に告げ、早足よりも駆け足に準じる足取りで山道を下り始める。日頃、走ることに関してどんくさい割には、自分でも驚くほど俊敏かつ適切なペースで麓まで戻ってくることができた。所要時間はおよそ四十分と少々。想定していたよりもはるかに早い時間で施設の職員に事情を伝える段まで漕《こ》ぎ着ける。

　その後、数名の職員と一緒に湖姫も山道を登り直し、再び現場のほうまで舞い戻った。湖姫にとっては幸いなことに、安倍は未《いま》だに苦悶《くもん》の声をあげて路上に倒れこんでいたし、緋花里はその傍らに寄り添って元気な姿のままでいてくれた。


　そうして安倍を救助した職員たちと二度目の下山を果たし、施設まで帰り着いたのは、午後の一時に近い頃のことだった。安倍は救急車で搬送され、湖姫と緋花里は施設内の食堂で昼食を食べ、その後は自室で登山組が戻ってくるまで待機していることになった。

　というのが、今へと至る流れである。何もかもが予期せぬ展開に未だ呆然《ぼうぜん》としている。

「こういうキャラゲーって、やっつけ仕事で作ったやつが多いって思っているんだけど、これは結構面白いよね。全体的にちゃんとバランスが取れた、いいゲームになってる」

　ボードゲームに付属するルーレットを回しながら緋花里が言った。楽しげな声である。

緋花里は千歳《ちとせ》、湖姫はわぴこを模したコマを使って遊んでいた。

　確かに湖姫も面白いゲームだと思って遊んでいたけれど、気分はなかなかの上の空で、どうにか平静を装いながら、ぎりぎり集中できているといった感じである。

今後のなりゆきに関する不安が、湖姫の集中力を妨げていた。

午前中の思いがけない一幕があったおかげで差し当たり、崖の上から飛び降りずには済んだにしても、だからといって今回の問題が根本から解決したわけではないのである。

安倍の容態が本当に急変したからといって、澄玲に指示されていたその後の仕上げが決行できなかったわけではない。実質的には安倍の付き添いを自ら買って出た緋花里をあの場から動かすことは不可能だったと湖姫は考えているのだけれど、澄玲はおそらく、そんなふうに状況を鑑《かんが》みてはくれないだろう。たとえ言い訳を並べ立ててみたところで何も通じはしないだろうことは、幼い頃からの経験則でよく分かっていた。

そもそも今になって俯瞰《ふかん》してみると、何かと杜撰《ずさん》な計画だったと思う。その最たるは、緋花里が下す判断や行動をろくに予測できていなかったということに尽きる。

仮にあの時、安倍が芝居を打って体調を崩したふりをしたところで、緋花里が下した判断は同じものだったのではないだろうか。安倍が「ふたりで上に行って」と訴えても、緋花里が安倍に付き添うか、または湖姫を付き添わせ、悶《もだ》え苦しむ（ふりをしている）彼女をあの場に決して独りにしないのではないかと思う。

ならば不測の事態が起きなかったところで、澄玲の計画は失敗に終わっていたという可能性が色濃くなってくる。結果として緋花里が無事に山をおりられたことについては、安堵《あんど》の気持ちでいっぱいだったが、そうした一方で湖姫が帰宅してから澄玲に下される処遇については暗澹《あんたん》たるものしか思い浮かばず、気分は否応《いやおう》なしに落ち着かなかった。

登山組は四時頃に山を下って施設の前へ戻ってきた。この日は登山の他にもうふたつ、夕暮れ時から夜にかけて大きな催しが開かれることになっている。

ひとつはバーベキュー大会。昨日の昼に野外炊爨《すいさん》をした渓流沿いの広場で、グリルと炭火を使ったバーベキュー料理をみんなで楽しむ。その後は施設の裏手に面した広場でキャンプファイヤーがおこなわれ、歌やゲームに興じるのだという。

山からおりてきた指導員たちに、緋花里とふたりで安倍の救護に関する報告を済ませ、再び自室へ戻ってきた時のことである。緋花里に「今夜はどうする？」と尋ねられた。

正直なところ、どちらも楽しめるような気分ではなかったのだけれど、昨日の午後も湖姫の気塞《きふさ》ぎが原因で自然観察がおこなえず、緋花里には悪いことをしてしまっている。きちんと埋め合わせをするべきだと思い定め、笑みを浮かべて「出たい」とうなずいた。緋花里も「じゃあ」ということで、ふたつの催しへの参加が決まる。

バーベキュー大会は、昨日の野外炊爨で組んだグループよりも倍の人数を組まされて、大きなグリルが割り当てられた。焼くのは各自、銘々に。昼食はしっかり食べたのだが、山道を二往復もしたせいもあってか、炭火で焼いた肉類もたっぷり食べることができた。

バーベキューの後片付けが終わると空はすっかり暗くなっていて、闇の中に燃え盛る炎を眺めるのに最適なお膳立《ぜんだ》てが整った。施設の裏手に面した広場へみんなで移動する。

焦げ茶色の地面に染まる広場のまんなかには、これからキャンプファイヤーに化ける井桁《いげた》形に組まれた焚《た》き木が設置され、その四方には木製のベンチがずらりと並んでいる。

指導員の手で焚き木に火がつけられると、さっそく楽しい余興の時間が始まった。

出だしは歌。『大きなうた』や『燃えろよ燃えろ』といった、キャンプファイヤーの定番曲をいくつか、火が燃え盛るのに合わせながらみんなと声を揃えて唄《うた》った。

唄うのは大して好きではないのだけれど、他の子たちの歌声に自分の弱々しい歌声を紛れさせて誤魔化すことができるので、あまり苦もなく場の雰囲気に乗ることができた。学校の音楽の時間でもしばしば使っている処世術のようなものである。

思いがけず驚かされたのは、ベンチの隣に腰掛ける緋花里の歌声だった。

相変わらず顔つきは鋭い眼光を据えた険しいものだったが、その唇から紡ぎだされる歌声は素晴らしく伸びやかで、なおかつ繊細な響きを持つものだった。

伊吹が祝詞《のりと》を詠む時の声音にも通じるものがあったのだけれど、湖姫の印象としては野鳥の囀《さえず》りを連想させるイメージのほうがはるかに勝って、陶然と聴き入ってしまう。

まるで世界一綺麗《きれい》な鳥が炎を眺めながら、自慢の歌声をさりげなく披露している感じ。歌声と一緒に緋花里の顔に笑みが差せば、きっと世界一綺麗な女の子にも見えるだろう。そんなことも思ってしまうほど、緋花里の歌声は素晴らしく魅力的なものだった。

ここまでは良かった。最高のひと時に思えた。けれどもその後の流れで気分が落ちる。

歌の時間が終わり、キャンプファイヤーの火勢も大きくなって安定してきた頃になると、今度はゲームの時間である。他の子たちと嫌でもコミュニケーションを取ることになる。合唱するぐらいならまだしも、それ以上の触れ合いとなると躊躇《ためら》いが生じた。

おまけにゲームの時間が始まってからは、指導員の指示で席替えをさせられてしまう。仲良し以外の子たちとゲームを通して触れ合って、親睦《しんぼく》を深めるのが目的なのだという。おろおろしつつ、湖姫が座り直したベンチの両隣には見知らぬ男の子たちが腰をおろし、緋花里は遠く離れたベンチのほうに座ってしまった。

俄《にわ》かに人見知りの虫が胸の中で騒ぎだし、そわそわと落ち着かない気分になってくる。

まもなくゲームは口火を切って、周りの子たちは大いに盛りあがり始めたのだけれど、湖姫のほうはそれとはまったく逆に、気分をみるみる減退させていくことになった。

日頃、学校で同級生たちから杜撰な扱いを受けているのが骨身に沁《し》みついているので、知らない子たちから親しげに声をかけられても、それを好意と受け取ることができない。むしろ昨日の来美たちのようにトラブルの火種を投げかけられるのではないかと恐れて、返す言葉も笑みも、一律ぎこちないものになってしまう。

昨日の野外炊爨や先刻のバーベキュー大会の席では、緋花里がずっと隣にいてくれて、他の子たちとの橋渡し役をしてくれたり、時には通訳めいた役までこなしてくれたので、過剰に緊張することはなかった。

けれども今は、その緋花里がそばにいない。外国旅行でパスポートを紛失したような、堪《たま》らなく不安な気分に苛《さいな》まれてしまう。わずかなうちに不安は動悸《どうき》を大きく乱すほどの高まりを見せ、このままでは息をするのも苦しくなってくるのではないかと思い始める。現状を柔らげてくれるものが絶対に必要だと判じて、湖姫はただちに行動に移した。

肩から斜めに掛けていたショルダーポーチのチャックを開け、中から図鑑を取りだす。本来はハンカチや生理用品を入れておくための小さなポーチなのだが、夕方の出がけに図鑑を入れてみたらぴったり中に収まった。

図鑑を部屋から持ちだした理由は、なんとなく盗難防止という名目だったのだけれど、他にも心のどこかでは、御守り代わりに肌身離さず持ち歩きたいという気持ちもあった。昨日のことがあるので緋花里には黙っていたが、実は午前中の登山にもリュックの中にこっそり忍びこませていた。ポーチに詰めこんだことも話していない。

やはり持ってきて正解だったと思う。近くにいる子たちに気づかれることがないよう、膝《ひざ》の上にそっとのせ、重ねた両手で表紙を覆った。スカートの生地を通して両の太腿《ふともも》に図鑑の質感が伝わってくると、不安定だった気分が幾分安らぎ、動悸も緩みだしてくる。久央が守ってくれているような気がして、胸に小さな火が灯《とも》るような温《ぬく》もりも感じた。

ゲームはその後もおりおりに席を替え、隣に座る子たちも変わりながら進んでいった。移動中、何度も緋花里を探して視線を巡らせたのだが、見つけだすことはできなかった。

やがてゲームは「猛獣狩りに行こうよ」という名前の遊びに切り替わる。

ルールは単純。指導員や彼らに選ばれた子たちが、思い思いに名前を挙げた動物たち（別に猛獣でなくてもいい）の文字数に従って、ゲームの参加者たちは制限時間以内に文字数とぴったり同じ人数のグループを作り、その場にしゃがみこむというものである。たとえばライオンだったら、四人のグループを作るといった具合に。

このゲームが湖姫にとって、もっとも苦痛に感じられるものだった。

出題者たちが思い思いの動物の名前を挙げる前に「猛獣ー狩りにー行こーよー！」や、「だーって鉄砲持ってるもーん！」などといった台詞《せりふ》を、間抜けな節とポーズをつけて発するのだが、参加者たちも一拍置いて、これらをそっくり真似しなければならない。

小五にもなってやるようなことではないと思ったし、そもそも湖姫は幼稚園の頃からこうして何かを無意味に演じるような行為が生理的に受け容《い》れ難かった。

これだけでもたくさんだったのに、出題者が動物の名前を挙げたあとは地獄そのもの。制限時間が来るまでに、みんなが近くにいる子たちと慌ただしくグループを組むのだが、積極的にそれができない湖姫は、知らない子たちにほとんど怒鳴られるようにしながら力尽《ず》くでグループに引きこまれたり、動物名の制限数から漏れてしまって右往左往する羽目になったりと、およそまともに取り組むことができなかった。

おまけに動物名のグループを組むのは、同じベンチに腰掛けている子を対象外とするルールもあったため、名前を挙げられるたびに広場の中を駆けずり回るのも苦痛だった。両手に図鑑を抱えているので、まともに走ることすらおぼつかない。

こうした具合に四苦八苦しながら何度もグループを組んでは解散し、新たなベンチに腰掛け直すさなかのことだった。ベンチの両側に座る人影にふと既視感を覚えてしまう。

警戒しながら視線を向けると、湖姫の左手側には昨日、森の原っぱで一悶着《ひともんちゃく》があったメンバーのひとり、最後に湖姫に謝罪をしてくれた優枝という少女が腰掛けていた。

優枝の視線もこちらのほうへと向けられている。思わずはっとなって右手側のほうへ顔を背けると、そこには不出来なモンチッチのような顔をした来美が腰をおろしていた。

なんという間の悪い偶然だろうか――。湖姫は知らず知らずのうちに、来美と優枝に両側を挟まれる形でベンチに座っていたのである。折しも膝には図鑑ものっている。

辛くも幸いだったのは、湖姫の存在に気づいたのは優枝のほうだけだったということ。来美のほうは眼前に燃え盛るキャンプファイヤーを眺めながら、薄笑いを浮かべていた。

そしてもうひとつの幸いだったのは、炎の反対側から聞こえてくる出題者の男の子の間抜けな掛け声がもうすぐ終わって、お題の動物名が告げられそうなことだった。

「だーって鉄砲持ってるもーん！」「だーって鉄砲持ってるもーん！」

「槍《やり》ーだってー持ってるもーん！」「槍ーだってー持ってるもーん！」

男の子の唄うような声を追って、周囲の子が銃や槍を構える幼稚なポーズを取りつつ、盛んにその声を復唱するなか、湖姫はじっと息を潜めて、ベンチに張りつけていた尻《しり》を静かに薄く浮かせ始めた。

そうして掛け声が終わった一拍後、男の子が「ジャイアントパンダ！」と叫んだ瞬間、湖姫は飛び跳ねるような勢いで立ちあがり、全速力でベンチの前から駆けだす。

そこへ右手のほうからさっと大きな人影が擦り寄ってきて、右手に持っていた図鑑を素早く引ったくってしまう。振り向くと、そこには薄笑いを浮かべた来美の顔があった。

その笑みを見るなり、先ほどから湖姫のことに気づいていたのだろうと思い得る。

すかさず「返して！」と叫ぼうとしたのだが、続いて来美が起こした意想外の行動に湖姫の心臓は一瞬にして凍りつき、言葉は喉《のど》のところで音もだせずに萎《しぼ》んでしまう。

辺りを無数の子供たちが駆け回るなか、来美はキャンプファイヤーの前まで躍り出て、片手に摑《つか》んだ図鑑を燃え盛る炎の中へ放りこんだ。

緩やかな放物線を描いて宙を舞った本は、堆《うずたか》く積みあげられた紅蓮《ぐれん》に染まる木組みの奥へと滑りこみ、あっというまに見えなくなってしまった。

轟々《ごうごう》と燃え盛る炎を見つめる湖姫の目玉が、Oの字になったかのように大きく見開き、続いて口のほうも顎《あご》の関節が「ぱちん」と外れたかのように、あんぐりと開く。

「ざまあ見ろ。やってやった。見てたでしょ？　あたしは見事にやってやったから！」

勝ち誇ったような大声が聞こえたほうへ首を向けると、来美が優枝の手を取りながら、キャンプファイヤーの反対側に向かって走り去っていくところだった。

湖姫は来美たちのあとを追うことも考えず、再び炎に視線を戻して近づいていったが、火の勢いはあまりにも強く、中に放りこまれた図鑑の影すら認めることもできなかった。

その後は半ば放心状態となり、記憶がかなり曖昧《あいまい》である。

覚えているのは、一応最後までゲームには参加したということ。おそらく出来の悪いアンドロイドを思わせるぎこちない挙動で、周囲の流れに合わせていたのだと思う。

他に覚えているのは、涙を堪《こら》えていたことだった。両目をひくひく痙攣《けいれん》させながらも眉間《みけん》や顳顬《こめかみ》に精一杯の力をこめて、ただただ無感動に「泣くまい」とだけ努め続けた。

意識がいくらか鮮明なものに立ち返り、それなりの自我を取り戻すことができたのは、キャンプファイヤーの時間が終わって、緋花里とようやく再会した時のことだった。

「途中から全然会えなかったね。人見知りでも少しぐらいは楽しめた？」

ぞろぞろと列をなして施設へ戻る子たちに交じって歩きながら、緋花里が尋ねてくる。

湖姫は「うん……」と心にもない答えを返し、未《いま》だにこみあげてくる涙を堪えて歩いた。

自室に戻ったのは、八時過ぎのことである。

この日はキャンプファイヤーが催された都合で、入浴の時間も遅めに定められていた。昨夜よりも一時間遅く、風呂《ふろ》は交代制で十時までに入ることになっている。道理として、湖姫たちはその後に入るようになるだろう。

それまで涙を堪え続け、ベッドに潜りこんでから声を押し殺して泣きだすというのが湖姫の決めた予定ではあったのだけれど、結果はかなりの前倒しになってしまった。

自室に戻って早々、緋花里に「ボードゲームする？」と言われた瞬間、湖姫の目頭は沸騰したように熱くなり、あとは涙が滂沱《ぼうだ》となって止まらなくなる。

「やっぱり何かあったんだ。顔色悪いからすぐに分かった。説明できる？」

湖姫としては就寝後に独りで泣き腫《は》らすことも含め、何もかもを緋花里に隠し通して家に帰るつもりだった。けれども優しい声で緋花里に聞かれると、無性に縋《すが》りつきたい欲求がこみあげてきてしまい、気づけばキャンプファイヤーの時間に起きた一部始終を洗いざらい、緋花里に打ち明けることになってしまった。

「探しにいってくる」

嗚咽《おえつ》交じりに語りきった湖姫の話を聞き終えると、緋花里は躊躇《ためら》うそぶりも見せずにテーブルの縁から立ちあがり、ドアのほうへと進んでいく。

「探しにいっても、もうダメなんだよ……。きっと真っ黒焦げになっちゃってる……」

なおも大粒の涙をこぼして湖姫は訴えたのだが、すぐに見当違いだったと分かる。

部屋を出た緋花里は、廊下を歩いている参加者の女の子たちに素早く近づいていくと、来美の所在について尋ね始めた。緋花里の目的は本ではなく、来美の捜索のほうだった。

「そう。分かった。ありがとう」

「何も知らない」と答えた女の子に緋花里は礼を述べると再び施設内の廊下を歩きだす。湖姫も涙を拭《ぬぐ》ってあとに続いた。「そんなのいいよ」と言ったのだが、緋花里のほうは「いいわけない」と短く答え、廊下で出会う子たちに次々と声をかけていく。

まもなくして、来美たちが泊まっている部屋を知っているという子たちに行き着いた。聞きだした部屋番号を手掛かりに、当該の番号が記された部屋の前へとたどり着く。

緋花里がノックしてドアを開けたのだが、中に来美の姿はなかった。昨日の原っぱで来美と一緒だった子たちもいない。いるのは見知らぬ女の子ばかりだった。

緋花里が彼女たちに来美の所在を尋ねると、ひとりの女の子が「もしか」と言い添え、「喫煙室にいるかもしれない」と答えた。昨日、「秘密の隠れ家を見つけた」と言って、来美がほくそ笑んでいたのだという。

喫煙室は、館内の奥まった場所にある。自然学校の期間中、客室に泊まっているのは参加者の子供たちだけだったし、煙草をたしなむ施設の職員や自然学校の指導員たちは、事務室や休憩室で吸っているらしく、喫煙室のほうは常にがら空きなのだという。

「だから隠れ家。馬鹿みたい」

緋花里は口の中で小さくつぶやくと、教えてくれた女の子に礼を述べてドアを閉めた。そして館内の廊下を喫煙室に向かって足早に歩きだす。

「何するの？　ねえ、何するの……？」

「わたしがあいつにしてやりたいこと」

「やめようよ……」と湖姫は訴えたのだが、それに対する緋花里の回答はなかった。

喫煙室は確かに、館内のかなり奥まった場所にあった。近くに人の姿も見当たらない。煙草のヤニで黄ばんだガラス戸が隔てる喫煙室の中からは、聞き覚えがある女子たちの賑《にぎ》やかな話し声が聞こえてくる。

緋花里はガラス戸を一気に開け放つと、戸口の縁のところまで足を踏み入れていった。部屋の中では来美と七人の子分たちが、室内の壁際に置かれている二組の黒い革張りの長椅子に座り合っている。子分たちは緋花里の姿を目にしたとたん、顔に浮かんでいた笑みをさっと引っこめ、石のように身を硬くしてしまった。

動じなかったのは来美だけである。満面に浮かんでいた嫌らしい笑みをさらに強めて椅子からすっくと立ちあがり、部屋のまんなか辺りまで歩みだしてくる。

「何？　なんかあったの？　あったとしても、あたしは何も知りませーん。うえぇー」

来美が薄笑いを浮かべ、緋花里に向かってべろりと舌を突きだして見せる。

次の瞬間、緋花里が跳ねた。

片脚で思いっきり床を蹴《け》りあげ、来美の胸元目掛けて飛びこんでいく。

猫のように敏捷《びんしょう》な緋花里の動きに来美は身構えることすらできず、緋花里がまっすぐ突きだしたふたつの掌底に胸を強く押され、そのまま床へと仰向《あおむ》けになって倒れこむ。

来美が倒れるなり、緋花里は彼女の腹の上にすとんと腰を落とし、両膝《りょうひざ》の内側で腹の両脇を万力よろしく、ぎゅっときつく締めつけた。続いて目にも止まらぬ勢いで両腕を交互に振りおろし、平手で来美の頰を張り始める。

来美は抵抗することはおろか、悲鳴をあげることさえできないまま、無防備な両頰へ緋花里の平手打ちをまともに喰《く》らい続けた。子分たちも長椅子に凍りついたままである。

狭い喫煙室の中に、稲妻を連想させる鋭く渇いた音が絶えることなく次々と弾《はじ》けては、煙草のヤニで黄ばんだ壁に反響して、さらに大きな炸裂《さくれつ》音へと膨れあがる。

それはひとかけらの加減もない、本気の力だった。室内に間断なく轟《とどろ》くけたたましい炸裂音を鼓膜に引き受けるそのさなか、湖姫の頭をみるみるうちに満たしていったのは、視界が小刻みに揺らぎだすほどの凄《すさ》まじい恐怖と、伊吹が以前に発した文言だった。

破壊の罪に生まれし娘。身動きがとれない来美を無慈悲に痛めつける緋花里の様子は、まさに不穏な文言どおりの体をまざまざと顕現しているように思えた。

視界をふるふると揺るがす恐怖にもいや増して、湖姫はそれが悲しくて仕方なかった。緋花里がこんなことをしている姿など見たくない。緋花里はその目つきこそ鋭いけれど心根はすこぶる優しくて、いつでも湖姫を無条件で思いやってくれる。そんな緋花里が大好きだからこそ湖姫はこの一年、澄玲に嫌な顔をされながらも、緋花里と共に過ごす時間を閉ざすことなく大事にし続けてきたのである。

でもこれは違う。緋花里が今、来美にしていることは、優しさでも思いやりでもない。すでに十数発を超える平手打ちを喰らって「あうん、おうん」と短い呻《うめ》きをあげ続ける来美の様子を見ても、湖姫の胸がすくことは少しもなかったし、そもそも炎に巻かれて焼かれた久央の生物図鑑は、ここから来美を何回叩《たた》いたところで、もう元には戻らない。それに、このまま力の限りに来美を叩き続けていたらきっと——。

「もういいよ、緋花里！　もういいからやめて！」

思うよりも早いか、湖姫はさっと身を乗りだして叫び声をあげ、そのまま膝《ひざ》を折って緋花里の背中に両手をぎゅっと縋りつかせた。

「もうダメ。そんなに叩いたら死んじゃう、その人……」

背中へ毛布のように覆い被《かぶ》さる姿勢になって、緋花里の耳元に潰《つぶ》れた声で囁《ささや》きかける。緋花里はまもなく振りあげていた手を宙で止め、それから小さくため息を漏らしながらゆっくりと腰をあげた。来美は仰向けのままでぐったりとしていたが、緋花里はそれに一瞥《いちべつ》もくれず、さっと踵《きびす》を返して喫煙室をあとにする。湖姫も一緒に引きあげた。

弔事のような沈黙を纏《まと》いながら廊下を歩き、緋花里がようやく口を開いてくれたのは、自室へ戻ってきてからのことだった。

「ごめん。悪いことをするんだっていう自覚はあったんだけど、抑えられなかった」

ローテーブルの差し向かいに座った緋花里が深々と頭をさげて、静かに声を紡がせる、

「うん、分かった。でも緋花里。できればああいうことするのは、もうやめて……」

本当は「ありがとう」も一緒に添えたかったのだけれど、自分のために暴力を振るう緋花里の姿はもう二度と見たくなかったので、そちらは堪えて口を噤《つぐ》むことにした。

「しないよ。約束する。言い訳にしか聞こえないと思うけど、誰かに手をあげたのって、さっきが初めてのこと。やる前はすっきりするかなって思ったけど、やり終えてみたら全然すっきりなんかしなかった。正直に言うと、今はすっごく嫌な気分」

「うん。それでいいんだよ。それでいい。すっきりなんかするわけない」

緋花里の答えに安心する。誰かに手をあげたのが初めてという話は本当なのだろうし、「すっごく嫌な気分」という感想も本心から出てきた言葉だろう。

去年聞かされた「機嫌を悪くすることのほうが珍しい」という伊吹の言葉を思いだし、まさにそうだと湖姫は思う。この一年の間で緋花里が機嫌を悪くするさまを見せたのは、昨日と今夜にわたる二回だけのことである。

「これも正直に言うね。苛々《いらいら》してた。自然学校、参加するのを楽しみにしてたんだけど、昨日から湖姫がずっと塞《ふさ》いでいるから、なんだか調子が狂っちゃって。……ごめん」

「知ってた。わたしのほうこそ、ごめんね。ちょっと前からお母さんといろいろあって、落ちこんでたんだ。わたしも緋花里とふたりで楽しく過ごしたいって思ってたんだけど、気分がどうしても乗らなくて、嫌な思いをさせちゃったね。ほんとにごめん」

肝心な部分だけは一切伏せて素直な気持ちを言葉にだすと、心はいくらかすっとした。明日の帰宅後から始まるであろう湖姫の未来には、相変わらず暗い影が差したままだが、少なくとも今という場面においては、そこそこ明るい光を感じることができた。

初めからこういうふうに説明しておけばよかったと、今さらながらに思って悔いる。

「図鑑のことだって、わたしのせい。緋花里に言われたとおりにしておけばよかったね。手に持ってたらなんとなく、気分があがってくるんじゃないかと思ってた」

「父さんの形見だもんね。だからあいつに燃やされて、なおさら腹が立ってしまった」

緋花里が久央に関する話題をだすのは、珍しいことだった。デリケートな問題なので湖姫も遠慮があって、これまで自ら口にだすことはなかった。

「うん」と応《こた》えて微笑を作ると、それを見計らったように緋花里が訥々《とつとつ》と語りだす。

「昨日の自然観察、本当は赤翡翠《あかしょうびん》を探したかった」

赤翡翠。カワセミ科に分類される、翡翠《かわせみ》の仲間。東アジアと東南アジアに広く分布し、日本へは夏鳥として渡来する。翼を含むほぼ全身が朱色に近い赤に染まり、腹部の色は黄みの強い橙色《だいだいいろ》。目立ちにくいが、腰のまんなかにはターコイズブルーの斑《まだら》が一筋あり、茗荷《みょうが》の形を思わせる細長い嘴《くちばし》は、見目鮮やかな緋色《ひいろ》に輝く綺麗《きれい》な姿の鳥である。

緋花里は実物の赤翡翠を見たことがないのだという。湖姫も同じだった。

豊かな森林を棲《す》み家にしている鳥なので、もしかしたら施設の周囲に広がる森の中で見られるかもしれないと思っていたのだが、昨日の自然観察の時間はああした不穏当な有り様になってしまったので、じっくり探すことができなかったと緋花里は言った。

「ごめん」と頭をさげた湖姫に、緋花里は「大丈夫」と応え、「明日もあるし」と言う。

翌朝は閉会式がおこなわれたあと、午前十時出発予定のバスに乗って東京へ帰るのだが、朝食後から閉会式が始まるまでのおよそ二時間は、自由行動になる。その時にもう一度森の中に分け入って、目当ての赤翡翠を探したいとのことだった。

「明日は付き合えそう？」

「うん、問題なし。わたしも見たいよ、赤翡翠」

インターバルなしで答えたし、緋花里と一緒に森の散策をやり直すことができるのは嬉《うれ》しかったのだけれど、赤翡翠を発見できるか否かについては正直、微妙な印象だった。

鳥類図鑑などから得た情報によれば、毎年五月頃に海外から渡来する彼らの生息地は一応、日本全域とはされているが、渡来数は決して多くないそうである。それに加えて、国内有数の繁殖地は西表島《いりおもてじま》であることから、日本に来た赤翡翠の多くはそちらのほうに住み着いてしまうのではないかと考えられている。

そもそも施設内のあちこちに立てられている「周辺の生き物紹介板」にも、赤翡翠の名前や姿はひとつも記されていなかった。いるなら情報が記載されているはずである。

とはいえ緋花里も九分九厘、こうした事情に関しては承知しているはずだと思うので、敢《あ》えて水を差すようなことを言うのはよした。湖姫にしてみれば、明日の朝は赤翡翠が見つかるかどうかという問題よりも、緋花里と森の散策をやり直せるということ自体に大きな意味があるからである。最後の日ぐらい、緋花里には楽しんでもらいたかった。

久央の形見の生物図鑑を失った悲しさは未《いま》だ薄まることなく、胸の中に膿《うみ》が溜《た》まった水膨れでも湧いたかのようなじゅくじゅくとした感覚がわだかまっていたが、緋花里と気安く言葉を交わしていると、いくらかなりとも紛らわすことができた。

「流れで言うけど、赤翡翠は父さんが好きだった鳥なんだよね。鳥系全般が好きだった。他には飛行機とか、飛ぶ系全般も好きだったみたい。そう言えば父さんが元気だった頃、わたしに『赤い色が似合う』って言って、褒めてくれたこともあった。今考えてみると、赤っていう色自体も好きだったのかもしれない。父さんは自分で赤い服なんか着ること、全然なかったけどね」

ぽつぽつとこぼした緋花里の言葉に、そういうルーツがあったのかと思い知る。

緋花里が日常的に赤系統の衣服を多く身に着けている理由は、てっきり緋花里自身の好みによるものだとばかり思っていたのだが、実際は久央の称賛を受けたということが大きな理由になっているのかもしれない。赤翡翠にまつわる逸話も含め、思いがけない告白だったし、興味深い話だと感じた。もっといろいろ聞いてみたくなってくる。

「ねえ。緋花里にとって、お父さんってどういう人だった？　よければ聞かせて」

「そうだな。物知りで静かな感じの人だった。仕事で家を空けてることが多かったから、実はあんまり一緒の時間を過ごしたことはないんだけど、それでも顔を合わせた時にはいろんなことを教えてくれた。わたしにとってはそういう人」

物知りで静かな感じ。これについては湖姫も久央に対して同じ印象を抱いていたので、素直にうなずくことができた。けれども、そこから続く次の証言については意外だった。

湖姫が山梨の前居に暮らしていた頃も、久央は同じく家を空けていることが多かった。理由についても緋花里が回答したのと同じように「仕事」ということにはなっていたが、のちに鬼籍に入ってから（澄玲との夫婦関係が単なる事実婚だったと判明してから）は、おそらく違うだろうと湖姫は考えるようになっていた。澄玲に確認したわけではないが、たびたび「仕事」と称して月峯の家を空けていた期間は、霜石の家のほうに戻っていた「帰宅時」だったのだろうというのが、湖姫の思い描いた推測だったのである。

ところが事実はだいぶ違うものだった。実際は両方の家を不在にしがちだったらしい。ここに至って久央の仕事についての疑問も湧きだしてくる。湖姫にとっては馴染《なじ》み深い霊能関係とは聞かされていたが、具体的にはどんな仕事をしていたのだろう。

尋ねた湖姫に、緋花里は「ざっくり、インディ・ジョーンズみたいな仕事」と答えた。

全国各地、時には海外にも渡って、特異な力を持った神具や呪物《じゅぶつ》、秘密めいた呪文や儀式の作法が記された古文書のたぐいなどを調査、延《ひ》いてはそれらを取得して回るのが、在りし日の久央の務めだったのだという。

動機については、緋花里が全てを語り終える前から湖姫が薄々思い描いていたとおり、霜石家を蝕《むしば》む災禍に根ざしたものだった。久央は深天の闇を完全に封印せしめる手段や、イカイメを討滅させうる切り札を求めて、これぞと目星をつけた方々を引きも切らずに巡り歩いていたのである。それらの成果は、現状を鑑《かんが》みれば芳しいものではなかったと思わざるを得ないのだけれど、ともあれ志のほうについては理解することができた。

「……深天の闇、緋花里が見た時はどんな感じに思った？」

多少の緊張を抱きつつも、流れに乗じて切りだしてみる。斯様《かよう》な話題に踏みこむのも極めて珍しいことだった。分けても深天の闇に関する質問は初めてである。

「居れば、誰でも視えるようになる」という霜石の屋敷に暮らしている前提がある以上、霊感の多寡がどうのといった問題以前に、緋花里の目にもこの世ならざる者たちの姿が視えている。それについては、この一年間で確認済みだった。庭で遊んでいる時などに伊世子を始め、邸内に迷いこんできた滓霊《しりょう》を一緒に目にする機会が幾度となくあったし、緋花里も自ら「屋敷の外でも視える時は視える」と打ち明けてきたこともあった。

そこから先の深い話に湖姫が踏みこんでいかなかったのは、ひとえに跡目相続という気まずいトピックに流れが波及してしまうのを忌避したがゆえである。緋花里のほうもそれと似通う思いがあるのか否か、お化けのたぐいや家の事情に関する話題についてしは滅多に口にだすことはなかった。そうした話題について語り合うより、ふたりが愛する本や生き物にまつわる話題に興じていたほうが、ずっと楽しかったという事実もある。

「深天の闇。先に聞いておきたい。湖姫のほうは、どう思った？」

緋花里に問い返され、湖姫は簡素な言葉と表現を用いて、当時思い得た所感を伝えた。

それはすなわち、漆黒の闇の中に浮かんで見えたイカイメの虚像に対する強い闘争心が、沸々と胸の内から湧き出てきたという所感に他ならない。

こんなことですら、緋花里に話すのは初めてのことだった。

「なるほど。そうか。わたしがあそこを覗《のぞ》きこんで思ったのはね――」

それからおよそ五分近くにわたって、緋花里も深天の闇に関する自らの所感や推察を微に入り細を穿《うが》って滔々《とうとう》と語り連ねた。はずである。それについては間違いなかった。

「だから要するに、かんじんなことは、目に見えないんだよ。言葉は借り物になるけど、それでもまとめて言い表わすなら、こういう表現が適切かな。わたしの感想は以上」

話の締め括《くく》りに緋花里が添えたひと言は、アントワーヌ・ド・サン＝テグジュペリの『星の王子さま』で語られている印象深い一節である。「かんじんなことは」の前には、「心で見なくちゃ、ものごとはよく見えないってことさ」という文言が記されている。

『星の王子さま』は、緋花里がお気に入りにしている文芸作品の一作で、湖姫も去年の冬に本を借りて一応読破したのだけれど、残念ながらあまり心には響いてこなかった。

作品の高い完成度については十分理解できたし、作中で当該の台詞《せりふ》を発するキツネのキャラも嫌いではなかったが、おそらく好みの問題なのだろう。湖姫は同じ幻想譚《たん》でも、どちらかといえば活劇色や冒険色の強い物語のほうに胸がときめく傾向にあった。

締めの言葉の引用元はすぐに察しがついた。だが、深天の闇に関して緋花里が述べた所感についてはほとんど理解することができなかった。話の内容が難しかったからとか、共感することができなかったからとか、そうしたことが理由になっているのではないと思うのだけれど、全体的に摑《つか》みどころがない感じで、頭にうまく入ってこなかったのだ。日頃は何事に関しても分かりやすく、的確な表現で物事を論じる緋花里の弁舌としては、奇妙にさえも感じてしまうほど不明瞭《ふめいりょう》な話し方だったと思う。

「時間、そろそろいい頃かもね。お風呂《ふろ》に入ってこようよ」

頭に入ったのか入らなかったのかについてもよく分からない話を反芻《はんすう》しているさなか、緋花里が部屋の壁時計を一瞥《いちべつ》してから誘ってきた。湖姫も時計を見ると、針は十一時に近い時間を差している。緋花里の誘いに異論はなかった。午前中の登山（それも湖姫は二往復）に始まり、キャンプファイヤーの時間でも余計なぐらいに走らされたおかげで身体はくたくただったし、眠気も催し始めている。さっそく支度を整え、部屋を出た。

昨夜と同じように人気《ひとけ》の絶えた脱衣所で服を脱ぎ、無人に静まる大浴場に設《しつら》えられた大きな湯船にふたりで並んでどっぷりと浸《つ》かる。ほどよい熱さに沸く湯が身体の芯《しん》までぽかぽかと沁《し》みこんできて、疲れがじんわりと癒《い》えてきた。

湯の中に沈んでいる緋花里の胸にそっと視線を向けてみる。手のひら形の赤黒い痣《あざ》は、ゆらゆらと水面を靡《なび》かせる湯の中で朧《おぼろ》な像に淀《よど》みつつ、今夜も同じ位置に同じ大きさで、五本の小さな指を開いていた。

この際だからと、湖姫は思う。この際だったし、おそらく多分、今しかない。

昨夜、どうしても訊《き》けなかったことを、勇気をだして尋ねてみることにした。

「ねえ、緋花里。緋花里には、生まれてきた時の記憶ってある？」

ぽつりと自然な体を装って言葉を向けると、緋花里はこちらへすっと首を振り向けた。

「あるよ。真っ暗い闇の中にいた記憶。多分、母さんの身体の中だったんだと思う」

先に結論から始まった緋花里の話は、湖姫がおよそ予見していたとおりのものだった。

出生前に湖姫が澄玲の胎内で目にしたもの、起きたこと、感じたこと。それらの全てを反転させた光景が、緋花里が出生前に体験している記憶だという。

「辺りがぐらぐら揺れ始めてきた頃、暗闇の先で小さな人影が見えた。赤ちゃんの人影。右手を伸ばしながらだんだんこっちに近づいてくるから、わたしのほうも手を伸ばして近づいていった。そうしたら手と手がお互いの胸のまんなかにぴたっと一瞬貼りついて、それからわたしの身体は、うしろのほうに向かって物凄《ものすご》い勢いで押し流されてしまった。次に気づいた時には辺りが眩《まぶ》しいくらいに明るくて、わたしは誰かの腕に抱かれながら、わんわん泣きだしていた。大体こんな感じの流れかな。今でもはっきり覚えてる」

話を結んでこくりとうなずくその目には、「湖姫のほうは？」を示す光が宿っていた。

少なくとも湖姫にはそうした光が――大事な光が宿っているようにしか見えなかった。

「わたしもだよ。緋花里とおんなじ記憶を持っている。わたしのほうは、太陽みたいに眩しい光の中から出てくる小さな人影の胸のまんなかに、手のひらを当てている」

「それ多分、わたし」

「うん、わたしも絶対そうだと思う。良かった、聞けて。ほんとに良かった」

あとは余計な台詞など不要だった。代わりに見つめ合い、湯の中で手を握り合わせる。

湖姫が淡い笑みを浮かべるその一方、緋花里のほうは鋭い目つきで唇を一文字に結んだ素っ気ないものだったが、それはいつものことである。

けれども鋭く並ぶふたつの目には、太陽みたいにきらきらした光が灯《とも》っていた。

「時間遅いし、髪と身体を洗ってあがっちゃおうか？」

「うん、そうする。けっこう眠たくなってきちゃってるし」

苦笑とともに応じて湯船から抜けだし、場内の壁際に並ぶ洗い場のほうへ進んでいく。それから緋花里と並んで風呂椅子に腰掛け、髪と身体を洗い始めた。

湖姫は最初に髪を洗い、続いて身体のほうを洗いにかかる。幼い頃からの習慣だった。緋花里のほうはその逆に、身体を先に洗ってから長い髪の毛を洗い始める。

ボディタオルを使い、身体を半分近く擦り終えた頃である。

出し抜けに「すこん！」と渇いた音が弾《はじ》け、左に座る緋花里の身体が宙に浮く。天井を見あげながら弓なりになって浮かんだ緋花里の身体は、仰向《あおむ》けの状態で濡《ぬ》れた床の上へと着地した。硬い床に後頭部が打ちつけられる「ごっ」と鈍い音がそれに続く。

緋花里が座っていた風呂椅子は、地を這《は》うUFOじみた動きで前へと向かって滑走し、蛇口が並ぶ洗い場の壁にぶつかると、その反動で今度は左側に滑っていって止まった。

何が起きたかを理解するまでに一拍の間が必要だった。緋花里は苦悶《くもん》の呻《うめ》き声をあげ、蛇口のほうに足を向けながら仰向けになって倒れている。その上に暗い影がさっと射し、軽く膝《ひざ》を折りながら緋花里の顔を覗きこむ。

来美だった。来美はにやりと口角を吊《つ》りあげると、緋花里の二の腕をがっしりと摑み、壁から伸びる蛇口の真下に顔が向くように、身体をくるりと一回転させた。

背後から忍び寄ってきた来美が、緋花里の座っていた風呂椅子を達磨《だるま》落としの要領で蹴とばし、緋花里を洗い場の床に転倒させた。ここまで理解が及んだ時には、緋花里の顔が蛇口の真下に回転させられたあとだった。

「押さえて」

来美が背後に首を振り向け、声をかける。湖姫が視線をたどって見やったその先には、来美の子分が四人、並んで立っていた。ふたりが声がけに応じ、倒れた緋花里の身体を押さえにかかる。ひとりが両腕を摑み、もうひとりが脛《すね》を両手で押さえつける。

湖姫は反射的に椅子から素早く立ちあがると、ガラスが割れんばかりの悲鳴をあげた。

「そっちも！」

そこへ湖姫の声に被《かぶ》せるように来美が怒声をあげる。命令された残りの子分ふたりがすかさず動きだし、湖姫のほうへと駆け寄ってきた。ひとりは背後に回りこみ、片腕を湖姫の胴に絡ませる。もう一方の手は口元に被せられ、この場で外部に窮地を知らせる唯一の手段だった悲鳴は、「うーうー」と濁った小さな呻き声に変えられてしまう。

もうひとりの子分は、湖姫の肩に軽く片手をかけてきただけだった。顔を見てみると、こちらは優枝である。今にも泣きだしそうな色を浮かべて視線を斜めに流しているので、こんなことをするのはおそらく不本意なのだろうと感じ取ったものの、だからといって機転を利かせて救《たす》けてくれる気もなさそうである。湖姫と同じで気弱そうな娘だった。

「お前、なんのつもりよ。ふざけんな……」

「猛獣狩りに来たんだよ」

苦悶の喘《あえ》ぎ声で凄《すご》んだ緋花里に、来美は陽気な声で切り返した。

続いて緋花里の頭のほうへ回りこみ、蛇口の栓を思いっきり捻《ひね》る。

とたんに大滝のような勢いで吐きだされた大量の水道水が、緋花里の顔面を直撃した。

緋花里はくぐもった声をあげながら激しく首を振り乱し、水から逃れようとし始めたが、大した成果は得られず、冷たい水が顔じゅうに容赦なく降り注がれていく。

「あっ！　見てこれ、何？　気持ち悪っ！」

水責めが始まってまもなく、緋花里の両腕を押さえていた子分が素《す》っ頓狂《とんきょう》な声をあげ、顎《あご》の先で胸に浮かぶ痣を来美たちに示してみせた。

「手じゃねえ？　つか、絶対に手の跡だろ、それ！　気持ち悪ぃ！」

痣を目にするなり、来美がしかめ面を拵《こしら》え、わざとらしい声音で叫ぶ。

「ねえ、見て！　こいつの胸にもおんなじのがある！　なんなのこれ！」

続いて湖姫の胴に腕を回していた子分も、湖姫の痣に気づいて喚《わめ》き始める。

「お前らがみんなと一緒にお風呂に入らなかった理由ってこれ？　確かに入浴タイムにこんなもん見せられたらキモくて迷惑だけど、そもそもなんなのこのグロい痣？」

来美が鷹揚《おうよう》な口ぶりで緋花里と湖姫に尋ねてきたが、緋花里は押さえつけられている身体を捩《よじ》って顔面に降り注ぐ水から逃れるのに必死で、答えを返すことができなかった。

一方、湖姫のほうは、顔じゅうを水浸しにしながらもがき苦しむ緋花里の姿に慄《おのの》いて、声すらだすことができなくなっていた。代わりに涙が堰《せき》を切ったようにこぼれだす。

それに加えて痣のことを悪し様に罵《ののし》られ、笑いのめされていることにも傷ついていた。

馬鹿にしないで。気持ち悪い痣なんかじゃない。あなたたちに何が分かるの……？

ふたりの奇縁を結ぶ魔法の痣を貶《けな》されたことに、それも緋花里の口から大事な告白がもたらされた直後にあって貶されてしまったことに、湖姫の身体は鼓動と呼吸と意識が競い合うように絡み合って掻《か》き乱れ、今にも卒倒してしまいそうだった。

「答えられないんなら、まあいいや。キモい人種の紋章みたいなもんだと思っとくから。そして、こっちのほうもそろそろいいか」

気だるそうに言い切ると、来美は顔面に水柱を立てる緋花里の顔を満足げに見おろし、蛇口の栓を締め直した。水が止まると、子分たちをどかしてすかさず緋花里の腹の上へ馬乗りになり、左右の頰を二発ずつ、ふたつの手のひらで交互に思いっきり引っぱたく。

先刻までばしゃばしゃと騒がしかった水音の代わりに、かんしゃく玉が爆発するような鋭く乾いた音が浴場内に合計四回、等間隔に響きわたった。

「今回はこれぐらいで勘弁してやるよ。少しは目上の怖さが分かったか？」

来美が緋花里の傍らにしゃがみ直して凄んだが、緋花里のほうは水浸しになった床に四肢を広げて伸びたまま、げほげほと咳《せき》こむのが精一杯で、言葉は何も出てこなかった。

「じゃあな、子ネズミ。地獄のウォーターショーを眺めてもらえて嬉《うれ》しかったよ」

来美が湖姫のほうに振り向き、べっと舌を突きだして笑いかける。続いて子分たちに「行くよ」と顎をしゃくって脱衣所のほうへ踵《きびす》を返す。先に緋花里を押さえつけていたふたりがあとに続き、それから湖姫を押さえていたふたりもそばから離れていく。

湖姫は解放されると同時に緋花里の傍らに座りこみ、だらりと横たわる片手を両手で包みこむように摑《つか》んで持ちあげた。嗚咽《おえつ》交じりに「緋花里、緋花里！」と叫ぶさなかに来美たちは浴場から脱衣所を抜け、廊下に出ていった気配を感じ取る。

「大丈夫、緋花里……？」

「……大丈夫。口の中が切れてるみたいだけど、多分大した怪我じゃない」

ゆっくりと気息を整え、途切れ途切れに咽《むせ》びながら緋花里が答えた。水道水の大滝で濡れそぼった髪の毛はばさばさに乱れ、不規則な波線模様を幾筋も描いてうねっている。水のアイロンでパーマをかけられたかのような具合だった。

まもなく上体を起こした緋花里はもごもごと唇を動かし、続いて蛇口の真下に延びる排水溝に向かって唾液《だえき》混じりの鮮血を吐きだした。赤い糸を思わせる、長々と尾を引く粘り気を帯びた血の筋だった。

かける言葉が思い浮かばず、湖姫は泣き声をあげながら緋花里の身体にしがみついた。

肌が凍ったように冷えている。かわいそうに。冷たくて苦しかったよね、緋花里。

「寒い。もう一回温《あ》ったまったらあがろう」

湖姫が泣き続ける一方、緋花里のほうは苦虫を嚙み潰《つぶ》したような表情を拵えながらも、涙は一滴も流すことはなかった。代わりに窄《つぼ》めた唇の先から「すぅ」と長い息を漏らす。

「心配しないで。ここからさらにやり返すとか、そういうことは考えてないから」

「そんなの心配してない。いいから、早くお風呂《ふろ》に入って温ったまろうよ……」

緋花里がわざわざ宣言したとおり、再び湯舟に入り直して手早く入浴を終えたあとは、ふたりでまっすぐ部屋に戻って眠るだけになった。

緋花里は平然とした顔をしていたが、湖姫のほうは泣きやんでからも動悸《どうき》が治まらず、歯の根も合わない感じに悩まされた。忘れようと努めても、水責めを受けて悶《もだ》え苦しむ緋花里の姿が脳裏に何度もしつこく蘇《よみがえ》り、しだいにお腹もちくちくと痛みだしてくる。

湖姫の思うところでは、おそらくそうした様子を目にして気を回してくれたのだろう。あるいは自分も心細かったのか。部屋の電気を消す間際、緋花里がぽつりと言ってきた。

「一緒に寝る？」

「うん。一緒に寝たい」

降って湧いたような嬉しい誘いに湖姫は迷うことなく飛びついて、自分のベッドから枕だけをいそいそと持ちだし、緋花里のベッドに肩を揃えて潜りこんでいった。

「口。ねえ、口の中の傷見せて」

ナツメ球が放つ橙色《だいだいいろ》の薄明かりに照らしだされた暗闇の中、顔を向け合って横たわる緋花里にそっと優しく囁《ささや》きかける。

「暗くて見えないよ」とぼやく緋花里に「見える、わたしなら」と微笑を浮かべて返し、願ったとおりに口を開けてもらう。「ん」と声をあげつつ、緋花里は左手の人差し指で左側の口角を引っ張り、それから唇を上下に大きく開いてみせた。

顔を近づけて覗《のぞ》きこむと、左側の頬粘膜のまんなか辺りに歪《ゆが》んだ切り傷ができている。「つ」の字に近い形をしたそれは、まだ傷口が開いたままで赤い肉が覗いていたけれど、新たに血が滲《にじ》み出てくる様子は見られなかった。何日かすれば治りそうだと安堵《あんど》する。

朝から眠りに至る最後のほうまで波瀾万丈《はらんばんじょう》の一日だったが、緋花里に「おやすみ」を告げて瞑目《めいもく》すると、あとは意識がたちまち途切れ、翌朝までぐっすり休むことができた。すでに眠気が強く差していて、身体もくたくたになっていたせいもあるのだろうけれど、それでも朝まで安らかに熟睡できたのは、緋花里と同じベッドで身体を寄せ合いながら横になったからだと思う。

天国にいるような寝心地だった。

それは湖姫の人生の中でもいちばんと言い切っていいほど、素晴らしい寝心地だった。

メメント・モリⅢ　昔日

感じたのは昂《たか》ぶり。

明けて自然学校最終日の朝は定められた時間に起きて、軽いミーティングに参加した。その後は自由時間となって緋花里と昨晩約束したとおり、赤翡翠《あかしょうびん》を探しに出掛ける。朝食はハムと玉子のサンドイッチをメインにした弁当が配られ、各自が好きな場所で食べる形式となっていたので、来美たちの一団と食堂で顔を合わさずに済んで助かった。緋花里と示し合わせ、施設の周囲に延びる森の遊歩道のベンチで食べる。

残念ながら赤翡翠と出会うことはできなかった。緋花里には気の毒だったのだけれど、代わりに藪雨《やぶさめ》や大瑠璃《おおるり》、三光鳥《さんこうちょう》といった珍しい野鳥を何種類か発見することができた。湖姫ももちろんそうだったが、これには緋花里もご満悦で、見つけるたびに声を弾ませ、彼らの生態や知られざる逸話などについて互いに熱っぽく蘊蓄《うんちく》を交わし合った。

分けても湖姫が嬉しくなって思わずきゅんとなってしまったのは、端麗な緑に色づく木立の中に大瑠璃を見つけた時だった。梢《こずえ》に留まり、綺麗《きれい》な声で囀《さえず》る大瑠璃を指差して、緋花里が「湖姫みたい」と言ってくれたのである。この日、湖姫は紺碧《こんぺき》色のブラウスに白のスカートという装いだった。偶然にも大瑠璃のカラーリングと一致していたのだ。

そう言う緋花里のほうも、この日は緋色《ひいろ》のTシャツにカーキ色の短パンという服装で、まさに赤翡翠を思わせる色合いだった。敢《あ》えて森の中を探し回る必要などなかったのだ。湖姫が掛け値なしに世界でいちばん綺麗と思える赤翡翠は、湖姫のそばにずっといた。

自然学校を締め括《くく》る閉会式は、二日前に開会式が催されたのと同じ、施設の前広場で開かれることになっていた。広場のそばに面した駐車場に停められたバスの中に荷物を先に積みこんでおき、それから式に臨む流れとなる。

荷物を置いてバスから降りても、式が始まるまでには時間的にかなりの余裕があった。湖姫はなんとなく用を足しておこうと思い立つ。緋花里に断り、施設の横手に位置するトイレに向かって歩きだす。

トイレは施設の裏手に面した広場に近い場所にあった。昨夜、キャンプファイヤーがおこなわれた広場である。視線を向けると、広場のまんなかには漆黒の消し炭と化した大きな木組みが、ほぼそのままの形で残されたままだった。

湖姫はつかのま逡巡《しゅんじゅん》したのち、広場に向かって歩きだす。

過度な期待をしていたわけではない。たとえば久央の生物図鑑が木組みの外の地面に落ちているかもしれないとか、決してそういう奇跡を期待していたわけではない。

ありえないことである。昨夜、湖姫は自分の目で図鑑が炎の中に呑《の》まれていくさまをはっきりと見ているのだし、その後も炎の四方をぐるりと回って地面を隈《くま》なく探しても、一縷《いちる》の望みが叶《かな》うことはなかったのだ。

けれども残骸《ざんがい》ならば見つかるかもしれないと思った。ハードカバーの分厚い本である。たとえ黒焦げになっていても形ぐらいは留《とど》めている可能性はあったし、運が良かったら中身の一部は焼けずに残っているかもしれない。

そんな思いを抱きながら湖姫は広場へ足を踏み入れ、苦みを帯びた臭気が仄《ほの》かに漂う黒い木組みの残骸へと至る。傍らに屈《かが》みこみ、焚《た》き木の名残を一本一本慎重な手つきでどけていくと、まもなく湖姫ははっと息を呑みこむことになった。

幾重にも折り重なる黒い焚き木のわずかな隙間に、太陽の陽射しを浴びて仄かに輝く金色の棒線がちらついているのが目に入る。他の何かと見間違えることなど絶対にない金色のリーフ模様――。目の色を変えつつ、大急ぎで焚き木をどかした先にあったのは、やはり紛れもなく湖姫の生物図鑑だった。

驚くべきことに、そして喜ばしいことに、図鑑はほとんど無傷の状態で、焼け崩れた木組みのいちばん底に表紙を仰向《あおむ》けて横たわっていた。あたかも火の手を避けるために自ら安全圏へ潜りこんでいったかのようである。

外装は全体的に少し煤《すす》けて黒ずんでいたが、どこにも焼けた箇所は認められなかった。中を開いてみても、何事もなかったかのように全てが最良の状態で保持されている。

本を胸元に抱きしめ「やった……」とつぶやくのがようやくで、あとは息が詰まって二の句を継ぐことができなかった。代わりに思い浮かんできたのは、煤に汚れた図鑑のメンテナンスをしなければという一念である。

急ぎ足で広場を引きあげ、トイレに入り、手早く用を済ませてしまう。

それからトイレの洗面所に陣取り、やはり素早く手を洗ってから、自前のハンカチに薄く水を含ませ、図鑑を汚す薄黒い煤を丹念に拭《ぬぐ》い取っていった。

結果は良好。煤はすっかり綺麗になって、図鑑は望むべき元の状態へと立ち返る。あとは一刻も早く緋花里の許《もと》へ戻って、この吉報を知らせるだけである。

弾んだ心地で出入口のほうへ身を向けた時だった。軽やかな足取りで中に入ってきた人物と目が合い、たちまち背筋がすっと寒くなる。

「おっ。誰かと思えばビビりの子ネズミじゃん。二晩世話になった置き土産に、便所に茶色い赤ん坊でも産んでやってたのか？　便器を詰まらしたりしてねえだろうな？」

来美だった。湖姫の姿を認めるなり、意地の悪そうな笑みを浮かべて詰め寄ってくる。

湖姫のほうはすかさず図鑑を右手で腰のうしろに回し、来美の視界から退けた。

続いて目を伏せ、何食わぬ足取りで来美と距離を取りつつ、迂回《うかい》しながら歩を進める。けれども数歩進んだところで来美が身体を横に滑らせ、湖姫の前に立ち塞《ふさ》がってしまう。

「シカトすんなよ。相方と同しで愛想悪りぃなあ。ところでお前は子ネズミっぽいけど、あいつのほうは目つきの悪いペンギンみたいな感じじゃねえ？　お前はどう思う？」

来美が緋花里をペンギンと評する理由は、長い黒髪や背筋をすらりと伸ばした立ち姿、並びに昨夜、浴場で水責めをした時に思い得た印象などからくるものだろうと感じたが、まるでセンスのない見立てだと思った。湖姫も別に子ネズミではない。

　答えは返さず、来美の脇をすり抜けようとしたのだが、今度は右腕をぎゅっと摑《つか》まれ、引き止められてしまう。反射的に図鑑を隠せる角度に身を捻《ひね》って、なんとか誤魔化す。

「行くんなら『お先に失礼します』ぐらい言ってけよ。目上に対して印象悪過ぎだろ？　お前も昨夜のペンギンみたいに、きっついお仕置きされたいわけ？」

　ここで一瞬、湖姫の感情が突発的に昂《たか》ぶった。トリガーとなったのは、来美の口から二度目に吐きだされた「ペンギン」の一語である。

「緋花里はペンギンじゃない」

「あ？」

　大瑠璃と赤翡翠――。先刻、森の中で歓喜に打ち震えた麗しい一幕が、悪意に満ちた無粋なひと言ですっかり台無しにされたような気がして、無性に腹が立ったのである。

「あなたは鵯《ひよどり》。いっつも人に意地悪ばっかりしてくる」

「あ？　なんて？」

　本当は「性悪で不細工なモンチッチ」とでも言ってやりたいところだったのだけれど、先に思い浮かんできたのは「鵯」のほうだった。奇《く》しくも喩《たと》えを野鳥に揃えた形となる。鵯は他の野鳥たちを脅して大好物の花の蜜《みつ》を独占したり、畑に集団で飛来して農作物を食い荒らしたりする鳥である。それらはあくまで生物としての習性に過ぎず、鵯自身に悪意はないと思うのだけれど、彼らのこうした生態は、来美や彼女の子分たちの性分と見事に一致するものがあると湖姫は思った。

「どこかに飛んでいなくなっちゃえばいい。わたしも緋花里もあなたのせいでこの三日、ずっと嫌な思いをさせられてきた。どこかに飛んで、いなくなっちゃえばいい」

ありったけの悔しさと勇気を奮わせ、来美の目を一点に見据えて一気呵成《いっきかせい》に言い放つ。

語尾には「すん」と掠《かす》れた音も加わった。こぼれる涙と一緒に出た音だった。

ああ……引っぱたかれるか、殴られる。

言い終えると昂ぶった感情は急速に萎《しお》れ、背筋に感じる寒気が素早くぶり返してくる。身を強張《こわば》らせながら後ずさろうとし始めた時、来美がこくりとうなずいてきた。

「ああわかった。うざい。いいからもう、どっかにいけよ」

顔から潮が引くように笑みが消え、思いの計り知れない無機質な声音で短く応《こた》えると、来美はおぼつかない足取りで歩きだし、個室の中に入っていった。

湖姫のほうも狐に抓《つま》まれたような心境に戸惑ったが、自分が次に何をすべきなのかを思い得るなり、躊躇《ためら》うことなく行動に出た。逃げるような足取りでトイレを飛びだす。

施設の前広場で待っていた緋花里の許まで戻ると、先に緋花里から「遅かったね」と声をかけられた。湖姫は理由を告げる前に、図鑑を両手に持って差しだしてみせる。

「どうしたの？」

鋭い目元を珍しく丸く見開いて尋ねる緋花里に、湖姫は一部始終を語って聞かせたが、図鑑に関する件のみである。来美にトイレで絡まれたことについては、一切口を噤《つぐ》んだ。理由は緋花里に嫌な気分を共有させたくなかったからである。

「ありえないと思うぐらい不思議……。でも良かったね。急いでしまっちゃいな」

事情を語り終えてもなお、驚きを禁じ得ない様子の緋花里に「うん」と答えたのだが、そこへ折悪しく指導員からの号令がかかってしまう。「全員集合、整列」の時間である。ショルダーポーチもすでにバスの中に置いてきているので、図鑑をしまいこんでおける物入れが何もなかった。仕方なく胸元に抱えながら凌《しの》ぐことにする。

小高い丘の上にある宿泊施設の前広場は、見晴らしのいい眺望を最大限に利用すべく、転落防止の鉄柵《てっさく》が連なる斜面側のほうに演説台が設置されている。

演説台に誰かが上ってスピーチをするたび、その背後に広がるキャンプ地の緑豊かな風景と、遠くに霞《かす》む山々の姿を楽しめるという趣向になっていた。

やがて閉会式が始まり、別れの挨拶《あいさつ》をこめた指導員たちのスピーチが一頻《ひとしき》り終わると、今度はグループのリーダーなどを務めた子たちを中心とした、締めのスピーチが始まる。広場の列から演説台のほうに出てきた者の中には、来美の姿も交じっていた。

スピーチは順調に進んでいき、ほどなく来美が軽やかな足取りで演説台の上にあがる。満面に浮かれた笑みを拵《こしら》え、自己紹介に続いて賑々《にぎにぎ》しい声で始まった来美のスピーチは、先ほど湖姫に「茶色い赤ん坊」がどうのと悪罵《あくば》を吐きつけてきた底意地の悪い少女とは別人と言っていいほど、無垢《むく》な輝きを高らかな声にのせて燦々《さんさん》と撒《ま》き散らすものだった。

「この二日半の間、今回の自然学校で体験したたくさんのことは全部、あたしにとって、そしてみんなにとっても、きっとかけがえのない思い出になることだと思います！」

広場に並んだ参加者たちをきらきらした目で見おろし、熱っぽい調子で次から次へと歯の浮くような美辞麗句を並べ立て、いかにも模範生的な振る舞いを演じてみせる。

「調理の苦労も美味《おい》しいスパイスになった、野外炊爨《すいさん》のカレーライス！」

「珍しい草花や鳥たち、虫たちの姿にはっと息を吞んだ自然観察のひと時！」

「グループの仲間たちと声を掛け合い、励まし合って達成した山登り！」

「たくさんのゲームを通じて、みんなとの絆《きずな》を深め合ったキャンプファイヤー！」

さてもここまで自分の歪《ゆが》んだ性根を隠した「いい子」の役を演じられるものだと思う。よくよくその本性を知り抜いているだけに、聞いていて心がざわざわしてくる嫌悪感が通奏低音のように生じてしまった。頭も痛くなってくる。

胸元に抱えた図鑑にそっと目を遣《や》りながら、早く終わってほしいと思っているうちにスピーチはようやくまとめの段階に入った雰囲気を感じ始める。ところがそこに至って、来美の声のトーンがふいに変わった。

「ソンなワケでアタシはココにずっといタい！　でキレば鳥になりたイです！」

声音が急に甲高くなって、抑揚も日本語の発声を忘れたかのようなぎこちない調子に切り替わる。まるで鳥が喋《しゃべ》っているかのような印象だった。

加えて目の焦点も合わなくなり、唇はだらりと弛緩《しかん》して半開きになる。

隣を見ると、緋花里も怪訝《けげん》な色を浮かべてこちらに顔を向けていた。

指導員を始め、参加者たちも次々と異変に気づき、広場の空気が俄《にわ》かに色めき立つ。

「なりマすネ！　羽ばタキまス！　見てイテくダさイ！　飛びマすカらッ！」

満面に貼りついたような笑みを浮かべ、来美が癇走《かんばし》った声で絶叫する。

次の瞬間、くるりと渦のように身を翻すなり、来美は一足飛びで演説台から飛び降り、湖姫がはっと息を呑《の》んだ時には、さらにその背後に連なる鉄柵を飛び越えていた。

一拍置いて「ぼすり」と鈍い音が聞こえてくる。

それからさらに一拍置いて、みんながざわめき始め、続いて競い合うような足取りで柵のほうへと駆けだしていく。湖姫と緋花里も周りの子たちが作る波に乗せられる形で柵のそばまで押しやられてしまった。

慄《おのの》きながら鉄柵越しに向こう側を見おろしてみると、青草にまみれた丘の急斜面から二十メートルほど下った地面に、来美が仰向《あおむ》けになって倒れていた。

来美は微動だにしない。さらには右腕と左脚が、胴に対してあらぬ角度に向いている。右腕は肘関節《ちゅうかんせつ》とは逆向きのVの字に、左脚はくの字になってばきりと折れ曲がっていた。

それを認めた湖姫の心を代弁するかのように、子供たちの悲鳴が続々とあがり始める。湖姫は驚きのあまり、声すらあげることができなかった。緋花里のほうは鋭い目つきで眼下をじっと見おろすばかりである。

指導員たちの数人が血相を変えて、丘の下へ通じる長い坂道を猛然と駆けおりていく。その場に残った他の指導員たちは「見るな！」と叫びながら、鉄柵に群がる子供たちを背後に向かって押しやり始めた。現場は瞬くうちに物々しい空気が色濃くなっていく。

その後、閉会式は指導員らの震え声による宣言で打ち切られ、百人近い参加者たちは半ば強引に送迎バスへ押しこまれる形で施設の敷地をあとにした。

いくらか時間が前倒しになった帰り道、車内でもしばらく来美の投身に関する話題が席のあちこちで取り交わされていたが、湖姫はほとんど無言を貫き通した。

「何があったんだろう。普通じゃなかった」

バスに乗りこんでまもなくした頃、怪訝な色を浮かべた緋花里に向けられた言葉には、「分からない」と応《こた》えるだけに留《とど》め、あとは膝《ひざ》の上にのせて開いた生物図鑑を眺めたり、車外の景色に視線を流したりしながら時間をやり過ごす。

「分からない」というのは正直な答えだったし、できればなんにも「分からない」まま、記憶がすっかり薄れて消えてしまえばいいとも思う。

けれども願いは結局叶《かな》うことなく、その後も湖姫はもやもやと不穏な尾を引く一念を胸に抱えながら家路をたどることになった。

罪と罰　昔日

感じたのは喪失。

行きと同じく、バスが都心に着いてからは、村野が運転する車で霜石邸に帰着した。

車が長屋門を抜けて湖姫の家の前に差し掛かると、開いた玄関口から澄玲が出てきて車のうしろをついてくる。ほどなく本邸の玄関前に車が停まり、湖姫と緋花里が車外へ降り立つのを見計らうようにして、伊吹が中から姿を現した。

ふたりの母親はそれぞれ笑みを添えつつ、湖姫たちの帰宅を喜び、二泊三日の生活と旅の疲れを労《ねぎら》ってくれた。伊吹のほうは心から、澄玲のほうはお芝居で。

「じゃあ、あたしたちはこれで失礼します。ふたりとも、楽しい体験ができたみたいで良かったですね。またいい機会が見つかったら、お誘いさせていただきますよ」

澄玲は伊吹に一礼すると、湖姫にそれとなく顎《あご》をしゃくって見せて踵《きびす》を返した。

玄関前に立つ伊吹と緋花里に背中を向けた瞬間、澄玲の顔に浮かんでいた作り笑いがすっと消え去り、怒った地蔵を思わせる、目を半開きにした険しい顔つきに豹変《ひょうへん》する。

邸内に延びる舗装道を歩く足取りも徐々に速まり、自宅の前へと至る頃にはほとんど駆け足になっていた。仕上げにガラスが割れるような勢いで玄関戸を開け放つ。

「どういうことなの？」

家の中へ入り、後ろ手で思いっきり玄関戸を閉め直すなり、澄玲は湖姫に顔を近寄せ、挑むような低い声で尋ねてきた。目元は強い怒りを表わす小刻みな痙攣《けいれん》を始めている。

昨日から間断なく覚悟はしていたことだが、いざこうして断罪の局面の幕があがると、頭の中が白光に照らされたかのように仄々《ほのぼの》と薄ぼけて、思考がうまく定まらなくなった。脚は骨がなくなったみたいに力が入らなくなってくる。

湖姫が答えられずにまごついていると、澄玲は「来い！」と鋭く叫び、湖姫の片手をちぎれんばかりに引きながら居間へと凄《すさ》まじい勢いで連れこんだ。続いて「座れ！」とヒステリックな怒声を張りあげ、畳の上に正座の形で座らせられる。

「緋花里が生きて帰ってきた。昨日、あの小娘が病院に担ぎこまれたとか、死んだとか、そういう知らせが届いてこなかったから、あんたがしくじったんだってのは知ってたよ。あたしが知りたいのはね、どうしてしくじる羽目になったのかってこと。答えなさい」

「安倍さんっていう人が本当にお腹を痛くして、何もできなくなってしまった……」

「そんなことも知ってる！　昨日、あいつから連絡があった！　あたしが知りたいのは、お前がどうして言われたとおりに動かなかったかってことなんだ！　安倍が本当に腹を痛めてへばっていたって、お前は計画通りに緋花里を崖《がけ》から突き落とせただろう！」

「できるわけないよ。緋花里にそんなひどいこと、できるわけなんかない……」

泣きだしながら答えたとたん、目の前に無数の星が飛び散った。

追って鈍い痛みが頭の上から首筋にかけて、じんわりと広がっていく。澄玲が平手で湖姫の頭を叩《たた》いたのである。意外なことにも思えてしまったが、湖姫が澄玲から暴力を振るわれたのは、この瞬間が初めてのことだった。

「言い訳するな」と唸《うな》るように囁《ささや》いて、澄玲はもう一度、湖姫の頭をべしゃりと叩いた。

「これ以上はないってぐらいのチャンスだったのに、お前は全部台無しにしてくれた！出掛ける前に言ったでしょう？　この先、もしも万が一のことがあって緋花里のほうが跡目を継ぐことになったら、お前はその後をどうやって生きていくつもりなんだよ！」

まるで血に狂う獣のごとく、澄玲は自分が叫ぶ声と言葉の強さに気持ちを勢いづかせ、怒鳴りながら湖姫の頭を何度も強く叩きつけた。痛みよりも衝撃のほうがはるかに強く、まともに息ができなくなるほど呼吸が乱れる。同時に強い恐怖で身が竦《すく》み、溢《あふ》れる涙が視界を霞《かす》めて意識も遠のきそうになってくる。

それを引き止めたのは皮肉なことに、股間《こかん》に広がりだした熱くて不快な湿り気だった。湖姫はショックのあまり、お漏らしをしてしまったのである。それも盛大な勢いで。

ぴたりと張り合わせた太腿《ふともも》を包む白いスカートの間から、黄色いおしっこが織りなす丸い染みが大きく広がっていくのを見た瞬間、顔から火が噴きだしそうな気分になって嗚咽《おえつ》が口からこぼれ、同時に鼻水も細い筋を滴らせた。鼻水は紺碧《こんぺき》色に染まるシャツの胸元に貼りつき、どろりと潤んだ濃い染みを作りだす。

緋花里に褒めてもらった大瑠璃《おおるり》の湖姫が、この上なく無様な姿に様変わりしてしまう。

「ちょっと！　五年生にもなってなんなのそれは！　信じられない！」

湖姫の粗相に気づいた澄玲は金切り声をあげて湖姫の頭をもう一度、横薙《よこな》ぎに叩くと台所から雑巾《ぞうきん》を持ってきて、湖姫の胸元に投げつけてきた。冷たく強張《こわば》った声でひと言、「拭《ふ》け」と命じられる。湖姫は怯《おび》えた犬を思わせる泣き声をあげつつ四つん這《ば》いになり、自分が汚した畳をごしごしと拭き始めた。

「ふざけた甘さを見せてると、将来も今みたいなザマになるよ。おしっこで汚れた畳を嫌々拭かせられる小間使いみたいな将来。緋花里を生かしておいたら、そういうふうな悲惨な未来が来るってお前は想像することができないの？」

淀《よど》んだ目つきで湖姫を見おろしながら語る澄玲の講釈によるところでは、次の当主を緋花里が継ぐことになった場合、湖姫（同時に澄玲も含む）がこの屋敷を追いだされる可能性はおそらく低いだろうという。だが、待遇のほうは大きく変わるとのことだった。

霜石の当主として行使できる一切の権限は緋花里が有し、湖姫は形式的な境守として、深天の闇から現れる魔性の対応やその他諸々《もろもろ》、割に合わない汚れ仕事を請け負わされる惨めな暮らしを強いられる――。そんなことを宣《のたま》いながら、満面を苦々しく歪《ゆが》ませる。

「伊吹の魂胆はそこなんだ。だからあんたに霜石流の呪術《じゅじゅつ》やらなんやらを手取り足取り教えこんでる。いずれその時が来たら緋花里を当主に据えて、緋花里にできないことをやらせたくないことを全部お前に押しつけて、あの家の行く末を体よく回そうとしている。あたしはその魂胆に気づいてしまった。お前も早く目を覚ましなさい」

澄玲の主張を正気の沙汰《さた》とは思えなかったし、伊吹がそんなことを画策しているとも到底思うことができなかった。有り体に受け止める限り、完全に妄執のたぐいである。何がここまで母親を焦らせるのか。理由が霜石家の財産と権力にあると見做《みな》している湖姫には、なんらの共感も抱くことのできない主張でもあった。

「緋花里と協力しながら、霜石さんの家を守る。それじゃあダメなの……？」

視線を畳のほうにさげたまま、恐れながらも素直な意見を告げると、再び頭を叩かれ、目の前に星が飛び散った。先ほどよりも一層大きく、数も倍以上の星だった。

「馬鹿なの？　あたしの話、ちゃんと聞いてた？　それじゃあ、お前が緋花里の下僕か奴隷みたいになってしまうって言ってるんだよ。立場が逆ならいいけどさ」

吐き捨てるように言い終えると、今度は指先で湖姫の頭を小突いて話題を切り替える。声音をさらに低く濁らせながら澄玲は言った。

「とにかくもう一回、ゼロから仕切り直す。いつになるか分かったもんじゃないけどさ、今度はし損じないようにしなさい。それから緋花里とはもう二度と一緒に遊ばないこと。今以上に仲良くなったら、きっとこの次も失敗すると思う。もう二度と遊ぶのは禁止」

これには視界に黒い粒々のようなものがちらつき始め、胃の腑《ふ》に冷たい風が逆巻いた。息を吐いたら白い綿状の靄《もや》が口から出てくるのでないかと思ったほどである。

「嫌だ……。緋花里と遊びたい」

答えた瞬間、横から淩《さら》うような動きで側頭部を思いっきり叩かれた。

「遊びたい……遊べなくなるのは、絶対に嫌」

すかさずもう一発、頭をべしゃりと叩かれる。

「遊びたいぃ……遊びたいぃ……遊びたいぃ……」

額を畳にくたりと押しつけ、両手で頭を庇《かば》いながら、湖姫は涙混じりの小声で何度も必死に訴えた。その声音は歌舞伎で幽霊が登場する時の「ひゅう」という横笛の甲高く陰気な響きにどことなく似通うものがあった。

それから十発近く叩かれた。頭にずんと感じる衝撃も痛みの度合も、数が増すたびにどんどん強くなっていったが、湖姫は必死に「遊びたい」を繰り返した。母親に対してこれほどまでに本気で強く抗《あらが》ったのは、今まで一度もなかったことである。

「もういい。勝手にしろ。この親不孝者」

指先で頭を強く小突かれたのを最後に、澄玲の暴力はようやくのことで収まった。

「ただこれだけはよく覚えておきなさい。お前は将来を左右するとっても大事な用件で、実の母親に逆らった。今までとこれから先とでは、あたしの態度も違ってくるだろうし、お前に対してやることだって違ってくるかもしれない。それは肝に銘じておきなさい」

つらつらと恨み節のように言い切ると、澄玲はさっそく「晩御飯は抜き」と言い放ち、おしっこで汚した畳の完璧《かんぺき》な清掃と、自室に籠《こも》って反省することを湖姫に命じた。

湖姫も独りになりたい気持ちでいっぱいだったので、特に苦もない処罰だったのだが、この時はよもや、他にも大きな罰が用意されているとは想像すらもしていなかった。

翌朝は七時頃になって澄玲に叩き起こされ、居間で一緒に朝食を食べた。

食事中、澄玲は岩石のように強い顔つきで、夏休みの宿題に関する命令を湖姫に下し、八時頃に車で町場の仕事場へ出掛けていった。帰宅するのは夜だという。

国語と算数のプリントを五枚ずつ。それが澄玲に仰せつかった、宿題のノルマだった。帰ってきたらしっかりチェックするのだという。いつもはノルマを課せることを含めて絶対にやらないことなので、プリントの進捗《しんちょく》や正解率をタネにして、ねちねちと難癖をつけようとする魂胆があることは容易に想像することができた。

他に言いつけはなかったし、別の話題も出ることはなかった。仰せのままに午前中は慎重に慎重を重ね、正解率百パーセントを目標に全てのプリントを仕上げていく。

正午前にノルマを達成し、軽く昼食を済ませると、そこから一時になるまで本を読み（この頃は読書感想文用に『トム・ソーヤーの冒険』を読み進めているところだった）、時間が来ると澄玲がいちばん苛立《いらだ》つ行動に出た。

家を出て舗装道を進み、本邸へ向かう。玄関前のチャイムを鳴らすと、珍しくドアを開けてくれたのは伊吹だった。紺地に流水と露芝《つゆしば》模様が描かれた着物を身に纏《まと》っている。季節に合わせた涼やかで上品な雰囲気の装いである。

「こんにちは、湖姫。緋花里に会いに来たの？」

「はい」と答えた湖姫に、伊吹は「その前に少しだけいい？」と持ちかけてきた。

「お父さんから形見にもらった生物図鑑、わたしにちょっと見せてもらえない？」

少し気になることがあるのだという。昨日、キャンプファイヤーを巡る不穏な一件を緋花里の口から聞かされて、実物を検《あらた》めてみたいとのことだった。

来美たちとのトラブルに関する全容を緋花里がどこまで伊吹に語ったのかについては定かでなかったが、すっかり燃えたと思っていた図鑑が無傷だったという点については聞かされているとのことだった。

小走りで自宅まで戻り、図鑑を持って本邸に引き返してくる。

話はいつもの祈禱《きとう》場でおこなわれた。

「こんな家に暮らしていながら言うのもなんだか妙な感じだけれど、不思議な話よね」

座卓の上に置かれた生物図鑑の表紙を左手でそっと撫《な》でながら、伊吹が言う。

「正直なところ、今のわたしにはもう、感じ取ることができなくなってしまったみたい。でも、お父さんが湖姫に遺《のこ》していった思いは、今でも図鑑の中に宿っているんだと思う。今回みたいなこともあるだろうから、持ち歩く時は気をつけるようにしなさいね」

目元を薄く綻《ほころ》ばせて語った伊吹の言葉に、湖姫は素直な気持ちで大きくうなずく。

「自然学校は楽しかった？」

「はい、緋花里と一緒で楽しかったです」

こちらは素直な答えではなかったが、答えた言葉自体は本当である。楽しくなかった出来事を全て無視したうえでの回答だった。これが最適解の返答だろうと湖姫は思う。

「そう。図鑑のこともだけれど、最後の日にも大変なことがあって驚いたでしょう?」

来美のことだとすぐに分かってうなずいたのだが、これも緋花里が語ったのだろうか。

思っているまに伊吹は「ニュースで見たの」と言葉を継いだ。

昨日の夕方のニュースで、来美の事故の様子が流れたのだという。施設内の斜面から転がり落ちた来美は、意識不明の重体とのことだった。伊吹は、来美がおかしくなって自分で斜面から飛び降りたというような意味合いで事故の内容を語りはしなかったので、おそらくその辺りの事情は報道されなかったのではないかと感じた。

「何はともあれ、ふたりが無事に帰ってきてくれて良かった。今日もいい一日をね」

「ありがとうございます。伊吹さんもいい一日を」

挨拶《あいさつ》を済ませると図鑑を抱え直して祈禱場を退室し、今度は緋花里の部屋へと向かう。

広々とした造りの階段を使って二階へあがり、緋花里の自室のドアを二回ノックすると、ドアはすぐに開き、「いらっしゃい」の声と一緒に緋花里が中から顔を覗《のぞ》かせた。

「ねえ、緋花里。図鑑が燃えても大丈夫だったってこと、伊吹さんに話したんだ?」

室内のローテーブルへ差し向かいになって座ってから、緋花里に向かって問いかける。

「うん、湖姫に無断で悪かったんだけど、つい口が滑っちゃって。ごめんね」

「ううん、平気だよ。ちなみにどこまで話したわけ?」

「初日に図鑑の件でトラブったことと、その腹いせに図鑑がキャンプファイヤーの中に放りこまれたってことだけ。あとはなんにも話してない」

緋花里はそこまでさらりと言い終えると（ここから先は聞かせられる？）的な調子で、細い眉毛《まゆげ》をぐいっと大きく吊《つ》りあげてみせた。

つまりは昨晩、キャンプファイヤーのあとに起こった緋花里が来美に仕掛けた暴行や、その後に来美たちが緋花里におこなったリンチの一幕を話していないということである。確かに伊吹の耳に入れるには、何もかもが良くない話だろうなと湖姫も思った。

これらに加えて、来美が斜面から転落する間際の様子についても語っていないという。こちらの理由については眉毛で示されることはなかったが、もしかしたら湖姫と同じで緋花里もまた、伊吹に妙な勘ぐりをされるのを忌避したからではないかと思った。

すなわち呪いのような一念がもたらす作用。自然学校における初日から二日目までの流れを俯瞰《ふかん》して推察すれば、来美が来たした異変の原因を緋花里のほうに求められても、なかなか無理からぬ疑念を抱かれるのではないかと思えるだけのお膳立《ぜんだ》てはあった。

もちろん、湖姫はそんなことなど疑ってはいないのだけれど、やはり不穏当な情報は極力ふたりだけの秘密にしておくのがよさそうだと思い得る。

そもそも嫌なことは全部忘れてもしまいたかった。今は緋花里に再びこうして会えて、いつもと同じように話ができるということが、湖姫にとって何より尊いことだったのだ。そこへもってもうひとつ――待ち侘《わ》びた再会が叶《かな》えば、湖姫の気分は最高潮に達する。

「ねえ、緋花里。ノン太くんに会いにいきたい」

昨日帰宅してから、一度も顔を見ていないのだ。様子が気になって仕方がなかった。

「いいよ。行こっか。今日は早めにご飯を地面に〝置いて〟こよう」

緋花里は快く応じると、物入れの引出しからカリカリの小袋などをいくつか取りだし、湖姫と一緒に本邸を出た。緋花里はすでに昨日の昼過ぎと夕暮れ時に再会済みだという。いつものようにノン太くんは、地面に置いたご飯を卑しく全部平らげたとのことだった。湖姫も早く地面にご飯を置きたくて、気持ちがうずうずと逸《はや》りだす。

本邸前から東側に沿って延びる舗装道を進み、旧荒巫女《あらみこ》寮の裏手に面した庭道に入る。この辺りから名前を呼び始めると、ノン太くんは姿を現す場合が多い。呼んでみた。現れない。陽気な声で繰り返し名を呼びながら進んでいったのだけれどノン太くんは姿を見せず、敷地の東側に位置する池の前までたどり着いてしまった。

「ノン太くん！」

池の向こう側、皐月《さつき》のそばに設置したゲストハウスのほうに向かって名前を呼んでも、ノン太くんは出てこない。ハウスの向こうに広がる木立のほうへも視線を投じてみたが、茶白の可愛らしいシルエットを認めることはできなかった。

「湖姫……」

そこへふと、隣に佇《たたず》む緋花里が消え入るような声で囁《ささや》き、湖姫の手首をぐっと引いた。緋花里がいつも発するそれとはおよそかけ離れた、ひどく不穏な音色を帯びた声だった。「何？」と顔を向けると、緋花里は池の水面を指差している。指が示す先へと向かって視線を投げてまもなく、湖姫の口から「え」と渇いた声がこぼれ出た。

玉露によく似た深緑に染まる池の水面。まばらな間隔で浮かぶ睡蓮《すいれん》の葉っぱに紛れて、茶白模様の丸くてずんぐりとした輪郭が浮かんでいる。池の水をたっぷりと吸いこんでずぶ濡《ぬ》れになった和毛《にこげ》の塊。この一年間、湖姫がさんざん見慣れてきたはずのその塊は、水面に浮かんだまま微動だにすることもなかった。

「ノン太くん！」

湖姫が叫ぶと同時に、緋花里が跳ねるような身ごなしで池の中へ足を踏み入れていく。ざぶざぶと飛沫《しぶき》をあげながら水の中を突き進み、水面に浮かぶ茶白の塊を抱きあげると緋花里はこちらを振り向き、眉毛をハの字にさげて「ノン太くん……」とつぶやいた。

緋花里がノン太くんを両手に抱えて池の縁からあがってくる。その短い一幕に湖姫の目からは涙がぶわりと噴きだし、早くも悲鳴じみた嗚咽《おえつ》がとめどなく漏れだしていた。

緋花里がノン太くんを地面にそっと置く。絶対に受け入れたくはなかったのだけれど、正確に言い表わすなら、緋花里はノン太くんの亡骸《なきがら》を地面にそっと置いたのだった。

湖姫は頽《くずお》れるように屈《かが》みこみ、びしょびしょに濡れそぼった背中の和毛に触れてみる。温《ぬく》もりは完全に潰《つい》えてひどく冷たい……。肉は石のように硬くなっていて、死後硬直が始まっているのだとすぐに分かった。いつ頃、こんなことになったのかは定かでないが、少なくとも落命してから二時間以上が経っているのは確実だった。

およそ二時間から三時間。死後硬直が始まるタイミングである。本で得た知識だった。けれどもそんなことを知っていたって、ノン太くんが生き返るわけではない。

溺死《できし》で間違いないと思った。ノン太くんは丸い両目を信じられないほど大きく見開き、半開きになった口のほうからは、だらりと舌がはみ出ていた。想像するのも辛《つら》かったが、その形相を一目しただけで、ノン太くんがどれほど苦しい思いをしながら逝ったのかをありありとうかがい知ることができた。

どうしてこんなことになってしまったのか。それについても理由はすぐに分かった。

ノン太くんの脚は、凧糸《たこいと》で縛られていた。

前と後ろの足首が両方とも、ぐるぐる巻きにされた凧糸できつく縛りつけられている。解《ほど》きにかかったのだが、結び目がきつすぎて湖姫の力ではどうすることもできなかった。

「わたしがやる」と緋花里が言って、代わりにどうにか解いてもらう。

凧糸を解く緋花里の目からも涙がはらはらとこぼれていた。緋花里が涙を流すさまを湖姫が目にしたのは、この時を含めて二回限りのことだった。今は一回目の落涙である。

一昨日《おととい》受けた水責めでさえも泣かなかった緋花里が涙を流しているという悲愴《ひそう》な事実が、湖姫の憐憫《れんびん》をさらに煽《あお》って、頭がどうにかなってしまいそうな心地になる。

緋花里が糸を解くさなか、湖姫の頭に浮かんできたのは「誰が?」という疑問だった。脳裏に立ちあがってきた容疑者の面貌《めんぼう》はひとつだけだったが、彼女をノン太くん殺しの犯人と断定するのはあまりにも恐ろしく、別種の悲しみも湧きだしてくるものがあった。

だから思っていても口には決してださなかった。緋花里のほうも「誰が……」という一語は吐きだしたが、それ以上の推察を巡らす言葉を連ねることはなかった。

「埋めてあげよう。母さんに頼んで、できればうちの庭のどこかで眠らせてあげたい」

緋花里はノン太くんの開いた両目と口を静かに閉じてあげると、湖姫に涙声で訴えた。

湖姫も賛成だった。他にノン太くんにしてあげられることは、何も思いつかなかった。

緋花里が再びノン太くんを両手にぎゅっと抱きあげ、ふたりで本邸の玄関前まで戻る。

それから緋花里はノン太くんを湖姫に預け、ひとりで家の中へ入っていった。

五分も経たないうちに玄関ドアが開き、緋花里が伊吹を伴いながら外へ出てくる。

「一体誰がこんなことを……」

湖姫の腕に抱かれたノン太くんの顔を覗きこみ、伊吹も呻《うめ》くような声をあげたものの、そこから続く言葉は容疑者探しを示すものではなかった。

「苦しかったね。怖かったね。もう大丈夫だから、安心しなさい」

左手の指先でノン太くんの額をそっと撫《な》でつけ、儚《はかな》い声音で伊吹がつぶやく。

「埋葬してあげましょう。気持ちをこめてしっかりと」

湖姫と緋花里は、伊吹に先導される形で、本邸前の西側に延びる舗装道を歩き始める。

道の先には使用人のフサがいた。鋏《はさみ》で庭木の手入れをしている。伊吹はフサに声をかけ、シャベルを用意してくれるように頼んだ。

フサもノン太くんの亡骸を目にするなり、「あらあら……」とたちまち声音を曇らせ、涙で目元を濡らし始めた。この一年近く、フサもノン太くんと仲良くしていたのである。

いつのまにか霜石家に仕える使用人の大半からも、こよなく愛されていた猫だった。

埋葬場所は伊吹の提案で、裏庭の一角に決まった。伊世子が在りし頃に拵《こしら》えたという小さな菊の花壇のうちのひとつで、近くの土が比較的柔らかいのだという。

伊吹の言うとおりだった。ほどなくフサが持ってきたシャベルを土に食いこませると、大した苦もなく掘り進めていくことができた。緋花里と交代しながら掘っていった。

特にふたりで示し合わせたわけではなかったのだけれど、ノン太くんを埋葬する穴は、土中の揺りかごを思わせる楕円《だえん》形の物になった。フサが深さをじっくり確認してくれて、「そろそろよろしいでしょう」と告げたのを合図に、ノン太くんを穴の底へと安置する。

揺りかごみたいな形をした穴の中で身を横たえるノン太くんの姿は、安らかに寝入る人間の赤ちゃんのような姿に見えなくもなかった。それに触発されて、ノン太くんにも子猫の時代があって、ここまで大きくなってきたんだと思ったし、あんな惨《むご》いことさえ起きなければ今日も明日《あした》もそこから先も、ノン太くんは毎日元気にこの家に通い続けて、湖姫と緋花里が地面に置いたご飯を卑しく食べることができたはずなのに――。

そんなことが脳裏をぐるぐる駆け巡り始めると、涙が再び堰《せき》を切ったように溢《あふ》れ出た。緋花里のほうにも新たな涙が伝い落ち、伊吹もフサも声を押し殺して泣きだしてしまう。

早く埋めてあげたいという願いと矛盾して、ノン太くんの身体に土をかけていくのが堪《たま》らなく辛《つら》かった。緋花里と交代で土をふりかけ、穴の底に横たわるノン太くんの姿が少しずつ見えなくなっていくのが寂しくて悲しくて、湖姫は伝い落ちる涙を拭《ぬぐ》いながら小さな大親友との最後の別れを惜しんだ。

そうして埋葬の時間が終わり、ノン太くんの亡骸が土の蓋《ふた》で手厚く覆い被《かぶ》せられると、伊吹が祝詞《のりと》を唱えるという。御霊《みたま》安鎮祝詞。講義の時間に湖姫も習得済みの祝詞である。緋花里も唱えられるとのことだった。緋花里が「一緒に唱えていい？」と伊吹に頼むと、伊吹は「いいよ」と快諾してくれた。湖姫も迷わず、声を揃えさせてもらうことにする。

ノン太くんが眠る地面を前に、伊吹が深く二礼したのち、左の掌底で着物の襟元から覗《のぞ》く右側の鎖骨付近を「ぽんぽん」と打ち鳴らす。幾度も見てきた、柏手《かしわで》代わりの所作。それからさらに深々と一礼——。伊吹の両脇に並び立つ湖姫と緋花里は、柏手を打ってそれらに合わせ、一礼から続いて始まる祝詞の流れに声を重ねていった。

仄《ほの》かな潤みを帯びた、勇壮な声風《こわぶり》。どことなくアルト歌手を連想させる伊吹の声音と、腹違いの双子が発する声音がひとつに混じり合い、哀しくも麗しい旋律を紡ぎだす。

「安らかに」と湖姫は祈った。それに加えて「また会いたい」とも願った。切に願った。たとえお化けになったノン太くんだって構わない。そんなふうにも思ったのだけれど、庭池の水面に浮かぶノン太くんを見つけ、慰霊の祝詞を捧《ささ》げ終わった頃になってもなお、小さな大親友の霊なる気配は微塵《みじん》も感じることができなかった。

境守の目覚め　昔日

感じたのは闘争心。

澄玲はその晩、八時頃に帰ってきた。機嫌のほうは未《いま》だに毛羽立っているというのが、居間へ入ってきた時に湖姫を見つめる視線ですぐに分かった。針のような目つきである。

「何その目？　兎みたい。一日泣いて反省してたってこと？」

澄玲も湖姫の目を見るなり、かったるそうな声でデリカシーのない所感を述べてきた。鏡で確かめたわけではないのだけれど、湖姫の目はおそらく赤く腫《は》れているのだろう。そうなら兎と詰《なじ》られるのも、無理からぬ話だと思った。

何しろ今日は、午後からほとんど泣きっぱなしだったのである。今だって泣いていた。澄玲の車が邸内に入ってくる音を耳にして、すかさず目元を拭い、涙の栓を閉めたのだ。

澄玲の問いに湖姫は答えず、取り澄ました声で「おかえりなさい」とだけ返した。

「宿題は？　言われたとおりにきちんと仕上げたんでしょうね？」

居間の座卓に突っ伏すような姿勢で身を預けていた湖姫の許《もと》に、澄玲が近づいてくる。そのさなか、湖姫の視線は見るともなしに澄玲の手のほうに留まった。どちらの手にも薄い引っ掻き傷が何本か、途切れ途切れの赤い線となって走っているのが確認できる。

手袋越しに負った傷——鋭く尖《とが》った爪の抵抗で。限りなく正解に近いであろう答えが脳裏に浮かびあがってきたとたん、全身にぞくぞくとおびただしい鳥肌が立ってきた。

「聞いてんの？　あたしに言われた分の宿題、ちゃんと済ませてあるんでしょうね？」

喉《のど》にも鳥肌が立っているかのような痺《しび》れを感じて答えを返せずにいると、玄関口からふいに別の声が聞こえてくる。

「ごめんください。よろしいでしょうか？」

声の主はすぐに分かった。澄玲が「何よ」とつぶやき、踵《きびす》を返して玄関戸を開けると、外に立っていたのは案の定、伊吹だった。隣には懐中電灯を携えたフサの姿もある。

「こんばんは。お越しになるなんて珍しいですね。どういったご用件でしょう？」

「夜分に恐れ入ります。急な話になりますが、これから湖姫に試験を受けてもらいます。次の境守になるための実力を見極めるための、極めて重要な試験になります」

次いで伊吹は、すらすらと淀《よど》みのひとつもない口調で、今に至る状況を説明し始めた。

三十分ほど前に、深天《みてん》の闇から魔性が這《は》い出てきたのだという。

現在はまだ、本邸の地下二階——和風の迷路のようになっているあの階である——に留《とど》まっているが、放っておけばいずれ上のほうまであがってくるとのことだった。

湖姫がこれから受けるべき試験というのは、単独による自力を以《もっ》てしての魔性の討滅。甚だ危険な取り組みになることは明白だったが、見事に目標を達成することができれば、今後は実質的に伊吹の補助として、境守と同等の務めを湖姫に担わせるつもりだという。

「これはすなわち、跡目が確定するという歴然たる事実にもつながります。湖姫が今夜、事を無事に成し遂げることができれば、わたしは現当主の権限として、湖姫を次の代の当主に指名します。組合員たちによる協議は執り行われますし、湖姫が跡目を継ぐのも今々すぐのことではありませんが、今後絶対に揺らぐことがないわたしの気持ちとして、ここに意思表明はしておきましょう。異論はございませんでしょうか？」

「……ええ、それはもちろん。異論なんかあるわけないです。疑うわけじゃないですが、それは本当に本当のことなんですよね？　湖姫が次の当主で決まり？」

「はい。湖姫が拒否権を行使しない限り、私の中ではこの娘《こ》が次の当主に決まりです」

「……だってよ。あんたは断るわけなんてないよねえ？」

澄玲がこちらを振り向き、口元に半笑いを浮かべて尋ねてくる。浅ましい笑みだった。

あまりに思いがけない伊吹の宣言に湖姫が答えを言いあぐねていると、澄玲の質問を横へと払いのけるような具合に、伊吹が新たに尋ねかけてきた。

「どうする湖姫。挑んでみる？」

黒い月を思わせる幽《かす》かに潤んだ円い瞳《ひとみ》が、あたかも湖姫の覚悟を見極めるかのごとく、射貫《いぬ》くような視線でまっすぐに注がれてくる。その眼差《まなざ》しの向こうには、澄玲のような私利私欲に根ざした邪《よこしま》な光など、一筋たりとも認めることができなかった。

「挑みます。挑ませてください」

湖姫はつかのまの瞑目《めいもく》を経て、伊吹の目を真っ向に見据えながらはっきりと答えた。

「分かりました。では行きましょう」

付き合いの浅い者には理解できないほどの小さな笑みを口元に浮かべ、伊吹が応じる。

湖姫は急いで靴を履き、伊吹の傍らに寄り添った。

「ありがたい話でした。娘をどうか、よろしくお願いしますね」

半笑いをさらに強めた品のない顔つきで、澄玲が伊吹に語りかける。

「ええ、承知しました。これで問題は解決したものと見做《みな》します。今後は誰かを使って
わたしの娘を殺そうなどとは、努々《ゆめゆめ》思わないようにお願いいたします」

眉根《まゆね》をわずかに動かすことすらなく、冷然とした面持ちで伊吹がさらりと受け返した。

とたんに澄玲は「は」と掠《かす》れた声を漏らし、顔から色を失くしてしまう。

「なんでしょう。なんのお話？」

「言葉が示すとおりの要望ですよ。詳しくは申しあげられませんが、緋花里や湖姫から
聞きだした話ではありませんので、くれぐれも誤解のなきよう。では失礼いたします」

冷ややかな面持ちを絶やすことなく伊吹が答えると、澄玲は他に言葉を返すことなく、
無様な理解の色だけを示し、胡乱《うろん》な表情で湖姫を玄関口まで見送った。

「ごめんなさいね。一度にいろんなことが起こり過ぎているのは、理解しているつもり。

でもこれが最善の判断なのだとわたしは考えている。深天の闇から魔性が出てきたのを
幸いだと思ったのは、これが初めて。とにかく応じてくれてありがとう」

気遣わしげな眼差しで湖姫を見おろしながら、伊吹が言う。

差し当たって「はい」とだけは応《こた》えたものの、それは型通りの返答というやつだった。確かに考えるべきことが多過ぎて、何から優先的に思案を巡らせるべきか悩んでしまう。

フサが手に持つ懐中電灯が照らしつける舗装道を歩くさなか、湖姫の意識はつかのま、暗闇で迷子になったかのような様相を呈したが、道を灯《とも》す懐中電灯の光芒《こうぼう》と同じ具合に、「緊張」という名の光が心の中に瞬き始めたことで、思考を一点に据えることができた。

これからひとりで魔性を滅する――。それも深天の闇から出てきた、特異な魔性を。

求めに応じたとはいえ、自信があってのことではない。霜石の家に暮らすようになり、伊吹の講義を受け始めて一年と二ヶ月。渟霊《しりょう》や魔性のたぐいに対抗しうる手段は一通り学んできたし、おりおりには邸内に現れた渟霊や、出先で擦り寄ってきた渟霊を認めて実践に及んできたという経験もある。魔性とおぼしき存在とも何度か渡り合ってきたし、勝率は今のところ、湖姫が十割といったところである。仕損じたことは一度もない。

けれどもこれから湖姫が相手にすべき彼岸の存在は、紛《まが》うことなき別格の魔性なのだ。

伊吹の口から逐一話題が出るわけではないので、正確なところは把握していないけれど、湖姫がこの家に暮らし始めてから今日に至るまでの間にも、魔性は深天の闇から何度も繰り返し這いだしてきている。やはり正確な数まで把握できているわけではないのだが、湖姫の印象では概《おおむ》ね月に二、三度の割合ではないかと思う。

中には組合員たちが数名駆けつけて、事の収束に当たっているような一幕もあったが、今夜は今のところ、彼らが邸内に訪ねてきている様子はなかった。

ならば今夜、深天の闇から現れた魔性は、さほどの脅威ではないということだろうか。

そんなことに思いが至った時、それを打ち消すかのような具合に伊吹が言った。

「本来、深天の闇から魔性が現れた時には、組合員に報告する決まりがあるんだけれど、今回は事後報告とします。試験の決行はわたしの独断。そもそもこういう形の試験自体、公式におこなわれてきたものではないし、実地で魔性討滅の補助役を務めてもらうのも、次の当主候補がもう少し大きくなってからのこと。要するに今夜のことは、何もかもがイレギュラーな事態になってしまう。けれども分かってもらえる？　目的は澄玲さんを大人しくさせるため。理由については、わたしの口から言わなくてもいいわよね？」

此度《こたび》における魔性の脅威。程度は果たしてどれほどのものなのか？

尋ねようとしていた湖姫の関心を、まさに打ち消すだけの力が伊吹の言葉にはあった。特に最後の一節には。それに応じて、湖姫の口から出てくる言葉も変わってしまう。

「はい、大丈夫です。ありがとうございます」

「境守である前に、わたしも人の子。万事において完璧《かんぺき》というわけにはいかないけれど、それでも母親として緋花里の身の安全に関しては、できるだけの配慮をしているつもり。今回は事前に察知することができて、対応も可能だった。湖姫は気に病まなくていい」

伊吹はそこで言葉を締め括《くく》り、詳細までを言い添えることはなかった。語られずとも湖姫は自分なりに事情を察してしまう。自然学校の登山中に安倍を見舞った本物の腹痛。あれはおそらく伊吹の力によるものだったのだろう。何かの呪術《じゅじゅつ》を用いたのだと思う。

伊吹がいつ、いかなる手段を使って澄玲の奸計《かんけい》を知るところになったのかについては、想像すらもつかなかった。むしろそれ以上に気になったのは、別の災禍についてである。

来美に粛清を下したのも伊吹だったのだろうか。来美は緋花里に凄惨《せいさん》な暴力を働いた。安倍と同じく、粛清されるに足る事情を備えているとは思ったけれど、あの転落事故も伊吹の手によるものだとは考えたくなかった。もちろん、緋花里が下した粛清でもない。真相を知りたい気持ちもなくはなかったのだけれど、伊吹の口から「そうよ」と答えが返ってくるのも恐ろしく感じられ、湖姫は結局何も尋ね返すことができなかった。

ほどなく舗装道から本邸に至り、中へと入る。フサとは廊下の途中でお別れとなった。伊吹は先に祈禱《きとう》場へ向かい、湖姫のほうは祈禱場に隣接する更衣室代わりの和室に入り、純白の上衣と浅葱《あさぎ》色《いろ》の袴《はかま》に装いを改める。髪はうなじのところで一本にまとめた。

手早く着替えを済ませて祈禱場へ入ると、伊吹の傍らには蛭巫女《ひるみこ》の麻恵の姿もあった。純白の上衣に黒の袴を合わせた、蛭巫女の装いをしている。麻恵とはおりおりに邸内で顔を合わせる機会があったが、祈禱場で会するのはこの夜が二度目のことだった。

「座りなさい。先にこの場で説明と準備を済ませます」

伊吹に促され、祈禱場の中央に据えられた座卓の差し向かいに腰をおろす。

座卓の盤上、伊吹が座る手前の位置には、二振りの日本刀が縦に並べて置かれている。万斬蝮《まむし》と姫波布。どちらも霜石の家に古くから伝わる霊刀である。以前、講義の時間に何度か伊吹に見せてもらったことがある。

刀の横には、黒い漆塗りの小皿も一枚置かれている。湯呑《の》みの受け皿と同じぐらいの大きさをした小皿の上には、丸くて扁平《へんぺい》な形をした錠剤が一粒、のせられている。

こちらは錠禍。色は白。大きさは小指の爪と同じくらい。見た目はラムネと似ていて、材料についても澱粉《でんぷん》や糖類を主としているため、味のほうもラムネに似ていなくもない。

その素性は医療用の偽薬として流通している錠剤なのだが、これに滓霊や人魂《ひとだま》といった、この世ならざる存在を圧縮して閉じこめたものが、霜石家秘伝の強壮剤、錠禍である。

主たる効能は身体能力の向上と知覚の鋭敏化。度合と持続時間は、錠禍にこめられた「材料」によって異なるが、蛭巫女の除染を受けることで即時の解消もされうる。

特異な効能がもたらすその原理は、基本的に憑依《ひょうい》と同じものである。この世ならざる者たちにとり憑《つ》かれた生身の人間というのは、身体に宿った者の意思や性質に基づいて、日頃は決して本人が発揮できない異様な腕力や脚力を実現してみせる場合がある。

然様《さよう》な症状は、あくまでも憑依した側の主導権によっておこなわれ、憑依された側は全面的に操り人形めいた状態となるのが常なのだが、錠禍はこうした主導権を逆転させ、摂取した側の意識状態などは原則としてそのままに、身体能力と知覚反応の向上のみを実現させる錠剤だった。要は嚙《か》み下すだけで神憑《かみがか》りの力が得られる妙薬である。

湖姫は昨年からの講義の時間に合計五回、適応力の試しとして錠禍を嚙まされていた。いずれも人魂や力の弱い滓霊（半自立式）などを素材に用いた錠禍で、得られた効果は微々たるものだったが、それでも心身の変化については如実に実感することができた。

　麻恵による除染も体験済みである。麻恵は錠禍を嚙んだ湖姫と面をまっすぐ向け合い、湖姫の肩を両手できつく摑《つか》むと、まもなく「ぜえぜえ……」と息を喘《あえ》がせ、顔じゅうが線状降水帯に入ったのではないかと思うほど、凄《すさ》まじい量の汗をとめどなく垂れ流した。除染後、錠禍によって生じた心身の変化は、嘘のように潰《つい》えているのも実感済みである。

「得物はどちらを選ぶ？　初戦でいきなり二本を両手に立ち回るのは、危険が高過ぎる。どちらかひと振り、湖姫の琴線に触れるほうを選びなさい」

　二振りで対の役を成す姉妹刀を左手で示しながら、伊吹が問う。

　湖姫はほとんど迷うことなく、万斬蝮のほうを選んだ。直感が訴えてきたのである。

「決まりね。自分の力と刀の力、等しく信じて挑みなさい」

　座卓越しに伊吹から差しだされた万斬蝮を受け取る。触れてみるのは初めてだった。右手に柄《つか》を、左手に鞘《さや》を握ると、万斬蝮は蛇の身を思わせるひんやりとした温度を伴い、両手に吸いつくような感触を湖姫の両手に示してきた。

　続いて麻恵が「ご武運を」と、錠禍をのせた小皿を差しだしてくる。躊躇《ためら》うことなく摘《つ》まんで齧《かじ》り飲みこむと、胸と背中の皮膚に引き攣《つ》るような感覚が生じ、続いて身体の芯《しん》から炎が立ち上り、五体に向かって燃え広がっていくような熱さを感じた。

「実戦用に精製した錠禍だから、以前に嚙んでもらった物より効能はかなり強いけれど、その分、身体に掛かる負荷も相応に大きいはず。大丈夫、堪えられそう？」

　伊吹の問いかけに「大丈夫です」と答える。悪い感覚ではなかった。力が漲《みなぎ》ってくる。

「そう。ならば結構。それでは下に降りましょう」

伊吹はうなずくと、座卓に残された姫波布を手に取り、座卓の縁から立ちあがった。

湖姫と麻恵もそれに続き、祭壇の内側に隠された地下への「門」へと向かっていく。

門を抜けると、伊吹が閉め直した門扉に内側から鍵《かぎ》を掛け直した。地階へ入った時の決まりである。湖姫が地階へ足を踏み入れるのは、数えてこの夜が三度目のことになる。

前回は昨年の秋口に地階全体の案内を受けるという名目で、伊吹に連れてこられた。

戸口の先に延びる手摺《てす》りの付いた矩《かね》折れ階段を下り、下りきった先に備えられている下足場で地階用の履物を下足箱から取りだす。伊吹と麻恵は、以前から愛用しているとおぼしき草履。湖姫は昨年秋、地階を案内された時に用意された子供用の草履を履いて、下足場の正面に延びる、石造りのまっすぐな通路を歩きだす。

続いて周囲を四角く切り取られた広い空間に出ると、その中央部で大きく口を広げる木製の手摺りに囲まれた石の階段を下っていく。

地下二階。魔性の行く手を阻む、異様な迷路が広がる階へと続く階段である。

伊吹と麻恵の背を追う形で、真っ暗な階段を下りきる。伊吹が傍らの壁に並んでいるタンブラースイッチを次々と跳ねあげていくと、前方の闇が橙色《だいだいいろ》の陰気な光に照らされ、迷路の入口が輪郭を帯びた。階段と迷路を隔てる通路口の上部には太い注連縄《しめ》が張られ、縄の間に差し挟まれた稲妻形の白い紙垂《しで》が、風もないのに小さく幽《かす》かにはためいている。

昨年四月に湖姫が初めてここまで降りてきた時と、まったく同じはためき方だと思った。

「どう？　感じる？」

通路口を前に立った伊吹が迷路のほうに視線を向け、湖姫に尋ねかけてくる。

「はい。場所はかなり遠くのほうです。数は多分一体。でも身体は大きいと思います」

「正解。ここから大雑把な距離が把握できているなら、これから中に踏みこんでいって向こうに近づいていくにつれ、正確な距離と位置もはっきり摑めていけると思う」

大まかな気配と距離については、下足場までおりてきた時点ですでに感じ始めていた。これまで一度も感じたことのない、あまりにも異質な気配だったので、意識の中にあるアンテナを尖《とが》らせるまでもなく、否《いや》が応でも把握できてしまったのである。

だがそれよりも湖姫が異様に思えてしまったのは、自身の心情についてだった。

自宅を出発した時に抱えていた緊張感が、今やすっかり消えてなくなっている。

錠禍がもたらす作用もそれなりにあるのかもしれなかったが、緊張感の緩和と減退は、祈禱場で事前の説明を受けている時から始まっていたし、万斬蝮を携える段に及んでは、すでに意識の上から潰えていたように思う。理由は自分でもよく分からなかった。

「わたしの右腕、どうして失くなってしまったのか、湖姫に聞かせてなかったわよね？

湖姫も今まで訊《き》いてきたことがなかった」

「はい。デリケートな話題になると思って、お聞きするのは遠慮していました」

「優しい娘《こ》。最後の意思確認の意味も兼ねて、敢《あ》えて今だからこそ、聞かせてあげる」

伊吹は儚《はかな》げな声で囁《ささや》くと、平らになっている着物の右袖《みぎそで》に視線を落としながら言った。

「腐って落ちたのよ。深天の闇から出てきた魔性に嚙まれて、そこからひと月ぐらいで肉がどんどん壊死《えし》していって、最後は切断してもらうしかなかった。緋花里が生まれるずっと前の話。天に誓って慢心をしていたわけではない。その日も全神経を研ぎ澄まし、万全の態勢で事に当たったつもり。それでも運が悪いと、こういう結果になってしまう。いばらの道よ、湖姫。次代の境守の役を担うということはすなわち、命の危険も含めて、ありとあらゆる危険とともに一生かけて歩み続けなくてはならないという、いばらの道。それでも湖姫は行ってくる？」

　最後の覚悟を求める強い光と、未来を案じる憂いを帯びた淡い光。ふたつの相反する光を黒い月のような瞳《ひとみ》の中に交えて湛《たた》え、伊吹は湖姫を見おろしながら問いかけた。

「はい、行ってきます。わたしは魔性を倒してきます」

「そう、分かった。万が一の時には、かならず駆けつけられるように備えておくけれど、くれぐれも油断だけはしないように。気をつけて行ってらっしゃい、湖姫」

　湖姫の答えに迷いはなかった。この期に及んでも、やはり緊張の念がぶり返してくる気配は見られず、強い恐怖を感じることもなかった。

　万斬蝮を鞘から引き抜き、切っ先を右手の下方へおろす。鞘は麻恵が預かってくれた。

「戻ってこられましたら、すぐに除染をいたします」

　麻恵の言葉に礼を返して、湖姫はうなずく。除染は錠禍の効能を取り去るのみならず、魔性との会敵で被る瘴気《しょうき》の影響を吸い取るためにも必須《ひっす》の儀式なのだという。

無数の紙垂がはためく注連縄の下をくぐり抜ける。

目の前に聳《そび》える灰色の塗り壁――太い墨字で魔除《まよ》けの呪文《じゅもん》が書き記されている――は左右に長く延びて、通路を二手に分けている。湖姫は気配を頼りに通路を左に向かって進んでいった。続いて右へ折れる角を曲がり、前方に見えてきた三叉路《さんさろ》を右へ曲がって進んでいく。迷路の全体像は一切把握していなかったものの、迷う心配はないと思えた。気配に向かって進んでいけば、いずれは目標に達することができるだろうし、注連縄が張られた通路口の方角からは伊吹と麻恵の気配も感じられる。帰り道はふたりの気配を頼りに戻っていけば、難なく帰還できそうな印象を覚えたのである。

気配は歩みを進めるにつれて強くなっていったが、同じ場所には留《とど》まっていなかった。向こうも絶えず動いている。地上へ連なる通路口に向かって進行しようとしているのは明白だったが、通路の複雑な構成と、壁に書かれた呪文や御札の作用で行く手が摑めず、右往左往している。今のところは、そんな感じの動きを見せているようだった。

迷路は昨年、深天の闇を覗《のぞ》きにきた時と比べて、道の造りが若干変わったようである。九分九厘、あの後に構成を刷新したのだろう。壁の上下に鴨居と敷居が設けられている通路の要所には、可動式の壁がスライドした形跡をいくつか見受けることができた。

やはり通路の要所に立てられている、中央に大きなドーマンセーマンが書き記された襖戸《ふすまど》を開ける。中は六帖《じょう》ほどの四角い小部屋になっていて、床は焦げ茶色をした板張り。中には何もなかったが、小部屋の反対側にも襖戸が立てられている。

小部屋に足を踏み入れ、襖戸を後ろ手に閉め直す。気配は目の前に立てられた襖戸の向こうから感じられる。それも先刻までよりさらに強く、もっと近くなった距離から。

襖戸を開けると、その向こうも同じ造りをした板間の小部屋になっていた。反対側に襖戸が立てられているのも同じである。中に踏みこみ、同じ手順を繰り返す。

今度は通路に出た。道は左右に分かれている。右手側は五メートルほど先で左に折れ、左手側は三メートルほど先で丁字路の形になっている。気配は丁字路側から感じられた。

ほとんど反射的に数歩進んだところで、やはり反射的に湖姫の足がぴたりと止まる。

丁字形になった通路の前方、左側の角から大きな影が迫《せ》りだしてくるところだった。

初めは女の横顔が見えた。茸《きのこ》の笠《かさ》の裏を思わせる、病的に生白い色をしたその顔には、上半分に無数の小さな目玉が吹き出物のように点々と散らばり、下半分には頬の端まで裂けた大きな口が、上下に並ぶ鋭い乱杭歯《らんぐいば》を露《あら》わにしつつ、太い線を描いて開いている。

硬くて強《こわ》そうな毛髪は、真っ黒な鍾乳石《しょうにゅうせき》を彷彿《ほうふつ》とさせる細長い筋をいくつも垂れさげ、顔の脇でばさばさと左右に揺らめいていた。耳の形は藤壺《ふじつぼ》のたぐいによく似ている。

女の顔は、床から一メートルほどの高さにあった。湖姫の目線よりも四十センチほど低い位置にある。一瞬、背丈が低いのかと思ったのだが、すぐに訂正することになる。

顔に続いて通路の角から出てきた身体は、凄《すさ》まじく長いものだった。

形も色味も芋虫に酷似している。体表はくすんだ緑に染まり、円筒形になって伸びる身体の側面には、黒と黄色の二色で染め分けられた目の玉模様が等間隔に並んでいた。

首から下側に位置する胸部の付け根辺りからは合計六本、三対の短い腕が生えている。芋虫であれば、歩脚と呼ばれる部位に該当するものだが、こちらの作りは紛《まが》うことなく腕であり、見た目も人間のそれと酷似していた。爪の色は一様に黒い。

通路の虚空に身を浮かばせ、丁字路の前を音もなく横切っていく芋虫もどきの魔性は、五メートルほどの長さがあった。尻尾《しっぽ》のほうが丁字路の右側に消えていくまでに目算で測ったおおよその見立てである。さしたる誤差はないと思う。湖姫の身長と比べるなら、実に三倍以上の長さがある。容姿も含め、まさしく魔性と呼ぶに相応《ふさわ》しい化け物である。

幸いなことに芋虫もどきは、湖姫に視線を合わせることもなく、気づくそぶりもなく、丁字路の右側へ姿を消していった。そしてやはり幸いなことに、この期に及んでもなお、湖姫の心は見事に平静を保つことができていた。

強い自信があるわけではない。だから慢心しているわけでもない。けれども恐怖心も大して湧いてはこなかったし、状況を冷静に俯瞰《ふかん》して、勝機がないわけでもなかった。

丁字路から身を翻し、反対側に延びる通路に向かって歩きだす。

我ながら奇妙な感覚に驚かされてはいたが、それが動揺を催す発露にもならなかった。むしろ魔性の姿をじかに目にして兆し始めたのは、胸が燃え立つような闘争心である。

通路を反対側にまっすぐ突っ切り、左側に折れる角を曲がる。曲がった先にも丁字路。およそ五メートル前方で左右に道が分かれている。湖姫はそこから足取りを急激に速め、半ば駆けるような勢いで丁字路の分かれ道を目指した。

芋虫もどきの気配は、湖姫が歩く左手側を並行する形で前進しているのが感じられる。今し方、姿を消していった通路をまっすぐ進んでいるのだろう。

仮に芋虫もどきが進みゆく通路の先が、右に折れるだけの形になっているのなら最善。湖姫がこれから躍り出る丁字路の先で、真っ向から向き合う形になるだろう。

通路の先が右以外に分岐している場合も次善と言える。それならそうで芋虫もどきが分岐路に差し掛かった時に声をあげるなりして、こちらに向かってこさせればいい。

思わしくないのは、芋虫もどきが進む通路の先が、湖姫の進行ルートと結び合わない場合だったが、おそらくそれはないだろう。根拠はないが、湖姫の頭に湧き出た直感が「かならず搗《か》ち合うことができる」と断言していたからである。

ほとんど刹那《せつな》のうちに五メートルの通路を突っ切って、丁字路の先へと足を踏みだす。左手側に身体を向けると読みは見事に当たって、八メートルほど離れた通路の左角から芋虫もどきがこちらに向かって宙を滑ってくるところだった。

出てきた通路は、こちら側に向かって角が一本折れているだけ。進路は角を曲がってまっすぐ延びる、湖姫が丁字路の中央で陣取る道筋しかない。

芋虫もどきは湖姫と顔を合わせるなり、生白い顔の上半分を埋め尽くす無数の目玉をぱちぱちと不規則にしばたたかせた。蜘蛛《くも》の卵が孵化《ふか》してざわめくような動きである。

続いて頬の両端まで裂けた口が逆三角の形を描いて、大きくばっくりと開かれていく。黄ばんだ乱杭歯が歯茎の辺りまで剝《む》きだしになり、口の奥から赤黒い舌がちらつきだす。

同時に湖姫も臨戦態勢に入った。両手で柄《つか》を握り締めた万斬蝮《まむし》を身体の正中に沿ってまっすぐに構え、斜めに弧を描いて伸びる切っ先を芋虫もどきのほうへと向ける。

正眼の構えと呼ばれる、剣術における基本的な構えだったが、心得の一切ない湖姫は両手の動きが赴くままにこの型を拵《こしら》えた。剣術の心得はあるに越したことはないのだが、錠禍がもたらす身体能力と知覚の上昇がそれを補ってくれると、伊吹は以前言っていた。確かにそのとおりだと、湖姫も刀身を構えながら実感している。両手に握った万斬蝮は手のひらに吸いつくような一体感を見せ、どこまでも自在に操れそうな感覚を抱かせる。まるで湖姫の身体の一部と化したかのごとく。

無数の目を持つ女の顔をした芋虫もどきは、円筒形の長い身体を上下に揺らしながら、こちらに向かって進んでくる。その厳《いか》つい身ごなしや口元に浮かぶ険しい様相からして、湖姫に敵意を抱いているのは明らかだったが、それは湖姫も同じである。

滅する。それも一撃で滅してやろうと湖姫は考えていた。

昨年、深天の闇にイカイメの虚像を目にした時と同種の荒ぶる怒りに満ちた闘争心が、湖姫の胸中に逆巻いていた。深天の闇からおりおりに姿を現す魔性たちは、イカイメが遣わしているという一説もあったし、イカイメが生みなす子供たちという一説もあった。いずれが真相であるにせよ、イカイメが掘った魔窟《まくつ》から出てくる化け物たちであるなら、霜石家の怨敵《おんてき》という事実に変わりはない。イカイメと同じく、搗ち合ったら問答無用で粛清すべき存在。その一点においては、微々たる揺らぎもないのである。

斯様《かよう》な理念に根ざした憤怒《ふんぬ》と並行して、湖姫の胸中には別種の怒りも燃え盛っていた。澄玲に対する怒りである。おそらくは湖姫が見せた諸々《もろもろ》の反抗心に対する腹いせとして、ノン太くんを殺した澄玲に対する激しい怒り。

それは今日の昼過ぎにノン太くんの亡骸《なきがら》を認めた時から、秘めやかに沸きだしていた。ノン太くんの死を悼む憐憫《れんびん》の一念に心の大半が占められていたので、沸きだしたことも沸き続けていたことも大して自覚することがなかったのだけれど、今は真逆の相である。接近してくる魔性に滾《たぎ》らせる烈火のごとき闘争心に誘発されて、母へと抱く怒りの念は心の縁から煮こぼれを起こしそうなほど、一気に沸騰した感じだった。

怖くて母には到底向けることのできない赫怒《かくど》の矛先も、心に赤々と燃え盛る闘争心と軌を一にして魔性のほうへと注がれる。

宙を這《は》う魔性の動きはさほど速いものではなかったが、距離はぐんぐん縮まってきた。顔の上半分に散らばる無数の目玉は、なおもばちばちと忙《せわ》しない瞬《まばた》きを繰り返している。

なんのための瞬きなのかは、湖姫の理解の及ぶところではなかった。視力がいいのか悪いのかすらも判じかねる。それでも視線は全て、湖姫の顔へと向けられていた。

互いの距離が三メートルほどまで迫ってきたところで、湖姫もいよいよ足を踏みだす。万斬蝮を右袈裟《けさ》に振りかぶり、駆け足で一直線に向かっていく。

まさしく錠禍の効能である。足取りは普段の鈍重なそれとは別物と言っていいほどの軽やかさと俊敏さを見せ、矢のような勢いで魔性に向かって突き進んでいく。

残り二メートル。袈裟に構えた刀を握って疾走するさなか、湖姫は無言のままだった。アニメや漫画だったら「うわあー！」や「たあーっ！」といった掛け声が出てきそうな場面に思えたけれど、湖姫は何も発することなく、唇をへの字にきつく結んでいた。

残り一メートル。間合いに入った。刀を振りおろそうとしたその瞬間、芋虫もどきの胸元に生えている六本の短い腕が一斉に指を開いて、湖姫のほうへと迫ってくる。

すかさず頭の右上で斜めうしろに構えていた刀身を、額の真上に向かって垂直に直す。腕は湖姫を捕えようとまっすぐ伸びてきていたが、湖姫は続く刹那に腕の間をすり抜け、芋虫もどきの脳天めがけて思いっきり刀を振りおろした。

刃は切っ先の上半分辺りが脳天のまんなかに当たって深々と喰《く》いこみ、数多《あまた》の目玉が散らばる生白い顔面を上から真っ二つに切り裂いていく。柄を握る両手に衝撃は感じず、代わりにずぶずぶとした、箸《はし》でプリンを圧《お》し切るような感触が伝わってくる。

異形の顔が左右に大きく、ぱっくりと割れた。中身は西瓜《すいか》の果肉を思わせる赤い肉と、得体の知れない黒い粒々でびっしりと埋め尽くされている。

湖姫はそのまま足の動きをわずかも緩めることなく、刃を縦に翳《かざ》した姿勢で一直線に顔の奥へと向かって突き進んでいった。顔に続いて、三対の短い腕が生える胸の部分もふたつに割れ、続いて芋虫状の細長い胴体が剣筋に沿ってまっすぐな軌跡を描きながら左右にぐんぐん断ち割れていく。こちらの中身も赤い肉と黒い粒々が散らばり、黄色や紫に染まった臓器とおぼしき塊も、肉の中に隙間なく詰まっているのが横目に見えた。

二秒もかからない凄《すさ》まじい速さで湖姫はおよそ五メートルの距離をひと息に駆け抜け、芋虫もどきの顔から尾までを完全な縦半分に両断する。万斬蝮を右手の一方に持ち直し、刀身を斜めにおろしながら振り返ると、その身は橙色《だいだいいろ》の薄明かりが照らす通路の虚空で、壊れたパズルのように細かくばらけながらゆっくりと消えていくところだった。

それを見つめる湖姫の顔は、鏡で見たらおそらく満面が大きな×の字になったような具合に映っていたことだろう。眉間《みけん》に深く刻まれた皺《しわ》に引かれてさがった二本の眉根《まゆね》と、への字に結んだ上唇のまんなかは、どちらも顔のまんなかに向かって寄っていた。

大きく息をつきながら様子をうかがっていると、ばらばらに砕け散った芋虫もどきの半身と半身は、数秒足らずで空気に吸われていくようにすっかり消えてなくなった。

深呼吸をしたのは、荒れた気息を整えるためではない。息は少しも乱れていなかった。気分を整えるためである。芋虫もどきが目の前から消えていくのを見計らうようにして、怒りの滾りに興奮していた気分も、心の芯《しん》に水を沁《し》みこまされたように冷めていく。

伊吹と麻恵が待つ通用口まで戻るのは簡単だった。来た道順をしっかり覚えていたし、ふたりの気配を感じながら歩くことができたので、少しも迷いはしなかった。

「成し得たり。魔性の気配が消えた。やり遂げたのね？」

「はい。無事に役目を果たしてきました」

注連縄《しめ》の向こうで待っていた伊吹に大きくうなずきながら応《こた》えると、伊吹は姫波布を携えた左手を湖姫の背中に回し、ぐっと強く抱きしめてくれた。

「除染をいたします。さあどうぞ」

続いて、両腕を大きく広げて膝《ひざ》を折り始めた麻恵の言葉に従い、除染を受ける。

湖姫の両肩をぎゅっと摑《つか》んで頭を浅く垂らした麻恵は、以前に除染を受けた時よりもさらに顔を苦しそうに歪《ゆが》め、やはり満面が滝になったかのような大量の汗を流し始めた。

きつく歯を食いしばった口からは「ひゅうひゅう」という掠《かす》れた息が、絶えることなく漏れ続けた。両肩を摑む指は小刻みに震えている。

「ありがとう、麻恵。湖姫のほうは大丈夫？」

除染が終わると伊吹は麻恵と湖姫に声をかけ、ふたりにまじまじと視線を巡らせた。

湖姫のほうは平気だった。先刻まで全身に漲《みなぎ》っていた力が消え去り、鋭くなっていた知覚のほうも元のそれへと綺麗《きれい》に立ち返った。

一方、麻恵のほうは顔面から滴る大汗をタオルで拭《ぬぐ》いながら、注連縄のそばに面した壁に身体をもたれかけている。掠れて吐きだす息のほうもそのままである。

「錠禍の元を吸いあげた影響よりも、瘴気《しょうき》を消し去った影響のほうが強い」

伊吹が言うには、魔性の身から噴きだす瘴気というのは基本として、素早く人の身に悪い影響を及ぼすものではないらしいのだが、身体に染みついたものを放っておいたり、除染を怠ったりして体内に蓄積されていくと、いずれは重い病や身体機能などに不全を起こす大きな要因となってしまうのだという。錠禍の余韻もまた然《しか》り。ゆえにそれらを払拭《ふっしょく》できる異能を有する蛭巫女《ひるみこ》は、霜石家にとって必要不可欠な存在とのことだった。

錠禍の効能については嚙《か》み砕いて嚥下《えんげ》するなり、まざまざと実感することができたし、その効能が麻恵に吸われて消えていくのも体感できた。けれども瘴気のほうについては、まったく実感が湧かなかった。芋虫もどきの身から噴きだす瘴気が見えたわけでもなく、臭いを嗅《か》ぎ取れたわけでもない。交戦中、身体に微々たる異変を感じることもなかった。

「それが怖いのよ」と伊吹は言う。

以前に喩《たと》えた深天の闇から噴きだす瘴気と同じく、性質は放射能に似ているという。ただし、魔性の身から噴きだす瘴気のほうは、生身の人に悪い影響しか及ぼさない。

「くれぐれも甘く考えないように」と念を押され、湖姫は素直にうなずいた。

「試験は合格。素直におめでとうと言えないものがあるのは、心苦しいところだけれど、初戦で見事に大役を成し遂げてくれた。今後は正式にこの家の十四代目を継ぐ者として、わたしの補佐を務めてもらう。お気張りなさい」

「精一杯励みます」

これにも湖姫は一拍置いてうなずいた。静かながらも腹に思いきり力をこめて発した強い声音と、顎《あご》の先が胸元につくほどの深い首肯《しゅこう》の所作をなして。

分離の儀　現今

地階から手はずを整えて戻り、私と白星は祭壇の中から祈禱場《きとう》へと抜けだしてきた。

「お待たせしました。始めていただけますか？」

「承知しました。それではこちらへどうぞ」

湖姫と示し合わせ、因果の子坪が鎮座まします厚畳の前に、面を向け合って着座する。

白星は私の隣に腰をおろし、美琴と鏡香、真希乃の三人は、我々の前に並列する恰好《かっこう》で座り直す形になった。

「さて――。分離を始める前に、少しだけ仕組みに関する説明をさせていただきますね。まず、イレギュラーな事態によって、ひとつの存在へと合一してしまった白無垢《しろむく》の魔性――厳密には白無垢姿の花嫁を模した造り神なんですけどね――と、郷内さんのタルパ、加奈江ちゃんを郷内さんの身から引き離す作業自体は、至極単純なものになります」

それから湖姫は「手拍《てばた》き」と言葉を結び、開いた両手を胸の前で大きく開いてみせた。

事前にメールで知らされていたことだが、湖姫が言う「手拍き」とは、美琴が他者からタルパを取りあげる時の手段とまったく同じものである。対象の眼前で両手を思いきり叩《たた》き合わせることで、相手が有するタルパを自分の身体の中に移し変えてしまうのだ。

仮に取りあげるべきタルパが目の前にいない場合でも、タルパの創造主と至近距離で向き合う形さえとることができれば、問題はない。ちなみに現在、白無垢姿の加奈江は、祈禱場の廊下に面した菊の花壇の傍らに無言で佇《たたず》んでいるとのことだった。

けれどもこれだけでは、単に私の側から加奈江＋白無垢の複合体を奪い取るに過ぎず、分離にまでは至らない。肝となるのは、その後における湖姫と白星の共同作業にあった。

私のほうから加奈江＋白無垢を元のふたつの存在に引き剝《は》がしていく。原理は分霊の性質とほぼ同じ。

加奈江と白無垢を抽出後、湖姫は自分の身体の中（ないしは心の中）で分霊とは神道や道教の世界において、本社の祭神を分社で祀《まつ》るのに際しておこなわれる、神の存在を複数に分かつ行為である。

こちらもカードゲームの性質に等しい。天守の間にずらりと祀られていた威霊たちを問答無用で弔い上げできたのと同じく、分霊という行為もまた、正統な手段に基づいて実施するなら、元は一柱である神の存在を難なく複数に分かつことができるのである。

湖姫が今回決する分離の手段は、祝詞《のりと》や祭文などを主体に用いる儀礼的な様相からはだいぶ異質なものになるのだが、その対象となるべき相手方も正統な神ではなく造り神。ましてやそれに特別性のタルパが混じりこんでいるという、恐ろしく稀《け》有《う》な存在である。

私も昨年何度か実践済みで、なおかつ失敗済みのことだったが、型通りのアプローチで易々と分離が叶《かな》うものではない。おそらく湖姫が持ちかけた過分に荒っぽい手段こそが最適解だと、私も事前に説明を受けてそれなりに納得することができていた。

思惑どおりに事が進んでいけば、湖姫の身体の中で分離が始まった加奈江と白無垢は、その第一段階として、まずは白無垢のほうから異変が起こり始める。白無垢の身体からさらに何体もの白無垢たちが湧き出て、剝がれだすのである。

数はおそらく二十体ほどではないかと、湖姫は言う。道理については説明されずとも、すでに私は知っていた。白無垢の身は元より、複数の造り神で構成されているのである。

かの魔性を生みだすことになった宮城の旧家、海上《うなかみ》家。霜石家の代よりもさらに古い、二十代以上もの血脈を連ねたこの家では、うら若き新妻たちを亡くした歴代の夫君らが、当時は白無垢の依代になっていた花嫁姿の等身大人形（というのは建前上の詭弁《きべん》であり、実際は古い時代に人形を偽装して加工された、生身の女性の木乃伊《ミイラ》だった）に死したる妻の姿を盛んに投影しながら祈り続けてきた。

結果としてそれらは全て、良からぬ念が籠《こも》った造り神として発露し、人形の中に宿る白無垢の本体へと吸収、統合されていくことになる。こうして数百年の長きにわたって生まれた造り神の総数は、海上家の代の数に限りなく比例するものだと私は捉《とら》えていた。

湖姫の所感も合致しているのなら、私の仮説は正しかったということになるのだろう。

分離の儀がもたらす成果は文字通り、合一を来たした加奈江と白無垢の分離にある。けれども私と湖姫では、儀式に求める目的自体はまったく異なるものだった。

湖姫の目的は加奈江の救出ではなく、加奈江と分離した白無垢を獲得することにある。而《しこう》してその目的は、分離の儀に続く婚礼の儀に白無垢を用いるためである。

必要なのは、あくまで白無垢の核を為す本体のみ。儀式が始まり、湖姫の身体の中で本体から剝がれていく、いわば白無垢の分離体に関しては特に必要ないのだという。

湖姫の手拍きによって加奈江＋白無垢の抽出が完了したところで、私の役目は終わる。その後は白星が湖姫と身体を向け合う形で、新たな役を担うことになっていた。

湖姫の体内で剝がされた白無垢の分離体は全て、白星が除染という形で処理していく。例の黒い涙を媒介に、対象の身を蝕《むしば》む穢《けが》れを浄化する手段を用いて、白無垢の本体から次々と剝がれていく分離体を各個撃破、これによって白無垢本体の弱体化を計っていく。

分離体の処理については一応、白星の手を借りずとも独りで可能であると湖姫は言う。こちらについても手拍きと同じく、美琴のやり方とほとんど大差ないものだった。

美琴の場合はハートアタックと称する手段で、体内に封じたタルパや造り神を滅する。その手順はシンプルにして苛烈《かれつ》。自分の胸を石や握り拳《こぶし》で思いきり打ち据えるのである。体内に封じた存在を自分自身と見做《みな》し、自らの死さえも厭《いと》わないほど渾身《こんしん》の力をこめて胸に強烈な一撃を浴びせることで、美琴のハートアタックは完遂を迎えるのである。

こうした手段は抹消すべき対象が一体のみの場合に限られる。複数体の抹消となれば、生身の身体に掛かるダメージがあまりにも大きすぎる。湖姫も自分の胸部を打つことで美琴と同じことができるそうだが、今回の儀においては抹消すべき対象が多過ぎるため、およそ現実的な手段として選べる選択肢ではなかった。

そこで白星が湖姫の中に生じた分離体を逐一、除染という形で処理していくのである。

白無垢本体は、分離体の処理が進んでいくのに従い、元の力を正比例して弱めていく。その過程において加奈江との分離が達成されれば、湖姫が即時、体内から加奈江を放出。過程において達成できない場合も、最終的に白無垢本体から全ての分離体が消え去れば、あとは白無垢本体と加奈江の身体を難なくふたつに分かつことができるという。

常人が容易に成せる業ではない。朝方の打ち合わせでは美琴も不可能だと言っていた。理論上では可能であっても、こちらの手段も心身に掛かる負担が大きすぎるのだという。ましてや相手は、かの白無垢の魔性である。端的に命の危険が伴う行為とのことだった。

それを湖姫ができるのは、次なる代の境守となるため、小学五年生の頃から定期的に錠禍を摂取してきたという事実が大きい。憑霊《ひょうれい》状態がもたらす最大筋力の発現といった身体能力全般の異様な向上に着目し、本来はこの世ならざる者たちの憑依《ひょうい》が引き起こす肉体の暴走的な解放状態を人為的に、なおかつ使用者の自我を原則的に維持した状態で再現できるようにしたのが、霜石家に精製法が伝わる錠禍という代物である。

深天の闇から現れ出《い》づる対魔性用の切り札として、万斬蝮《まむし》、姫波布の姉妹刀とともに境守の大きな力となってきた錠禍は、その原材料の不穏さゆえに用法を誤ると使用者の心身に相応の負荷を及ぼす諸刃《もろは》の剣でもある。適正な用法を遵守していれば被る負荷も最小限で済むが、過剰摂取や短いスパンでの使用は御法度。その裏付けとして霜石家に伝わる古い備忘録には、錠禍の使い方を誤って心身に甚大な異常を来たしたとおぼしき古い代の当主や荒巫女《あらみこ》たちの受難を伝える記録も残されているとのことだった。

こうした劇薬に十歳の夏から二十五年以上も慣れ親しんできたのが、霜石湖姫という人間である。朝方、白星から聞いた話では、湖姫はそれに輪をかけ、二十代の頃からは独自の基準で精製した特別版を常用しているとのこと。本来は脅威レベルの低い滓霊《しりょう》を素材にして作られる錠禍を、湖姫は俗に悪霊や怨霊《おんりょう》と呼ばれるたぐいの存在に置き換え、得られる効果が桁違《けたちが》いに強いものへと改変している。

要するに湖姫は昨年十二月、私と桔梗《ききょう》たちが浄土村で会敵した加瀬川小久江の怨霊とさほどの変わりがないものをおりおりに体内へ取りこみ、それを完全に制御したうえで、異様な身体能力の発現に利用しているというわけである。こうした下地があるからこそ、湖姫は臆《おく》することなく白無垢を体内に受け入れ、分離も可能たらしめるのだった。

対する白星のほうも、除染という形であれば分離した白無垢らを滅することができる。心身には相応の負担が掛かるが、おそらく命に関わるほどのリスクはないという。

湖姫と白星の連係作業で本体のみとなった白無垢はその後、湖姫の体内から排出され、因果の子坪の中へと封じこめられる。理由は「花嫁」の役を担わせるためである。

因果の子坪の中には、すでに「花婿」役の滓霊が封じこめられているとのことだった。こちらは湖姫が調達してきたものである。

その出自と性質は、白無垢の魔性と似通う要素が多い。都内某所に花婿が早死にする旧家があるのだという。古い代からこの家に災いをもたらしていたのは、花婿姿の魔性。造り神ではないが、因果の子坪の素材に条件が合致していたとは湖姫の弁である。

因果の子坪に花婿と花嫁の二体を投入、固定したところで分離の儀は終了。その後に続けて婚礼の儀が催される。アンドロギュノスの生き人形を夫婦に仕立てる儀式である。

こちらの儀式は晩餐《ばんさん》と休憩の時間も兼ねている。因果の子坪を夫婦に仕立てたあとは箱膳《はこぜん》が供され、この祈禱《きとう》場で食事を摂《と》ることになっていた。私の苦手な時間である。

現在時刻は五時半過ぎ。分離の儀から婚礼の儀が終わるまでに要する大まかな時間は、晩餐会も含めて一時間半から二時間程度とのことだった。だから終了時刻は、七時から七時半ということになる。

「やはり特殊なタルパ。そもそもにおいて、白無垢《しろむく》と無理やり合一せしめること自体が著しい離れ業と言えるべきことですが、実行から一年近くが経っても、白無垢の魔性を強固に押さえ続けている。お疲れ様でした。もうすぐ楽にして差しあげますからね」

黒いレンズ越しに私の顔を覗《のぞ》きこんで、湖姫が言う。

いよいよこの時が来た。待ち侘《わ》びた瞬間の到来に鼓動が急激に速まりだすのを感じる。

が、そこへ湖姫がさらに言葉を継いだ。

「時に郷内さん。去年の十一月から特異な感覚が停滞している問題に関してなのですが、理由についてはご存じでしょうか？」

「いえ。体調不良が原因かと思う節はありますけど、確証に至るものはありません」

「彼女ですよ。こちらの件も、加奈江ちゃんがストップをかけているんだと思います」

事もない調子で言った湖姫の言葉に一瞬耳を疑ったが、聞き間違いではなかった。

「無論、意地悪な意図があってのことではないはずです。おそらくは郷内さんの今現在、さらには今後の人生における体調面などの問題を憂いて、特異な行動を制限するという狙いがあってのことではないでしょうか？」

「それが本当だったら疑念も晴れて、ありがたい気遣いだと思うこともできますけどね。ただ、今のところ不便な思いをさせられているというのも、正直な気持ちではあります。せめて事前にひと言くらい、相談があっても良かったような気もする」

「今の状態ではそれが叶《かな》わないからこそ、彼女は強硬手段に出たのではないでしょうか。本日挙行される儀式については、最後までお付き合いをしていただくことになりますが、大変僭越《せんえつ》ながら、わたしも彼女が郷内さんに下した措置には、概《おおむ》ね賛同の意を表します。病状などを鑑《かんが》みるに、いずれはご自愛をいただいたほうがよろしいのではないかと」

「そうですか。痛み入ります。今回の件が無事に終わったら考えてみますよ」

湖姫の言い分に社交辞令で受け返す。いかにも気遣わしげに告げられた提案だったが、言葉の端々に皮肉めいた含みも感じることができた。上京前に電話で言葉を交わした折、この女は私のことをなんと評していただろう？

しがない田舎の拝み屋風情。三流は一流どころか、二流にすらなれない。身のほどを弁《わきま》えたほうがよろしい。確かこんなふうに私を罵《ののし》ったと記憶している。嬉々《きき》として。

「ご自愛」が云々《うんぬん》などというコメントは、要するに「貴方《あなた》には大した能がないんだから、これを機会に現役を退いてはいかが？」といった嫌味にしか受け取れなかった。

だが一理あると思う節もあるため、大して不快を抱くことはなかった。今回の儀式に私が参加させられている理由も、拝み屋としての私の技量を見込まれてのことではなく、加奈江と合一した白無垢の存在を含め、一連の儀式を完遂させるために私という存在が「部品」として必要不可欠だからに過ぎない。でなければ、特異な感覚が停滞している私などがわざわざ指名されることはないのである。

それにしても原因は加奈江だったか。いささか不本意ながらも、加奈江の気遣いにはまずまず納得できる節はある。分離の儀を経て加奈江が無事に元の姿へ戻ってくれれば、その後は本当に現役を退くという道筋もありかもしれない。過去における白無垢絡みの一件を始め、拝み屋という仕事を通じて危ない橋ならもう十分過ぎるほどに渡ってきた。今日という修羅場を乗りきったら今一度、熟考してみる価値はありそうである。

「それでは始めます。よろしいでしょうか？」

「ええ。お願いします。お互い最良の成果になることを祈っております」

間髪容《い》れずに答えると、湖姫もすかさず動きに転じた。両手を再び左右に大きく開き、静かな声で「参ります」と囁《ささや》く。次の瞬間、「ぱん！」と鋭く乾いた音が辺りに木霊《こだま》し、湖姫の掌底が私の目と鼻の先で閉じ結ばれた。

一拍の間。次いで湖姫はおもむろに唇をすっと吊《つ》りあげ、「抽出しました」と告げる。私のほうは特にこれといって、心身に変異を感じることはなかった。思い惑うさなかに湖姫が「白星に代わってください」と付け加える。

指示に従い、傍らに陣取る白星と場を入れ替えて座り直すと、白星は滑らかな動きで湖姫の真向かいにつき、白い重厚な斎服に包まれた彼女の肩に両手をそっと添え始めた。目蓋《まぶた》は細く狭められ、視線は湖姫の顔に留め置かれる。

その表情から内面をうかがい知ることはできない。果たして白星は今、どんな心境でこれから謀反を起こす主君と相対しているのだろうか。

黒いレンズに遮られ、湖姫の目元もうかがい知ることはできないが、額や頬に浮かぶ筋肉のわずかな緩み具合から推し量るに、おそらく瞑目《めいもく》しているように感じられる。

「分離が始まる。思っていたとおり、白無垢のほうから一体ずつばらけていく見込み」

誰に言うでもないふうに湖姫が平然とした声音でつぶやく。疑うつもりもないのだが、芝居を打っているようには見受けられない。およそ五秒か六秒刻みで、膝《ひざ》の上に重ねて組まれた両手や肩、背筋の各部がぴくぴくと、微弱電流の刺激を受けているかのように小さな痙攣《けいれん》を繰り返している。「ふり」では表現できない体性反射に感じられた。

「電流」に「痙攣」というワードが脳裏に浮かんできたところで、スタンガンに関する甚だ物騒な用件も意識の上に立ち返ってくる。事がこのまま予定どおりに進んでいけば、これから数時間後に湖姫は白星か私の手によって、スタンガンが発する五十万ボルトの強烈な電流を体内にたっぷりと流しこまれるのである。どちらの手により達成されても、決して気分が良くなる行為ではない。それは白星のほうも切実に感じていることだろう。

だがプランBを決行するためには、不可避の決断であることも紛《まが》うことなき事実だった。

「一体ばらけた。除染をお願い」
手拍きによる抽出が完了して、およそ一分かそこら。湖姫が澄んだ声で白星に告げた。
白星は阿吽《あうん》の呼吸のごとく「はい」と応じ、湖姫の額に自分の額を貼り合わせる。
まもなく生じた光景に私は息を呑《の》むことになった。白星の両目から黒い涙が滴りだす。
重油と墨汁の中間を思わせる、どろりと粘度が高く、仄《ほの》かな煌《きら》めきを帯びた液体である。
黒い涙は太い線を描いて両頰を伝い、顎《あご》のほうまで達したところで白星が湖姫の肩から
両手を放し、指を使って手早く拭《ぬぐ》った。拭い取った指筋を何度か頻《しき》りに擦り合わせると、
黒い涙は白星の手から綺麗《きれい》さっぱり、跡形もなく消え失《う》せてしまう。
「ありがとう。次々ばらしていくから、引き続きお願い。苦しい時は遠慮なく言って」
「大丈夫です。想定していたよりも、身体に掛かる負担はだいぶ少ないです」
湖姫の言葉に白星は応じ、再び肩に手を添え、元の姿勢に直る。
改めて、とんでもないふたりだと思う。全てにおいて、私などとは素地が違いすぎる。
加奈江に動きを封じられているとはいえ、あの白無垢の魔性を自分の身にとり憑《つ》かせ、
何食わぬ顔つきで分離の作業を進める湖姫。
対する白星のほうも面貌《めんぼう》に苦悶《くもん》の相を浮かべるでも、苦悶の唸《うな》り声をあげるでもなく、
本体から引き剝《は》がされたとおぼしき白無垢の分離体を、一分にも満たない短いスパンで
あっさりと処理してしまった。それも「身体に掛かる負担はだいぶ少ないです」などと、
少なからざる余裕を示すコメントを言い添えて。

行ける。やはり湖姫の誘いに乗ったのは正解だった。ついに幕があがった分離の儀を、私はほとんど確信に近い一念を抱きつつ見守れるようになってきた。湖姫と白星の前に並んで座る美琴と鏡香に視線を向けると、ふたりの顔にも不安や恐れが根ざす色合いは微塵《みじん》も浮かんでいなかった。真希乃も右に同じである。

「二体目、ばらけた。お願い、白星」

湖姫の求めに白星が応じ、二度目の除染が執り行われる。流れも結果も、初回と同じ。ふたりとも挙動を一切乱すことなく、淡々としたそぶりで作業を進めていく。

事は全て順調に進んでいるようにしか見えなかった。逸《はや》る気持ちもなくはなかったが、私の中では僅差《きんさ》で安心感のほうが上回っているらしく、湖姫たちの様子を見守りながら今後の流れに関するお浚《さら》いをしておく余裕も出始めてくる。

分離と婚礼の儀、晩餐《ばんさん》会が終わったのちには星送りの儀が始まる。天守の間の祭壇で慰霊たちに（おそらく）拘束状態にされていたササラメを常夜へ還《かえ》す儀式だという。

弔い上げの儀を終えてから、こちらの儀式がすぐに挙行されなかったのは、時間的な問題によるものである。星送りの儀は日没後、それも宵の口に当たる早い時間ではなく、漆黒の闇空に星々が煌《きら》めく完全な夜になってからでなければ執り行えないのだという。

こちらの舞台は、本邸の屋上。天守の間にある細い階段を上った先の屋根裏部屋から、屋上に出ることができるらしい。屋上の中央に設《しつら》えた祭壇にササラメの石像を祀《まつ》り直し、儀式は夜空の下で執り行われる。祭主は当然、湖姫が務める。

その後に連なる討滅の儀は、星送りの儀が滞りなく完遂され次第、即座に決行される。目的はイカイメの討滅。ここでいよいよ湖姫が仕込んだ蠱毒《こどく》を用いる機会も訪れる。

湖姫の講釈によればササラメが常夜へ帰還すると、まもなく深天の闇からイカイメが地上に向かって這《は》いだしてくるはずだという。それを湖姫が地階へおりて迎え撃つ。

基本的な手段については威世子と渡り合った時と同じく、二振りの霊剣を振るっての武力戦となるのだが、次なる相手は数百年にもわたる呪縛《じゅばく》を霜石の家にもたらしてきた災いの元凶である。会敵するに際して必勝を確約するため、湖姫は錠禍の形に精製した蠱毒を用いて決戦に挑む。要は蠱毒を体内に取りこみ、大きな力へと還元するのである。

およそ正気の沙汰《さた》とは思えない手段だが、現に今、白無垢《しろむく》の魔性を身体にとり憑かせて平然としている様子を目にすれば、然様《さよう》な手段に及んでも相応の制御と望むべき成果が十分実現できるという算段なのだろう。

湖姫の思惑どおりにイカイメが討滅されたあとは、ふたつめの蠱毒と私の出番となる。湖姫は供物に形を整えたふたつめの蠱毒を携え、私とふたりで深天の闇へと下っていく。

湖姫が私を伴う理由についてはふたつある。

ひとつ目は、深天の闇が単身で侵入することができない特殊な領域であるということ。原理や道理については不明ながらも、古の代より斯様《かよう》に伝えられてきたのは事実であり、現に湖姫は過去に実験をおこない、失敗に終わるという形で裏付けも取れているという。かの穴は霜石家の当主といえども、単身では決して乗りこむことができないのである。

条件を満たすためには、かならずふたり一組でなければならない。それも男女の一組、さらには特殊な共通項を満たす男女の一組に限られる。

幸か不幸か、私はその条件に合致していた。五年前の二月に湖姫から初めてこの家にお呼びが掛かった時の理由が、まさにそれだった。同時に湖姫を甚だ失望させたうえに今日まで続く怒りと嫌悪の理由となったのも、まさにこの一件に関することだった。

深天の闇へと分け入る理由は、穴の果てから出てくる魔性たちの侵攻を断ち切るため。闇の中をしばらく進んだ先にある祭壇に蠱毒を供えることで、魔性たちの行く手を阻む瘴気《しょうき》の壁を形成するのだという。これによって深天の闇から魔性たちが出てくることは二度となくなるだろうとのことだった。

先ほど地階に置いてきた銅剣も、この時に用いる。深天の闇に分け入る男女の双方はそれぞれ魔切りに用いる刀剣を一振りずつ、携えなければならない決まりなのだという。内部で会敵するかもしれない魔性たちへの牽制《けんせい》、及び対抗策としての備えと聞いている。

弔い上げの儀の完遂を含め、以上で霜石家に長らく降りかかっていた災いは全て解消。表向きは「めでたしめでたし」となるわけだが、白星が許容するのは討滅の儀における、湖姫の手によってイカイメが滅却される段階までのことである。

白星が立案したプランBでは、湖姫が深天の闇へと下ることはない。下っていくのは、私と白星のふたりである。理由は湖姫の生命、さもなくば深天の闇へと分け入ることで彼女の身にふりかかるであろう、致命的な災禍を回避するため。

朝方打ち明けられた白星の説明では九分九厘、良からぬ何かが起こるだろうとのこと。その裏付けとなる述懐も聞かされ、私と美琴、鏡香の三人も白星と同等の危惧《きぐ》を抱いた。よって、湖姫の深天入りを是が非でも食い止める必要がある。

湖姫が単身、イカイメと対峙《たいじ》するのはおそらく、地下一階の中央部に位置する広間か、地下二階に広がる迷宮じみた通路になる見込み。討滅が完了するまでの間、私と白星は地下一階の定められた安全圏で待機することになっている。

無事に討滅が果たされれば、湖姫が私たちを呼びに戻ってくる。向かう先は深天の闇。私は湖姫のお供として、白星は（本来ならば）私と湖姫が深天の闇から戻ってきた時にすかさず除染をおこなうため、深天の入口前まで同行する。

湖姫をスタンガンで沈黙させるのは、ここに至っていずれかの機会ということになる。白星の理想としては、電撃による痺《しび》れが回復してから追いつかれることが絶対ないよう、深天の闇の入口からできうる限り、離れた地点で実行するのが望ましいとのことである。

拘束用に手錠も用意してあるとのことだが、蟲毒の錠禍を用いたあとの湖姫であれば、あるいは引きちぎってしまう恐れもあるため、束縛しても過度な信頼はできないという。よもやありえないだろうと思ったが、白星の予想を完全に否定することもできなかった。

昨年十一月、房総半島の偽装廃工場。実質的に私がこの目にしたわけではないにせよ、湖姫は錠禍がもたらす最大筋力の効能を利用して、二階相当の高所からほとんど無傷で飛び降りることにも成功している。常識は通用しないと見做《みな》しておくべきかと判じる。

深天の闇で使うことになる蠱毒の供物は、地階に位置する所定の場所に置かれている。昨夜のうちに準備は済ませてあるという。無事に湖姫をスタンガンで足止めしたあとは蠱毒を携え、白星とふたりで未知なる闇の中へと歩みを進めていくことになる。

その後に新たな懸案事項となるのは、我が身の安全や生命の保障といった問題である。「最大限の支援はする」と前置きをしたうえで「絶対の保障はできかねる」というのが、白星の答えだった。内部に果たして如何《いか》なる脅威が待ち受けているのか分からないため、これが突入前に回答できうる精いっぱいとのことである。

了解したうえで、私はプランBに乗った。元より深天の闇には入る予定だったのだし、身の危険に晒《さら》されるのは白星とて同じこと。我々は即席の運命共同体というわけである。怖気《おじけ》を感じないわけではなかった。先頃思いだすに至った五年前の悪夢も脳裏に蘇《よみがえ》り、相乗効果で恐れが必然的にいや増してきているのも事実である。

けれども今さらあとに引くこともできない。とにかく事が思惑どおりに進んでいって、白星が望む形でこの家にかかわる災いの全てに終止符が打たれるように祈るべきであり、動くだけのこと。それが五年前に私が犯した失態の、湖姫に対する贖罪《しょくざい》にもなるだろう。彼女がそれを虚心で受け容《い》れてくれるかどうかは別として。

「三体目、分離完了。お願い、白星」

平板な声音で湖姫が言う。すかさず白星も動き、湖姫の面に向かって額を近寄せる。

その時だった。

コオオオオオォォォォォォォォォォォォォォォォォォォォォォォッ！

突如として奇怪な大音響が耳をつんざき、視界を小刻みに揺るがした。
同時にびりびりと重苦しい衝撃が全身を震わせる。一瞬、地震なのかと思いかけたが、刹那《せつな》のうちに違うと悟った。だが、理解できたのは「地震ではない」ということだけで、何が起きているのかまでは見当もつかなかった。

オオオオオオオォォォォォォォォォォォォォォォォォォォォォォッ！

生まれてこの方、一度も聞いたことがない音だった。強いて似ている音をあげるなら、突風と女の悲鳴が入り混じったような合成音だろうか。それにいくらか金属的な響きを加えれば、多少は似通う響きになるかもしれない。それでもかなりかけ離れているが。
得体の知れない鳴動は、地震でもなければ幻覚のたぐいでもなかった。それが証拠に他の面々も、異変をその身に感じる怪訝《けげん》な反応を示している。
湖姫は頭上を見あげ、視線を左右に巡らせていた。白星も湖姫の補助を務めるように、湖姫とは別の角度の虚空へ視線を巡らせ始める。美琴と鏡香は眉間《みけん》に深くしわを刻んだ不審げな面持ちで顔を見合わせ、真希乃は肩を窄《つぼ》めてぎゅっと身を強張《こわば》らせている。

一体、何が起きているというのか――。総身を揺るがす凄《すさ》まじい鳴動に晒されながら考えだしたが理解は及ばず、代わりに意識が濁りだすのを感じた。それも急速な勢いで。

オオオオオオオォォォォォォォォォォォォォォォォォォォォォォォッ！

視界が霞《かす》む。音が淀《よど》む。全身の感覚が萎《しお》れるように薄まっていく。

虚空に顔を向けていた湖姫がふいにうつむき、「うぅうぅ」と苦悶《くもん》の声をあげ始めた。次いで腰から上を左右にくねらせ、喉《のど》から漏れだす呻《うめ》き声をさらに大きくさせていく。

オオオオオオオォォォォォォォォォォォォォォォォォォォォォォォッ！

湖姫が跳ねるような勢いで立ちあがる。その満面は逼迫《ひっぱく》した辛苦の色に染まっている。それから胸の辺りを両手でばりばりと掻き毟《むし》り、呻き声が金切り声へと切り替わる。

オオオオオオオォォォォォォォォォォォォォォォォォォォォォォォッ！

白星が立ちあがり、錯乱した湖姫の身体に縋《すが》りつく。一拍置いて私も立ちあがったが、膝《ひざ》から下がゼリーにでもなったかのように、足の運び具合が心許《こころもと》なくよろめいていた。

ようやくの思いで私が湖姫たちのそばまで近づいた頃、次々と腰をあげた他の面々もふたりの許へと向かってくる。やはりその足取りはおぼつかない。誰もが血相を変えて、不安や戸惑いを表する言葉を発していたが、何を言っているのかまでは分からなかった。意識はますます濁りを強めて、理解に要する思考がうまく定まらない。

オオオオオオォォォォォォォォォォォォォォォォォォォォッ！

叫びながら盛んに身を振り乱す湖姫を五人で押さえこもうとするも、湖姫が放つ力は信じられないほど強く、それに対する私たちの制止は茶番のようなものだった。荒ぶる湖姫の動きを緩める重石《おもし》の役すら満足に務まらない。

オオオオオオォォォォォォォォォォォォォォォォォォォォッ！

腕に力が籠《こも》らない。腰にも力が入りづらく、畳に足を踏んばることすらままならない。誰かが湖姫に身体を摑《つか》まれ、畳の上に投げ飛ばされた。おそらく鏡香か真希乃だと思う。白星と美琴は私ともども、湖姫の身体にしがみついたままでいる。

謎の鳴動はなおも絶えることなく続いていた。湖姫の金切り声も断続的に続いている。相変わらず、毒でも飲まされたかのように胸元を激しく搔き毟りながら。

どうにかしなければならないことは分かっていても、思考は加速度的に鈍麻していき、なんらの機転も浮かんでこない。五感を見舞うぼやけた感覚もさらなる悪化に向かって、その勢いを増していく。頭に浮かんでくるのは、しだいに「怖い」の一語が大半を占め、鈍る五感と相反するように、吐きだす気息と胸で脈打つ鼓動の間隔だけが速まっていく。あるいはこのまま、死んでしまうのかもしれない――。

そして視界が真っ白になった。頭の中で焚《た》かれたフラッシュが目の奥から飛びだして、眼前を強烈な白一色に染めあげた感じ。

続いて暗転。

ブラックホールのごとき漆黒《しっかい》の闇が視界一面をどっぷりと埋め尽くし、それから闇は私の意識を吸いこむように悉皆奪い去っていった。

二張目の幕　現今

遂行にして、歓喜。

予期したとおりの成果が得られ、万感胸に迫る思いだった。

湖姫が開いた第一の幕に続いて、今ここに第二の幕が開かれた。

しくじることは想定していなかった。逢魔《おうま》が時のあとにはかならず闇が来るのと同じように、わたしが仕組んだこの流れも、摂理としては必定そのものだからである。

ここまで成し得たところで、計画はあらかた成功したと見做《な》していい。割合としてはおよそ七割から八割。ここから先は「揺さぶり」をかけた面々の錯乱と昏睡《こんすい》における空白時間と、覚醒《かくせい》からの混乱に乗じて、手際よく立ち回っていけばいいだけのことだった。

実作業はそんなに多くはない。作業自体も大して難しいものではない。

傀儡《くぐつ》もすでにこちらへ向かってきている。わたしが秘めたる事の真意も知らないままに。だいぶ血相を変えているようだが、哀れとは思わない。愚かと思うだけだった。

日ノ本一のお化け屋敷――。

今日の昼過ぎ、湖姫が客人たちに向かって表したこの一言《いちごん》は、まもなく湖姫ですらも予想だにしない形をもって顕現されることだろう。客人たちには気の毒に。

第二の幕が開かれ、向かうべき終着点も変わってしまった今より先は、湖姫にとってあらゆることが暗中模索となり果てる。しかしてわたしは、大して事を案じてはいない。湖姫はかならず困難を突破して、わたしが望むべく形に支度を全て整えてくれるはずである。そうした意味においては、彼女のことをわたしは少なからず信頼している。

我が手で開いた第二の幕は、もはやおろすことができないし、おろすつもりもない。幕があがった舞台の上で、せいぜい新たに担うべき役割を探りながら演じてみるがいい。見事に演じきってくれたその先に、わたしが望む結末と〝これから〟が待っている。

長年抱いた願いが叶《かな》う瞬間まで、あともう少し――。

本書は書き下ろしです。

真景拝《しんけいおが》み屋《や》怪談《かいだん》　蠱毒《こどく》の手弱女《たおやめ》〈冥《めい》〉

郷内心瞳《ごうないしんどう》

角川ホラー文庫　24630

令和7年4月25日　初版発行

発行者――山下直久
発　行――株式会社KADOKAWA
〒102-8177　東京都千代田区富士見2-13-3
電話 0570-002-301（ナビダイヤル）
印刷所――株式会社暁印刷
製本所――本間製本株式会社
装幀者――田島照久

●お問い合わせ
https://www.kadokawa.co.jp/（「お問い合わせ」へお進みください）
※内容によっては、お答えできない場合があります。
※サポートは日本国内のみとさせていただきます。
※Japanese text only

ISBN978-4-04-114938-6　C0193

角川文庫発刊に際して

角 川 源 義

第二次世界大戦の敗北は、軍事力の敗北であった以上に、私たちの若い文化力の敗退であった。私たちの文化が戦争に対して如何に無力であり、単なるあだ花に過ぎなかったかを、私たちは身を以て体験し痛感した。西洋近代文化の摂取にとって、明治以後八十年の歳月は決して短かすぎたとは言えない。にもかかわらず、近代文化の伝統を確立し、自由な批判と柔軟な良識に富む文化層として自らを形成することに私たちは失敗して来た。そしてこれは、各層への文化の普及滲透を任務とする出版人の責任でもあった。

一九四五年以来、私たちは再び振出しに戻り、第一歩から踏み出すことを余儀なくされた。これは大きな不幸ではあるが、反面、これまでの混沌・未熟・歪曲の中にあった我が国の文化に秩序と確たる基礎を齎らすためには絶好の機会でもある。角川書店は、このような祖国の文化的危機にあたり、微力をも顧みず再建の礎石たるべき抱負と決意とをもって出発したが、ここに創立以来の念願を果すべく角川文庫を発刊する。これまで刊行されたあらゆる全集叢書文庫類の長所と短所とを検討し、古今東西の不朽の典籍を、良心的編集のもとに、廉価に、そして書架にふさわしい美本として、多くのひとびとに提供しようとする。しかし私たちは徒らに百科全書的な知識のジレッタントを作ることを目的とせず、あくまで祖国の文化に秩序と再建への道を示し、この文庫を角川書店の栄ある事業として、今後永久に継続発展せしめ、学芸と教養との殿堂として大成せんことを期したい。多くの読書子の愛情ある忠言と支持とによって、この希望と抱負とを完遂せしめられんことを願う。

一九四九年五月三日